DANI ATKINS

Bis zum Mond und zurück

ROMAN

Aus dem Englischen
von Simone Jakob und Anne-Marie Wachs

KNAUR

Die englische Originalausgabe erschien 2021
unter dem Titel »A Sky Full Of Stars« bei Head of Zeus Ltd.

Besuchen Sie uns im Internet:
www.knaur.de

Aus Verantwortung für die Umwelt hat sich die Verlagsgruppe Droemer Knaur zu einer nachhaltigen Buchproduktion verpflichtet. Der bewusste Umgang mit unseren Ressourcen, der Schutz unseres Klimas und der Natur gehören zu unseren obersten Unternehmenszielen. Gemeinsam mit unseren Partnern und Lieferanten setzen wir uns für eine klimaneutrale Buchproduktion ein, die den Erwerb von Klimazertifikaten zur Kompensation des CO_2-Ausstoßes einschließt. Weitere Informationen finden Sie unter: www.klimaneutralerverlag.de

MIX
Papier aus verantwortungsvollen Quellen
FSC www.fsc.org
FSC® C083411

Deutsche Erstausgabe Dezember 2021
Knaur Taschenbuch

Redaktion: Gisela Klemt; lüra – Klemt & Mues GbR
Covergestaltung: Franzi Bucher, München
Coverabbildung: Franzi Bucher unter Verwendung
von Motiven von iStock und shutterstock.com
Illustration im Innenteil: Michaela Lichtblau unter Verwendung
eines Motives von provector/Shutterstock.com
Satz: Adobe InDesign im Verlag
Druck und Bindung: CPI books GmbH, Leck
ISBN 978-3-426-52707-8

4 5 3 1

KNAUR

Kapitel 1

ALEX

Hätte er es nur gewusst, hätte er alles anders gemacht. Er hätte sie fester umarmt, hätte sie länger geküsst, sie einfach festgehalten und nicht mehr losgelassen. Hätte er es doch nur gewusst …

Doch in der sonnendurchfluteten Küche hatten seine Lippen ihre nur gestreift, als würden in den nächsten Jahrzehnten noch tausend weitere Küsse folgen. Als könnten sie sich immer noch küssen, wenn ihr Haar von Silberfäden durchzogen war, während sein Haar immer dünner und sein Bauch dicker wurde.

Er hatte sich gerade gebückt, um den Orangensaft aufzuwischen, den Connor verschüttet hatte, da kam Lisa in die Küche und sah, wie der Saft auf den schwarz-weißen Fliesenboden tropfte und ihr Sohn in Tränen auszubrechen drohte. Connors Unterlippe zitterte.

»Niemand ist böse auf dich, Großer. Es war doch nur ein Versehen.« Alex schaute seine Frau an, und in seinem Blick war zu lesen, was er nicht aussprach. *So was meine ich, wenn ich sage, er ist zu sensibel.*

Ihre kornblumenblauen Augen erwiderten: *Er ist erst sechs Jahre alt, und er kommt mit solchen Situationen eben nicht gut klar. Lass es einfach gut sein.*

»Warte, ich mach das«, hatte Lisa gesagt und zu Alex' Erleichterung nach dem Lappen gegriffen, während die Saftlache sich immer weiter ausbreitete.

Alex hatte an ihr hochgeschaut, angefangen bei den Stilettos mit den roten Sohlen, von denen ihr am Ende des Tages die Zehen schmerzen würden, bis hinauf zu dem beigefarbenen Etuikleid. Es war das perfekte Outfit für eine Frau, die bei einer Messe in London einen Vortrag halten würde, aber weniger gut geeignet, wenn man klebrige Saftpfützen in der Küche beseitigen musste.

»Den Rest mach ich, Schatz, ich schaff das schon.« Er sah auf seine Uhr und verschwendete damit weitere wertvolle Sekunden, in denen er das Gesicht seiner Frau hätte betrachten können. »Beeil dich lieber, sonst verpasst du noch deinen Zug.«

Er hatte recht gehabt, und doch hatte sie gezögert. Hatte sie ihn damals gespürt, den Augenblick, in dem der Sand aus dem oberen Teil der Sanduhr zu rieseln begann?

»Du nimmst den um 7:48 Uhr, oder?«

Lisa hatte genickt und mit einer einzigen Bewegung sowohl ihre Laptoptasche als auch ihren Autoschlüssel ergriffen.

»Ich würde so gern mitfahren, Mummy! Ich will die Modelle vom Mond und von den Planeten angucken.«

Lisa ging neben Connors Stuhl in die Hocke. Alex mochte es, dass sie das immer machte, um mit ihrem Sohn auf Augenhöhe zu sprechen, sowohl im wörtlichen als auch im übertragenen Sinne. Diese Gewohnheit wollte er eigentlich übernehmen, doch er vergaß seinen guten Vorsatz ständig.

»Ich weiß, mein Schatz. Aber ich werde dort so mit diesem langweiligen Vortrag beschäftigt sein, dass wir gar keine Zeit hätten, uns gemeinsam all die tollen Ausstellungsstücke anzusehen. Nächstes Jahr dann«, flüsterte sie und küsste ihren Sohn auf den zerzausten, rotblonden Haarschopf. »Nächstes Jahr fahren du und ich gemeinsam zur Astronomiemesse. Mit dem Zug. Und wir schauen uns dort den ganzen Tag lang alles an, jeden einzelnen Stand. Nur du und ich.« Lisa legte sich die französisch manikürten Finger aufs Herz. »Versprochen.«

Alex sah fort, um ein Schmunzeln zu verbergen, denn er wusste nur zu gut, wie aufgeregt seine dreiunddreißigjährige Frau darüber war, dass sie diesen *langweiligen Vortrag* halten durfte. Sie hatte ihn Abend für Abend geübt, mit Alex auf dem Bett sitzend, den Laptop zwischen ihnen, und hatte ihm von schwarzen Löchern, Supernovas und den Tiefebenen auf dem Mond erzählt, und das mit einer Leidenschaft, die ihn mit Stolz erfüllte, solch eine kluge und schöne Frau zu haben.

Er kannte ihren Vortrag inzwischen beinahe so gut wie sie selbst. »Das wird der Hammer«, hatte er ihr gestern Abend gesagt, sich zu ihr hinübergebeugt und vorsichtig ihren Laptop zugeklappt.

»Aber ich muss noch …«, protestierte sie, verstummte aber, als er sie küsste. »Na gut«, sagte sie seufzend und glitt mit ihren Händen unter den Saum seines T-Shirts, um seine Rückenmuskeln zu erkunden. »Ich kann ja schließlich improvisieren.«

»Drück mir die Daumen«, sagte Lisa jetzt und erhob sich scheinbar mühelos, trotz ihrer Wolkenkratzer-High-Heels, in denen sie nur wenige Zentimeter kleiner war als er. Sie ging zu ihm, um ihn zu umarmen, und hüllte ihn in eine hauchfeine Wolke des Parfums ein, das sie nur zu besonderen Anlässen trug. Und heute war tatsächlich ein besonderer Tag für sie; das sah er ihr an den Augen an, die vor Aufregung glänzten.

Er drückte sie an sich, und ihm wurde auf eigenartige Weise eng ums Herz, als sich ihre vertrauten Rundungen an ihn schmiegten wie die eine Seite eines Yin-Yang-Symbols an die andere. Schließlich ließ er sie los, mit einem Widerstreben, das er sich nicht erklären konnte.

»Hals- und Beinbruch«, sagte er und stahl sich einen letzten Kuss von ihr, ehe sie ging.

Aus dem Flur war noch ihr Lachen zu hören, dann verschwand sie durch die Haustür. »Hals- und Beinbruch«, das waren an diesem Morgen seine letzten Worte zu ihr gewesen.

Connor gefiel es offenbar, zur Abwechslung mal von Elternteil Nummer zwei versorgt zu werden, dem eindeutig schwächeren Kandidaten für diesen Job, weil Alex doppelt so lange brauchte wie Lisa, um ihn schulfertig zu machen. Alex fand trotzdem, dass er eigentlich Extrapunkte dafür verdiente, wie er auf Connors Beteuerungen reagierte, seine Zahnbürste schmecke »komisch«, und wie er den fehlenden Schuluniformschuh fand, der sich auf rätselhafte Weise unter Connors Kopfkissen verirrt hatte.

Obwohl sie schon längst im Wagen hätten sitzen und auf dem Weg hätten sein sollen, nahm sich Alex die Zeit, seinem Sohn den blank geputzten schwarzen Schuh zuzubinden, während der Junior die Beine baumeln ließ.

»Alles okay, Großer? Dich bedrückt doch nichts wegen der Schule, oder?«

Connor hörte auf, mit den Füßen zu zappeln, und Alex wurde etwas nervös. Sein Sohn war ein stiller, intelligenter Junge, ein Kind, das bei den Lehrkräften beliebt war, aber von anderen Kindern eher gemieden wurde. In der Schule hatte er ein paar Freunde, aber Alex und Lisa hatten ihn auch schon ganz allein am Rand des Spielplatzes darauf warten sehen, dass man ihn abholte.

Alex wünschte, Lisa hätte heute nicht den frühen Zug nehmen müssen, denn in solchen Dingen war sie viel besser als er. Seit dem Moment, als die Hebamme ihr das Neugeborene in den Arm gelegt hatte, hatte es zwischen seiner Frau und ihrem Sohn ein unzerstörbares Band gegeben. Alex hatte sich zwar nie ausgeschlossen gefühlt, aber er wusste, dass Connor seine

Mutter mehr brauchte als ihn. »Das wird sich alles ändern, wenn er lernen muss, wie man sich rasiert, einparkt oder ein Mädchen um ein Date bittet«, hatte Lisa gesagt. »Da kannst du dann glänzen, Schatz.«

Weil nichts dergleichen unmittelbar bevorstand, hatte er immer noch das Gefühl, ein riesiges »Anfänger«-Schild auf dem Rücken zu tragen; Lisa hingegen meisterte die Elternprüfung mit Bravour.

»Mein Bauch fühlt sich komisch an«, sagte Connor und rieb sich die Magengegend.

»Als ob du dich übergeben müsstest?«

»Nein. Nur so, wie wenn ich was Ekliges gegessen hab.«

Seine Worte beschrieben ganz treffend das merkwürdige Gefühl, das Alex vorhin in der Küche auch gehabt hatte. Er legte Connor etwas unbeholfen die Hand auf die Stirn, so, wie er es bei Lisa schon hundertmal zuvor gesehen hatte. Soweit er es beurteilen konnte, schien sein Sohn kein Fieber zu haben.

»Wir können es in der Schule ja Mrs Anderson sagen, und wenn du dich später nicht gut fühlst, kann ich jederzeit kommen und dich abholen, was meinst du? Ich arbeite heute von zu Hause aus.«

Als Alex zum zweiten Mal prüfte, ob Connors Sicherheitsgurt geschlossen war, überlegte er immer noch, ob er Lisa anrufen und sie in der Sache um Rat fragen sollte. War es richtig, Connor zur Schule zu bringen, obwohl ihm schlecht war? Er sah auf die Uhr im Armaturenbrett. Wahrscheinlich stand Lisa jetzt schon auf dem Bahnsteig, aber wenn er ihr sagte, dass Connor sich krank fühlte, würde sie die Messe garantiert sausen lassen und sofort heimkommen, um bei ihrem Sohn zu sein. Alex schüttelte entschlossen den Kopf. Lisa hatte lange und hart auf eine solche berufliche Anerkennung hingearbeitet, und er wollte ihr diesen großen Moment nicht wegen etwas so Belanglosem wie seinem oder Connors »komischem« Gefühl im Bauch nehmen. Sie würden schon einen Tag lang ohne sie zurechtkommen.

»Natürlich, wir behalten ihn im Auge. Aber solche Beschwerden verschwinden auch oft wie von Zauberhand, sobald die Kinder dann hier mit ihren Freunden zusammen sind.«

Alex schaute zu Connor, der allein an einem niedrigen Tisch saß, einen prall gefüllten Behälter mit Stiften und ein Blatt Papier vor sich. Mehrere Kinder rannten im Klassenzimmer herum wie die Wilden; andere beugten sich über Kisten mit Bausteinen, Büchern und Sachen zum Verkleiden. Connor war das einzige Kind, das sich hingesetzt hatte.

»Er ist ein sehr lieber kleiner Junge«, sagte Mrs Anderson freundlich. Dann musste sie zwei Kinder trennen, die nach Alex' Einschätzung in einigen Jahren wohl Kandidaten für Sozialstunden sein könnten. »Ehrlich gesagt könnte ich in der Klasse noch ein paar mehr Schüler wie Connor gebrauchen, Mr Stevens«, gestand sie lachend.

Als er zu seinem Sohn ging, um sich zu verabschieden, fühlte Alex sich wieder einmal wie ein Riese in Liliput. Er ging an Stühlen vorbei, die so niedrig waren wie Melkschemel, und an Tischen, die ihm nur bis zu den Knien reichten. Connor hatte sich tief über das Papier gebeugt, sein Haar war völlig zerzaust. Hatte Alex ihn gekämmt, bevor sie aufgebrochen waren? Er musste es wohl vergessen haben.

Glücklicherweise fiel Alex noch ein, dass Abschiedsküsse nur im Schutz des Autos, nicht in der Öffentlichkeit erlaubt waren, also strich er bloß kurz über Connors ohnehin schon verstrubbeltes Haar. »Ich geh dann mal, Großer.«

Connor schaute vom Blatt hoch, auf dem er mit dicken Wachsstiften gemalt hatte. Es war ein Bild, wie Alex es schon unzählige Male zuvor gesehen hatte. Verschiedene Versionen davon hingen im Zimmer seines Sohnes an der Wand, andere waren mit Magneten an der Kühlschranktür befestigt, neben Lisas Einkaufszettel. Wieder einmal hatte Connor den Mond zu Papier gebracht, aber nicht so, wie ihn ein Kind in seinem Alter normalerweise darstellen würde. Das war kein strahlend blauer Himmel mit gelber Sonne, Mond und Sternen und auch keine Kugel mit albern lächelndem Gesicht, sondern der echte Mond mit Schatten, Vulkanen und realistisch abgebildeten Kratern.

Connor hatte nicht nur die vollen Lippen und die unglaublich langen Wimpern seiner Mutter geerbt, sondern auch ihre Liebe zur Astronomie. Kein Wunder, dass er enttäuscht war, nicht mit Lisa auf die Messe fahren zu dürfen.

Alex ging schnell zum Parkplatz der The Meadows Primary School, sein Wagen war der letzte, der dort noch stand. Knapp vor den ersten dicken Regentropfen, die vom bedrohlich dunklen, bleifarbenen Himmel zu fallen begannen, schaffte er es ins Fahrzeug. Er hatte länger als gedacht mit Connors Klassenlehrerin gesprochen – als er das Autoradio anmachte, waren die Neun-Uhr-Nachrichten schon fast vorbei. Während der Nachrichtensprecher für den späten Vormittag örtlich starke Schauer ankündigte, schaltete Alex die Scheibenwischer an.

»Ach, wirklich?«, murmelte er und fuhr durch Pfützen, die bereits tief genug waren, dass jeder zu dicht vorbeilaufende Fußgänger von oben bis unten nass gespritzt worden wäre, wenn er nicht aufpasste. Wenigstens saß Lisa jetzt bestimmt im warmen und trockenen Zug. Wahrscheinlich ging sie zum x-ten Mal ihren Vortrag durch, dachte Alex und musste schmunzeln.

Würde sie es nach all den Wochen, die sie sich auf die Messe vorbereitet hatte, wohl langweilig finden, das Kinderbuch über Astronomie weiterzuschreiben, an dem sie die letzten acht Monate gearbeitet hatte? Erneut musste er schmunzeln, denn er wusste, dass Lisa dieses Projekt mit der gleichen Leidenschaft anging wie alles, was sie anpackte.

Obwohl noch ein paar Kapitel fehlten, hatte er bereits die Seite mit der Widmung entdeckt, zufällig, als er am Vortag etwas auf ihrem Schreibtisch gesucht hatte. Früher hätte er sich dafür geschämt, dass ihm beim Lesen Tränen in die Augen getreten waren: *Für Alex und Connor, die ich liebe und für die ich bis zum Mond und zurück fliegen würde*. Aber das war sein altes Ich gewesen, vom Typ harter Möchtegernmacho, den Lisa binnen eines Herzschlags durchschaut hatte. Irgendwie hatte sie immer gewusst, dass sich unter der harten Schale ein Mann verbarg, in den sie sich würde verlieben können. Und zum Glück war das dann auch so gekommen, denn bevor Lisa in sein Leben getreten war, war dieses so eintönig gewesen wie eine Sepiafotografie im Vergleich zu der bunten Version, die er jetzt genoss.

Wir sollten das heute Abend feiern, kam es Alex plötzlich in den Sinn, und er ärgerte sich, nicht früher auf die Idee gekommen zu sein. Im umgekehrten Fall hätte Lisa ganz sicher schon eine große Überraschungsparty für ihn geplant *und* bereits alle ihre gemeinsamen Freunde eingeladen. Es war zu spät, um dergleichen noch auf die Beine zu stellen, aber sie konnten zumindest zu dritt essen gehen, zum Beispiel zu dem Italiener, den sie so mochte.

Er musste nur wissen, wann sie wieder zurück sein würde. Als er sich ihre letzten Gespräche in Erinnerung rief, konnte er sich allerdings nicht entsinnen, dass sie ihm eine Uhrzeit genannt hatte. Doch er konnte sie ja unter einem Vorwand anrufen und die Frage beiläufig stellen. Als er jedoch den Knopf am Lenkrad drückte, um den Sprachassistenten zu aktivieren, wusste er bereits, dass Lisa die Lüge wie immer sofort durchschauen, aber auch vorgeben würde, nichts zu ahnen, und völlig überrascht tun würde. Sie kannten einander so gut, es war, als hätten sie irgendwann während der vergangenen neun Jahre aufgehört, zwei Individuen zu sein, und wären irgendwie zu einer Einheit verschmolzen.

»Lisa anrufen«, befahl er seinem Handy und warf währenddessen einen Blick auf die Uhr. Sie saß gewiss noch im Zug, würde also mit ihm sprechen können.

Nur konnte sie es eben nicht.

»Hallo.« Ihre Stimme drang aus allen Lautsprechern.

»Hallo, Schatz, ich bin's. Ich wollte nur wissen, ob …«

»Tut mir leid – ich kann Ihren Anruf gerade nicht entgegennehmen. Sie wissen, was zu tun ist. Ich rufe Sie so bald wie möglich zurück.«

Alex fühlte sich merkwürdig niedergeschlagen, weil er sie nicht erreicht hatte, was verrückt war, da er sie ja noch vor anderthalb Stunden gesehen hatte. Er betrachtete seinen Ehering aus Platin und grinste bitter. *Mit der Ansage hast du mich aber drangekriegt, Baby*, dachte er und schüttelte den Kopf.

»Ich wollte dir nur noch mal viel Glück wünschen, Liebling. Ich hoffe, alles läuft gut. Melde dich, wenn du mal eine freie Minute hast.« Er wollte den Anruf schon beenden, da beschlich ihn ein unerwartetes Gefühl, ein merkwürdiger Schauder lief ihm Wirbel für Wirbel den Rücken hinunter. »Ich liebe dich, Lisa«, fügte er hastig hinzu.

Kapitel 2

MOLLY

Es war einmal …«

Ich legte eine Pause ein, allerdings nicht, um die Spannung zu steigern, denn ich wusste aus Erfahrung, dass das in einem Raum voller Sechsjähriger unnötig war. Es geschah aus demselben Grund, weshalb ich neuerdings auf jedem Treppenabsatz stehen blieb, weshalb einem Bus nachzurennen nicht mehr vorkam und weshalb mein Badezimmerschränkchen mit Medikamenten statt Kosmetika vollgestopft war. Hätte ich noch eine letzte Bestätigung gebraucht, dass ich die richtige Entscheidung getroffen hatte, dann war es die Tatsache, dass ich nicht mal einen Satz zu Ende bringen konnte, ohne Atemnot zu bekommen.

Vierundzwanzig Augenpaare schauten zu mir auf. Ausnahmsweise zappelte niemand herum, ärgerte seinen Nachbarn oder redete, wenn er nicht reden sollte. Sie saßen im Schneidersitz auf ihren Matten und warteten geduldig darauf, dass ich weitererzählte. Es würde meine letzte Aktion als ihre Klassenlehrerin sein, und die Bedeutung des Augenblicks war ihnen bewusst. Sie waren noch jung – zu jung, um das Wort Kardiomyopathie aussprechen zu können, geschweige denn, es zu *verstehen* –, und doch gingen sie mit der Situation wesentlich besser um als viele Erwachsene.

»Werden Sie sterben, Miss?« Die Kinder scheuten sich nicht, diese Frage zu stellen, ganz im Gegensatz zu meinen Kollegen. Allerdings war mir aufgefallen, dass die anderen

Lehrkräfte an der Green Hills Primary School mit Besorgnis verfolgten, wie mein einst rosiger Teint immer mehr zu der Farbe von Pergament verblasste und meine Lippen eine bläuliche Färbung annahmen, die sich auch mit rosa Lippenstift nicht mehr überdecken ließ, ganz gleich, wie viel ich auftrug.

Wie die meisten Leute Anfang dreißig hatte ich mich noch nie groß mit meiner eigenen Sterblichkeit auseinandergesetzt, bis vor anderthalb Jahren ein Virus mein Leben auf den Kopf gestellt hatte. Es verfolgte seine ganz eigenen Ziele, und dadurch wurde mein sorgfältig ausgeklügelter Fünfjahresplan von meinem eigenen Körper über den Haufen geworfen.

Meine Familie hat mich schon immer für dickköpfig gehalten, womit sie wahrscheinlich recht hatte, denn ich missachtete monatelang stillschweigend den Rat der Ärzte, dass es an der Zeit war, mit der Arbeit aufzuhören. Es brauchte ein Kind, das auf dem Schulhof hinfiel, sich blutige Knie und ein verstauchtes Handgelenk holte und das ich nicht hochheben konnte, bis ich es endlich einsah. Die, die am meisten darunter litten, dass ich meine Grenzen nicht wahrhaben wollte, waren zugleich diejenigen, die mir am wichtigsten waren: die Kinder.

»Und wenn sie nicht gestorben sind, dann leben sie noch heute.« Mit perfektem Timing kam ich in genau dem Moment zum Ende, als die Schulglocke läutete.

Wenn es für Sechsjährige an der Zeit ist, nach Hause zu gehen, erinnert das meist an eine Mischung aus Gefängnisausbruch und Winterschlussverkauf. Aber überraschenderweise stürmte heute niemand wie verrückt zur Tür. Stattdessen stellten sie sich ordentlich in einer Reihe auf – etwas, wozu ich sie sonst nie hatte bewegen können. Jedes einzelne Kind in meiner Klasse wartete geduldig, bis es dran war, mich zum Abschied zu umarmen. Kein Arbeitszeugnis hätte mir mehr bedeuten können. Wenn das tatsächlich mein letzter Augenblick als Grundschullehrerin war, dann war dies ein wundervolles Abschiedsgeschenk.

Mit den Stiefeln hatte es angefangen. Sie waren neu, unglaublich stylish, aus butterweichem, karamellfarbenem Leder und passten wie angegossen. Immer wenn ich den Reißverschluss hochzog, vergaß ich praktischerweise den horrenden Preis, den ich dafür bezahlt hatte. Sie gaben mir ein gutes Gefühl. Trotz der eher flachen Absätze waren sie schick und bestens geeignet für die Arbeit.

Doch als ich sie eines Morgens anzog, schien der Reißverschluss plötzlich zu klemmen. Ich erinnere mich noch, wie ich mit gerunzelter Stirn versuchte, ihn Stück für Stück hochzuziehen. Angesichts des hohen Preises der Stiefel sollte er doch wesentlich länger halten als nur zwei Wochen. Nachdem ich es schließlich geschafft hatte, einen zu schließen, erging es mir mit dem zweiten ähnlich. Ich vergaß das Ganze – zumindest für die nächsten zehn Stunden.

Als ich am späten Nachmittag von der Arbeit nach Hause kam, sank ich gegen die Eingangstür, die ich hinter mir geschlossen hatte, und wurde wieder mal von einem Hustenanfall geschüttelt. Im Flurspiegel erhaschte ich einen Blick auf mein Gesicht. Ich sah schrecklich aus und klang noch schlimmer. Wie jemand, der jahrzehntelang den Warnhinweis auf der Zigarettenschachtel ignoriert hat – dabei hatte ich noch nie in meinem Leben geraucht.

Es war wenig überraschend, dass ich mir etwas eingefangen hatte, und normalerweise war es für mein Immunsystem kein Problem, mit den Infekten fertigzuwerden, die kleine Kinder so gern mit unbewusster Großzügigkeit weitergaben. Doch diesen Husten wurde ich einfach nicht los. Die Rippen taten mir weh, und ich fand kaum noch Schlaf. Flach zu liegen machte es noch schlimmer, aber selbst mit den Kissen von Toms nun unbenutzter Bettseite fand ich keine Ruhe.

Jetzt wollte ich nur noch in meine Jogginghose schlüpfen und mich aufs Sofa werfen. Die Treppe hinaufzusteigen war wie einen Berg zu erklimmen, und obwohl es nur um dreizehn Stufen ging, musste ich auf halbem Weg stehen bleiben, um meiner Lunge eine Pause zu gönnen.

Ich stieg aus meinem Kleid und ließ es auf dem Schlafzimmerteppich liegen, weil mir die Kraft fehlte, es zum Wäschekorb zu bringen. Tom wäre von der Unordnung nicht begeistert gewesen, aber seit einem halben Jahr bereitete mir das kein Kopfzerbrechen mehr.

Ich setzte mich aufs Bett und beugte mich vor, um die Stiefel zu öffnen. Der Reißverschluss gab keinen Millimeter nach. So schlecht er sich heute Morgen hatte schließen lassen, so schwer ließ er sich nun öffnen. Nach fünf Minuten hartnäckigem Zerren war er nicht einmal halb unten. Die Anstrengung verschlimmerte den Husten noch, und als ich mich schließlich wieder aufrichtete, war meine Stirn von einem feinen Schweißfilm bedeckt.

Ich zog so fest, dass es mich nicht gewundert hätte, wenn die Stiefel kaputtgegangen wären. Als ich es schließlich geschafft hatte, sie auszuziehen, bewegte ich die Füße, streckte die Beine aus und nahm sie genauer in Augenschein. Nach der ganzen Zerrerei sahen meine Knöchel irgendwie dick und geschwollen aus. »Tut mir leid«, entschuldigte ich mich bei meinen aufgeschwemmt aussehenden Extremitäten, »morgen trage ich was Bequemeres.«

So fing alles an.

Am nächsten Morgen waren die Knöchel kaum abgeschwollen, und nach der Husterei der letzten Nacht spürte ich beim Einatmen einen Druck auf der Brust. Dem Internet (das ich zu mitternächtlicher Stunde konsultiert hatte, weil an Schlaf nicht zu denken war) entnahm ich, dass man, wenn man länger als drei Wochen unter Husten litt, zum Arzt gehen sollte. »Nur noch eine Woche«, versprach ich meinem verschwommenen Spiegelbild im Bad, »dann mache ich dem Husten mit Antibiotika den Garaus.« Damals wusste ich noch nicht, dass die Uhr schon in dem Moment tickte.

Bevor ich meinen Morgenmantel anzog, trat ich auf die Badezimmerwaage und stutzte entsetzt, als ich die Zahl auf der Digitalanzeige sah. Drei Kilo mehr. Ich hatte in weniger als einer Woche sechs Pfund zugenommen? Wie war das möglich? Ich konnte praktisch spüren, wie sich über meinem Kopf eine düstere Wolke bildete, während ich ins Schlafzimmer ging, um mich anzuziehen. Zugegeben, seit Tom nicht mehr da war, hatte ich nicht mehr so oft gekocht wie früher, und ja, das Takeaway-Essen war zu einer festen Gewohnheit geworden, aber das erklärte doch nicht eine solche Gewichtszunahme, oder?

Wie auf Autopilot schob ich zwei Scheiben Brot in den Toaster, dann überlegte ich es mir anders und nahm mir stattdessen etwas Obst und einen Joghurt aus dem Kühlschrank. Nicht, dass ich in den letzten beiden Wochen viel Appetit gehabt hätte – das machte die Extrapfunde umso ärgerlicher.

Der Blick auf die Uhr erinnerte mich daran, dass ich in Gang kommen musste. Ich packte meine Sachen zusammen und spähte durch den feinen Nieselregen auf die Straße hinunter. Weil ich es am Tag zuvor nicht geschafft hatte, einen Parkplatz in der Nähe meines Hauses zu ergattern, stand mein Wagen mehrere hundert Meter weit weg. Die Umhängetasche auf meiner Schulter kam mir so schwer vor, als sei sie mit Goldbarren gefüllt. Ich musste zweimal stehen bleiben, einmal, um die Tasche zurechtzurücken, das zweite Mal beunruhigenderweise, weil ich völlig aus der Puste war. Als ich meinen Wagen schließlich erreicht hatte, war ich gezwungen, mir einzugestehen, dass etwas ganz und gar nicht stimmte. Jeder Atemzug fühlte sich an, als würde ich langsam ertrinken.

Ich rief mit zitternden Fingern zuerst die Schulleiterin der Green Hills Primary School an, dann meine Hausarztpraxis. Ich hatte Glück. Gerade hatte ein anderer Patient seinen Termin abgesagt, und falls ich innerhalb von zehn Minuten da sein konnte, würde die Ärztin mich gleich drannehmen. *Vielleicht schaffe ich es danach noch zur Arbeit*, dachte ich, als ich mir einen Weg durch den frühmorgendlichen Verkehr bahnte.

Die Ärztin war neu, Polin und überaus gewissenhaft. Ihr Akzent machte es mir schwer, sie zu verstehen, aber ihr Gesichtsausdruck, als ich in die Praxis schlurfte – wie jemand, der fünfzig Jahre älter war, als der Computer ihr verriet –, sprach Bände. Nach der Untersuchung erklärte sie mir alles langsam und deutlich, und doch begriff ich nicht, was sie mir sagen wollte.

»Ich möchte, dass Sie ins Krankenhaus gehen.«

»Sie meinen, Sie überweisen mich an einen Facharzt?«, fragte ich und wunderte mich, warum sie den Kopf schüttelte.

»Nein. Ich meine, noch heute. Sofort. Haben Sie jemanden dabei, im Wartezimmer? Jemanden, der Sie fahren kann?«

Angesichts des Engegefühls in meiner Brust war ich überrascht, dass die Angst darin noch Platz fand, aber irgendwie hatte sie es geschafft, hineinzukriechen wie eine entschlossene Schlange.

»Nein. Ich … ich bin allein hier. Kann ich nicht einfach selbst ins Krankenhaus fahren?«

Sie schüttelte den Kopf und griff bereits nach dem Telefon auf ihrem Schreibtisch. »Ich fürchte, das wäre nicht ratsam, Miss Kendall – äh … Molly. Ich halte es für das Beste, Ihnen einen Krankenwagen zu rufen.«

Lungenentzündung. Wahrscheinlich ist es eine Lungenentzündung. Die Worte der Ärztin spulten sich auf der Fahrt zum Krankenhaus wie ein stummes Mantra wieder und wieder in meinem Kopf ab. Eine Lungenentzündung war schlimm, keine Frage, aber ich war jung und gesund. Mithilfe von Antibiotika und Bettruhe sollte ich mich rasch davon erholen.

Man schleuste mich im Nullkommanichts durch die Triage, und ich war naiv genug, das für ein gutes Zeichen zu halten. Erst als der Notarzt mir erklärte, dass ich auf die kardiologische Intensivstation kommen würde, wurde mir klar, dass ich mich in ernsthaften Schwierigkeiten befand. Meine Gedanken wirbelten durcheinander; es kam mir vor wie ein schrecklicher Albtraum, aus dem ich hoffentlich jeden Moment erwachen würde. Stattdessen wurde es immer schlimmer. Ich begriff es selbst erst richtig, als ich meine Mutter anrief.

»Hey, Mum, ich bin's.«

»Molly?«, fragte sie ungläubig, nicht, weil sie Zweifel hatte, mit wem sie sprach – es gab niemanden sonst auf der Welt, der sie »Mum« nannte –, aber ich hätte eigentlich in diesem Moment eine Klasse quirliger Sechsjähriger unterrichten sollen.

Eine einzelne Träne lief mir über die Wange, als ich mich fragte, wann und ob ich das je wieder tun würde.

»Gerate bitte nicht in Panik, Mum, aber ich bin im Krankenhaus.«

Vor meinem inneren Auge hatte ich gesehen, wie die Farbe aus ihrem Gesicht wich und sie den Hörer so fest umklammerte, dass ihre Fingerknöchel sich weiß färbten.

»Warum? Was ist passiert?«

»Sie sagen …« Ich hatte mehrmals krampfhaft geschluckt, als mir salzige Tränen in den Mund liefen. »Sie sagen, ich habe eine Herzschwäche.«

Zum letzten Mal räumte ich das Klassenzimmer auf. Ab morgen würde dieser Raum ganz dem Vertretungslehrer gehören, der für den Rest des Schuljahrs übernahm, und ich kam nicht umhin, einen Anflug von Neid auf ihn zu empfinden, weil er die Reise beenden würde, die ich vor sieben Monaten mit diesen Kindern angetreten hatte.

Als ich fertig war, richtete ich mich langsam auf und atmete ein letztes Mal die vertrauten Gerüche ein, um sie mir einzuprägen. Einer davon, der immer ganz hinten im Raum hing, würde mir allerdings nicht fehlen.

»Ich schätze, wir müssen uns fürs Erste verabschieden«, sagte ich feierlich zu Gerald, der Wüstenrennmaus. Das Klassenmaskottchen schaute kurz von seinem nicht enden wollenden Marathon im Laufrad auf. In Mäusejahren gerechnet, gehörte Gerald schon zu den Senioren, und ich hatte mir viel zu lange den Kopf darüber zerbrochen, wie schwer es die Klasse nehmen würde, wenn er nicht bis zum Jahresende überlebte. Die Ironie, die darin lag, dass ich mich eher um meine eigene Lebensdauer hätte sorgen sollen statt um Geralds, entging mir nicht.

»Vielleicht bist du ja noch da, wenn ich zurückkomme«, sagte ich und gab ihm zum Abschied ein Stück Möhre. »*Falls* ich zurückkomme«, fügte ich leise hinzu.

»Natürlich kommst du zurück.«

Lächelnd drehte ich mich zu der Frau um, der die Stimme mit dem unverkennbaren australischen Akzent gehörte.

»Ohne dich ist der Laden hier nicht mehr der gleiche.«

Kyra Davies, Lehrerin der 6. Klasse und eher eine Freundin als eine Kollegin, kam mit dynamischen Schritten zu mir. Mit ihren langen, widerspenstigen blonden Haaren und dem durchtrainierten, sonnengebräunten Körper sah sie aus, als sollte sie eher mit einem Surfbrett unter dem Arm irgendeinen Strand entlanglaufen. Rein äußerlich hätten wir nicht gegensätzlicher sein können: Ich hatte kastanienbraunes Haar, war kleiner und kurviger und hatte einen hellen Teint, der partout nicht braun werden wollte. Aber der Hauptunterschied war, dass Kyra kerngesund aussah.

Ohne ein weiteres Wort ging sie zu meinem Schreibtisch, auf dem zwei Kartons mit Abschiedsgeschenken vom Kollegium und von den Schülerinnen und Schülern standen. »Sollen die ins Auto?«, fragte sie und hob sie mit einer Leichtigkeit hoch, die ich früher für selbstverständlich gehalten hatte.

Ich nickte dankbar, und sie klemmte sich einen Karton unter jeden Arm.

Ich blieb an der Türschwelle kurz stehen, dann knipste ich das Licht aus. Zu gehen, obwohl ich gar nicht gehen wollte, war weit schmerzlicher als erwartet.

»Du hast so vieles bewirkt«, sagte Kyra sanft. »Diese Kinder werden dich nie vergessen.«

Ich wollte ihr widersprechen, ihr sagen, dass das nicht der Grund für meine Traurigkeit war, aber ich brachte es nicht über die Lippen. Denn vergessen zu werden, keine Spur zu hinterlassen, als hätte es mich nie gegeben, genau das war die Angst, die mich nachts zu später Stunde umtrieb. Sie machte mir mehr zu schaffen, als die Herzkrankheit es je gekonnt hätte. Ich hatte geglaubt, diese Furcht tief in mir begraben zu haben, aber anscheinend war sie für diejenigen, die mir am nächsten standen, trotzdem mehr als offensichtlich.

Kapitel 3

ALEX

Alex und Lisa teilten sich ein Arbeitszimmer im ersten Stock ihrer modernen Stadtvilla. Es war das vierte Zimmer, gedacht für Baby Nummer zwei, wann auch immer dieses Familienmitglied beschließen würde, zu ihnen zu kommen. Der Altersabstand zwischen Connor und dem geplanten Neuankömmling würde zugegebenermaßen größer ausfallen, als sie sich gewünscht hätten.

»Meinst du, wir sollten mal jemanden konsultieren?«, hatte Lisa gefragt, ganz vorsichtig, denn sie wusste um Alex' Abneigung gegen medizinische Eingriffe. Es war mehr als nur eine leicht ablehnende Haltung gegenüber Ärzten, es war eine echte, irrationale Phobie vor weißen Kitteln, die er im Alter von fünfunddreißig Jahren längst hätte ablegen oder deren Bewältigung er zumindest hätte in Angriff nehmen sollen. Woher das Ganze rührte, blieb ein Rätsel, Alex konnte es nicht auf irgendeinen Vorfall in seiner Kindheit zurückführen. »Du warst schon immer komisch, wenn's um Krankenhäuser ging«, hatte sein älterer Bruder Todd zu ihm gesagt. »Schon als kleiner Junge.« Vielleicht, dachte Alex, war es wirklich an der Zeit, die Sache anzugehen.

Er warf einen kurzen Blick auf sein Telefon, während er vor dem Laptop auf dem Schreibtisch darauf wartete, dass sich das Dokument öffnete, an dem er arbeiten wollte. Keine Nachricht von Lisa, und inzwischen war es zu spät, um es noch einmal zu versuchen. Sie war jetzt sicher schon auf der Messe und beschäftigt, tauschte sich mit früheren Kollegen aus und stimmte sich auf den Vortrag ein.

Er schickte ihr stattdessen eine kurze WhatsApp-Nachricht und legte das Handy dann beiseite, um sich in seine Arbeit zu vertiefen. Die PR-Firma, die er vor acht Jahren gegründet hatte, bekam bei Unternehmenskunden allmählich die Aufmerksamkeit, die er sich erträumt hatte, und der Pitch, an dem er gerade arbeitete, konnte zu einem Vertragsabschluss führen, der die Firma auf ein ganz neues Level bringen würde.

Zwei Stunden später beschwerten sich seine schmerzenden Nackenmuskeln über die mangelnde Bewegung. Er riss sich vom Schreibtisch los, denn es war Zeit für eine Kaffeepause. Lisas Arbeitsplatz in der anderen Zimmerecke war weit unordentlicher als seiner, auf dem Tisch standen Planetenmodelle, gerahmte Fotos von ihm und Connor, außerdem lag dort ein Papierstapel, der sich immer haarscharf an der Grenze zur Unbeherrschbarkeit bewegte. Ein Windstoß, und Lisa hätte Wochen gebraucht, um ihr nächstes Buchkapitel aus heruntergeladenen und ausgedruckten Kochrezepten und unzähligen uralten To-do-Listen zusammenzuklauben. Alex schmunzelte, denn seine Frau war in jedem der Gegenstände dort auf dem Schreibtisch präsent, vom angebrochenen Tütchen Fruchtgummis bis zum jüngsten Pappmascheemodell, das sie mit Connor gebastelt hatte.

Alex ging die Holztreppe hinunter. Für den Fall, dass die Schule anrief, hatte er das Telefon mitgenommen – allerdings hoffte er, dass das, was auch immer seinem Sohn heute früh zu schaffen gemacht hatte, mittlerweile wieder vergessen war. Während der Kaffee durchlief, rief Alex beim Italiener an und reservierte einen Tisch für den Abend. Es war zwar etwas spät für Connor, der am nächsten Morgen Schule hatte, aber heute war für die Familie Stevens ein wichtiger Tag, der gebührend gefeiert werden sollte.

Alex schaute zu, wie der Kaffee langsam in die Kanne rann, was ihn einen Moment lang unangenehm an einen medizinischen Tropf erinnerte. Das Haus erschien ihm ohne seine beiden weiteren, lebhafteren Bewohner ungewöhnlich still, und weil er sich etwas ablenken wollte, griff Alex nach der Fernbedienung. Um diese Zeit lief wahrscheinlich wieder eine von diesen Immobiliensendungen oder eine Werbung, die die Frage aufwarf, ob man seine Lieben in seinem Testament schon angemessen berücksichtigt hatte. Wie er erheitert feststellte, hatte er richtig geraten; genau solch ein Spot wurde gerade in der Werbepause gesendet. Alex stellte den Ton aus und drehte sich wieder zur Arbeitsplatte um, wo die Kaffeemaschine röchelte. Er füllte seinen Becher wie immer randvoll, sodass er unweigerlich Kaffee verschütten würde.

Die Tasse in der einen, die Fernbedienung in der anderen Hand, wollte er gerade den Fernseher ausschalten, als er in der oberen rechten Bildschirmecke ein rotes Banner mit der Aufschrift »Eilmeldung« sah. Es war warm in der Küche, dank der gut funktionierenden Fußbodenheizung, aber von einem Moment auf den anderen hatte Alex das Gefühl, er wäre durch die Eisdecke eines zugefrorenen Sees gebrochen. Das Bild war grobkörnig, wahrscheinlich aus einem Hubschrauber aufgenommen, oder vielleicht von einer Drohne. Aber man konnte das Ausmaß der Zerstörung trotzdem gut erkennen. An den Eisenbahngleisen warteten unterschiedlichste Rettungsfahrzeuge. Nur zwei Waggons standen noch, die anderen waren aus den Schienen gesprungen und auf die Seite gekippt, verformt und ineinander verkeilt. Der Anblick erinnerte an eine Spielzeugeisenbahn, die von einer riesigen Hand beiseitegefegt worden war.

Alex' Finger wollten ihm nicht mehr gehorchen, er drückte dreimal den falschen Knopf, bis der Ton endlich wieder da war. Der Unfall konnte überall in England passiert sein, sagte er sich, versuchte zugleich aber hektisch, anhand der Aufnahmen auszumachen, wo sich das Unglück ereignet hatte. Der Fernseher dröhnte in der ansonsten stillen Küche, während Alex die Ticker-Nachrichten las, die unter den Livebildern durchliefen. Er hatte das Gefühl, sich übergeben zu müssen. *Inzwischen wurden von offizieller Seite mindestens vier Todesfälle bestätigt.* Nichts auf den Bildern machte den Ort des Unglücks für ihn identifizierbar; er sah bloß Felder, auf denen überall Wrackteile verstreut lagen.

Alex spürte ein Brennen in den Augen, erlaubte sich aber nicht, zu blinzeln, weil er nichts Wichtiges übersehen wollte, etwas – irgendetwas –, das ihm Gewissheit geben konnte, dass diese furchtbare Tragödie andere Familien betraf, aber nicht seine. Es war ein egoistischer Gedanke, das war ihm bewusst, doch er konnte ihn nicht unterdrücken und lauschte angestrengt dem Bericht des Sprechers, während das Blut in seinen Ohren rauschte.

»Wir sehen ein weiteres Mal die Bilder des tragischen Zugunglücks von heute früh. Bisher sind nur wenige Details bekannt, aber wir wissen, dass es zahlreiche Verletzte gibt und viele Fahrgäste noch in den Waggons eingeschlossen sind. Der Zug war um 7:48 Uhr in Norwich losgefahren und auf dem Weg nach …«

Der Kaffeebecher fiel Alex aus der Hand und zerschellte auf dem schwarz-weißen Fliesenboden, von dem er heute früh noch Connors verschütteten Orangensaft aufgewischt hatte. Er hörte ein leises, verzweifeltes Stöhnen und dachte zuerst, es käme aus dem Fernseher, nur um erschüttert festzustellen, dass es ihm selbst entwichen war.

Den Blick immer noch wie gebannt auf den Bildschirm gerichtet, griff er nach seinem Handy und ging hektisch seine Kontaktliste durch, wählte Lisas Nummer und hörte das Freizeichen. Ihre Worte erlösten ihn einen Augenblick lang aus seinem Albtraum, doch dann wurde ihm zum zweiten Mal an diesem Tag klar, dass es nur die Mailboxansage war.

»Lisa«, sagte er, und selbst seine Frau hätte seine Stimme wohl nicht erkannt. »Lisa, ist alles in Ordnung? Ich habe gerade in den Nachrichten von einem Unglück erfahren. Bitte sag mir, dass mit dir alles okay ist. Ruf mich an. Bitte, Schatz, ruf mich an!«

Er beendete die Verbindung.

Das Telefon legte er nicht mehr weg, behielt es fest in seiner schweißfeuchten Hand, doch das verfluchte Ding wollte einfach nicht klingeln. Auf dem Fernsehbildschirm wurde jetzt eine Nummer eingeblendet, wie er es bei vielen anderen Unglücksfällen schon gesehen hatte – die Nummer, von der jeder hoffte, sie niemals wählen zu müssen.

Für Angehörige von Personen, die heute Morgen möglicherweise mit diesem Zug unterwegs waren, wurde folgende Notfallnummer eingerichtet.

Alex' Finger zitterten heftig, als er in der Küchenschublade einen Stift suchte und keinen fand, bloß einen von Connors Wachsstiften. Er wagte es nicht, den Blick auch nur eine Sekunde vom Bildschirm abzuwenden, und riss ein Blatt Papier so heftig von der Kühlschranktür, dass der Magnet durch die Küche flog. Das Bild seines Sohnes mit der Telefonnummer zu verunstalten erschien ihm falsch, aber alles, was während der letzten fünf Minuten geschehen war, war falsch gewesen.

Seine ersten beiden Versuche, die Nummer zu wählen, gingen schief. Es war, als hätten ihn seine motorischen Fähigkeiten verlassen. Sein Hirn hingegen arbeitete auf Hochtouren; blitzartig jagten Szenen und Bilder durch seinen Kopf, und sie waren von einer so furchtbaren Klarheit, dass er nur inständig hoffen konnte, sie wären nicht real.

Sieben Mal hörte er das Freizeichen, bevor jemand abnahm, und bei jedem Mal hatte er das Gefühl, innerlich ein bisschen mehr zu sterben. Die Männerstimme am anderen Ende der Leitung klang ruhig und professionell, aber inzwischen war Alex derart in Panik, dass ihn nichts mehr beruhigen konnte.

»Langsam, bitte«, sagte der Mann beschwichtigend. Alex gab sich alle Mühe, aber sein Herz und seine Gedanken rasten, und er hatte schreckliche Angst.

»Sie glauben also, dass Ihre Frau in dem Zug saß, der heute Morgen verunglückt ist?«

Alex hätte vor lauter Frust fast geflucht. Natürlich glaubte er das! Weshalb hätte er diese Nummer sonst wählen sollen? »Ja. Ja«, sagte er und fiel dem Mann ins Wort, bevor der weitersprechen konnte. »Lisa Stevens. Sie hat auf jeden Fall den Zug um 7:48 Uhr nach London genommen. Wissen Sie, ob es ihr gut geht?«

Am anderen Ende der Leitung herrschte einen Moment lang Schweigen, und alles in der Küche schien stillzustehen. Das war der Augenblick, von dem Alex wusste, er würde sich für den Rest seines Lebens daran erinnern.

»Es tut mir leid, Mr Stevens. Sie ist nicht auf unserer Liste.«

»Was soll das heißen? Ist sie dann unverletzt? Geht es ihr gut?«

Trotz des professionellen Tons konnte Alex auch Mitgefühl in der Stimme des Mannes hören. »Der Name Ihrer Frau steht nicht auf der Liste, die uns die Bahnpolizei zur Verfügung gestellt hat, doch wie Sie sich vorstellen können, ändert sich die Lage von Minute zu Minute. Wir erhalten laufend neue Informationen über weitere Fahrgäste.«

»Und was soll ich jetzt machen?«, fragte Alex verzweifelt. Ihm liefen Tränen über die Wangen, und er versuchte gar nicht erst zu verbergen, dass er weinte.

»Haben Sie versucht, Ihre Frau auf dem Handy zu erreichen, falls sie eins dabeihat?«

»Das war das Erste, was ich getan habe«, antwortete er halb schluchzend, halb schreiend. »Ent… Entschuldigung. Ich habe ihr heute früh eine Nachricht geschrieben, aber sie ist nicht als gelesen markiert, und sie nimmt nicht ab und antwortet nicht auf meine Nachricht auf dem Anrufbeantworter. Außerdem, wenn es ihr gut gehen würde, hätte sie mich sofort kontaktiert! Sie würde nicht wollen, dass ich mir solche Sorgen mache.«

»Ich kann gut verstehen, dass Sie sehr besorgt sind. Ich werde Ihnen die Namen und Telefonnummern der drei Krankenhäuser durchgeben, in denen die Verletzten behandelt werden. Sie können dort direkt nachfragen, ob sie eingeliefert wurde. Und bitte nehmen Sie nicht das Schlimmste an, nur weil Ihre Frau nicht ans Telefon geht. In Fällen wie diesem kommen den Menschen oft persönliche Gegenstände abhanden. Wir haben jetzt Ihre Kontaktdaten. Wenn wir irgendwelche Neuigkeiten über Ihre Frau erhalten, rufen wir umgehend zurück.«

Alex schaffte es gerade noch rechtzeitig in die Toilette im Erdgeschoss. Das letzte Mal, als er sich hatte übergeben müssen, hatte es an dem vermutlich zu großzügig bemessenen Anteil Tequila gelegen, mit dem Lisa ihnen ein paar Margaritas gemixt hatte. Er war damals genauso aus der Gästetoilette gewankt wie jetzt, nur war er diesmal nicht betrunken, und Lisa wartete nicht in der Küche auf ihn, lächelnd und mit einer Entschuldigung und einem kühlen Lappen, den er sich auf die Stirn legen konnte. Sie war … Sie war … Er wusste nicht, wo sie war, verdammt noch mal, und einen schrecklichen Augenblick lang dachte er, er würde wieder zurück zum WC laufen müssen. Aber die Schwäche, sich vor lauter Angst zu erbrechen, konnte er sich jetzt nicht erlauben. Er musste Anrufe erledigen.

Logischerweise hing er bei jedem der Krankenhäuser unerträglich lange in der Warteschleife. Und als sich die Leute endlich meldeten, sagten sie alle das Gleiche. Niemand war unter dem Namen seiner Frau eingeliefert worden.

Nach dem dritten Anruf stand Alex schwankend in der Küche. Waren das gute Neuigkeiten oder schlechte? All seine Gesprächspartner hatten betont, dass die Lage sich fortwährend änderte und nach wie vor am laufenden Band Rettungswagen in die Notaufnahme kamen. »Und was soll ich jetzt machen?«, hatte er gefragt. »Rufen Sie später wieder an«, lautete die Antwort.

Der Fernseher lief noch immer, der Ton auf Flüsterlautstärke heruntergedreht. »Warten Sie einen Augenblick«, sagten alle, wenn er wieder anrief. Machten die Witze? Wie konnte er warten, wo doch die Frau, die ihm alles bedeutete, in ihrem System unauffindbar war, vielleicht verletzt war, vielleicht … Nein, er wollte sich das nicht vorstellen, trotzdem krümmte er sich, als hätte er einen Schlag in die Magengrube bekommen, weil der Newsticker im Fernsehen nun die schreckliche Neuigkeit verkündete, dass die Zahl bestätigter Todesfälle inzwischen auf acht gestiegen war.

»Hey, Alex, warum rufst du denn mitten am Tag an?«

Alex hatte seine Schwägerin Dee gleich vom ersten Augenblick an gemocht, als Todd sie ihm damals vorgestellt hatte, aber im Moment wollte er nicht mit ihr sprechen.

»Ist Todd da?«

Wie sie allein diesen drei Worten entnehmen konnte, dass etwas Furchtbares passiert sein musste, war ihm ein Rätsel, aber sie hatte offensichtlich besonders feine Antennen.

»Was ist passiert?«

Er brachte kein Wort heraus. Und er hatte das Gefühl, er würde das, was er sagen wollte, nur einmal sagen können. »Bitte, Dee, gib mir Todd.«

Am anderen Ende der Leitung waren Geräusche und Stimmen zu hören, gefolgt von sich nähernden Schritten.

»Alex?« Die Besorgnis in der Stimme seines älteren Bruders war unverkennbar, und vielleicht war das der Grund, weshalb Alex abermals weinte, obwohl er gehofft hatte, die Tränen zurückhalten zu können.

»Es ist wegen Lisa«, flüsterte er heiser. »Es gab einen Unfall.«

»*Was?* Bei der Messe?«

Todd war verwirrt, und plötzlich wusste Alex, dass er die Worte, die ihn zu ersticken drohten, nicht würde aussprechen können. »Mach die Fernsehnachrichten an«, sagte er kraftlos und lehnte sich an die Küchenwand.

Er hörte, wie seine Schwägerin aufschrie, dann ein Geräusch, als würde jemand mit der Hand ein Schluchzen ersticken.

»O Gott«, sagte Todd mit zittriger Stimme.

»Ich kriege von den zuständigen Stellen keine Informationen! Vielleicht wurde sie in eines von drei Krankenhäusern gebracht, oder sie steckt noch im Zug fest oder sie … oder sie …« Er würde diesen Satz niemals beenden können.

»Was machen wir denn jetzt, um Himmels willen?«

Genau deshalb hatte Alex angerufen. Weil Todd immer derjenige gewesen war, der den Durchblick hatte, der instinktiv wusste, was als Nächstes zu tun war. Alex war, wie er selbst zugab, ein Hitzkopf gewesen, als sie beide noch jünger waren. Erst eine gewisse wunderschöne junge Frau mit einer Liebe zur Astronomie, zu Büchern und zu ihm hatte ihn zu dem Mann gemacht, der er heute war.

»Du hast doch gerade ein paar Tage Urlaub. Meinst du, du kannst Connor heute Nachmittag von der Schule abholen? Ich muss da hin.«

»Wohin?«

»Zu den Krankenhäusern. Beim Unglücksort. Ich weiß nicht … Ich muss Lisa finden.«

»Puh. Langsam, mein Lieber. Atme erst mal tief durch.«

»Ich kann nicht! Nicht, bis ich weiß, dass mit Lisa alles in Ordnung ist.«

Todds Stimme klang jetzt stark gedämpft, Alex wusste, dass sein Bruder das Mobilteil mit der Hand abdeckte, während er mit Dee sprach.

»Okay, hör zu, wir machen Folgendes. Dee wird zu Connors Schule fahren, ihn abholen und mit zu uns nehmen. Connor kann mit Maisie spielen, bis du wieder da bist – bis du und Lisa, bis ihr wieder da seid«, korrigierte er sich sofort. Doch Alex hatte den Lapsus bemerkt.

Todd fuhr in einem Ton fort, der keinen Widerspruch duldete: »Aber ich lasse dich auf keinen Fall allein da hin. Warte noch zwanzig Minuten, dann hol ich dich ab. Wir fahren gemeinsam.«

Alex hatte nicht mitbekommen, wie seine Knie nachgegeben hatten, aber es musste passiert sein, denn er war an der Wand hinab auf den Boden gesunken.

»Danke. Danke. Danke.«

»Bleib stark, Bruderherz. Ich bin schon unterwegs.«

Kapitel 4

ALEX

Todd hatte nicht zu viel versprochen. Sie wohnten so weit voneinander entfernt, dass zwanzig Minuten Fahrzeit optimistisch geschätzt gewesen waren, trotzdem stand Todd siebzehn Minuten später vor der Tür.

Alex war währenddessen in der Küche auf und ab gegangen. Einerseits hatte er Angst, die Nachrichten zu schauen, andererseits hatte er den Blick aber auch nicht vom Bildschirm lösen können. Es wurde nichts Neues berichtet, weder im Fernsehen noch online, und doch sah er sich dieselben Bilder stets aufs Neue an und versuchte, unter den Verletzten, die man aus dem zerstörten Zug befreite, seine Frau auszumachen. Jedes Mal, wenn er ihr Gesicht wieder nicht entdeckte, geriet er noch mehr in Panik.

Der Kies in der Einfahrt spritzte auf, als Todd seinen Wagen schwungvoll neben Alex' Auto zum Stehen brachte. Durch das Fenster sah Alex, wie sein Bruder aus dem Fahrzeug sprang und eilig zur Haustür sprintete. Er öffnete, noch bevor Todd den glänzenden Messingtürklopfer berühren konnte.

Sie fielen sich in die Arme und hielten einander fest wie zuletzt bei der Beerdigung ihres Vaters vor vier Jahren. »Alles wird gut, Alex. Ich bin ganz sicher.«

Doch Alex konnte an Todds rauer Stimme erkennen, dass er in Wahrheit weit davon entfernt war, sich irgendeiner Sache sicher zu sein. In seiner Kindheit hatte Alex seinen älteren Bruder vergöttert und alles geglaubt, was Todd ihm erzählte. Er hätte ihm auch jetzt gern geglaubt, aber die Umstände legten einen anderen Schluss nahe.

»Bist du so weit?«

Alex nickte und zog die Tür hinter sich zu, ohne noch einmal ins Haus zu gehen, um den Fernseher auszuschalten, oder nachzusehen, ob die Türen abgeschlossen waren. Seine Nachlässigkeit hätte Lisa, die routinemäßig alles zweimal überprüfte, erschüttert. Warum hatte ihn diese Angewohnheit von ihr immer so gestört?, fragte er sich, während er sich auf den Beifahrersitz schwang. Er schwor sich im Stillen, sich nie wieder darüber aufzuregen.

Das war der erste von vielen Vorsätzen, die er während ihrer zweieinhalbstündigen Fahrt nach London fasste. Lisa würde den Ausbund an Tugend, der er ab jetzt sein wollte, nicht wiedererkennen. Bei dem Gedanken verzog sich sein Mund, aber es wurde nur eine Grimasse – er würde erst wieder lächeln können, wenn er sie gesund und munter vor sich sah.

Todd war stets ein vorsichtiger Fahrer gewesen, der sich an die Verkehrsregeln hielt, was aber nichts damit zu tun hatte, dass er von Beruf Anwalt war. Er war einfach so gestrickt. Wäre Alex nicht zu abgelenkt gewesen, hätte es ihn also schockiert, dass sein Bruder auf jeder Straße innerhalb kürzester Zeit das Tempolimit erreichte und dann noch etwas fester aufs Gaspedal trat. Während Todd damit beschäftigt war, Bußgelder wegen zu schnellen Fahrens zu riskieren, war Alex mit seinem Telefon beschäftigt. Alle zehn Minuten rief er bei den drei Krankenhäusern an.

Todd sagte nichts, aber nach jedem ergebnislosen Anruf umfasste er das Lenkrad ein wenig fester.

Zwanzig Meilen vor London erhielt Alex endlich die Nachricht, auf die er gewartet hatte.

»Lisa Stevens? Ja, sie wurde gerade bei uns im St Mark's Hospital eingeliefert.«

Alex fiel ein Stein vom Herzen, und keuchend rief er: »Sie ist da? Oh, Gott sei Dank! Wie geht es ihr? Wissen Sie, ob sie verletzt ist?«

Todd löste kurz den Blick von der Fahrbahn und sah erleichtert in Alex' Richtung.

Es folgte eine unangenehm lange Pause, bevor die Person am anderen Ende der Leitung wieder ans Telefon kam. »Es tut mir sehr leid, ich habe keine weiteren Informationen über ihren Zustand. Aber laut unserem System wird sie gleich auf die Intensivstation verlegt.«

Alex' Hoffnungen auf kleinere Schnitt- und Quetschwunden oder selbst ein gebrochenes Bein oder einen gebrochenen Arm zerstoben auf der Stelle, und was blieb, waren Sorgen von einer ganz neuen Dimension.

»Wenn sie sie auf die Intensivstation bringen, muss es schlimm sein.«

Todd hielt den Blick auf die Straße gerichtet, und der Tacho zeigte an, dass sie gerade mit achtzig Meilen die Stunde fuhren. »Nicht unbedingt«, sagte er und wog dabei seine Worte vorsichtig ab. »Es könnte sein, dass sie sie nur genauer beobachten wollen, um ihren Zustand besser einschätzen zu können.«

Als sie die Londoner Außenbezirke erreichten, verlangsamte sich ihr Tempo durch das übliche Verkehrschaos zu einem unerträglichen Dahinkriechen im Stop-and-go-Modus.

»Meinst du, ich soll noch mal da anrufen?«, fragte Alex mit besorgtem Blick auf den Verkehr und dann auf seine Armbanduhr.

»Laut Google Maps sind wir noch zwölf Minuten entfernt. Ich schlage vor, wir warten erst mal ab und schauen lieber vor Ort, wie die Lage ist.«

Noch bevor der Wagen vor dem Haupteingang des St Mark's Hospital völlig zum Stehen gekommen war, war Alex bereits aus dem Fahrzeug gesprungen und rannte zum Eingang.

»Ich fahr ins Parkhaus und komme nach!«, rief Todd ihm hinterher, sehr laut, um die Sirenen zu übertönen, die aus allen Richtungen zu kommen schienen. Aber Alex hastete bereits durch die Drehtür.

Wenn es im Foyer eine Art Ordnung gab, konnte Alex sie nicht erkennen. Er sah nur Chaos und überall Menschen, die hilflos herumstanden, die meisten von ihnen wirkten so verstört wie er selbst. Manche hielten Fotos ihrer Lieben in der Hand und zeigten sie verzweifelt jedem, der vorbeiging, in der Hoffnung, der- oder diejenige könnte ihre Angehörigen gesehen haben. Andere standen in Gruppen zusammen und weinten leise.

Man hatte für alle, die Fragen zu den Fahrgästen im Zug hatten, einen gesonderten Informationsstand aufgebaut, dahinter hing ein handgeschriebenes Schild schief an der Wand. Alex' Herz schlug wie ein Presslufthammer, als er auf den Stand zulief. Er war mit zwei Krankenhausangestellten besetzt, die heute vermutlich einen der schlimmsten Tage ihres Arbeitslebens durchstehen mussten.

Ein älteres Paar war schon dort, sie hatten die Arme so fest umeinandergeschlungen, dass man nicht sagen konnte, wer wen stützte.

»Unser Sohn saß in dem Zug«, hörte Alex den Mann mit brüchiger Stimme sagen. »Niemand hat uns Auskunft geben können, wo er ist. Vielleicht können Sie uns weiterhelfen?«

Die Angestellte schaute auf ihrem Bildschirm nach und nahm dann eines von mehreren Klemmbrettern vom Tresen. Die Namensliste war erschreckend lang. Alex sah das verzweifelte Paar von der Seite an. Es schauderte ihn, als er sich vorstellte, nicht Lisa, sondern Connor würde vermisst. Er hatte gedacht, die tiefsten Abgründe dieses Wirklichkeit gewordenen Albtraums bereits erreicht zu haben, und stellte überrascht fest, dass es noch weit schlimmere Szenarien gab.

Die zweite Frau hinter dem Tresen winkte ihn zu sich, und die Worte sprudelten ihm schon über die Lippen, ehe er ganz bei ihr war. Sie tippte etwas in ihren Computer, nicht annähernd so schnell, wie Alex es sich wünschte. Er hatte so lange gebraucht, um hierherzufahren, und jetzt war er nur Minuten davon entfernt, Lisa zu sehen, sodass ihm jede Sekunde, die er noch länger von ihr getrennt verbringen musste, wie Folter vorkam.

»Ah, ja, da ist sie.« Die Angestellte griff zum Telefon. »Ich rufe mal auf der Station an, damit jemand runterkommt und Sie zu ihr bringt.«

Alex schüttelte den Kopf. »Nicht nötig. Sagen Sie mir einfach, auf welcher Etage sie liegt. Ich finde den Weg schon allein.«

Die Angestellte wirkte beunruhigt, aber Alex war es egal, dass er wahrscheinlich gerade die Hausregeln brach. Er konnte keinen Augenblick länger warten. Der ältere Herr nickte ihm bekräftigend zu, bevor er sich wieder seiner Frau zuwandte, die leise weinte.

»Im fünften Stock, aber Sie sollten wirklich …«

Doch Alex hatte sich schon umgedreht und suchte im Foyer nach den Aufzügen. Er rief dem älteren Paar noch zu: »Ich hoffe, Sie bekommen bald gute Neuigkeiten!«

Der Mann mit dem schütteren weißen Haar und dem verängstigten Blick nickte mitfühlend. »Das hoffe ich auch für Sie, mein Junge.«

Vor den Aufzügen stand eine Menschenmenge. Besucher mit Blumensträußen warteten geduldig neben Krankenhauspersonal, das seinen täglichen Routineaufgaben nachging, als wäre die Welt heute nicht völlig auf den Kopf gestellt worden. Niemanden schien es auch nur im Geringsten zu stören, dass sich alle Fahrstühle aktuell mindestens zehn Stockwerke über dem Foyer befanden. Aber Alex störte es. Und zwar gewaltig.

Er fuhr herum und hastete durch eine Doppeltür, die in das Treppenhaus führte. Nachdem er Stunden im Auto gesessen hatte und nichts hatte tun können, war es ein gutes Gefühl, sich selbst an seine Grenzen zu bringen und die Treppe hinaufzulaufen, zwei oder sogar drei Stufen auf einmal zu nehmen. Er rannte Lisa entgegen, kam ihr endlich näher, und wenn er bei ihr war, würde er ihr nie wieder von der Seite weichen.

Auf die Station zu gelangen war schwieriger, als er sich hätte vorstellen können. Es gab zwei Türen, durch die man per Summer hereingelassen werden musste, und als Alex das geschafft hatte, wurde er gleich von einem Pfleger aufgehalten, dessen beeindruckende Unterarme eher zum Türsteher eines Nachtclubs gepasst hätten als zu einem Krankenhausangestellten. Alex überlegte kurz, ob er sich unter ihm hindurchducken, über den Gang laufen und nach Lisa rufen sollte. Doch dann schüttelte er über sich selbst den Kopf und fragte sich, ob es möglich war, dass man vor Angst den Verstand verlor.

»Mr Stevens?«, fragte der Krankenpfleger.

»Ich ... Ja, ich bin Alex Stevens. Meine Frau ist hier.«

Dass die Angestellte vom Informationsstand angerufen hatte, um sein Kommen anzukündigen, irritierte ihn nur am Rande, und die Bedeutung des Ganzen wurde ihm erst viel später klar. Im Augenblick ging es Alex einzig und allein darum, ohne weitere Verzögerung zu Lisa zu gelangen.

»Ja, das stimmt. Ich bringe Sie zu ihr.«

Das waren die Worte, auf die Alex den ganzen Vormittag lang gewartet hatte, und doch waren seine Beine merkwürdig kraftlos, als er dem Pfleger über den quietschenden Linoleumboden durch den Flur folgte.

»Wie geht es ihr? Wie schlimm ist sie verletzt?«

Der Pfleger verlangsamte seine Schritte und legte Alex eine Hand auf die Schulter. »Die Ärzte werden Ihnen das Ausmaß der Verletzungen erklären«, sagte er und blickte auf dem ansonsten leeren Flur unwillkürlich nach links und rechts, als hoffe er, wie von Zauberhand würde jemand erscheinen, der Alex' Fragen besser beantworten konnte.

»Ihre Frau hat diverse Verletzungen erlitten«, begann der Mann, und er sprach langsam, als wüsste er bereits, dass Alex Mühe haben würde, den Sinn seiner Worte zu erfassen. »Nach unseren Informationen war sie in einem der vorderen Wagen, die am stärksten betroffen waren.«

Alex sah vor seinem inneren Auge wieder die Nachrichtenschleife mit den aus den Schienen gesprungenen, zusammengestauchten Waggons. Er konnte den mitfühlenden Blick des Pflegers nicht ertragen und starrte stattdessen auf das Namensschild, das er angesteckt hatte. »Declan O'Keefe« las Alex darauf, und als sein Gegenüber weitersprach, wurde ihm bewusst, dass ihm der starke irische Akzent des Mannes bis eben gar nicht aufgefallen war.

»Ihre Frau wurde wegen ihrer Kopfverletzungen auf diese Station gebracht«, erklärte der Pfleger weiter.

Alex schwankte, und jetzt hätte er die Hand des Mannes eher als Stütze gebraucht denn zum Trost. Kopfverletzungen? Neue Abgründe taten sich auf.

»Bevor ich Sie zu ihr bringe, muss ich Ihnen sagen, dass sie im Augenblick an Geräte und Monitore angeschlossen ist. Wenn man das vorher nicht weiß, kann einen der Anblick etwas erschrecken, und …«

»Aber sie wird doch wieder gesund, oder? Ihr Zustand wird sich bessern?« Alex' Unterbrechung klang wie eine wütende Anschuldigung, doch Pfleger Declan hatte wohl ein dickes Fell und genug Erfahrung, um damit umgehen zu können.

Alex vermutete, dass er solche Situationen schon des Öfteren erlebt hatte.

»Darüber müssen Sie mit den Ärzten sprechen. Sobald ich Sie zu ihr gebracht habe, schaue ich, ob jemand für ein Gespräch zu Ihnen kommen kann.« Er blickte Alex traurig und entschuldigend an. »Wie Sie sich vorstellen können, geht hier heute alles drunter und drüber.«

Alex war gewarnt worden. Declan hatte sein Bestes getan, um ihn darauf vorzubereiten, und doch war Alex selbst nach Begriffen wie »Kopfverletzungen« und »Monitore« nicht auf den schrecklichen Anblick gefasst, bei dem sich ihm beinahe der Magen umdrehte. Er wurde in ein kleines Zimmer geführt, blieb jedoch auf der Schwelle stehen, und als er es schaffte, einzutreten, war es, als würde er in einen Fahrstuhl steigen wollen und dann merken, dass er in den leeren Aufzugschacht stürzte.

»Sie atmet nicht selbstständig? Sie wird beatmet?«, fragte er an den Pfleger gewandt.

Declan nickte langsam.

Alex' Beine schienen ihn kaum mehr zu tragen, als er zu dem Krankenbett hinüberging, in dem die einzige Frau lag, die er jemals geliebt hatte. Ihre Reglosigkeit erschütterte ihn am meisten. Lisa war jemand, der immer in Bewegung war; selbst im Schlaf konnte sie nicht anders, als ihm die Decke oder das Kopfkissen wegzunehmen. Sie nun so zu sehen kam ihm zutiefst unwirklich vor. Über ihr Kinn verlief ein hässlicher, dunkler Bluterguss, aber noch schockierender war der Beatmungsschlauch aus Kunststoff zwischen ihren Lippen, die er nur Stunden zuvor noch geküsst hatte. Mit wachsender Sorge ließ er den Blick zu dem riesigen Verband um ihren Kopf wandern. Er war so voluminös, dass ihr Schädel seltsam deformiert wirkte.

»Lisa, Schatz, ich bin hier. Ich bin's, Alex.« Er beugte sich zu ihr hinab, um sie auf die Wange zu küssen, und betrachtete dabei ihre geschlossenen Lider, die ihn an eine Porzellanpuppe erinnerten. Er nahm durch das Gewirr von Kabeln und Schläuchen, das sie mit weiß Gott wie vielen Apparaten und Monitoren verband, ihre Hand. Lisa hätte ihm wahrscheinlich sagen können, wie jedes einzelne dieser Dinger hieß. Sie schaute mit Begeisterung Arztserien im Fernsehen, Alex hingegen hatte sich aus so etwas nie viel gemacht. Er war in keiner Hinsicht für die Welt gerüstet, in die er sich plötzlich versetzt sah.

Lisas Hand regte sich nicht, als er seine Finger mit ihren verschränkte, und selbst als er sie fester umfasste, drückte sie nicht zurück wie sonst. Vorsichtig, mit sichtbar zitternden Fingern, berührte er mit seiner anderen Hand Lisas glatte Wange.

»Kann sie … Kann sie mich hören? War sie schon bei Bewusstsein, seit sie hier ist?«

Declan wirkte hin- und hergerissen, als wollte er Alex nicht anlügen, ihm aber auch nicht den letzten Strohhalm nehmen, an den er sich verzweifelt klammerte. »Sie ist in diesem Zustand, seit sie hier eingeliefert wurde«, antwortete er mit sorgsam gewählten Worten. »Aber Sie sollten unbedingt weiter mit ihr sprechen.«

Anschließend zauberte er von irgendwoher einen Plastikstuhl herbei und stellte ihn hinter Alex. »Setzen Sie sich«, sagte er und wartete, bis Alex sich langsam auf den Stuhl hatte sinken lassen. »Ich komme wieder, sobald ich kann.«

Alex zog den Stuhl noch etwas näher ans Kopfende des Bettes, als würden die zusätzlichen Zentimeter Nähe einen Unterschied machen.

»Hey, Schatz. Zeit zum Aufwachen.« Diese Worte, mit denen er Lisa jeden Morgen weckte, passten nicht hierher, sie gehörten in ihr Ehebett, an einen Ort der Ruhe und Geborgenheit, sie hätten unter einer Bettdecke geflüstert werden müssen und nicht in einem Krankenzimmer mit piependen Apparaten. Aber vielleicht waren sie der Schlüssel zu der Tür, hinter der seine Frau gefangen war. »Bitte, Liebling. Mach die Augen auf. Zeig mir, dass mit dir alles okay ist, dass alles gut wird.«

Seine Tränen fielen auf ihre ineinander verschränkten Hände. Er schmeckte ihr Salz auf Lisas Haut, als er sein Gesicht auf ihr Handgelenk legte und sich mit dem rhythmischen Pochen ihres Pulses an seinen Lippen tröstete.

Das Geräusch eiliger Schritte ließ ihn hochschrecken. Er schaute sich um, ohne sich um die Tränenspuren auf seinen Wangen zu kümmern, und wappnete sich dafür, im nächsten Moment jemanden im weißen Kittel durch die Tür treten zu sehen. Aber das einzig Weiße an dem Mann, der ins Zimmer kam, war sein Gesicht.

»Himmel. O Scheiße.« Todd war weder religiös, noch neigte er zum Fluchen, sein Ausruf bewies also eindeutig, dass alles wirklich so schlimm aussah, wie auch Alex es wahrnahm.

Todd kam zögernd ans Bett, und sein Blick wanderte immer wieder zwischen seiner Schwägerin und seinem Bruder hin und her. »Wie geht es ihr?«

Angst schnürte Alex die Kehle zu, sodass er kaum einen Ton herausbrachte. Er brauchte drei Anläufe, bis er seine Stimme wiedergefunden hatte. »Ich habe noch keinen Arzt gesprochen. Sie haben gesagt, jemand kommt vorbei, um mit mir zu reden.«

Todd nickte und stellte sich neben ihn, blickte auf die Geräte, auf die bewusstlose Frau im Krankenbett und registrierte, dass kein Personal da war und sich um sie kümmerte. Er war von Berufs wegen ein logisch denkender Mensch, aber jetzt hoffte er inständig, dass das, was er sah, nicht das bedeutete, was er glaubte.

Kapitel 5

MOLLY

Ich hatte drei Textnachrichten von ihr bekommen. Alle waren unglaublich lang, was bedeutete, dass sie eine Ewigkeit dafür gebraucht hatte. Aus irgendeinem Grund hatte meine Mutter es nie geschafft, sich die Kunst anzueignen, Textnachrichten mit den Daumen zu tippen. Vielleicht eine Generationsfrage. Ihre Zeichensetzung war perfekt, der Text in Absätze untergliedert und eingerückt, er enthielt sogar das eine oder andere Semikolon. Einmal Bibliothekarin, immer Bibliothekarin, dachte ich lächelnd.

Ich nahm das Handy mit in meinen handtuchgroßen Garten, wo ich besseren Empfang hatte. Die Holzbank, die in einem sonnigen Winkel stand, fühlte sich angenehm warm an, als ich darauf wartete, dass Mum abnahm.

»Molly.« Es war mir ein Rätsel, wie sie es schaffte, meinen Namen mit so viel Besorgnis in der Stimme auszusprechen. »Warum rufst du mich an?«

»Weil die netten Leute von Apple Smartphones erfunden haben?«, erwiderte ich.

Witze zu reißen war stets meine Art gewesen, mit Problemen umzugehen. Manchmal vergaß ich, dass Mum es nicht immer zu schätzen wusste.

Sie gab ein missbilligendes »Tssss« von sich. »Du weißt genau, was ich meine. Du solltest besser Textnachrichten schreiben, damit andere Anrufe – wie die wichtigen vom Krankenhaus – durchkommen können.«

»Mum, ich bin mir sicher, wenn mich jemand so unbedingt erreichen will, gibt er nicht nach dem ersten Anruf auf.«

»Es besteht kein Grund, ein unnötiges Risiko einzugehen.«

Ich seufzte leise. Es war sinnlos, ihr zu widersprechen. Es brachte nichts, ihr zu sagen, dass sie sich beruhigen und keine Sorgen um mich machen sollte. »Ich bin deine Mutter. Es ist mein Job, mir Sorgen um dich zu machen.« Sie hatte den Spruch so oft wiederholt, dass er klang wie ein Firmenmotto. Und in den achtzehn Monaten seit meiner Diagnose hatte sie sich dieser Aufgabe tatsächlich mit aller Kraft gewidmet.

Mit ihren siebzig Jahren hätte sie lieber ihre Freundinnen beim Bridge abzocken, bowlen gehen oder endlich die Kreuzfahrt machen sollen, die sie sich schon lange vorgenommen hatte. Stattdessen war sie ungefähr zwanzig Jahre zurückgereist, in eine Zeit, als ihre Priorität gewesen war, sich um ihr kleines Mädchen zu kümmern. Die Tatsache, dass das »kleine Mädchen« vor Kurzem seinen einunddreißigsten Geburtstag gefeiert hatte, schien dabei keine Rolle zu spielen.

»Wie war dein letzter Tag?«

»Traurig, berührend und emotional.« Unerwartet spürte ich einen Kloß im Hals. »Es war schwieriger, als ich mir vorgestellt hatte, Mum.«

»Das glaube ich dir, Liebes.« Ich hatte die Tür geöffnet, darum konnte ich ihr schlecht vorwerfen, dass sie sich hindurchzuquetschen versuchte. »Vielleicht ist es an der Zeit, dass ich zu dir komme – nur für eine Weile, um dich aufzumuntern.«

Ich lächelte trocken. Mittlerweile hätte ich eigentlich gelernt haben sollen, solche Landminen im Gespräch zu umgehen, stattdessen war ich genau auf sie draufgetrampelt. »Das haben wir doch schon hundertmal besprochen, Mum. Ich will nicht, dass du dein ganzes Leben für mich auf Eis legst.«

»Mein Leben bedeutet mir nicht mehr viel, wenn du nicht mehr da bist.«

Das hatte ich nicht kommen sehen. Gerade als ich gedacht hatte, ich hätte alles im Griff, hätte meinen Frieden mit dem Blatt gemacht, das das Schicksal mir zugeteilt hatte, fuhr es mir wie ein unsichtbarer Dolch durch die Rippen. Mitten in mein versagendes Herz.

»Komm schon, Mum. Wir waren uns doch einig, dass wir positiv denken müssen. Alles wird gut gehen. Und ich brauche niemanden, der sich um mich kümmert.« *Zumindest noch nicht*, fügte ich in Gedanken hinzu. »Außerdem, was würde aus Bertie werden, wenn du zu mir kommst?« Das war nicht fair, denn ich wusste, wie sehr sie ihren kleinen West Highland Terrier liebte. Nach dem Tod meines Vaters vor fünf Jahren hatte ich ihr den lebhaften kleinen Hund geschenkt, damit sie etwas Gesellschaft hatte, ohne zu ahnen, dass er zur neuen Liebe ihres Lebens werden würde. Es war kein Geheimnis, dass nichts von dem, was Bertie fraß, aus der Tierfutterabteilung im Supermarkt stammte und dass er auf der Seite des Bettes schlief, die früher Dads gewesen war. Ich konnte es ihr nicht verübeln. Aus eigener Erfahrung wusste ich, dass es eine ganze Weile dauerte, bis man sich daran gewöhnt hatte, dass eine Hälfte des Doppelbetts plötzlich leer blieb.

»Tja, mein Koffer steht fertig gepackt bereit. Nur zur Sicherheit.«

Ich dachte an meinen eigenen Koffer, der ebenfalls gepackt im Garderobenschrank stand. Statistisch gesehen würde er wahrscheinlich eine Menge Staub ansetzen, bevor ich ihn wieder hervorholen musste.

»Das kann noch Jahre dauern, Mum«, erinnerte ich sie sanft. Wir hatten dieselbe Literatur gelesen; sie wusste das ebenso gut wie ich.

»Oder fünf Minuten«, gab sie zurück.

Ich öffnete den Kühlschrank und starrte mit lauwarmem Interesse die verschiedenen Fertiggerichte an, die ordentlich aufgestapelt in den Fächern lagen. Ich hatte Mühe, mich für Essen zu begeistern, das kaum noch zu identifizieren war, sobald es aus der Mikrowelle kam. Vor nicht allzu langer Zeit war Kochen eine meiner Lieblingsbeschäftigungen gewesen. Ich hatte stundenlang Kochbücher gewälzt und den Prozess der Planung, des Einkaufens, der Vorbereitung und Zubereitung immer sehr genossen.

»Allmählich verwandelst du dich in eine Fünfzigerjahrehausfrau«, hatte Kyra mich aufgezogen, als sie im Lehrerzimmer gesehen hatte, wie ich Rezepte aus einer Zeitschrift ausschnitt.

»Ich finde es ungemein befriedigend, etwas Gesundes selbst zu kochen. Außerdem weiß Tom es wirklich zu schätzen.«

»Darauf wette ich. Du bist der Jackpot für ihn, meine Liebe. Wenn der Mann ein bisschen Grips hat, lässt er dich nie wieder gehen.«

Aber am Ende hatte er es doch getan. Oder ich hatte ihn gehen lassen. Da war ich mir nie so ganz sicher.

Meine Freude am Kochen hatte zur selben Zeit abgenommen wie mein Appetit und meine Energie. Das einzig Positive daran war, dass meine Taille noch nie schlanker gewesen war. Das Negative – es gab niemanden mehr, der den Arm darum legte und es bemerkte.

Kapitel 6

ALEX

Alex schien es, als wären Stunden vergangen, bis der Arzt endlich kam, um mit ihnen zu sprechen. Aber Todd wusste, es waren genau sechsundfünfzig Minuten gewesen. Er hatte auf der Wanduhr im Zimmer jede einzelne verstreichen sehen.

»Mr Stevens?«

Als sie ihren Namen hörten, drehten sich beide Männer um. Der Arzt war groß, dunkelhaarig und hatte kräftige Augenbrauen, die über der Nase zusammengewachsen waren. An seinem Kinn zeigte sich ein deutlicher Dreitagebart. Der Mann machte den Eindruck, als hätte er schon bedenklich lange sein eigenes Bett nicht mehr gesehen.

Am Grad der Verzweiflung in ihren Gesichtern war für ihn offenbar leicht abzulesen, welcher Mr Stevens mit der Frau im Krankenbett verheiratet war. Er ging auf Alex zu und streckte ihm förmlich die Hand entgegen.

»Mr Stevens, ich bin Dr. Lloyd-Gordon und leite das Team, das sich heute um Ihre Frau gekümmert hat.«

Alex verkniff sich die Bemerkung, dass sich abgesehen von Declan, der mehrfach ins Zimmer gekommen und wieder verschwunden war, niemand sonst erkennbar um Lisa gekümmert hatte.

»Es tut mir leid, dass es so lange gedauert hat. Sie sind sicherlich sehr in Sorge.«

Alex' Abneigung gegenüber Ärzten konnte sich auf verschiedene Weise äußern, und eine davon war Wut. »Warum schaut hier denn keiner nach ihr?«, hatte er gewettert, während sie auf Informationen über Lisas Zustand warteten. »Müsste sie nicht operiert oder behandelt werden?«

»Ich weiß es nicht«, hatte Todd geantwortet, der genauso überfordert war wie sein Bruder. »Vielleicht muss sich ihr Zustand erst stabilisieren oder so.« Sie verwendeten das Vokabular aus einem Jargon, der ihnen beiden fremd war, und die quälende Ungewissheit wurde während der langen Wartezeit immer unerträglicher.

»Wollen wir uns vielleicht in einer etwas ruhigeren Umgebung unterhalten?«, fragte Dr. Lloyd-Gordon und nickte Declan, der gerade wieder ins Zimmer kam, kurz zu.

»Nein«, knurrte Alex wie ein in die Enge getriebenes Tier. Er schluckte und rang nach Fassung. »Ich möchte Lisa auf keinen Fall allein lassen.« Er schaute zu seiner Frau. Es schien unwahrscheinlich, dass sie es merken würde, wenn er das Zimmer verließ, aber er wollte dennoch nicht von ihrer Seite weichen. Alex wusste, welche Nachrichten man in »etwas ruhigerer Umgebung« übermittelte. Für so etwas war er nicht annähernd bereit. »Können wir das Gespräch bitte hier führen?«

Der Arzt nickte kurz und warf Declan einen Blick zu, woraufhin der Pfleger leise die Tür schloss. Für einen langen Moment sahen sich die vier Männer einfach nur an. Dr. Lloyd-Gordon räusperte sich, doch zu seiner eigenen Überraschung ergriff Alex als Erster das Wort.

»Sie haben schlechte Nachrichten, nicht wahr?«

Der Arzt seufzte leise. »Ja, Mr Stevens, leider. Der Zustand Ihrer Frau ist ausgesprochen ernst. Ich weiß, Sie haben gerade eine Menge zu verarbeiten, und …«

»Wie ernst?«, unterbrach ihn Alex. Was auch immer der Arzt ihm zu sagen hatte, es konnte sicher nicht schlimmer sein als die Qual, nicht Bescheid zu wissen. Aber selbst das war ein Irrtum.

»Um es auf eine für Nichtmediziner verständliche Art auszudrücken: Ihre Frau hat beim Zugunglück ein akutes Schädeltrauma mit katastrophalen Folgen erlitten.«

Katastrophal. Dieses Wort verwendete man in Meldungen über Zyklone, Erdbeben oder Tsunamis. Es gehörte nicht in ein Gespräch über eine junge Ehefrau und Mutter, die einen der besten Tage in ihrem ganzen bisherigen Berufsleben vor sich gehabt hatte. Wie hatte das geschehen können? Wie konnte es sein, dass ihnen das passiert war?

»Aber Sie kriegen sie doch wieder hin, nicht wahr?«, fragte Alex und war sich voll und ganz bewusst, dass er in seiner Verzweiflung so klang, als würde er einen Automechaniker bitten, seinen Wagen zu reparieren, obwohl es um die Frau ging, die er liebte.

»Die Kopfverletzungen Ihrer Frau sind gravierend.« Der Arzt schwieg für einen Moment, bis seine Worte in den dunkelsten Winkel von Alex' Herz gekrochen waren und sich dort niederließen. »Die Sanitäter und Ärzte am Unfallort haben ihren Zustand stabilisiert, und nach ihrer Einlieferung bei uns wurde sie an ein Beatmungsgerät angeschlossen, das jetzt die Atmung für sie übernimmt.«

»Und sie kann daran angeschlossen bleiben, bis sie wieder aus eigener Kraft atmet?«

»Es tut mir wirklich sehr leid, aber ich muss Ihnen sagen, dass sich Ihre Frau von ihren Verletzungen nicht mehr erholen wird.«

Vor Alex schien sich die Erde aufzutun, und ihm war, als stürzte er in eine bodenlose Tiefe. »Aber es muss doch etwas geben, was Sie tun können? Sie können sie doch nicht einfach aufgeben!« Angst und Verzweiflung schnürten ihm die Kehle zu, und er hatte das Gefühl, zu ersticken. »Wir haben einen kleinen Sohn. Er heißt Connor.« Unwillkürlich klopfte er seine Taschen nach seinem Portemonnaie ab, was lächerlich war – als würde es etwas ändern, wenn er dem Arzt ein Foto ihres Kindes zeigte. »Er ist erst sechs. Er braucht seine Mutter«, stammelte Alex. »Wir beide brauchen Lisa.«

Er hörte, dass jemand weinte, aber als er sich mit dem Handrücken über die Wange fuhr, merkte er zu seiner Überraschung, dass sie trocken war. Mehr als die Worte des Arztes, mehr noch als das, was Alex mit eigenen Augen sah, machte ihm Todds leises Weinen klar, dass das alles kein Traum war.

»Als Ihre Frau heute Vormittag auf die Station kam, haben wir eine Reihe von Tests vorgenommen; Tests, mit denen sich ihre Hirnfunktionen überprüfen ließen.«

Alex brauchte gar nicht erst zu fragen, was bei diesen Tests herausgekommen war. Seine brillante Frau, die in ihrem ganzen Leben nie bei einem Test durchgefallen war, hatte bei diesem hier versagt.

»Wir wollen die Tests noch einmal wiederholen, um unsere ersten Ergebnisse zu verifizieren.«

Der Raum, in den man sie brachte, war klein und unpersönlich. Es schien eine Ewigkeit zu vergehen, und doch klopfte es andererseits viel zu schnell an der Tür. Dr. Lloyd-Gordon und Declan kamen mit einer Frau herein, die sie vorher noch nicht gesehen hatten. Niemand brauchte etwas zu sagen, die Körpersprache der drei verriet alles.

»Nein, nein, nein.« Alex schüttelte trotzig den Kopf, wollte es nicht wahrhaben. »Sie lebt doch noch. Sie atmet noch. Ich konnte ihren Puls spüren!«

»Das ist nur dank der Geräte der Fall«, erklärte der Arzt. Sein Ton war jetzt streng und ließ keinen Raum für Hoffnung. »Es tut mir sehr leid, aber ich muss es Ihnen mitteilen. Unsere Tests haben es eindeutig bestätigt. Ihre Frau ist tot. Der Verlust ihrer Hirnfunktionen ist irreversibel. Sie wird sie nicht wiedererlangen.«

Die Worte des Arztes ließen Alex' Welt zusammenbrechen.

»Wir brauchen etwas Zeit«, sagte Todd bestimmt und übernahm damit das Kommando – etwas, wozu Alex nicht mehr imstande war.

»Du hast es gewusst, oder?«, fragte Alex heiser, als sie mit schweren Schritten über den Flur zu Lisas Zimmer zurückgingen.

Auch wenn er hundert Jahre alt werden würde, nie würde er den schmerzerfüllten Blick vergessen, mit dem Todd ihn ansah. »Du auch, stimmt's?«

Alex nickte und stolperte tränenblind zu Lisas Bett. Diskret verließ Todd den Raum gleich wieder und murmelte, er habe »ein paar Dinge zu erledigen«. Alex hob nicht einmal den Kopf.

»Ich bin wieder da, Schatz«, sagte er, und seine Stimme brach, als ihm klar wurde, dass er ihr das nie wieder beim Heimkommen nach dem Aufschließen der Haustür zurufen würde. Nie wieder würde er ihr Lachen durch das Haus schallen hören oder in ihre wunderschönen blauen Augen blicken, die ihm seine eigene Liebe zurückspiegelten. Tausende »Ich liebe dich«, die er ihr nicht mehr würde sagen können. Unter der Last des Gedankens an eine Zukunft ohne Lisa gaben seine Knie nach.

Er schaffte es irgendwie, sich neben sie auf das Bett zu legen und die Arme um den reglosen Körper seiner Frau zu schlingen. Sehr vorsichtig zog er sie an sich, in ihre Lieblingsschlafposition, und ihre Wange ruhte dabei an seiner Brust.

Es regnete immer noch; die Tropfen rannen wie Tränen die Fensterscheibe hinab. Alex sah ihnen zu und spürte dabei, wie

Lisas Brust sich hob und senkte. Es war das letzte Mal, dass er sie so in den Armen halten würde.

»Es regnet«, flüsterte er dem geliebten, stillen Körper in seinen Armen zu. Sie würde ihn heute verlassen, bei Regen. Und vielleicht war es von Anfang an so vorherbestimmt gewesen, denn so waren sie sich auch begegnet – während es regnete …

Wäre Alex nicht so ein hundsmiserabler Partner gewesen, hätte er Lisa nie kennengelernt. Er hatte Anna schon seit etwa einem Monat gedatet, sie kannten sich von der Arbeit, und nach sieben Verabredungen mit ihr hatte er geglaubt, sie wären beide auf einer Wellenlänge. Aber offensichtlich waren sie auf völlig verschiedenen Kanälen unterwegs gewesen. Alex' Beziehungshandbuch hatte ihm nicht verraten, dass er sich in dieser Phase ihres Kennenlernens deutlich mehr Mühe hätte geben müssen. Eine solche Kritik war vermutlich berechtigt. Es war oft vorgekommen, dass er nicht anrief, obwohl er es versprochen hatte, oder zu ihren Treffen zu spät kam.

Weil er beweisen wollte, dass er kein kompletter Versager war, hatte er an jenem Abend beschlossen, Anna zu überraschen. Er hatte eine karierte Picknickdecke gekauft, eine Flasche überteuerten Rotwein und zwei Karten für eine Freiluftaufführung von »Romeo und Julia«.

Die Details hatte er ihr nachmittags per Textnachricht zukommen lassen, und eine Viertelstunde bevor der Chor dem Publikum erklären konnte, was sich jüngst im schönen Verona zugetragen hatte, schrieb Anna ihm zurück. Und servierte ihn ab. Wahrscheinlich hatte er es nicht anders verdient, wobei er jedoch gut auf die Zusatzinformation hätte verzichten können, dass Anna jetzt mit ihrem Mitbewohner schlief, den sie schon die ganze Zeit über heimlich angeschmachtet hatte.

Das Stück hatte gerade angefangen, und es war zu spät, um die Sachen zusammenzupacken, ohne die anderen Theatergäste zu stören. Also öffnete Alex den Wein, machte es sich auf der Decke bequem und tat nach Kräften so, als würde ihn das Stück interessieren. In der Pause wollte er den Abflug machen. Aber zu seiner Überraschung hatte er während des zweiten Akts festgestellt, dass er Shakespeare doch ganz gut fand. Wer hätte das gedacht?

Der Starkregen hatte unvermittelt und ohne Vorwarnung eingesetzt und überraschte sowohl die Zuschauer als auch die Schauspieler. Es war kein leichter Sommerschauer, sondern ein Wolkenbruch. Julia verharrte noch immer heldenhaft auf ihrem Balkon, als der Inspizient auf die Bühne trat und erklärte, dass die Aufführung abgebrochen werden müsse.

Die Leute liefen kreuz und quer durcheinander, als hätten sie noch nie einen Regen erlebt. Alex ließ seine durchnässte Picknickdecke liegen, nahm die Weinflasche und suchte Zuflucht unter einer alten Eiche. Er schüttelte sich wie ein Hund das Wasser ab und fuhr sich über die Augen, als sich eine andere, ebenso pitschnasse Zuschauerin zu ihm gesellte.

»Darf ich?«, fragte sie und deutete auf das trockene Fleckchen unter den Ästen.

Alex zuckte mit den Schultern. »Klar, bitte.«

Sie lächelte ihn an und strich sich das nasse Haar aus dem Gesicht. Es war schulterlang und in trockenem Zustand wahrscheinlich blond. So standen sie nebeneinander und sahen in den Regen hinaus. Sie war groß, beinahe so groß wie er, und hatte eine schlanke Figur, die darauf schließen ließ, dass sie im Fitnessstudio nicht bloß zu den Kunden mit guten Neujahrsvorsätzen gehörte. Und sie war zu hundert Prozent nicht sein Typ. Alex stand auf kleine, kurvige Brünette – wie Anna, dachte er und verzog bitter den Mund.

»Glaubst du, es hört bald auf?«

Er trat einen Schritt unter dem Schutz der Baumkrone hervor. Der Regen war noch heftiger geworden.

»Nein, eher nicht. Sieht so aus, als ginge das noch den Rest des Abends so weiter.«

»Mist«, sagte die Frau, um gleich darauf charmanterweise zu erröten, als hätte sie etwas sehr Unanständiges gesagt. War das der Augenblick gewesen, als er sie zum ersten Mal richtig anschaute und bemerkte, dass sie ihm doch gefiel?

Sie trug einen langen, leichten Rock, der ihr nass an den Oberschenkeln klebte, und ein Trägertop, bei dem sehr offensichtlich war, dass sie darunter keinen BH anhatte. Es kostete ihn einige Mühe, den Blick auf die Bereiche oberhalb ihres Kinns zu richten.

»Ist dir kalt?«, fragte er – eine ziemlich unnötige Frage, wo ihr doch die Zähne klapperten wie Kastagnetten. Er wartete ihre Antwort nicht ab, sondern zog seine Jeansjacke aus und legte sie ihr um die Schultern.

Sie lächelte ihn dankbar an, und er verspürte ein merkwürdiges Flattern in der Magengrube. Plötzlich wollte er nicht mehr, dass der Regen aufhörte; er wünschte sich, dass es weiter schüttete wie aus Kübeln und sie beide für den Rest des Abends unter diesem Baum bleiben mussten.

»Und, gefällt dir die Geschichte von den beiden Liebenden unter einem unglücklichen Stern?«, fragte er und war sich bewusst, wie idiotisch das klang.

Sie war so nett, nicht über seine unbeholfenen Aufreißversuche zu lachen. »Ich mag alles, was mit Sternen zu tun hat«, sagte sie zu seiner Überraschung. »Ich studiere Astronomie.«

»Oh, interessant. Ich bin übrigens Jungfrau. Im Sternzeichen.« Alex fragte sich, ob es zu früh war, um so offensiv zu flirten, aber an dieser jungen Frau war etwas Besonderes.

»Astronomie, nicht Astrologie«, korrigierte sie ihn und konnte sich gerade noch ein Grinsen verkneifen.

»Das war mir schon klar.«

Ihre Blicke trafen sich, und es fiel ihm außergewöhnlich schwer, wieder wegzuschauen.

»Ich bin übrigens Alex.«

»Lisa.«

Er blickte zum Himmel hinauf, aus dem es erfreulicherweise immer noch in Strömen goss.

»Was hältst du davon, wenn wir einfach losrennen? Auf der anderen Seite des Parks gibt's ein Pub, da könnten wir uns aufwärmen und abtrocknen … und vielleicht was trinken?« Er hatte Herzklopfen, als wäre es das erste Mal, dass er eine Frau um ein Date bat.

Sie zögerte nicht – was eigentlich gar nicht ihre Art war, wie sie ihm später anvertraute.

Der Boden war aufgeweicht und rutschig, und so reichte er ihr die Hand, damit er sie stützen konnte, falls sie ausrutschte, und sie ergriff sie.

Und als sie beim Pub angekommen waren, hatte Alex bereits gewusst, dass er sie nie wieder loslassen würde.

»Sie wollen noch mal mit uns sprechen«, sagte Todd, eine Hand auf Alex' Arm gelegt.

»Warum? Was gibt es denn noch zu sagen?«

Todds Berührung war fest, aber auch eindringlich. Er war komplett im Krisenbewältigungsmodus, und Alex vermutete, es tat ihm gut, beschäftigt zu sein. Er hatte alle angerufen, die informiert werden mussten, und lange Zeit auf dem Gang mit

Dee telefoniert. Als er nun mit rot geränderten Augen wiederkam, konnte er seinem Bruder zumindest sagen, dass Connor gerade fröhlich mit seiner Cousine Maisie spielte. Vom Unfall hatte man ihm noch nichts erzählt.

»Wie soll ich ihm das bloß beibringen?«, fragte Alex mit brüchiger Stimme. »Wie erklärt man so was einem Kind?«

»Eins nach dem anderen«, sagte Todd beruhigend. »Kümmern wir uns erst mal um die Formalitäten hier im Krankenhaus.«

»Sie wussten nichts davon, Alex? Ihre Frau hat es Ihnen gegenüber nie erwähnt?«

Alex schüttelte stumm den Kopf und konnte keinen klaren Gedanken fassen. Er fühlte sich von dem Gespräch völlig überfordert. Die Frau, die ihm mit Dr. Lloyd-Gordon gegenübersaß, war eine speziell ausgebildete Fachkraft, deren Worte ihm, trotz des sanften Tonfalls, ins Herz schnitten wie ein Skalpell. »Sie haben nicht gewusst, dass Lisa sich als Organspenderin hat registrieren lassen?«

Alex schaute erschrocken zu Todd.

»Ihre Frau hat ihren Wunsch nie mit Ihnen besprochen?«, beharrte die Frau, die sich ihnen als Gillian vorgestellt hatte.

»Nein, nie«, sagte Alex.

Er hatte nicht damit gerechnet, dass ihm sein Bruder vorsichtig widersprach. »Eigentlich stimmt das nicht ganz. Etwa vor einem Jahr, als sie bei uns zu Besuch war, kam das Thema mal in einem Gespräch auf.«

Bruchstücke von einer längst vergessenen Unterhaltung drangen nach und nach wieder in Alex' Bewusstsein. Lisa hatte von einem Nachrichtenbeitrag über Organspenden erzählt. Alex schüttelte den Kopf und versuchte, sich diese beiläufigen Bemerkungen genauer ins Gedächtnis zu rufen. Ihm fiel ein, dass sie gesagt hatte: »Wenn mir jemals was passieren sollte …«, aber damals hatte er sie schnell unterbrochen, denn er konnte den Gedanken an eine Welt ohne Lisa nicht ertragen. »Also, ich für meinen Teil denke, *meine* Leber wird niemand mehr gebrauchen können, wenn ich sie noch ein paar Jährchen bearbeite«, hatte er gesagt. Ein lahmer Witz, der Alex' wahre Gefühle und seine Angst durchscheinen ließ.

»Wieso hat sie mir nicht gesagt, dass sie sich als Spenderin hat registrieren lassen? Warum erfahre ich das erst hier, im Krankenhaus?«

Todd schwieg für einen Moment. »Ich glaube, Lisa hat dir nichts gesagt, weil sie wusste, wie komisch du reagierst, wenn es um medizinische Dinge geht.«

Alex senkte den Blick und betrachtete seine Hände, die zu Fäusten geballt auf seinen Knien lagen.

»Und was, wenn ich Einspruch erhebe? Was, wenn ich nicht will, dass man so was mit ihr macht?«

Todd seufzte. »Ich werde dich unterstützen, ganz gleich, wie du dich entscheidest. Aber willst du wirklich gegen Lisas Willen handeln, in einer Sache, die ihr so wichtig war, dass sie sich hinter deinem Rücken hat registrieren lassen, nur, damit du dich nicht aufregst? Selbst wenn wir rechtlich dagegen vorgehen wollten – und ich bin mir nicht einmal sicher, ob das überhaupt möglich wäre –, willst du wirklich verhindern, dass sie auch im Tod noch anderen Menschen hilft, wo sie das doch ihr ganzes Leben lang getan hat? Sie hat jedem geholfen. Lisa hatte das größte, großzügigste Herz …«

Als Todd die unglückliche Wortwahl bemerkte, biss er sich auf die Lippe und schwieg. Doch als er wieder hochblickte, sah er in Alex' Gesicht etwas Neues, etwas, das aussah wie Stolz.

»Ja, du hast recht.«

Kapitel 7

MOLLY

Es fühlte sich seltsam an, abends ins Bett zu gehen, ohne den Wecker auf sechs Uhr zu stellen. Die Zukunft erstreckte sich vor mir wie eine endlose, leere Straße – keine Reise, auf die ich mich besonders freute. Ich warf einen Blick auf die leere Bettseite neben mir, und zum ersten Mal seit langer Zeit ertappte ich mich dabei, dass mir der Mann, der dort früher immer gelegen hatte, fehlte.

Tom und ich hatten an der Uni im selben Haus gewohnt, waren in unserem letzten Jahr zusammengekommen und nach dem Examen zusammengezogen, ohne uns die Zeit zu nehmen, darüber nachzudenken, ob das wirklich eine gute Idee war. Uni-Beziehungen hatten etwas von Urlaubsromanzen an sich, einige hielten auch in der realen Welt, andere nicht. Wir waren sechs Jahre zusammen gewesen, aber in den letzten beiden Jahren eigentlich nur noch Freunde. Die Trennung war einvernehmlich, und wir hatten uns geschworen, in Kontakt zu bleiben. Natürlich gelang uns das nicht. Aber vielleicht war das ja besser so, denn sechs Monate später wurde ich krank. Tom war ein netter Kerl, und hätte er noch immer zu meinem Leben gehört, als ich die Diagnose erhielt, hätte er mich nie im Stich gelassen. Und das wäre schlecht für uns beide gewesen.

Selbst wenn man der kränkste Mensch in seiner Familie ist – wenn das Telefon mitten in der Nacht klingelt, geht man automatisch alle älteren Verwandten durch und fragt sich, wen man womöglich verloren hat. *Bitte, lass es nicht Mum sein*, betete ich stumm, als ich die Bettdecke zurückwarf und in den Flur rannte. »Komme!«, rief ich dem Telefon zu, während ich so schnell wie möglich nach unten eilte. Für jemanden, der so gut wie gar nicht mehr rannte, legte ich ein überraschendes Tempo an den Tag. Trotzdem kam ich erst nach dem letzten Klingeln an und starrte besorgt auf das jetzt verstummte Telefon. Aber bevor ich nachschauen konnte, ob ich die Nummer kannte, hörte ich Nina Simones unverkennbare Stimme aus meinem Schlafzimmer, die der Welt verkündete: »And I'm feeling good.« Es war das Lieblingslied meines Vaters gewesen, und immer wenn mein Klingelton erklang, fühlte ich mich ihm ein kleines Stück näher.

Ich lief also die Treppe wieder hinauf und schaffte es gerade noch, mein Handy von der Ladestation auf meinem Nachttisch zu nehmen. Anstrengung und Furcht verwandelten meine Stimme in ein unverständliches Keuchen. Glücklicherweise sprach der Anrufer zuerst.

»Ist da Molly? Molly Kendall?«

Benommen nickte ich, bis mir einfiel, dass ich eine hörbare Antwort geben musste. Am Ende sprachen die Frau und ich gleichzeitig, sodass ich nur das Ende ihres Satzes hörte.

»... kommen Sie sofort ins Krankenhaus.«

Es hatte also einen Unfall gegeben. So musste es sein. War Mum hingefallen, oder hatte *sie* etwa in einer grausamen Wendung des Schicksals einen Herzinfarkt bekommen? Sie war schließlich im passenden Alter und weiß Gott gestresst genug.

»Entschuldigen Sie. Könnten Sie das noch einmal wiederholen?«

»Hier ist das Mount Crescent Hospital, Molly. Wir möchten, dass Sie so schnell wie möglich herkommen. Wir haben möglicherweise ein Spenderherz für Sie.«

Zwanzig Minuten später kam das Taxi. Gerade genug Zeit, um mich anzuziehen und die wichtigsten Dinge zu erledigen. Ich spürte einen Druck auf der Brust, aber zum ersten Mal bekam ich dabei keine Panikgefühle. Es war so lange her, seit ich mich derart gefreut hatte, dass ich das Gefühl fast nicht erkannt hätte.

Nachdem ich die hoffnungsvollen Prophezeiungen meiner Mutter, der Anruf könne jederzeit kommen, stets abgetan hatte, griff ich jetzt nach dem Handy, um zu Kreuze zu kriechen.

Mum ging beim ersten Klingeln ran, entweder, weil sie an Schlaflosigkeit litt, oder weil sie aus Angst vor schlechten Nachrichten ständig in Alarmbereitschaft war. Beides war ihrer Gesundheit nicht zuträglich. Aber vielleicht würden wir uns, wenn das alles vorbei war, beide davon erholen. Sie ließ mich die gute Neuigkeit dreimal wiederholen, und ich glaube, erst beim letzten Mal ging ihr wirklich auf, was das bedeutete. »Unglaublich! Bist du sicher, dass sie das gesagt haben, Molly?«

Mein Lachen klang brüchig wie Glas. Ich spürte, wie mir die Fassung zu entgleiten drohte, atmete tief ein und riss mich zusammen. »Ich denke nicht, dass sie darüber Scherze machen würden, Mum.«

Ihre Stimme klang plötzlich belegt, als würde sie sich bemühen, die Tränen zurückzuhalten. »Das geht jetzt so schnell. Es ist also wirklich schon heute Nacht so weit?«

Etwas Kaltes stieg mir aus dem Magen in die Kehle. »Ja, ist es.«

Eine Pause entstand, als uns die Tragweite des Moments voll bewusst wurde. Mum brach das Schweigen. Wenn meine erste Reaktion Humor war, war sie eher pragmatisch veranlagt.

»Wie kommst du ins Krankenhaus? Du willst doch wohl nicht selbst fahren, oder?«

»Nein. Ich habe mir ein Taxi bestellt; es ist in ein paar Minuten hier.«

»Dann treffen wir uns im Krankenhaus, Liebes.«

Es war halb drei morgens, und obwohl der vernünftige Teil von mir meiner siebzigjährigen Mutter sagen wollte, dass sie zu Hause bleiben und auf Neuigkeiten warten sollte, wollte ein anderer Teil das alles nicht ohne sie durchstehen.

»Würde es Ihnen etwas ausmachen, den Koffer für mich zum Auto zu tragen? Tut mir schrecklich leid, aber ich schaffe es nicht.«

Der Mann hob das Gepäckstück hoch, blieb im gelben Lichtkegel einer nahe gelegenen Straßenlaterne stehen und musterte mich. Ich konnte praktisch sehen, was in seinem Kopf vorging. Junge Frau, sichtlich nervös, ruft ein Taxi, das sie mitten in der Nacht ins Krankenhaus bringen soll.

»Sie haben hoffentlich nichts dagegen, wenn ich frage, ob Sie ein Baby kriegen, oder? Weil schon mal jemand auf dem Rücksitz meines Taxis entbunden hat, und nichts für ungut, ich würde das lieber nicht noch mal mitmachen.«

Während ich dem Taxifahrer versicherte, dass ich ihn nicht zur Hebamme wider Willen machen würde, verbannte ich das schlabbrige Oberteil, das ich trug, gedanklich schon in die Altkleidersammlung. »Ich krieg definitiv kein Kind«, erklärte ich ihm. Meine Stimme klang irgendwie seltsam. Das lag nicht nur an der Nervosität oder der unterdrückten Aufregung; darunter verbarg sich noch ein anderes Gefühl, das ich nicht einordnen konnte. »Obwohl es auf gewisse Art doch eine Wiedergeburt ist«, fuhr ich fort. »Ich bekomme heute Nacht ein neues Herz, verstehen Sie?«

Der Fahrer sah nicht aus wie der Typ Mann, der oft sprachlos war, aber bei meinen Worten blieb ihm der Mund sekundenlang offen stehen. Er trat einen Schritt zurück und sah mich an, wie ein Entschärfungskommando vermutlich einen Blindgänger taxiert.

»Soll ich *Sie* vielleicht auch zum Auto tragen?« Er warf panisch einen Blick hinter mich, vermutlich in der Hoffnung, einen bisher noch nicht aufgetauchten Partner zu erspähen, der mich begleiten würde.

Tut mir leid, mein Freund, wir bleiben unter uns. »Ich kann prima allein gehen.«

Es war das erste Mal, dass sich ein Taxifahrer dreimal vergewisserte, ob ich sicher angeschnallt war, bevor er losfuhr. Er schüttelte den Kopf, murmelte vor sich hin und schaute zweimal in den Rückspiegel, bevor er auf die völlig leere Straße ausscherte. Er fuhr wie ein Achtzigjähriger bei der Fahrprüfung oder ein Mann, der Nitroglyzerin transportiert.

Obwohl es nicht nötig war, bestand er darauf, meinen Ellbogen zu nehmen und mich bis in die Kardiologie zu begleiten. Er war so um mein Wohlergehen besorgt, dass ich ihn tatsächlich daran erinnern musste, dass ich ihm noch Geld für die Fahrt schuldete. In einem kitschigen Film hätte er gesagt, ich solle es gut sein lassen, aber im wahren Leben geht es anders zu. Ihn zu bezahlen fühlte sich beruhigend normal an in dieser Nacht, die alles andere als normal war.

Wie ein gut organisiertes Kommandoteam schritt das Krankenhauspersonal zur Tat. Ein Rollstuhl erwartete mich, den ich, wie ich betont hatte, nicht brauchte, in den man mich dennoch sanft bugsierte. Ich war seit meiner Diagnose ständig im Krankenhaus ein und aus gegangen, sodass ich überrascht war, wie fremd sich in jener Nacht alles anfühlte. Obwohl ich die Gesichter mehrerer Mitglieder des Kardiologieteams kannte, hatte ich sie noch nie so ernst und angespannt erlebt.

Ich hatte mich ausführlich darüber informiert, was an diesem Tag passieren würde, auch wenn ich nie ganz daran geglaubt hatte, dass er je kommen würde. Ich war auf die Bluttests, das Röntgen und das Elektrokardiogramm ebenso vorbereitet wie auf die vielen Fragen über meinen Gesundheitszustand zum jetzigen Zeitpunkt. Was ich nicht erwartet hatte, war das nagende Gefühl der Unruhe, das ich unterschwellig seit dem Anruf vom Krankenhaus hatte. In einem ruhigen Moment zwischen den Untersuchungen und vor der Ankunft meiner Mutter tauchte es überraschenderweise wieder auf wie ein Wrack vom Meeresgrund.

Jemand war gestorben.

In dieser Nacht, in der ich mein Leben zurückbekam, hatte jemand anders seins verloren. Das Ende seiner Geschichte war der Beginn von meiner, und die Last dieser Verantwortung kam mir plötzlich überwältigend vor.

»Wissen Sie, wessen Herz ich bekomme? Wissen Sie, was der Person passiert ist?«

Während mir Tränen über die Wangen liefen, lauschte ich ernst, als man mir die Antwort gab. Mein Spender war eine Frau; sie war um die dreißig gewesen und in einen Unfall verwickelt worden.

Die riesigen Lücken, die in dieser Geschichte klafften, durften nicht gefüllt werden, dennoch fragte ich weiter: »Was ist mit ihr passiert? Was für ein Unfall? War sie verheiratet? Hatte sie Familie?«

Ein sanftes Kopfschütteln war die einzige Reaktion. In der Welt der Organspende war Datenschutz nicht nur ein Schlagwort, er war eine heilige Pflicht.

»Wie kann ich etwas so Wertvolles annehmen, ohne den Menschen zu danken, die es mir schenken?«

Die Transplantationskoordinatorin nahm meine Hände. Ihre fühlten sich so warm an, wie es bei meinen inzwischen selten der Fall war. *Das wird sich bald ändern*, dachte ich. *Nach heute Nacht, wenn das Spenderherz meins ersetzt, werden meine Hände und Füße wieder warm sein; mein Körper wird wieder stark sein. Es wird sein, als würde man die Zeit zurückdrehen und alles, was ich verloren habe, wird mir zurückgegeben – und das von einer Frau, der ich nie werde danken können.*

»Sie können der Spenderfamilie schreiben – später«, sagte die Koordinatorin sanft. »Das ist für beide Seiten hilfreich.«

Sie überließ mich meinen Gedanken an einen Briefentwurf, in dem ich die Dankbarkeit, die ich im Herzen spürte, nie angemessen würde ausdrücken können.

»Komme ich rechtzeitig? Ist sie noch da?«

Der gestärkte Kopfkissenbezug unter meinem Nacken fühlte sich kratzig an, als ich den Kopf drehte und zu dem sich bauschenden Kabinenvorhang hinübersah. In der Lücke stand meine Mutter, mit blassem Gesicht und ängstlich aufgerissenen Augen.

»Molly! Gott sei Dank«, sagte sie. Als die Spannung aus ihrem Körper wich, schien sie förmlich in sich zusammenzufallen. Ihre Augen sahen feucht aus und waren von einer Mischung aus Hoffnung, Liebe und Furcht erfüllt. Wir umarmten uns, verhedderten uns in den Kabeln, die mich mit einer Reihe von Monitoren verbanden.

»Das Taxi hat so lange gebraucht, und dann konnte ich die Station nicht finden und war wie gelähmt vor Angst, dass du vielleicht schon in den Operationssaal gebracht wurdest …«

Sie war der Panik näher, als ich es je bei ihr erlebt hatte, und es war wie eine seltsame Verkehrung der Rollen, die wir unser ganzes Leben lang gespielt hatten, dass ich auf einmal diejenige war, die sie beruhigte.

»Alles okay, Mum. Hol tief Luft.« Das Beruhigungsmittel, das man mir gegeben hatte, ließ meine Stimme etwas schleppend klingen, aber meine neu gefundene Gelassenheit war nicht den Medikamenten zu verdanken. Ein Gefühl des Friedens hatte mich unerwartet überkommen, tröstlich wie eine dicke, flauschige Decke. Mein Schicksal lag nicht mehr in meinen Händen, und obwohl ich gern alles unter Kontrolle hatte, war ich merkwürdigerweise vollkommen einverstanden damit.

»Sie warten immer noch darauf, dass das Herz ankommt. Sollte nicht mehr lange dauern.«

Mum schluckte geräuschvoll und nickte eifrig mit dem Kopf wie ein Wackeldackel auf der Hutablage. »Wie fühlst du dich, Molly?«

Ich lächelte das Gesicht an, das ich seit einunddreißig Jahren liebte. Nie zuvor hatte ich es so verängstigt gesehen.

»Als hätte ich ein paar Gläser Prosecco zu viel getrunken«, sagte ich mit schwerer Zunge.

Sie wollte lachen, brachte es jedoch nur halb zustande. Sie streckte die Hand aus und strich mir die Haare aus der Stirn, so, wie sie es unzählige Male getan hatte, wenn ich als Kind Fieber gehabt hatte.

»Meine tapfere, wundervolle Tochter«, murmelte sie leise, als wäre es ein Gebet.

Ich nahm ihre zitternde Hand in meine, verschränkte die Finger mit ihren. Als der Vorhang mit einem papageienartigen Quietschen aufgerissen wurde, fuhren wir erschrocken herum. Vor uns standen eine Krankenschwester, die ich nicht kannte, und ein Krankenwärter.

Es war Zeit.

»Bitte versuch dir nicht zu viele Sorgen zu machen, Mum«, drängte ich sie, als die beiden begannen, das Bett aus der Verankerung zu lösen. Sie hielt immer noch meine Hand, als sie mich davonrollten, bis unsere Hände sich voneinander lösten und nur unsere Fingerspitzen sich noch berührten.

Ich wusste, wie lange die Operation dauern würde, und ich wollte wirklich nicht, dass sie fünf, sechs Stunden im Krankenhaus wartete, aber es war sinnlos, ihr das zu sagen. Sie würde an meiner Seite bleiben, bis ich die Augen aufschlug. Ihr Gesicht würde das Erste sein, was ich sah – vorausgesetzt, alles ging gut. Und wenn sich ihre größte Angst bewahrheitete und es *nicht* gut ausging, dann würde es das Gesicht meines Vaters sein.

So oder so, jemand, den ich liebte, würde mich erwarten.

Kapitel 8

ALEX

Wenn Alex daran zurückdachte, wie sie das Krankenhaus verlassen hatten, sah er vor seinem inneren Auge eine Abfolge verzerrter Bilder – eine verschwommene Erinnerung, die ihn quälte, wenn er sie wachrief, die aber auch zu schmerzvoll war, um sie zu vergessen.

Er erinnerte sich daran, wie Lisa in ihrem Bett zu ihrer letzten Reise in den OP geschoben wurde. Alle Pflegekräfte und Ärzte hatten ihre Arbeit unterbrochen, um wie eine Ehrengarde auf beiden Seiten des Flurs Aufstellung zu nehmen und als Zeichen des Respekts schweigend den Kopf zu senken. Es zerriss Alex schier das Herz.

Im Fahrstuhl brach er in hemmungsloses Schluchzen aus. Todd drückte seinen verzweifelten Bruder an sich. Keiner von beiden nahm die anderen Personen wahr, die während der Fahrt ins Erdgeschoss in den Lift ein- oder ausstiegen. Doch Alex würde nie vergessen, wie eine Hand seine Schulter sanft drückte; ein stark tätowierter Mann hatte den Mut gehabt, ihn anzusprechen, während alle anderen schwiegen. »Tut mir echt leid für dich, Mann, was auch immer dir heute passiert ist«, waren seine Worte, bevor er den Lift verließ.

Im Wagen fühlte sich Alex wie betäubt. »Er war nicht mehr ansprechbar, praktisch wie erstarrt«, erzählte Todd seiner Frau später. »Es war, als hätten wir sie beide verloren. Während der Fahrt hat er die ganzen zwei Stunden lang nur auf die Straße gestarrt. Erst als er gemerkt hat, dass wir wieder zu Hause waren und Connor auf ihn wartete, kam er raus aus dieser Trance.«

Alex war Todd zur Haustür gefolgt und hatte sich gefühlt, als ginge ein anderer diese Schritte. »Dee hat Connor wirklich nichts gesagt?«, fragte er, während Todd in seiner Jackentasche nach dem Schlüssel suchte.

Todd schüttelte den Kopf, und Alex fiel auf, wie blass sein Bruder war. War er selbst auch so bleich? Er klopfte sich derart fest auf die Wangen, dass es wehtat, und folgte ihm dann ins Haus. Der körperliche Schmerz war eine willkommene vorübergehende Ablenkung von dem überwältigenden seelischen Leid.

Dee kam ihnen schon im Flur entgegen und ergriff kurz Todds Hand, ging dann aber weiter zu Alex. Es war spät am Abend, überall im Haus brannte Licht, und doch trug sie eine Sonnenbrille, die sie absetzte, bevor sie ihren Schwager in die Arme schloss. Der Grund, weshalb sie die Ray-Ban aufgesetzt hatte, war offensichtlich, ihre Augen waren stark gerötet.

Sie umarmte ihn für einen langen Augenblick schweigend, weil Worte überflüssig waren.

Irgendwann nahm er all seine Willenskraft zusammen und löste sich sanft aus ihrer Umarmung. »Wo ist er?«

»Er schaut mit Maisie fern.«

Alex nickte abwesend.

»Ich glaube … Ich glaube, er weiß, dass was nicht stimmt«, flüsterte Dee, als die Wohnzimmertür aufging und Connor in den Flur stürmte. Er sah die drei Erwachsenen, und was ihm dabei durch den Kopf ging, war unschwer zu erkennen. Drei, nicht vier. Eine Person fehlte.

»Sollen wir noch bleiben?«, fragte Dee leise mit einem Blick auf ihre Tochter, die zögernd an der offenen Wohnzimmertür erschienen war.

Alex schüttelte den Kopf und betrachtete stumm seinen verwirrten Sohn.

»Wo ist Mummy?«

Connors Augen suchten weiter, als glaubte er, Lisa würde sich hinter Alex' Rücken verstecken. Als die Wohnzimmertür mit einem leisen Klicken ins Schloss fiel, wusste Alex, dass sie jetzt allein waren.

»Wo ist Mummy?«, fragte Connor noch einmal, und diesmal klang seine Stimme anders, höher, wie die eines deutlich jüngeren Kindes. So hatte er schon seit Jahren nicht mehr gesprochen.

»Komm mal her«, sagte Alex, setzte sich auf eine der unteren Treppenstufen und klopfte mit der Hand auf den freien Platz neben sich.

Connor blickte misstrauisch zur Treppe und dann wieder zur Haustür. Er schüttelte den Kopf.

»Ist Mummy immer noch bei der Astronomiemesse? Sie hat gesagt, sie kommt früh genug zurück, um mir noch eine Gutenachtgeschichte vorzulesen, aber jetzt ist es schon ganz spät.«

Alex wurde das Herz mit jeder Sekunde schwerer. Seinem eigenen Kind Kummer zu bereiten war das Letzte, was er wollte, aber genau das stand ihm jetzt bevor.

»Komm bitte mal her, Connor, und setz dich«, wiederholte er, und irgendetwas an seinem Tonfall bewirkte, dass es zu dem Jungen durchdrang. Connors Unterlippe begann zu beben, als er sich neben Alex auf der Treppe niederließ.

»Hab ich was falsch gemacht?«, fragte er mit zittriger Stimme. »Ist es wegen dem Orangensaft heute früh?«

Alex sah ihn verständnislos an, bis er begriff. Es war, als wäre die Sache mit dem Saft einem ganz anderen Alex und einem ganz anderen Connor passiert. Die Begebenheit gehörte in eine Welt, in der Lisa noch da war und alles in Ordnung brachte. Eine Welt, die nun Vergangenheit war.

»Nein, Connor, damit hat es nichts zu tun.«

Er legte seinem Sohn den Arm um die Schultern und zog ihn sanft zu sich heran. Das Kind fühlte sich ganz zerbrechlich an. *Bitte mach, dass es nicht wahr ist*, betete Alex stumm, auch wenn er nie an Gott geglaubt hatte. *Bitte mach, dass das aufhört, dann tue ich alles, was du willst*. Er schloss die Augen, doch als er sie wieder öffnete, sah er nur Lisas Augen vor sich, die ihm aus Connors Gesicht verängstigt entgegenblickten.

»Ich muss dir was sehr Trauriges sagen.«

Connors Unterlippe zitterte so stark, dass es Alex überraschte, wie seinem kleinen Sohn trotzdem das Sprechen gelang.

»Ich will nichts Trauriges hören. Ich will, dass Mummy kommt.«

Ich auch, dachte Alex, und ihm kamen die Tränen.

»Du weißt doch, Mummy ist heute zur Astronomiemesse gefahren.«

»Mit dem Zug«, sagte Connor und wirkte erschrocken, als Alex bei den Worten zusammenzuckte.

»Ja. Also, es ist etwas Schlimmes passiert. Es gab ein Zugunglück, und viele Menschen wurden verletzt.«

Connor begriff den Zusammenhang sofort. »Ist Mummy auch verletzt?«

Alex' Kehle war wie zugeschnürt, er konnte kein Wort herausbringen, und so sah er Connor bloß in die Augen und nickte langsam.

»Aber wir können ihr Paracetamol geben, und dann geht's ihr bald wieder gut«, sagte Connor, und seine kleinen Finger gruben sich in Alex' Arm.

Er zog seinen Sohn noch näher zu sich heran, aber es kam ihm vor, als versuchte er, eine kleine Marmorstatue an sich zu drücken. *Er weiß es*, dachte Alex. *Irgendwie weiß er es schon.*

»Mummy hat sich im Zug am Kopf verletzt, und die Ärzte haben alles versucht, damit es ihr besser geht, aber sie haben es nicht geschafft.« Alex schluckte. Er hatte es fast ausgesprochen. Nur noch ein Satz, und der Schmerz würde sich in eine ganz neue Art von Qual verwandeln.

»Mummy ist was wirklich Schlimmes passiert, Connor. Sie ist gestorben.«

»Nein. Nein. Nein!«

Das Wort hallte durch das Haus wie das Läuten einer Totenglocke. Connor löste sich aus Alex' Umarmung und lief zur Haustür, als wolle er weg von diesem schrecklichen Ort, wo ihm die Erwachsenen Lügen erzählten, Dinge, die gar nicht stimmen konnten.

Er wandte sich um und schaute seinen Vater an, der zitternd aufstand und die Hand nach ihm ausstreckte.

»Nein. Ich will dich nicht! Ich will Mummy! Bitte, Daddy, mach, dass sie nach Hause kommt. Mach, dass sie sofort nach Hause kommt, *sofort!* Sie hat es mir versprochen. Sie hat mir versprochen, sie kommt zurück.«

Kapitel 9

MOLLY *Sechs Monate später*

»Ehrlich, Mol, man sieht's kaum noch.«

Ich fügte dem Concealer, den ich auf die wie eine Antenne aus dem V-Ausschnitt meines Pullovers Richtung Hals verlaufende Narbe aufgetragen hatte, noch eine Schicht Puder hinzu. Seufzend beugte ich mich vor und schaute in den altersfleckigen Spiegel in der Toilette für die Lehrkräfte. Das Licht hier war erbarmungslos, sodass alle aussahen, als brauchten sie einen längeren Genesungsurlaub, selbst wenn sie – wie ich – gerade erst einen gehabt hatten. In dem geisterhaft weißen Neonlicht war die Narbe trotz meiner Abdeckversuche nicht zu übersehen.

»Ich weiß nicht, warum du dir so einen Kopf machst. Das ist doch ein Siegeszeichen; du solltest es mit Stolz tragen.«

Kyra hatte recht, und ich schämte mich ganz sicher nicht für meine Narbe, aber sie sorgte häufig für Gesprächsstoff – sogar bei Wildfremden, die mich kühn fragten, woher ich sie hatte. Das war ein Thema, über das ich immer noch ungern sprach. Aber wenn ich nicht den Rest meines Lebens in Rollkragenpullovern herumlaufen wollte, war das eine Hürde, die ich überwinden musste. Vielleicht sollte ich das in meiner nächsten Therapiestunde erwähnen?

Ich verschloss das Kosmetiktäschchen und sah meine Freundin und Kollegin an, der Unsicherheit wegen ihres Aussehens vermutlich völlig fremd war. Kyra hatte ein Gesicht, das selbst Models vor Neid hätte erblassen lassen und das bei

Männern, die sich nach ihr umdrehten, zu einem Schleudertrauma führen konnte. Aber vielleicht war es ebenso unangenehm, wie wegen einer OP-Narbe angestarrt zu werden.

»Ich will die Aufmerksamkeit der Kinder nicht darauf lenken«, sagte ich. »Ich möchte sie ja nicht verschrecken.«

Kyra schnaubte ziemlich undamenhaft, sodass sie klang wie eine australische Miss Piggy. »Du machst wohl Witze? Die Hälfte der Kinder in meiner Klasse ist davon überzeugt, dass du mit Iron Man verwandt bist. Viel cooler geht nicht.«

Ich lachte, drehte mich wieder zum Spiegel um und fuhr mit dem Finger die Linie mitten auf meinem Brustbein nach. Sie war inzwischen nicht mehr ganz so wulstig, aber immer noch erhaben.

Unter meinen Fingerspitzen spürte ich den kräftigen, gleichmäßigen Schlag meines neuen Herzens. Hätte der Heizungskessel auf der anderen Seite der Gipskartonwand nicht so laut gebullert, hätte ich ihn vielleicht sogar hören können. Transplantierte Herzen schlagen schneller und lauter als die, mit denen wir geboren werden. In der Stille meines Schlafzimmers pochte es in einem Rhythmus, den ich immer noch nicht entschlüsseln konnte. War es der Protest gegen seine neue Umgebung oder ein Trommelwirbel, weil es weiterlebte?

»Und ich würde keine Sekunde darüber nachgrübeln, was ein zukünftiger Freund darüber denkt«, fügte Kyra hinzu und sprang geschmeidig von dem schmalen Fenstersims, auf dem sie gesessen hatte.

Hätte ich die Augenbrauen noch höher gezogen, wären sie in meinem Haaransatz verschwunden. »Mir fällt wirklich nichts ein, was mir im Moment unwichtiger wäre.«

»Gut«, sagte Kyra, legte mir den Arm um die Schultern und drückte mich tröstend. »Denn glaub mir, bei deinen Vorzügen wird das Letzte, was irgendein Typ in dem Bereich beachtet, die Narbe sein.«

Das Blut schoss mir in die Wangen, was im Neonlicht nicht zu übersehen war.

Wir gingen zusammen durch den Flur zu unseren jeweiligen Klassenzimmern. Die Erfahrung, leicht mit der langbeinigen Kyra mithalten zu können, war immer noch neu. Eine der vielen Veränderungen, an die ich mich erst gewöhnen musste. Neuerdings hing neben den Vintage-Kleidern in meinem Schrank auch Sportkleidung, und das nicht nur als Fashion-Statement. Tom, der mich jahrelang aufgefordert hatte, mit ihm ins Fitnessstudio zu gehen, hätte mein neues Ich kaum wiedererkannt. Manchmal, wenn ich in den Spiegel schaute und meinen vor Gesundheit strahlenden Teint sah – die fahle Blässe gehörte endgültig der Vergangenheit an –, erkannte ich mich selbst nicht.

»Mannomann, du hast ja in diesem Schuljahr wirklich einiges verändert!«, rief Kyra aus, als sie abrupt vor der offenen Tür meiner ersten Klasse stehen blieb. »Wo ist das Poster mit den süßen Tieren, das du sonst jedes Jahr um diese Zeit immer aufhängst?«

Ich folgte ihrem Blick zur hinteren Wand des Klassenzimmers, die in diesem Jahr mit einem breiten Streifen aus schwarzem Bastelpapier bedeckt war statt mit der grünen Landschaft, die Kyra offensichtlich erwartet hatte. Sie hatte recht; statt Bäumen, Traktoren und Bauernhoftieren hing dort jetzt eine Galaxie aus Sternen und Planeten.

Ich zuckte – gleichgültig, wie ich hoffte – die Achseln und ignorierte meine Beunruhigung, denn auch mir war diese neue Faszination ein Rätsel. »Ich weiß nicht. Mir war danach. Ich hatte einfach Lust, dieses Jahr mal was anderes mit der Klasse zu machen.«

Kyra sah mich neugierig an, dann schenkte sie mir ein breites Grinsen. »Tja, ist doch gut, dass du Lust auf Abwechslung hast«, sagte sie, und ihr Akzent klang noch ausgeprägter als sonst. »Ich wette, die Kinder stehen drauf.« Sie warf noch einen Blick auf die Galaxie, an der ich am Vortag nach dem Unterricht stundenlang gearbeitet hatte, dann drehte sie sich zum Abschied winkend um und ging zu ihrer eigenen Klasse. Ich fragte mich, ob sie überhaupt merkte, dass sie dabei leise die »Star Wars«-Titelmusik summte.

Ich hielt in meiner Lieblingsparklücke auf dem Krankenhausparkplatz. Sie lag ganz hinten in einer Ecke, halb verborgen hinter den Zweigen eines Holunderbaums. Im Juni, als man mir endlich die Erlaubnis gegeben hatte, wieder Auto zu fahren, war mein Wagen nach meinem Kontrolltermin mit kleinen, konfettiartigen Blütenblättern übersät gewesen.

Ich maß das Verstreichen der Zeit nicht anhand eines Kalenders, sondern anhand des Laubes auf meinem Wagen. Am Ende des Sommers war alles mit Blättern bedeckt, die wie Cornflakes unter meinen Füßen knisterten. Nun, Anfang Oktober, war der Asphalt ein Minenfeld aus den stacheligen Hüllen der Kastanien – der Baum überragte den Holunder wie ein uralter Wächter.

»Keine Probleme mit den Medikamenten gegen die Abstoßungserscheinungen, Molly?«

Ich schüttelte den Kopf. Die Medikamente, die ich für den Rest meines Lebens einnehmen musste, waren ein geringer Preis dafür, dass ich noch am Leben war.

»Und schlafen Sie mittlerweile besser?«

»Ja. Viel besser, danke.«

Der Arzt hielt inne, um ein Kästchen auf dem Formular anzukreuzen, und stellte dann die nächste Frage. Man soll seine Ärzte nicht anlügen, aber ich tat es rein instinktiv. Vielleicht wollte ich nicht, dass eine einzige negative Antwort meine Fortschritte trübte. Denn seit dem Moment, in dem ich auf der Intensivstation aufgewacht war, verlief meine Genesung wie nach dem Lehrbuch. »Sie sind wie ein Postergirl der Organspende«, erklärte mein Kardiologe zufrieden. Und doch erzählten die Biopsien, EKGs und Blutuntersuchungen, die meine medizinische Akte anschwellen ließen, nur eine Hälfte der Geschichte.

Es war schwer zu sagen, wann genau die Träume angefangen hatten oder warum sie mich immer noch mindestens zweimal pro Woche aus dem Schlaf rissen. Sie waren anders als alle, die ich zuvor gehabt hatte, aber ich hätte nicht sagen können, wie oder warum, weil ich mich in der Sekunde, in der ich aufwachte, an nichts mehr erinnern konnte. Es waren Bilder, Farben und Geräusche, die verführerisch knapp außer Reichweite vor meiner Nase tanzten, wenn ich die Augen aufriss, aber sie verschwanden sofort hinter einem Schleier, den ich im Wachzustand nicht durchdringen konnte.

Im Sommer waren die Träume noch schlimmer gewesen, so intensiv, dass ich mich häufig nachts, außer Atem und schweißüberströmt, aus dem Bett schleppte. Leise, um meine Mutter nicht zu stören, die im Gästezimmer rhythmisch schnarchte, schlich ich wie eine Einbrecherin durch das Haus in den Garten. Erst wenn die kühle Nachtluft mir über die Haut strich, konnte ich mich aus dem Bann der Träume befreien. In allen Abhandlungen über Herztransplantationen, die ich gelesen hatte – und das waren eine Menge –, hatte nicht ein einziger Patient von ähnlichen Traumerlebnissen berichtet.

Selbst ein kleiner Stadtgarten wie meiner wirkte nachts ganz anders als am Tag. Er war mir exotisch und seltsam fremd vorgekommen, wenn ich auf der Holzbank saß und zum sternenübersäten Himmel aufsah. Er gab mir das Gefühl, mit etwas Größerem verbunden zu sein – vielleicht der Natur –, ein Gefühl, das ich nie zuvor erlebt hatte.

Meine nächtlichen Streifzüge hörten auf, als das Wetter zu kalt für die Sternenguckerei wurde, doch die Träume blieben.

Die Parkplatzbeleuchtung war noch nicht eingeschaltet, als ich zu meinem Wagen zurückging, dabei einen Bogen um Schlaglöcher und Pfützen machte und den Mantel fester um mich zog, um mich vor der feuchten Kälte zu schützen. Es hatte geregnet, während ich im Krankenhaus gewesen war, und ein Windstoß hatte weitere stachelige Rosskastanien vom Baum geweht, die jetzt auf dem Dach und der Kühlerhaube meines Wagens lagen. Zuerst wollte ich sie hinunterschieben, aber dann überlegte ich es mir anders. Es waren eine ganze Menge, sodass ich jedem Kind in meiner Klasse eine geben konnte – vielleicht als Ausstellungsobjekt für den Naturtisch.

Nachdem ich im Wagen erfolglos nach einer Tasche gesucht hatte, hob ich den Saum meines Kleides, bildete einen behelfsmäßigen Beutel und schob die Kastanien hinein. Mir fehlten noch vier, und so bückte ich mich und suchte hinter meinem Auto nach weiteren. Enttäuschenderweise waren da keine mehr, aber hinter dem Wagen neben meinem lag noch mindestens ein halbes Dutzend. Ich hockte mich gerade hin, um sie aufzuheben, als ich plötzlich von einem grellen weißen Licht nur Zentimeter von meinem Gesicht entfernt geblendet wurde. Im Bruchteil einer Sekunde erkannte ich es als Rückfahrscheinwerfer. Mein frisch transplantiertes Herz machte einen Satz, als wollte es sich aus meinem Körper befreien. Eine solche Operation überlebt zu haben, nur um anschließend auf einem Parkplatz beim Kastaniensammeln von einem Auto überrollt zu werden, wäre schon mehr als grotesk gewesen.

Ich sprang auf, ließ dabei die Kastanien fallen, die in alle Richtungen davonkullerten, und schlug so fest auf das Heck des Wagens, dass mir die Hände wehtaten. Die weißen Lichter wurden sofort rot. Ich hörte das Quietschen, als die Handbremse angezogen wurde, und gleich darauf wurde die Fahrertür aufgestoßen.

»Verdammt! Alles in Ordnung?«

Er war groß, mehr konnte ich im immer trüber werdenden Licht nicht erkennen.

»Ja, aber das wär fast ins Auge gegangen«, sagte ich und trat hinter dem Auto hervor, und mein Herz klopfte immer noch zu schnell nach seiner ersten Begegnung mit Gefahr. Na ja, seiner ersten Begegnung mit Gefahr in *meinem* Körper.

»Wer versteckt sich um Himmels willen auf einem schlecht beleuchteten Parkplatz hinter einem Auto?«

Sein Ton war ähnlich spitz wie die Stacheln der Rosskastanien, die ich gerade fallen gelassen hatte.

»Und wer fährt rückwärts, ohne sich umzuschauen?«, gab ich zurück.

»Ich hab mich umgeschaut.«

»Tja, anscheinend nicht besonders gut«, sagte ich und trat zu meinem eigenen Wagen, während die Parkplatzbeleuchtung endlich anging.

Es war unmöglich gewesen, das Alter des Mannes anhand seiner Stimme abzuschätzen, aber ich sah jetzt, dass er etwa Mitte dreißig war. Mehr konnte ich nicht ausmachen, besonders da seine Augen hinter einer Sonnenbrille verborgen waren. *Wer zum Teufel trägt an einem Spätnachmittag im Herbst eine Sonnenbrille?*, dachte ich gereizt, als ich nach dem Türgriff tastete.

»Was hatten Sie da hinten überhaupt zu suchen?«

Vielleicht lag es an dem Beinahe-Unfall, dass seine Stimme so scharf klang. Oder womöglich war er immer so.

»Kastanien. Ich hab Kastanien gesammelt.«

Er starrte mich lange an, als wäre ich komplett verrückt – zumindest nehme ich an, dass er das tat. Dann, als ich schon zu dem Schluss gekommen war, dass er der vielleicht unsympathischste Mensch war, der mir je begegnet war, überraschte er mich mit der Frage: »Sind Sie auch ganz sicher, dass alles in Ordnung ist?«

»Bestens, vielen lieben Dank.«

Unsere Stimmen hatten einen typisch britisch-steifen, sehr unnatürlichen Ton angenommen. Wir klangen, als kämen wir direkt vom Set eines Kostümdramas.

Er nickte knapp, setzte sich wieder in sein Auto und schüttelte verwirrt den Kopf. Bevor er die Tür zuknallte, murmelte er etwas, ich war mir nicht ganz sicher, aber es klang wie »Die hat wohl nicht mehr alle Kastanien am Baum«.

Ich war immer noch aufgebracht, als ich mich anschnallte. Es war zwar hauptsächlich meine Schuld gewesen, aber wenn er nicht im Dämmerlicht diese dämliche Ray-Ban getragen hätte … Ich wurde aus meinen Gedanken gerissen, als ich im Licht der Scheinwerfer das Schild der nächstgelegenen Ambulanzabteilung las, das ich bei meinen vorherigen Besuchen bestimmt ein Dutzend Mal gesehen haben musste, das mir aber bisher nie aufgefallen war. *Augenchirurgie*.

Die Rücklichter des Mannes verschwanden in der Ferne, es gab also keine Möglichkeit mehr, mich bei ihm zu entschuldigen; vielleicht war die Sonnenbrille doch mehr gewesen als nur ein Modeaccessoire.

Kapitel 10

ALEX

Bei den Pronomen unterliefen ihm immer wieder Fehlleistungen. Er sagte noch *wir* anstatt *ich* und *unser* anstatt *mein*. Gerade eben war es ihm erneut passiert, und er wusste nicht, was schlimmer war: den Fehler zu korrigieren oder nichts zu tun in der Hoffnung, dass es niemandem aufgefallen war.

Todd jedoch betrachtete einige Sekunden lang eingehend das Gemüse auf dem Schneidebrett, bevor er loslegte und es in solch einem Tempo klein schnippelte, dass sich Alex um seine Fingerkuppen sorgte. Dee sprang unterdessen auf, um ihre noch nahezu vollen Weingläser aufzufüllen. Es *war* ihnen also aufgefallen.

In der Küche duftete es nach dem Rinderbraten, der im Ofen schmorte. Alex wusste bereits, dass Dee ihm einen kleinen Mount Everest auf den Teller laden würde, damit er wieder etwas auf die Rippen bekam, nachdem er während des letzten halben Jahres fünf Kilo an Gewicht verloren hatte. Er brachte es nicht übers Herz, sie davon abzuhalten und ihr zu sagen, dass alles Essen der Welt die schmerzliche innere Leere nicht würde füllen können.

Es gab fünf unterschiedliche Phasen der Trauer, jedenfalls hatte Alex das gelesen, doch es war ihm, als hätte er selbst mindestens hundert weitere entdeckt. Er wechselte beinahe jeden Tag von einer in die nächste und landete dann wieder am Ausgangspunkt, wie auf einem Karussell. Ohne Connor, der sein Leben wie ein Band zusammenhielt, wäre es längst auseinandergefallen, daran hatte er keinen Zweifel.

Der Gedanke an seinen Sohn brachte ihn dazu, von dem glänzend verchromten Hocker an der Frühstücksbar seines Bruders aufzustehen, um zur offenen Wohnzimmertür zu gehen. Connor und seine Cousine saßen im Schneidersitz in einem Meer von Legosteinen, mit dem Rücken zur Tür, sodass Alex die siebenjährige Maisie unbemerkt dabei beobachten konnte, wie sie versuchte, Connor zum Mitspielen zu bewegen.

»Wenn du willst, können wir für Barbie statt dem Haus eine Raumstation bauen. Sie hat sich schon immer gewünscht, auf dem Mond zu leben.«

Maisie hatte etwas von einem verspielten Hundewelpen und versuchte unermüdlich, in dem jetzt so stillen, in sich gekehrten Jungen den Connor zu finden, den sie von früher kannte. Mitanzusehen, wie sein Sohn traurig mit den Schultern zuckte, versetzte Alex' ohnehin schon gebrochenem Herzen einen weiteren Stich. Aber vielleicht war Maisie genau auf der richtigen Spur, denn Connor beugte sich jetzt wortlos vor, nahm eine Handvoll der bunten Steine und begann, sie zusammenzustecken.

Alex war ein wenig erleichtert und kehrte zu Todd und Dee in die Küche zurück. Erst nach drei Schlucken gekühltem Sauvignon Blanc brachte er den Mut auf, das Wort zu ergreifen.

»Die Sache, von der ich gestern gesprochen habe …« Er schaute Richtung Wohnzimmer und senkte die Stimme um ein paar Dezibel. »Ich habe beschlossen, sie einzuladen.«

Todd und Dee sahen einander an. Der besorgte Blickwechsel zwischen den beiden entging Alex nicht. Todd räusperte sich, als wolle er auf diese Weise sämtliche Missfallensäußerungen loswerden, die ihm wohl auf der Zunge lagen, für die aber jetzt nicht der richtige Zeitpunkt war.

»Aha.« Sosehr Todd sich bemühte, »freundlich interessiert« zu klingen, es kam eher wie »ernstlich besorgt« rüber.

»Ich weiß, was ihr beide denkt«, sagte Alex, bevor sie Einwände vorbringen konnten. »Und ich weiß, ihr macht euch Sorgen um Connor und mich – und das rechne ich euch hoch an. Aber ich will es einfach tun. Ich *muss* es tun«, sagte er leise.

Todd nickte langsam, auch wenn Alex wusste, dass man das nicht mit Zustimmung verwechseln durfte. »Und wann, glaubst du, könnte das … Wann wolltest du sie fragen …«

»Ich hab sie schon gefragt. Ich habe die Briefe gestern rausgeschickt.«

»An wen?«

»An alle.«

Über das Thema wurde nicht weiter gesprochen, bis Alex und Connor sich zum Gehen bereit machten und ihre Jacken anzogen. Dee war aus der Küche in den Flur gekommen und drückte Alex ein warmes, in Alufolie gewickeltes Päckchen in die Hand.

»Das ist der Rest vom Braten. Das müsste noch mal für ein Abendessen für euch beide reichen.«

»Dee, du brauchst doch nicht …«, begann Alex, aber sie legte ihm die Hand auf den Arm und sah ihn auf eine Art an, die jeden weiteren Protest im Keim erstickte.

»Wir sind für euch da, Alex – Todd und ich, und Maisie. Wir wollen euch so gern weiter da durchhelfen.«

Das habt ihr auch bisher schon wirklich getan, hätte er gern gesagt. Sie waren die letzten sechs Monate stets wie unsichtbare Begleiter an seiner Seite gewesen, hatten ihm aufgeholfen, wenn er gestolpert war, hatten ihn sanft am Ellbogen gefasst und geführt, wenn er sich so in der Sehnsucht nach Lisa verlor, dass er nicht mehr wusste, wie es weitergehen sollte. Ohne die beiden hätte er das nie durchgestanden.

»Denk dran: Wenn du was brauchst, sag einfach Bescheid.«

Es war offensichtlich, dass damit nicht mehr die Reste vom Sonntagsbraten gemeint waren. Alex machte sich nichts vor; ihm war klar, dass Todd und Dee von seinem Plan nicht besonders angetan waren, aber er hoffte, sie würden ihn dennoch unterstützen.

»Ihr wollt doch immer noch kommen?«

Dee schaute zu Todd, der etwas abseits gestanden und ihr Gespräch nicht mitbekommen hatte.

»Es ist doch Lisas Geburtstagsfeier. Natürlich kommen wir«, versprach sie Alex.

»Alles okay dahinten, Kumpel? Du warst heute bei Onkel Todd ein bisschen still.« Es war die Untertreibung des Jahrhunderts, dachte Alex und legte die Hände unbewusst fester um das Lenkrad.

Er suchte im Rückspiegel Connors Blick. Früher hatten die blauen Augen seines Sohnes vor Schalk und Freude gestrahlt, jetzt war in ihnen nur Trauer über den Verlust zu sehen. Der gleiche Ausdruck begegnete Alex jeden Morgen, wenn er in den Badezimmerspiegel sah.

»Es hat dir sicher Spaß gemacht, mit Maisie die Mondstation zu bauen«, versuchte er es weiter.

Connor fummelte mit gesenktem Kopf am Reißverschlussschieber seiner Jacke herum. »Auf dem Mond kann man nicht leben. Mummy sagt, das geht nicht.«

Alex brachte ein etwas gezwungenes Lächeln zustande, das Zustimmung signalisieren sollte. Er selbst hatte Schwierigkeiten mit Pronomen, Connor mit den Zeiten. Er sprach von Lisa nur in der Gegenwartsform, nie in der Vergangenheit. Die

Trauerberaterin, zu der Connor seit vier Monaten ging, sagte, das sei völlig normal und er werde mit der Zeit seine Formulierungen an die neue Situation anpassen.

Sechs Monate waren jetzt vergangen, seit Alex seinem schluchzenden Sohn unter Tränen erklärt hatte, dass seine Mummy nie wieder nach Hause kommen würde. Tatsächlich aber konnte Alex keine Anhaltspunkte dafür finden, dass Connor mit dem Bemühen, das Geschehene zu akzeptieren, auch nur einen Schritt vorangekommen war. Und er selbst konnte es ihm nicht zum Vorwurf machen, er war ja auch noch kein Stück weiter.

»Das reicht für heute. Wir lesen die Geschichte morgen zu Ende«, sagte Alex, erhob sich vom Bettrand und zog Connor die Decke bis unters Kinn. Als er das Buch wieder auf das farbig gestrichene Bücherregal stellte (das Lisa mit Sternen verziert hatte) und sich bückte, um eine verirrte Socke aufzuheben, die den Weg in den Wäschekorb nicht gefunden hatte, konnte er spüren, dass der Blick seines Sohnes auf ihm ruhte. Hinter Connors himmelblauen Augen – die Augenfarbe hatte der Junge von seiner Mutter geerbt – verbargen sich Gefühle, die er niemandem mitteilte, vielleicht niemandem mitteilen konnte. Nicht einmal seinem Vater. Es war egal, dass Alex alles richtig machte, die Familienroutinen beibehielt und sich in seiner Vaterrolle ganz an Lisas Vorbild orientierte. Irgendwie hatte er trotzdem den Eindruck, alles zu vermasseln.

Er knipste das Deckenlicht aus, legte einen Schalter an einem Stecker um und schaute dann an die Decke, wo sich nun langsam ein Sternenhimmel drehte. Es war ein Nachtlicht für Kleinkinder, für das Connor schon ein paar Jahre zu alt war. Doch wenige Tage nach dem Zugunglück hatte sein Sohn die Lampe aus der hintersten Ecke des Spielzeugschranks hervorgeholt und sich geweigert, ohne deren Hilfe einzuschlafen. Jedes Mal, wenn Alex sie anknipste, hatte er vor Augen, wie Lisa neben Connor gelegen und ihm die Planeten erklärt hatte, die von einem Teil der Zimmerdecke zum anderen wanderten. Vermutlich musste auch Connor daran denken.

»Unser Kind wird das einzige im Kindergarten sein, das Galileo Galilei besser kennt als Peppa Wutz«, hatte Alex gescherzt und Lisa umarmt. Sein Körper hatte sich sofort entspannt, als sie sich an ihn schmiegte. So hatten sie in Connors Zimmertür gestanden und zugeschaut, wie die kreisenden Planeten ihren kleinen Sohn sanft in den Schlaf lullten.

»Na und?«, hatte sie geantwortet und sich in seinen Armen zu ihm umgedreht, um ihn zu küssen. Der Einladung hatte er nie widerstehen können.

Die Erinnerung daran war mehr als schmerzlich, und Alex gab sein Bestes, es sich nicht anmerken zu lassen, beugte sich zu Connor hinunter und drückte ihm einen Kuss auf die Stirn.

»Gute Nacht, mein Schatz. Schlaf gut. Ich hab dich lieb.«

Connor löste den Blick vom Großen Bären, oder vom Kleinen – Alex konnte sich nie merken, welcher nun welcher war –, und lächelte seinen Vater an, aber es war kein fröhliches Lächeln. »Ich dich auch.«

Alex wartete inzwischen nicht mehr, ob noch etwas kommen würde. Connor liebte ihn, das wusste er, aber eine Mauer der Traurigkeit schien ihn daran zu hindern, mehr zu sagen.

Er ging aus dem Zimmer, die Schritte seiner bloßen Füße waren auf dem Teppichboden nicht zu hören. Im Flur blieb er stehen und wartete auf den Moment, in dem die Wunde wieder vollends aufgerissen werden würde. Connors Stimme, wenn auch kaum noch ein Flüstern, drang aus dem dunklen Zimmer direkt in sein Herz.

»Ich hab dich lieb, Mummy. Bis zum Mond und zurück.«

Dieser Satz gehörte nur ihnen beiden, Lisa und Connor. Schon als er ein kleines Baby gewesen war, hatte sie ihm das gesagt. Diese Worte hatten jeden Abend ihren Gutenachtkuss begleitet. Nur war es jetzt sein Sohn, der sie aussprach, leise wie ein Gebet, allein in seinem Zimmer.

Der Nachthimmel war Connors und Lisas geheimer Ort gewesen, es war offensichtlich, dass er nun dort nach ihr suchte. Wie hätte es anders sein sollen? Alex musste an eine Nacht vor sieben Jahren denken, als Lisa und er unter dem Sternenhimmel gestanden hatten …

»Ich würde mir gern ein bisschen die Beine vertreten.«

»Also, das wird sich jetzt nicht machen lassen«, sagte Alex und nahm ein weiteres Schäufelchen Crushed Ice aus dem Sektkühler, der hinter ihm stand. »Hier, nimm das und steck es in den Mund«, sagte er und hielt es ihr hin.

Erstaunlicherweise lachte Lisa. »Mit genau solchen Sprüchen werden Frauen in meine Situation gebracht.«

Alex spürte, wie seine Wangen warm wurden. Die Hebamme, die hinter ihm auf dem Boden hockte, hielt mit Mühe ein Lachen zurück. »Tut mir leid«, meinte Alex über die Schulter hinweg. »Normalerweise ist sie nicht so.« Die Frau schien aber durch Lisas Bemerkung nicht im Mindesten beunruhigt.

»Kein Problem. Von Frauen, die in der Übergangsphase sind, bekommt man so allerhand zu hören.«

Alex nickte, hatte aber nicht die geringste Ahnung, wovon die Hebamme sprach. Genau genommen hatte er keinen Schimmer von all dem, was an diesem Abend vor sich ging. Er hatte höflich jeden Vorschlag abgelehnt, ein paar der vielen Bücher zu lesen, die Lisa während ihrer Schwangerschaft geradezu verschlungen hatte, oder sich die entsprechenden DVDs anschauen, die sie von ihrem Geburtsvorbereitungskurs anschleppte. Es hatte ihm einen kleinen Stich versetzt, dass Lisa mit Dee zu diesen Terminen ging und nicht mit ihm. »Das würde dich nur noch nervöser machen, als du es ohnehin schon bist«, hatte sie zu ihm gesagt und ihre Bemerkung mit einem zärtlichen Kuss versüßt. »Du weißt ja, wie du auf so was reagierst.«

Ja, das wusste er, aber das hieß nicht, dass er ihr bei der Geburt ihres ersten Kindes nicht zur Seite stehen wollte. »Für dich ist es bestimmt viel besser, wenn du an dem Tag einfach improvisierst«, hatte Lisa ihm versichert und ihn damit in gewisser Weise der Verantwortung entbunden, wofür er damals dankbar gewesen war. Jetzt aber bereute er es allmählich.

»Ich möchte wirklich ein bisschen rumgehen«, sagte Lisa wieder, diesmal etwas bestimmter.

»Das ist eine gute Idee«, flötete die Hebamme, bevor Alex antworten konnte. »Das beschleunigt die Sache oft.«

Beschleunigung war gut, dachte Alex und versuchte zu überspielen, dass er sich gerade ziemlich überfordert fühlte und an der Schwelle zur Panik stand. Je schneller das hier vorbei war und Lisa nicht mehr eine Schmerzwelle nach der anderen durchstehen musste, desto besser.

»Wohin willst du gehen?«, fragte er, stand auf und half ihr aus dem Nest aus Decken und Kissen, das sie auf dem Fußboden im Wohnzimmer gebaut hatten.

»In den Garten«, keuchte Lisa, als sie erneut von einer Wehe erfasst wurde.

Während er wartete, bis sie vorüber war, schaute er fragend zur Hebamme, die ihm immer noch viel zu jung dafür vorkam, bei den Ereignissen dieses Abends das Sagen zu haben. Die Frau nickte, und als Lisa bereit war, reichte er ihr den Arm und stützte sie auf dem Weg nach draußen.

Es war eine beinahe tropische Hitze vorhergesagt worden, und die Schlagzeilen hatten sich als zutreffend erwiesen. Es war lange nach Mitternacht, und doch war es immer noch schwül; nach der Rekordhitze am Tag hatte es sich kaum abgekühlt. Die bodentiefen Fenstertüren zur Veranda waren angelehnt – so, dass Luft hereinströmte, aber nicht so weit geöffnet, dass Motten hätten hereinschwirren können, denn das war das Letzte, was Lisa jetzt gebrauchen konnte. Alex öffnete die Türen und führte seine mit den Wehen kämpfende Frau in den stillen Garten.

Sie trug eines von Alex' übergroßen Uni-Merchandise-T-Shirts, sonst nichts. Der Stoff war über die Jahre fadenscheinig geworden. Und trotzdem sah es so aus, als sei es Lisa unangenehm heiß. Während sie zur Rasenfläche gingen, konnte er im Licht des wachsgelben Mondes die Rinnsale von Schweiß erkennen, die ihr den Körper hinunterrannen und sich auf ihrem Weg über Lisas nun beeindruckend große Brüste und den noch beeindruckender angeschwollenen Bauch wie Flussläufe vereinten. Lisas Gesicht glänzte, und das Haar klebte ihr feucht an der Stirn. Alex fand, sie hatte nie schöner ausgesehen.

»Spiel lieber nicht mit dem Gedanken, dein Kind hier neben den Blumenbeeten zu kriegen, denn ich sag es dir jetzt schon: Mein Veto gegen alle Pflanzennamen für unser Baby. Keine Viola, keine Lily, keine Rose. Okay?« Er wollte sie unbedingt aufheitern, und es gelang ihm auch.

»Das ist für mich in Ordnung, besonders weil ich mir sicher bin, es wird ein Junge.«

Alex strich mit der freien Hand über Lisas Bauch, und ihm wurde klar, dass dies vielleicht eine der letzten Gelegenheiten dazu war. Sie waren sich einig gewesen, das Geschlecht ihres Kindes nicht vorab erfahren zu wollen, aber die Babyausstattung, die Lisa gekauft hatte, war zu einem großen Teil in Blau gehalten.

»Vielleicht können wir ihn nach einem Planeten benennen«, schlug sie vor, nachdem sie sich von einer weiteren Wehe erholt hatte.

»Wenn wir ihn Pluto nennen, denken die Leute doch nur an den Hund von Micky Maus«, meinte Alex, »und stell dir vor, die ganzen Witze, die er über sich ergehen lassen muss, wenn du ihn Uranus nennst.«

Lisas Lachen ging in ein besorgniserregendes Keuchen über. »Weißt du was, vielleicht gehen wir lieber wieder rein.«

Eine Viertelstunde später war, bei offenen Verandatüren, durch die man die Sterne am Himmel scheinen sah, still und leise ihr Sohn auf die Welt gekommen.

»Ich möchte ihn Connor nennen«, hatte Lisa geflüstert, als sie das Baby, noch nass und glitschig, an ihre warme Brust drückte.

Alex' Herz hatte vor Freude zerspringen wollen, er war kaum imstande gewesen, etwas zu sagen. Er hatte zu den beiden Menschen hinuntergeschaut, die jetzt sein ganzes Universum darstellten, und glücklich genickt, während ihm Tränen über die Wangen rannen.

Kapitel 11

ALEX

Alex arbeitete jetzt weit öfter von zu Hause aus als früher, häufig auch noch spät in der Nacht, bis er, um Flüchtigkeitsfehler zu vermeiden, den Laptop erschöpft zuklappte. Ironischerweise brummte sein Geschäft, während sein Privatleben sich heimlich, still und leise aufzulösen schien. Alex' private Kontakte beschränkten sich auf die Treffen mit Todd und Dee. Mehr hatte er nicht bewältigen können. Bis heute.

Er legte den in Alufolie verpackten Braten, den Dee ihm mitgegeben hatte, in den Kühlschrank, griff in einem der Küchenschränke ganz nach hinten und holte eine halb leere Flasche Whiskey und ein passendes Glas hervor. Wäre Connor nicht gewesen, hätte Alex nur allzu leicht eine ungesunde Beziehung zu den Herren Jim Beam und Jack Daniel's entwickeln können. Doch er begrenzte seinen Konsum auf ein Glas am Abend. *Damit ich besser schlafe*, sagte er sich immer. Wobei das Einschlafen kein Problem für ihn war. Sein Körper sehnte sich geradezu danach, am Ende des Tages in die Bewusstlosigkeit des Schlafs zu sinken. Sein Problem war das Durchschlafen.

Die Eiswürfel klirrten leise im Glas, bis er sie mehrere Fingerbreit mit Alkohol begoss. Mit dem Getränk in der Hand ging er die Treppe nach oben, zurück in das Arbeitszimmer, das Lisa und er sich geteilt hatten. Lisas Schreibtisch sah immer noch aus wie damals. Alex brachte es nicht über sich, ihn anzurühren oder gar aufzuräumen. Im Badezimmer war es das Gleiche, dort standen diverse Flaschen mit Duschgel, die Alex nie verwenden würde, neben Haarpflegeprodukten, die er nicht brauchte. Er war sich nicht sicher, ob es ihm und Connor das Leben erleichterte oder erschwerte, so viel von Lisas Dingen weiterhin um sich zu haben. Aber für ihn war es unvorstellbar, eines Tages den Kleiderschrank zu öffnen und dort anstelle der Sachen seiner Frau nur eine Reihe leerer Kleiderbügel vorzufinden.

Mit dem Whiskey in der Hand setzte er sich an den Schreibtisch. Doch die Akte, nach der er griff, war nicht mit dem Namen eines Kunden beschriftet und hatte auch nichts mit seiner PR-Firma zu tun. Mit ihren leicht verbogenen Rändern erinnerte sie ihn an einen häufig entliehenen Schmöker aus der Bücherei oder an einen zerlesenen Bestseller. Alex nahm einen größeren Schluck von seinem Schlummertrunk, ehe er sie öffnete. In der Mappe lagen mehrere farbige Dokumentenhüllen aus Plastik, er schob sie jedoch beiseite und griff nach dem Schreiben, das er zwei Wochen nach Lisas Tod zuoberst eingeheftet hatte.

Es war ein Brief, den er – jeden Punkt, jedes Komma – in- und auswendig kannte. Obwohl er ihn schon unzählige Male gelesen hatte, traf es ihn jedes Mal wieder wie ein Faustschlag. Er übersprang den ersten Teil und erlaubte seinen Augen eine kurze Rast bei dem Absatz, an dem er immer wieder hängen blieb wie an einem Stolperdraht.

> Ich freue mich, Ihnen mitteilen zu können, dass aus der Spende von Lisa Stevens zum gegenwärtigen Zeitpunkt vier Personen Organe transplantiert wurden.

Beinahe unbewusst wanderte Alex' Blick zu den vier farbigen Dokumentenhüllen. Würde ihm die Lektüre dieses Briefes irgendwann leichter fallen? Wahrscheinlich nicht, dachte er, während er mit dem Kloß in seinem Hals kämpfte. Er schob den Brief etwas mehr in den Lichtschein der Schreibtischlampe und las dann weiter.

> Ein junger Mann Mitte zwanzig, der seit über einem Jahr auf der Warteliste stand, erhielt eine Lungentransplantation. Einem Herrn Mitte dreißig wurden beide Augenhornhäute transplantiert. Eine Frau Anfang siebzig, seit fünf Jahren auf der Warteliste, bekam eine Niere. Und bei einer jungen Frau Anfang dreißig wurde eine Herztransplantation vorgenommen, die ihr das Leben gerettet hat.

Vier Unbekannte. Vier Empfänger eines unsagbar kostbaren Geschenks, von dem Alex sich immer wünschen würde, *er* hätte es ihnen gemacht und nicht Lisa. Diese vier Menschenleben hatte seine Frau durch ihren eigenen Tod verändert.

In einem Flashback erlebte er sich noch einmal in dem kleinen, unpersönlichen Raum im St Mark's Hospital; vor seinem inneren Auge sah er, wie Gillian, die Angehörigenbetreuerin, ihm die Einverständniserklärung zur Unterzeichnung reichte. Er hatte das Blut in seinen Ohren rauschen hören. All das war Alex wie eine Beleidigung Lisas vorgekommen. Durch das pulsierende Dröhnen hindurch hatte er wie aus weiter Entfernung Todds Stimme gehört: Vermutlich hatte er der Frau eine Frage gestellt. Der Wortwechsel der beiden drang nur gedämpft zu ihm, als befände er sich unter einer Glasglocke, und wurde erst deutlicher, als Alex den Stift auf der gepunkteten Linie ansetzte und unterschrieb.

Irgendjemand legte ihm eine Hand auf den Arm, die zu leicht und zart war, um seinem Bruder zu gehören. »Wenn Sie möchten«, sagte die Betreuerin, »können wir Sie gern in den nächsten zwei Wochen schriftlich darüber informieren, wie Lisas Spende verwendet wurde. Für viele Spenderfamilien ist das ein großer Trost. Und manchmal kann es auch sein, dass im Lauf der Zeit ein Empfänger mit Ihnen in Kontakt treten möchte, um Ihnen persönlich zu danken. Sie müssen noch nicht sofort entscheiden, ob Sie solche Nachrichten erhalten wollen. Fühlen Sie sich zu nichts verpflichtet, Alex. Nicht heute, und auch nicht irgendwann in der Zukunft.«

Er hatte den Kopf gehoben, und obwohl nichts in seinem Leben mehr einen Sinn hatte, obwohl die Welt, die er kannte, aufgehört hatte zu existieren, war er sich in diesem einen Punkt vollkommen sicher gewesen.

»Natürlich ja. Auf jeden Fall. Ich will wissen, wem meine Frau geholfen hat. Ich möchte alles erfahren, was Sie mir über die Empfänger mitteilen können.«

Vielleicht hatte Gillian ihn damals schon vorgewarnt, dass die Informationen, die er erhalten würde, begrenzt waren. Er konnte sich beim besten Willen nicht mehr erinnern. Doch seit jenem Tag hatte sie es auf jeden Fall mehrfach betont. Alex hatte nicht gewusst, dass man sich seitens der Spenderfamilienbetreuung fortwährend um ihn kümmern würde, doch es hatte sich unerwartet als große Stütze erwiesen. Nicht ganz so hilfreich hingegen waren die strikten Regeln, die besagten, dass er keine näheren Informationen über die Menschen erhalten würde, denen Lisa mit ihrer Spende geholfen hatte.

»Manche Patienten brauchen Monate oder Jahre, bis sie bereit sind, mit der Familie ihres Spenders Kontakt aufzunehmen. Und manche sind es nie«, hatte Gillian ihn gewarnt. Alex hatte schon damals begriffen, dass jede Nachricht gründlich geprüft wurde, ehe man sie ihm weiterleitete. Und das war für ihn in Ordnung. Doch als aus Wochen Monate wurden und er immer noch nichts hörte, machte sich bei ihm eine neue Niedergeschlagenheit breit. Was, wenn er es nie erfahren würde? Was, wenn ihn und Connor nie jemand kontaktierte?

Das wäre, als würde er Lisa ein weiteres Mal verlieren. Vier weitere Male, um genau zu sein.

Nüchtern betrachtet war ihm klar, dass er sich zu große Hoffnungen machte, von den Empfängern zu hören. Doch der Gedanke, dass irgendwo ein Teil der Frau, die er liebte, weiterexistierte, ließ ihn einfach nicht los.

Am schlimmsten waren die Nächte. Nach nur wenigen Stunden Schlaf erwachte er und tastete die leere Seite des Doppelbetts ab, auf der Suche nach Lisa. Er schaute zu ihren Kissen hinüber, die glatt und unberührt dalagen, und dann drohte ihn das Gefühl der Einsamkeit, das er tagsüber auf Distanz halten konnte, zu verschlingen.

Der Sommer war lang und heiß gewesen, die Nächte unangenehm schwül, und auch wenn Alex jetzt bei offenem Fenster schlief – woran früher wegen Lisas Mottenphobie nicht zu denken gewesen war –, schien nie genug Luft da zu sein, dass er frei atmen konnte. Nirgendwo.

Nur im Garten, unter dem Sternenzelt, verspürte er eine gewisse Erleichterung. Glücklicherweise war das Grundstück sichtgeschützt, sodass Alex dort nachts barfuß und mit freiem Oberkörper auf und ab gehen konnte. Manchmal legte er sich ins kühle, feuchte Gras, ließ sich von ihm zwischen den Schulterblättern kitzeln, was sich wie eine Liebkosung an einer Stelle anfühlte, wo er vielleicht nie wieder zärtlich berührt werden würde. Die Arme im Nacken verschränkt, suchte er in den Sternen nach Antworten, an jenem Ort, wo Lisa sie ihm gewiss hinterlassen hätte. Denn das war ihre Welt gewesen, ihre Leidenschaft, gleich nach Connor und ihm. Das war der Ort, wo sie lebte. Näher konnte Alex ihr nicht kommen, doch als er zur Milchstraße hinaufschaute, beschäftigte ihn nur eine Frage. Warum? Warum Lisa? Warum sie?

Der innere Frieden, im Herzen und in der Seele, den er während der gemeinsam mit ihr verbrachten Jahre einfach für selbstverständlich gehalten hatte, kam ihm zunehmend abhanden. Was, wenn Lisa ihm ebenfalls entglitt? Alex fürchtete sich vor dem Tag, an dem er sich nicht mehr an ihren Geruch erinnern konnte, oder daran, wie sie die Nase krausgezogen hatte, wenn sie lachte, oder wie ihr Körper so perfekt zu seinem gepasst hatte, als wären sie beide aus einer Form gegossen. Wie konnte eine Liebe, die, so hatten sie sich geschworen, ewig währen würde – »solange mein Herz schlägt«, hatte sie immer gesagt –, von einem Augenblick auf den anderen Vergangenheit sein? Ausgelöscht in einem einzigen Moment, in einer sinnlosen Tragödie.

»Gib mir einfach nur ein Zeichen, dass du immer noch bei uns bist, dass du noch da bist«, flehte Alex eines Nachts zum samtschwarzen Nachthimmel. »Zeig mir, wie ich dich wiederfinde, bitte, Schatz«, bat er und suchte die Sternbilder über sich nach einer Sternschnuppe ab, bis seine Augen vor Anstrengung zu tränen begannen. Schließlich stand er wieder auf, weil er sich lächerlich vorkam, und ging zurück ins stille Haus zu ihrem leeren Bett.

Am nächsten Morgen war der erste Brief gekommen.

Das Glas war leer, auch wenn Alex sich nicht erinnern konnte, den Whiskey getrunken zu haben. Er griff nach den vier Dokumentenhüllen, die wie ein Pokerblatt aufgefächert vor ihm auf der Schreibtischplatte lagen. Wie immer fühlte er sich von der roten Hülle wie magisch angezogen. Sie enthielt die Briefe von Molly, der Frau, die Lisas Herz erhalten hatte. Er nahm sie heraus und war überrascht, wie dick das Bündel handgeschriebener Briefe über die letzten vier Monate geworden war.

Der erste war das beste und zugleich schmerzlichste Schreiben, das er je bekommen hatte. Er hatte beim Lesen wie ein verwundetes Tier aufschreien wollen, hatte seine Schluchzer mit der Faust vor dem Mund erstickt. Mollys Worte waren wunderschön, aber sie schnitten ihm direkt in die Seele, als wären sie mit einer Rasierklinge geschrieben.

Liebe Familie,
dieser Brief ist, das weiß ich, der schwierigste, den ich je schreiben werde, und ich bin mir sicher, für Sie wird er ebenso schwer zu lesen sein. Bevor ich Ihnen danke, sollen Sie wissen, wie sehr Ihr Verlust mich schmerzt und wie groß meine Sorge ist, das Falsche zu sagen und Ihnen noch mehr Kummer zu bereiten. Das ist wirklich das Letzte, was ich möchte.
Ich heiße Molly, und Ihre Frau hat mir durch ihren Entschluss, Organspenderin zu werden, das Leben gerettet. Vor anderthalb Jahren griff ein Virus mein Herz an, und trotz aller Bemühungen der Ärzte hatte ich nur eine einzige Chance, älter als fünfunddreißig zu werden: Ich benötigte von einem fremden Menschen ein Geschenk, das ich nie würde erwidern können.
Ich möchte Ihnen eigentlich so viel von mir erzählen, um Ihnen zu versichern, dass ich den Rest meines Lebens versuchen werde, mich als würdige Empfängerin dieses Herzens zu erweisen. Aber ich muss mich an gewisse Regeln halten.
Erzählen darf ich, dass mein Leben vor der Transplantation völlig anders war als jetzt. Nach meiner Erkrankung musste ich meine Arbeit als Grundschullehrerin aufgeben, obwohl es mein Traumberuf war. Ich musste mitansehen, wie meine Mutter in ständiger Angst lebte, ihr einziges Kind zu verlieren, was mir mein ohnehin schwaches Herz schier gebrochen hat.
Aber dank Ihnen, dank des Geschenks Ihrer Frau, habe ich die Möglichkeit bekommen, meine Zukunft neu zu schreiben. Ich habe nicht nur ein neues Herz erhalten, sondern auch eine neue Hoffnung, die zu hegen ich lange Zeit nicht gewagt habe.

In den Jahren, die ich von Ihnen geschenkt bekam, werde ich hoffentlich das Glück haben, einmal einen Menschen zu finden, mit dem ich den Rest meines Lebens verbringen, vielleicht sogar eine eigene Familie gründen kann. Und wenn ich mal Kinder habe, dann werde ich ihnen von der Frau erzählen, die es mir ermöglicht hat, ihre Mutter zu sein.
Ich trauere um den Menschen, den Sie verloren haben, denn selbst wenn ich Ihre Frau nie kennengelernt habe, weiß ich doch, dass sie ein wunderbarer Mensch gewesen sein muss.
Jeder, der bereit ist, einem vollkommen fremden Menschen etwas zu schenken, gehört in die Reihen der Helden.
Ich werde dieses Herz voller Stolz und Wertschätzung für den Rest meines Lebens in mir tragen.
Danke,
Molly x

Alex fragte sich, wie viele Versionen dieses Briefes Molly wohl verfasst hatte, bis sie die Formulierungen fand, die er sicher schon mehr als hundert Mal gelesen hatte. Besonders freute es ihn, dass Molly Grundschullehrerin war. Das schien ihm vollkommen stimmig. Lisa hatte Kinder immer geliebt, und es war tröstlich zu wissen, dass ihr Herz weiterhin von Kindern umgeben sein würde.

»Sie brauchen die Briefe nicht zu beantworten«, hatte Gillian zu ihm gesagt. »Manchen Betroffenen helfen sie vielmehr dabei, mit allem abzuschließen, und das ist ja auch ein Geschenk.«

Vielleicht war das bei anderen Spenderfamilien so, aber nicht bei Alex. Gleich am nächsten Tag hatte er zurückgeschrieben. Und Molly hatte ihm eine Woche später geantwortet. Und so hatte es angefangen.

Während der darauffolgenden Monate wurde ihr Briefwechsel lockerer und natürlicher. Alex erfuhr, dass Molly vieles mochte, was auch Lisa gefallen hatte. Sie hatten sogar dieselben Essensvorlieben! Instinktiv wusste er, die beiden Frauen hätten einander sympathisch gefunden, wenn sie sich je kennengelernt hätten. Vielleicht wären sie sogar gute Freundinnen geworden. Aber das Schicksal hatte es anders gewollt.

Als hätte Molly eine unsichtbare Schleuse geöffnet, waren in schneller Folge die Briefe der anderen Organempfänger eingetroffen. Obwohl sie überprüft wurden, lieferten sie doch Hinweise, die sofort ins Auge sprangen, zumindest für Alex. Und er verbrachte wohl mehr Zeit damit, sie wieder und wieder zu lesen, als angemessen war. Todd, der über die fortwährende Korrespondenz schon jetzt beunruhigt war, hätte sich noch mehr Sorgen gemacht, wenn er gewusst hätte, wie viele Stunden Alex tatsächlich damit verbrachte.

Mollys Briefe waren handgeschrieben, auf dickem, cremefarbenem Papier, das teuer wirkte und von dem ein leichter Duft ausging, den Alex nie ganz einordnen konnte. Die beiden männlichen Organempfänger schrieben ihm E-Mails, doch Alex druckte sie aus, weil es ihm zu unpersönlich war, sie am Bildschirm zu lesen. Er brauchte etwas Greifbareres, um zu diesen letzten Spuren von Lisa eine Verbindung herzustellen.

Das Alter des jungen Mannes, der Lisas Lunge erhalten hatte, hätte Alex sich selbst dann zusammenreimen können, wenn Jamie es nicht erwähnt hätte. Seine E-Mails waren voller Abkürzungen und enthielten auch das eine oder andere GIF. Jamie schrieb mit einem Überschwang, der Alex an seine eigene Jugend erinnerte. Er erkannte deutliche Anzeichen von Draufgängertum, wenn Jamie von seinen zahlreichen Vorhaben und Reiseplänen erzählte, die er umsetzen wollte, sobald er vollständig genesen war. Entweder war er sehr wohlhabend oder ein großer Träumer. Egal, was davon zutraf, Alex mochte den Ton von Jamies Briefen.

Von Barbara, der älteren Dame, die eine von Lisas Nieren erhalten hatte, hatte Alex ein sehr lebendiges Bild. Er war sogar überzeugt, sie bei einer Gegenüberstellung mit gleichaltrigen Frauen treffsicher herauspicken zu können. Sie schrieb ihm auf Kärtchen, die mit Katzen bedruckt waren. Durch ihre erste erfuhr er, dass sie seit zehn Jahren verwitwet war und nicht das Glück gehabt hatte, Kinder zu bekommen. Wenn er zwischen den Zeilen las – die so gerade geschrieben waren, als hätte Barbara ein Lineal verwendet –, bekam Alex den Eindruck, dass sie keine engen Familienangehörigen mehr hatte. Oder zumindest keine *menschlichen*. Sie erwähnte regelmäßig viele Namen, doch vermutlich handelte es sich um ihre Katzen. Er stellte sich gern vor, seine Briefe würden Barbaras Leben etwas weniger einsam machen.

Am wenigsten glaubte Alex über Mac zu wissen, den Mann, der dank Lisas Hornhäuten wieder sehen konnte. Seine Dokumentenhülle war weit dünner als die der anderen Empfänger. Bei der Kontaktaufnahme sprach er Alex sein aufrichtiges Beileid aus und bedankte sich für Lisas großzügige Spende. Alex freute sich, dass dieser sechsunddreißig Jahre alte Mann jetzt wieder in seinem Beruf als Architekt arbeiten konnte, dass er wieder Auto fahren, reisen und all die Dinge unternehmen konnte, die ihm seine Erblindung unmöglich gemacht hatte, und er sagte sich, dass es ihn nicht störte, wenn Mac nicht näher ausführte, wie er sich bei jedem dieser Meilensteine fühlte. Gillian hatte ihn schließlich vorgewarnt, dass nicht alle Organempfänger persönliche Details mit der Familie ihres Spenders teilen mochten.

»Wir raten davon ab, Alex. Es verstößt … ein bisschen gegen unsere Prinzipien«, hatte sie stattdessen sogar gesagt, als sie erfuhr, dass Alex und die Transplantatempfänger sich weiter schreiben wollten. Alex hatte den Eindruck, als habe das gesamte Team von der Spenderfamilienbetreuung ein Problem mit seiner mangelnden Bereitschaft, sich an die Regeln zu halten, Gillian aber wohl am meisten.

Ihm gefiel der Gedanke, dass Connors und sein Fall ihr besonders naheging. Sie meldete sich bei ihnen vermutlich weit regelmäßiger, als ihr Arbeitsplan es vorsah. Und bei den Anrufen teilte sie ihm nicht einfach nur mit, dass sie einen neuen Brief erhalten hatten. Connor und er schienen ihr wirklich am Herzen zu liegen.

Alex hatte gedacht, er habe sein altes rebellisches Ich abgestreift und hinter sich gelassen, und war daher ziemlich überrascht, dass diese Facette seiner Persönlichkeit jetzt wieder zum Vorschein kam. Für einen Moment fragte er sich, ob Lisa etwas dagegen gehabt hätte. In Anbetracht der Umstände wahrscheinlich nicht.

»Ich verstehe, weshalb es Ihnen lieber wäre, dass der Briefwechsel über Sie läuft«, hatte er gesagt und dabei seine Worte sorgfältig gewählt, damit Gillian sich nicht angegriffen fühlte und er nicht undankbar wirkte. »Aber was kann es schon schaden, wenn beide Seiten ohne Vermittlung durch Ihr Büro miteinander kommunizieren?«

»Eine Menge. Diese Menschen sind verletzlich, Alex. Und *Sie* sind es auch.«

Das hatte Alex zwar nicht gepasst, doch er hatte geschwiegen. Hätten sie diese Unterhaltung persönlich geführt und nicht telefonisch, wäre Gillian womöglich über seinen Blick erschrocken gewesen. Aber da das nicht der Fall war, behielt die Angehörigenbetreuerin das letzte Wort.

»Ich weiß, wie groß die Versuchung ist, diese Menschen in Ihr Leben einzubeziehen, Alex. Sie sind für Sie die greifbare Verbindung zu Lisa. Das ist mir klar. Aber dass diese Briefe über uns laufen, dient dem Schutz aller Beteiligten.«

Alex seufzte leise. Er hatte mit dieser Reaktion durchaus gerechnet, aber Gillian maß das, was hier passierte, an ihren normalen Arbeitsrichtlinien, und selbst sie musste doch zugeben, dass sein Fall nicht im Entferntesten typisch war.

»Sie haben selbst gesagt, die ganze Sache sei ungewöhnlich. Dass es sehr selten ist, dass *alle* Empfänger Kontakt aufnehmen, und noch seltener, dass sie sich allesamt weiter schriftlich austauschen möchten.«

»Das stimmt. Es ist höchst ungewöhnlich«, stimmte Gillian ihm zu.

»Und vielleicht sollten Sie unter diesen Gegebenheiten uns selbst die Entscheidung treffen lassen, von jetzt an ohne Begleitung weiterzumachen. Was kann denn schlimmstenfalls passieren? Weshalb machen Sie sich solche Sorgen?«

Sie schwieg so lange, dass er schon dachte, sie würde ihm nicht antworten. Und am Ende wünschte er sich fast, sie hätte es nicht getan.

»Ich mache mir Sorgen, dass früher oder später jemand vorschlägt, die Sache auf eine neue Ebene zu bringen. Sie müssen begreifen, Treffen zwischen Empfängern und Spenderfamilien sind sehr heikle Situationen. Sie könnten von diesen Menschen enttäuscht sein; umgekehrt könnten die Transplantatempfänger von *Ihnen* enttäuscht sein. Was, wenn Sie das Gefühl haben, diese Leute hätten Lisas Spende nicht verdient? Bitte, Alex, überlegen Sie sich das sehr gut, zu Ihrem eigenen und zu Connors Wohl. Sie glauben, diese Menschen zu kennen, glauben vielleicht sogar, für ein Treffen bereit zu sein, doch ich bin nicht sicher, ob Ihnen auch klar ist, wie sehr es beide Seiten verletzen kann. Versprechen Sie mir zumindest, sich darüber Gedanken zu machen.«

Das immerhin sollte ihm nicht schwerfallen. Seit Mollys erstem Brief hatte er an nichts anderes gedacht. Denn vor allem sie wollte – nein, *musste* – er kennenlernen.

Und genau das würde jetzt geschehen.

Kapitel 12

MOLLY

Sie lag auf der Matte, als ich von der Arbeit nach Hause kam, zwischen einer Stromrechnung und dem Faltblatt eines lokalen Chinaimbisses. Ich beugte mich vor, um den Rest der Post aufzuheben, und legte die Nachricht, die ich am dringendsten lesen wollte, ganz oben auf den Stapel.

Ich warf meinen Mantel in Richtung Treppengeländer und streifte meine Schuhe im Flur ab, bevor ich in die Küche ging. Es war ein kleiner Akt der Rebellion, der mir unheimlichen Spaß machte. Tom war ein zwanghafter Ordnungsfreak, und meine Gewohnheit, meine Sachen im gesamten Haus zu verstreuen, hatte ihn wahnsinnig gemacht.

Der Wasserkocher schien unglaublich lange zu brauchen, um das Wasser für einen Tee zum Kochen zu bringen, aber schließlich zog ich einen Stuhl unter dem Küchentisch hervor und legte, die Lippen zu einem erwartungsvollen Lächeln verzogen, den Stapel Post vor mich hin. Unfassbar, wie sehr ich dieses kleine Ritual genoss: mich zurückzuhalten und nicht sofort auf die Postkarte zu stürzen. Die Vorderseite war in einem auffälligen, leuchtenden Blau gehalten und zeigte die weltbekannten Kirchen von Santorini, deren blaue Kuppeln perfekt zur Farbe des Himmels passten. Sie hatte bestimmt eine Ewigkeit gebraucht, um genau die richtige Postkarte zu finden; das machte sie bei allen Grußkarten so.

Ich las sie zweimal, und mein Lächeln wurde noch breiter, weil Mums Freude und Begeisterung durchschienen. Sie amüsierte sich prächtig. Sie hatte sich auf dem Kreuzfahrtschiff mit ein paar Leuten angefreundet, und das Alleinreisen schien ihr nicht das Geringste auszumachen. Bei jeder Postkarte – und in den letzten beiden Wochen waren einige gekommen – gratulierte ich mir dazu, sie dazu überredet zu haben, die ausgedehnte Kreuzfahrt zu unternehmen. Nach all den Monaten meiner Genesung, in denen sie sich um mich gekümmert hatte, hatte sie sich diesen Urlaub redlich verdient.

Ich ging die übrige Post durch und fragte mich später, was wohl passiert wäre, wenn ich die Werbepost, ohne sie mir genauer anzusehen, weggeworfen hätte. Ich hätte sie leicht in den Müll werfen können, ohne den handbeschriebenen weißen Umschlag zu sehen, der irgendwie in die Broschüre einer Sanitärfirma geraten war. Er rutschte heraus, fiel mit der Vorderseite nach oben auf den Tisch, und ich erkannte die kühne Schrift sofort. War er im richtigen Leben ebenso entschieden, wie seine Handschrift vermuten ließ?

Alex' Briefe waren zu etwas geworden, worauf ich mich ein bisschen zu sehr freute. Immer wenn ich einen bekam, schlug mein neues Herz höher, als würde es seine Schrift wiedererkennen. Ein beunruhigender Gedanke, den ich besser ignorierte. Seine Briefe waren warmherzig und angenehm zu lesen; Hygge auf teurem Briefpapier. Er schrieb in entspanntem Plauderton und begann jeden Brief damit, sich nach meiner Gesundheit zu erkundigen. »Wie geht es dir?« war für ihn anscheinend mehr als nur eine Floskel.

Manchmal fragte ich mich, ob wir damit eine Grenze überschritten. Wie leicht konnte höfliches Interesse zu Tadel werden, wenn er das Gefühl hatte, ich würde nicht gut genug auf das Herz seiner verstorbenen Frau achtgeben? Ich schüttelte den Gedanken ab, weil ich nicht schlecht von diesem Mann – oder seinem Sohn – denken wollte. Es war erschütternd gewesen, zu erfahren, dass meine Organspenderin Mutter gewesen war, und ich hatte geweint, als Alex mir enthüllt hatte, wie schwer es für seinen kleinen Sohn war, ohne seine Mutter zurück ins Leben zu finden. Ich muss ungefähr ein Dutzend Antworten auf diesen Brief entworfen haben, aber am Ende fand ich trotzdem nicht die richtigen Worte, um ein kleines Kind zu trösten, das sich nach einem verstorbenen Elternteil verzehrte. Connor war im selben Alter wie die Kinder in meiner Klasse, und ich konnte mich tagtäglich davon überzeugen, dass ihre Mütter die Sonne waren, um die sie kreisten. Man sah es an der Art, wie sie am Ende des Schultages auf sie zurannten, an den Umarmungen, die sie erwarteten. Mein Herz – Lisas Herz – schmerzte, wenn ich daran dachte, dass der kleine Junge das nie wieder erleben würde.

Ich weiß nicht genau, was ich an jenem Tag von Alex' Brief erwartete. Wahrscheinlich ähnliches Geplauder über Nichtigkeiten, wie wir es im letzten Monat ausgetauscht hatten. Nun, da das Donor Records Department unsere Korrespondenz nicht mehr überwachte, konnten wir offener sein. Alex hatte mir berichtet, dass er noch mit mehreren anderen Transplantatempfängern in Kontakt stand, und in unbedachten Momenten fragte ich mich, ob diese Korrespondenz ebenso natürlich und freundlich war wie unsere. Ein kleiner Stich, der doch sicher nicht von Eifersucht herrühren konnte, machte mir zu schaffen.

»Oh.« Das Wort klang seltsam in der Stille meiner Küche. Eigentlich hatte ich nicht die Gewohnheit, mit mir selbst zu sprechen. Und doch sagte ich noch einmal kopfschüttelnd laut und zu absolut niemandem: »Oh, nein. Also, ich weiß nicht.«

»Ach du heilige Scheiße!«

Kyras gotteslästerlicher Ausruf stieß mir irgendwie unangenehm auf, wahrscheinlich weil ich einen Großteil des Nachmittags mit den Proben für das Krippenspiel verbracht hatte, das meine erste Klasse am Schuljahresende aufführen sollte.

»Bitte sag mir, dass du abgelehnt hast«, fuhr sie fort und schob die Einladung über den Tisch in der Weinbar zu mir zurück.

Ich nahm sie auf wie eine Spielkarte und las sie mit zusammengekniffenen Augen noch einmal, bevor ich sie wieder in die Handtasche steckte. Es war noch nicht ganz sechs Uhr und die Bar praktisch leer. Trotzdem rückte ich näher an Kyra heran und senkte die Stimme.

»Ich hab noch gar nicht geantwortet.«

Meine Freundin zog die perfekt gezupften Brauen hoch. Ihr Stirnrunzeln brachte flüchtig Falten zum Vorschein, die die Zeit frühestens in fünfzehn Jahren permanent dort hinterlassen würde. »Aber du *willst* ihm doch absagen, oder, Mol? Ich meine, du denkst doch nicht ernsthaft darüber nach, hinzugehen?«

Ich griff nach meinem Glas und wünschte, es wäre wie Kyras mit Rioja gefüllt statt mit Cola light. Obwohl ich trotz meiner Medikamente in Maßen Alkohol trinken durfte, war das hier jedoch die Art von Unterhaltung, für die man einen klaren Kopf brauchte. Außerdem war es schon so lange her, dass ich etwas getrunken hatte, dass ich garantiert nichts vertrug.

»Viele Transplantatempfänger treffen sich mit den Spenderfamilien. Man sieht es ständig bei YouTube oder in den BBC-Nachrichten.«

»Ich sag dir, was man noch in den Nachrichten sieht: Geschichten über Frauen, die vermisst werden, nachdem sie sich mit irgendeinem Durchgeknallten trafen, mit dem sie sich ›unschuldig‹ geschrieben haben.« Das Wort »unschuldig« betonte sie überflüssigerweise, indem sie Anführungszeichen in die Luft malte.

Ich schüttelte den Kopf und konzentrierte mich auf das träge flackernde Feuer im offenen Kamin der Bar. »Keine Ahnung, wie du auf die Idee kommst, dass Alex durchgeknallt ist.«

Kyra öffnete den Mund und machte ihn wieder zu, während sie nach den richtigen Worten suchte, die mich davon überzeugen sollten, dass ich einen Fehler machte. »Ich sage ja nicht, dass er geistesgestört ist oder so. Aber du musst zugeben, *das*« – sie deutete anklagend auf die Einladung, die aus meiner ledernen Tote-Bag lugte – »ist auch nicht gerade normal.« Sie trank einen großen Schluck Rotwein, dann fuhr sie fort: »Der Mann trauert, das versteh ich ja, und es ist nicht so, als würde er mir nicht leidtun, aber ich verstehe einfach nicht, wie das irgendeinem von euch helfen soll.« Wie ein Reiher auf der Jagd nach einem Fisch tauchte ihre Hand in meine Tasche und zog Alex' Einladung wieder heraus. »Er lädt dich zu einer Feier mit seinen Freunden und seiner Familie ein, um den Geburtstag seiner verstorbenen Frau zu feiern. Findest du nicht, dass das ein bisschen merkwürdig, um nicht zu sagen gruselig klingt? Bin ich die Einzige, die dabei die *Twilight Zone*-Melodie im Hintergrund hört?«

Gegen meinen Willen musste ich lächeln. »Ich geb's zu, es *ist* ein bisschen merkwürdig.« Kyras Augen weiteten sich vielsagend. »Okay, sehr merkwürdig. Aber er schlägt ja nicht vor, dass wir uns bei ihm zu Hause treffen – das wäre definitiv seltsam. Er veranstaltet die Feier in einem – in Ermangelung eines besseren Ausdrucks – Planetarium. Anscheinend war das einer der Lieblingsorte seiner Frau. Außerdem bin ich nicht die einzige Transplantatempfängerin, die er gefragt hat. Er hat alle eingeladen.«

»Seit wann interessierst du dich für Astronomie?«, fragte Kyra herausfordernd.

»Tu ich ja gar nicht … besonders.« Das stimmte, und doch fühlte es sich merkwürdigerweise wie eine Lüge an. Hatten die Schlaflosigkeit und nächtliche Sternenguckerei dieses neue Interesse geweckt? War das der Grund, warum die sechste Klasse ein Galaxiefries an der Wand hatte statt Felder und Bauernhoftiere?

»Tut mir leid, Molly, ich weiß, du willst es nicht hören, aber das klingt für mich ein bisschen zu sehr nach Frankenstein.«

Es dauerte einen Moment, bis ich ihrem Gedankengang folgen konnte, und als ich es begriff, fiel es mir schwer, ein Schaudern zu unterdrücken. »Das stimmt doch gar nicht.«

»Er versammelt euch alle. Du musst zugeben, das ist schon irgendwie komisch.«

Ich sah mich im Raum um, versuchte, Kyras laserscharfem Blick auszuweichen. Das war nicht die Reaktion, die ich von ihr erwartet hatte. Wenn ich bedachte, bei wie vielen Internet-Datingseiten Kyra angemeldet war und zu wie vielen Blind Dates sie bedenkenlos ging, erschien mir ihre Vorsicht unangebracht und überzogen.

In der Anfangszeit, als ich mir noch ständig Sorgen gemacht hatte, das Falsche zu schreiben, hatte ich ihr mehrere Briefe von Alex und meine Antworten gezeigt. Von all meinen Freundinnen war Kyra die einzige, bei der ich sicher gewesen war, dass sie meine widerstreitenden Gefühle in Bezug auf das Treffen mit ihm verstehen würde. Reagierte sie jetzt viel zu übertrieben auf Alex' Einladung oder sah sie tatsächlich eine Gefahr darin, die mir entging?

»So oder so, ich hab mich noch nicht entschieden«, sagte ich, bemüht, den Abend nicht zu ruinieren oder, schlimmer noch, unsere Freundschaft.

Sie sah mir in die Augen. »Doch, hast du.«

Es hätte ein unangenehmer Moment sein können, doch Kyra verhinderte es, indem sie sich vorbeugte und liebevoll meine Hand drückte. »Sei einfach nur vorsichtig, Mol, das ist alles.«

Sie stand graziös auf, was die Aufmerksamkeit jedes Mannes im Raum geweckt haben musste. »Noch eine Runde?« Ich nickte, als sie sich auf den Weg zur Bar machte. »Und wenn ich zurückkomme, darfst du dir alles über mein letztes katastrophales Blind Date anhören. Wenn es da draußen noch irgendwelche guten Männer gibt, weiß ich echt nicht, wo die sich verstecken.«

Ich musste mich zwingen, Alex' Einladung nicht noch einmal zu lesen, aber irgendwie schaffte ich es, zu widerstehen.

»Ach, Mensch!« Ich seufzte frustriert, als ich den Reißverschluss des nächsten Kleides herunterzog. Ich warf es auf den Haufen auf meinem Bett, das immer mehr Ähnlichkeit mit einem Grabbeltisch bekam. Es hingen nur noch wenige Kleider im Schrank, die ich anprobieren konnte, und das Taxi, das ich bestellt hatte, würde schon in zwanzig Minuten da sein.

Ich hatte vor einigen Tagen beschlossen, Alex' Einladung anzunehmen, also hätte ich genug Zeit gehabt, etwas Passendes zum Anziehen zu finden. Wieso hatte ich es bis zur allerletzten Minute aufgeschoben? *Weil du unbewusst vorhattest, doch abzusagen?*, schlug eine wissende Stimme in meinem Kopf vor. Ich ignorierte sie und ging zu der immer kleiner werdenden Auswahl in meinem Schrank. Es hingen nur noch zwei Kleider darin. Das rote verwarf ich sofort, denn der Ausschnitt war mir immer ein wenig zu gewagt gewesen. Blieb nur noch das taubengraue Wollkleid mit dem Wasserfallausschnitt, das ganz anders war als die Fünfzigerjahrekleider, die ich sonst bevorzugte. Ich zog es an und genoss das Gefühl der weichen Kaschmirwolle auf meiner Haut. Ich hatte es erst zwei Mal getragen, und als ich den Knopf im Nacken schloss, fiel mir wieder ein, dass Tom anerkennend die Augenbrauen hochgezogen hatte, als er sah, wie es meine Kurven betonte. Sexy war definitiv nicht der Look, den ich anpeilte, aber wenigstens verbarg der Wasserfallausschnitt die Narbe. Garantiert das Letzte, was Alex sehen wollte, war eine sichtbare Erinnerung daran, dass das Herz seiner Frau jetzt in meiner Brust schlug statt in ihrer.

»Interessanter Veranstaltungsort. War letzten Sommer mit meinem Kind hier«, bemerkte der Taxifahrer, als er vor dem Planetarium hielt. Ich war gerade dabei, einen Zwanzigpfundschein aus meinem Portemonnaie zu ziehen, hielt jetzt jedoch inne und schaute zu der hübsch beleuchteten Fassade hinüber.

Weiches, gelbes Licht schien durch die Glasdoppeltür, und die kurze Steintreppe schien mich zum Eintreten einzuladen. Trotzdem trödelte ich, nachdem die Rücklichter des Taxis in der Nacht verschwunden waren, noch eine Weile im Vorhof im beißend kalten Oktoberwind herum. Mehrere Leute waren gezwungen, um mich herumzugehen, um ins Gebäude zu gelangen, und jedes Mal, wenn jemand an mir vorbeikam, warf ich einen verstohlenen Blick auf sein Gesicht und fragte mich, ob er auch cinc Einladung von Alex in der Manteltasche hatte.

Reiß dich zusammen, befahl ich mir streng und stampfte mit den Füßen, um sie aufzuwärmen, und meine Zehen protestierten gegen das unsolide Schuhwerk. Dann umfasste ich den Blumenstrauß in meiner Hand fester. Die weißen Lilien sahen im Schein der Flutlichter fast zu schön aus, um echt zu sein. Sie hatten mich aus einem Metallbehälter eines Blumenladens angelacht. Mit leeren Händen zu etwas zu erscheinen, das zumindest theoretisch eine Geburtstagsfeier sein sollte, war mir falsch vorgekommen. Selbst wenn die Person, deren Geburtstag wir feierten, nicht anwesend sein konnte – aus offensichtlichen Gründen.

Ich hatte eigentlich die Absicht gehabt, eine Topfpflanze mitzubringen, und hatte tatsächlich schon eine prächtige rosafarbene Orchidee ausgesucht, als mir die Lilien ins Auge fielen. Ehe ich mich's versah, stand die Orchidee wieder im Regal und ich trug den Strauß Lilien zur Kasse. Erst jetzt, als sie sich von dem schwarzen Stoff meines Mantels abhoben, stellte mein Gehirn zu spät die Verbindung zwischen weißen Lilien und Beerdigungen her. Es waren Blumen für Tote, und ich konnte nicht fassen, wie unsensibel ich war, zu glauben, sie könnten ein geeignetes Mitbringsel für Alex sein. Ich sah mich nach einer Mülltonne um, in der ich sie entsorgen konnte, aber natürlich war weit und breit keine zu sehen. Ich überlegte immer noch, was ich tun sollte, als die Glocke eines fernen Kirchturms zur halben Stunde schlug. Pünktlichkeit war mir immer wichtig gewesen, und ich wollte nicht als Letzte ankommen und so die Aufmerksamkeit aller auf mich ziehen. Ich beschloss, die Blumen zusammen mit meinem Mantel abzugeben und sie später zu entsorgen.

»Ich bin hier, um … jemanden … bei einer privaten Veranstaltung zu treffen«, erklärte ich der schick gekleideten Dame an der Rezeption. Ich hatte mir gerade noch rechtzeitig verkniffen, »Freunde« zu sagen, was ebenso falsch gewesen wäre, wie die Wahrheit zuzugeben: *Hallo, ich treffe mich hier mit wildfremden Menschen, und das Einzige, was wir gemeinsam haben, ist eine Tote, deren Geburtstag wir heute feiern.*

Die Frau erhob sich und deutete nach rechts. Dort sah ich ein kleines Schild mit Alex' Namen und einem Pfeil, der nach oben zeigte. »Die Stevens-Feier findet in unserem Sterngucker-Saal statt. Erster Stock, letzte Tür rechts«, sagte sie.

»Gibt es hier irgendwo eine Garderobe, wo ich meinen Mantel abgeben kann?«

»Sie können ihn oben abgeben.«

Es ging mir gut, als meine Absätze auf dem Marmorboden des Foyers klapperten, aber sobald ich den Fuß der Treppe erreichte, überkam mich ein Gefühl von Beklemmung. Ich verlangsamte meine Schritte, während mein Herz immer schneller schlug. Die Treppe war steil, und ich zögerte so lange auf der untersten Stufe, dass ein junger Mann hinter mir ungeduldig wurde und sich mit einem spitzen »'tschuldigung« an mir vorbeizwängte und hinaufrannte.

Ich wusste, dass das albern war. Ich hatte die Entscheidung getroffen, heute Abend herzukommen, und konnte jetzt nicht kneifen. Aber warum kam mir, nachdem ich tagelang geschwankt hatte, ob ich Alex' Einladung annehmen oder ablehnen sollte, erst jetzt in den Sinn, dass Kyra womöglich von Anfang an recht gehabt hatte? Das hier *war* merkwürdig. Und ich wagte nicht, mir auszumalen, was meine Transplantationskoordinatorin sagen würde, wenn sie mich jetzt hätte sehen können. Eins war sicher: Das hier war keine normale Art, seine Spenderfamilie kennenzulernen.

Doch obwohl ich schreckliche Angst vor dem bevorstehenden Treffen hatte, hatte ich nicht das Gefühl, dass es Angst war, die mein Herz rasen ließ; es fühlte sich eher wie Vorfreude an.

Ich fand die Tür und blieb davor stehen. Durch das polierte Eichenholz hörte ich gedämpfte Stimmen, kein Lachen, keine Musik, nichts von den üblichen Hintergrundgeräuschen einer Party. Das hier würde wirklich eine der seltsamsten Erfahrungen meines Lebens werden. Sollte ich anklopfen oder einfach reingehen? Ich hob gerade die Hand, als die Tür unvermittelt aufging. Eine schwarz gekleidete Kellnerin erschien mit zwei leeren Tabletts vor mir, und hinter ihr, halb im Schatten verborgen, stand ein großer Mann mit sandfarbenem Haar. Seine Augen weiteten sich, während mir die Luft wegblieb.

»Molly!«, rief er, als würde er mich schon kennen. Was seltsam war, weil wir uns nie Fotos geschickt hatten und ich keinen Facebook-Account besaß, auf dem er mich hätte stalken können.

»Alex«, antwortete ich ebenso sicher. Der Saal hinter ihm wirkte voll, obwohl alle Gäste verstummt waren, als die Tür aufgegangen war. Wie bei Tangotänzern drehten alle perfekt synchron den Kopf und sahen mich an. Kaum der unauffällige Auftritt, den ich mir erhofft hatte.

»Ich bin so froh, dass du kommen konntest«, sagte Alex, und die Herzlichkeit in seiner Stimme löste die Erstarrung im Raum. Die Gespräche wurden wieder aufgenommen, auch wenn die Leute mich weiter anstarrten. Ich fühlte mich wie das neue Mädchen in der Klasse am ersten Schultag.

»Komm rein«, drängte er mich und griff hinter mich, um die Tür zu schließen. Als ich vortrat, streifte seine Hand meinen Rücken. Die Härchen auf meinen Armen sträubten sich, als wären sie statisch aufgeladen.

»Darf ich dir den Mantel abnehmen?«, fragte er, die Hand bereits ausgestreckt. Es war zu spät, um zu sagen: *Genau genommen kann ich gar nicht bleiben*, obwohl alles in mir danach schrie. Die ganze Situation fühlte sich falsch an – und gleichzeitig auch wieder nicht. Das verwirrte mich. Mir gefiel nicht, wie ich auf ihn reagierte; es sah mir gar nicht ähnlich.

Ich brauchte länger als nötig, um meinen Schal abzunehmen und den Mantel aufzuknöpfen; die Knopflöcher schienen mysteriöserweise geschrumpft zu sein. Selbst meine Sechsjährigen hatten eine bessere Körperbeherrschung als ich in dem Moment. Alex wartete geduldig, sein Gesicht erstarrte zu einer Maske des höflichen Gastgebers. Eine Maske, die gleich darauf verrutschte, als er den Strauß Blumen sah, den ich unter meinem Arm zu verstecken versucht hatte.

»Du hast Blumen mitgebracht.« Es war irgendetwas zwischen einer Frage und einer Feststellung.

Ich suchte nach einer Antwort, in der ich mich nicht für meine gedankenlose Auswahl entschuldigen musste. Vergeblich.

»Äh, ja«, begann ich, und die Entschuldigung lag mir schon auf der Zunge.

Die Hand, die auf meinen Mantel wartete, nahm mir stattdessen den Blumenstrauß ab. Alex starrte die perfekten, wachsartigen Blütenblätter an, dann schaute er mir in die Augen; seine glänzten verdächtig, aber vielleicht lag es auch nur am Licht. Die Wandbeleuchtung war gedämpft und dezent, was den Sterngucker-Saal zu einem Ort machte, an dem man Emotionen leichter verbergen konnte.

»Lilien. Woher wusstest du …?«

Es war nicht der Moment, um »Hä?« zu sagen, und das war auch nicht mehr nötig, denn ich wusste sofort Bescheid. Ein Schauder überlief mich, obwohl es nicht kalt war.

»Ich … ich, äh …«

Er nickte knapp, und wieder lief es mir eiskalt den Rücken hinunter. Lilien waren die Lieblingsblumen seiner Frau gewesen. Er brauchte es nicht auszusprechen, denn ich wusste es mit verstörender Gewissheit.

»Hallo, ich bin Dee«, sagte nun eine Frau mit einer auffällig roten, exakt geschnittenen Bobfrisur. Sie hatte sich einen

Weg durch den Raum gebahnt und steuerte auf uns zu wie die Küstenwache auf Rettungsmission. Der Vergleich hatte etwas. Ihre Hand war klein, ihr Griff jedoch erstaunlich fest.

»Molly«, sagte ich zögernd, als wäre mir kurz entfallen, wer ich war.

»Sie gehören bestimmt zu den Leuten, denen Lisa geholfen hat«, sagte sie sanft.

Ich tastete unwillkürlich nach meiner Narbe und überprüfte, ob das Kleid sie noch verdeckte.

Dee schaute zu Boden, dann bedachte sie mich mit einem verständnisvollen Blick. »Kommen Sie, wir besorgen Ihnen was zu trinken«, sagte sie lächelnd. Ihre Hand, die meine bis eben nicht losgelassen hatte, umfasste jetzt meinen Ellbogen, und sie bugsierte mich zu dem Büfetttisch an der hinteren Wand.

»Wir haben Rotwein, Weißwein, oder möchten Sie lieber etwas ohne Alkohol?«

»Limonade wäre toll, wenn es welche gibt«, sagte ich. Meine Stimme klang rau, doch ich fürchtete, kein Kribbelwasser der Welt könne etwas daran ändern.

Ich schaute zum anderen Ende des Raumes hinüber, wo Alex immer noch die Lilien anstarrte, als hätte ich ihm eine Bombe in die Hand gedrückt.

Dee folgte meinem Blick und legte mir die Hand diesmal kurz auf den Unterarm. »Er kommt schon damit klar. Er braucht nur einen Moment. Hin und wieder nimmt es ihn immer noch sehr mit.«

Bei meinen Krankenhausaufenthalten hatte ich den Tod ein paar Mal aus nächster Nähe gesehen, aber ich hatte noch nie den rohen Schmerz eines Menschen erlebt, der um ein Leben trauerte, das mehrere Jahrzehnte zu früh geendet hatte. Das war ganz anders als bei Mum und mir, als Dad gestorben war, und mir wurde schlagartig klar, wie wenig ich der Situation gewachsen war. Es gab nichts, was ich tun konnte, um diesen Mann zu trösten. Seine Frau war gestorben, ich lebte.

»Bitte sehr«, sagte Dee und drückte mir ein eiskaltes Glas in die Hand. »Möchten Sie, dass ich Sie den anderen vorstelle?«

Was ich wirklich wollte, war, mich so schnell wie möglich zu verdrücken, aber das kam nicht infrage, also nickte ich und trank einen Schluck.

»Also, der Typ dahinten in dem blauen Hemd, der die Kanapees praktisch inhaliert, das ist Todd …«

»Alex' Bruder«, sagte ich unwillkürlich.

Dee sah für einen Augenblick erschrocken aus. »Ich vergesse immer, dass Sie und Alex sich schon länger schreiben und dass Sie alles über uns wissen.«

»Nur Ihre Namen«, sagte ich, obwohl das nicht ganz stimmte. Ob absichtlich oder nicht, Alex hatte genug über seine Familie verraten, dass sie mir nicht mehr wie Fremde vorkamen, obwohl wir uns noch nie begegnet waren.

Ich wusste, dass Alex seine Schwägerin Dee sehr mochte, was eine natürliche Erweiterung der Liebe für seinen Bruder war. Ich wusste, dass sie eine Tochter hatten, die etwa im selben Alter war wie Alex' Sohn. Ich ließ den Blick durch den Raum schweifen, bis ich eine Bank entdeckte, auf deren Samtpolstern Spielzeug verstreut lag.

»Ist Alex' kleiner Sohn heute auch hier?«

Zum ersten Mal konnte ich den Blick von Dees olivgrünen Augen nicht deuten. »Er wollte, dass Connor dabei ist.« Sie schwieg kurz und sah zum kristallklaren Nachthimmel auf, der durch das spektakuläre, kuppelförmige Oberlicht deutlich erkennbar war. »Das hier war ein besonderer Ort für meine Schwägerin. Sie war oft mit Connor hier, als er noch klein war – manchmal haben sie auch Maisie mitgenommen. Sie hatten diesen Raum schon vor fast einem Jahr für ihre Geburtstagsparty reserviert. Alex hat es nicht übers Herz gebracht, die Party abzusagen. Und er sagte, es wäre nicht richtig, Lisas Geburtstag ohne Connor zu feiern. Also hab ich Maisie auch mitgebracht, damit alles … ein bisschen normaler wirkt.«

Ich zog die Augenbrauen hoch, und Dees unbewusst gerunzelte Stirn sprach Bände.

»Aber Sie haben versucht, ihm auszureden, uns vier heute Abend einzuladen, oder?« Ich staunte über meine eigene Kühnheit.

Ihr Lächeln war traurig und erschöpft zugleich. »Todd hat es versucht. Viele Male. Er fand, es sei kein angemessener Ort dafür, dass Sie alle sich zum ersten Mal treffen. Aber Sie kennen Alex …« Sie verstummte, als uns beiden wieder einfiel, dass ich ihn natürlich nicht kannte.

Warum fühlte es sich dann trotzdem so an, als wäre es so?

»Oh, schön, Dee hat dir etwas zu trinken besorgt«, sagte Alex, der sich zu uns gesellte, und legte seiner Schwägerin die Hand auf die Schulter.

Sie sah zu ihm auf und lächelte, und ein kleiner Knoten der Besorgnis löste sich in meinem Inneren. Er hatte Menschen, die sich um ihn kümmerten. Obwohl er die Frau verloren hatte, die er liebte, gab es immer noch eine Familie, die sich um ihn sorgte. Das machte mich glücklich, auf eine Art, die ich nicht erklären konnte.

»Alles okay?«, fragte Dee.

Ich starrte in mein Limonadenglas, aber ich schwöre, ich konnte in jenem Moment spüren, dass er mich ansah.

»Ja, alles bestens.«

»In dem Fall entschuldigt mich bitte, ich gehe mal nachschauen, was Maisie und Connor auf der Toilette treiben. Sie sind schon eine ganze Weile weg.«

Ich konnte nicht die ganze Zeit in mein Glas starren, als würde ich erwarten, dass die Eiswürfel funkelten wie die Sterne, aber es fühlte sich wesentlich sicherer an, als Alex anzusehen.

»Das ist ein wunderbarer Veranstaltungsort. Es ist mir peinlich, zuzugeben, dass ich noch nie im Planetarium war.«

»Ich war auch nie hier – bis ich Lisa kennengelernt habe«, sagte Alex, und sein Mund brachte ein Lächeln zustande, das seine Augen nicht ganz erreichte.

Ich fragte mich verzweifelt, was ich sagen sollte. Ich war normalerweise in Gesellschaft nicht unbeholfen , aber diese Situation war einfach zu bizarr.

»Deine … Deine Frau war bestimmt begeistert von Astronomie.« Ich stöhnte innerlich über meinen lahmen Konversationsversuch. Warum war es so leicht, wenn wir uns Briefe schrieben, und so schwierig, wenn er direkt vor mir stand?

»Lisa war begeistert von allem, was sie tat. Das war einfach ihre Art. Und es ist okay, ihren Namen auszusprechen, Molly«, fügte Alex sanft hinzu, als hätte er mein Unbehagen gespürt. »Schließlich ist sie der Grund, warum du hier bist.«

Eine Sekunde lang dachte ich, er würde auf die Transplantation anspielen, bis mir klar wurde, dass er die Geburtstagsfeier meinte.

»Lisa *ist* der Grund, warum ich hier bin«, bestätigte ich kühn. »Nicht nur heute Abend; ich meine, sie ist der Grund, warum ich überhaupt noch da bin.«

Einem Instinkt folgend, der mich selbst überraschte, griff ich nach seiner Hand, als wollte ich sie schütteln, aber so, dass sein Zeigefinger direkt auf meinem Puls lag. Seine Augen hatten die Farbe von dunklem Karamell. Sie weiteten sich, als er erkannte, was ich vorhatte. Er schluckte mehrmals. Seine Fingerspitze strich sanft über die sensible Haut meines Handgelenks. Es war keine Liebkosung, oder wenn, war sie nicht für mich gedacht.

Er brauchte lange, bis er wieder sprechen konnte.

»So nah war ich ihr seit sechs Monaten nicht mehr. Danke.«

Seine Augen glitzerten wieder, als er sich entschuldigte und aus dem Raum ging. Man brauchte kein Genie zu sein, um zu erraten, warum.

Kapitel 13

ALEX

Alex brauchte frische Luft. Im Sterngucker-Saal des Planetariums bekam er keine, und auch nicht draußen auf dem Gang. Er eilte, immer drei Stufen auf einmal nehmend, die steile Treppe hinunter und schaffte es wie durch ein Wunder, nicht das Gleichgewicht zu verlieren und unten auf den harten Marmorboden zu stürzen. Das Foyer war jetzt menschenleer, bis auf einen Wachmann, der aber kaum aufschaute, als Alex die Eingangstüren aufstieß und hinaus in die Nacht trat.

Die kalte Oktoberluft war wie ein Schlag ins Gesicht, den die Leute in Filmen immer erhalten, wenn sie hysterisch werden. Ihre Wirkung auf Alex war ähnlich. Sie half ihm, wieder runterzukommen, milderte den Drang, Abstand zwischen sich und das zu bringen, wovor er flüchtete – was auch immer es war. Er war sich sicher, dass es weder Molly noch die anderen Transplantatempfänger waren, denn er hatte doch so darauf gehofft, dass sie alle heute Abend erscheinen würden. Wenn er ehrlich mit sich war, wunderte es ihn noch immer, dass alle vier seine Einladung angenommen hatten.

Etwas war hier im Gange. Alex konnte spüren, wie sich unter der Oberfläche seines aus der Bahn geratenen Lebens etwas regte. Es war mehr als bloß Trauer, auch wenn das das Einheitsetikett war, das sein Bruder dem Ganzen ständig anzuhängen versuchte.

»Es ist mehr als das«, sagte Alex zu sich und stellte überrascht fest, dass er es laut ausgesprochen hatte. Nicht, dass jemand in der Nähe gewesen wäre, der ihn hätte hören können.

Wer auch nur halbwegs bei Sinnen war, hielt sich drinnen im Warmen auf und spazierte nicht vor dem Planetarium herum, bei Temperaturen nahe dem Gefrierpunkt, bei denen der Atem in der Luft kondensierte.

Er wusste, dass es besser gewesen wäre, wieder hineinzugehen, und dass sein Verhalten Todd und Dee gegenüber unfair war. Connor nicht zu vergessen. Aber in Bezug auf Connor machte er ja sowieso gar nichts mehr richtig. Ihm der Vater zu sein, den er brauchte, war für Alex wie ein Hochseil-Balanceakt über einer Schlucht, bei dem ein einziger Fehltritt zum Absturz führen konnte. Und Alex machte täglich Fehler. Auch heute Abend …

»Kann's losgehen, Großer?«, hatte er gefragt und den Kopf in Connors Zimmer gesteckt. Er war erleichtert gewesen, dass sein Sohn die auf dem Bett bereitgelegte Kleidung angezogen hatte; nur die Schuhe fehlten noch.

»Los, Connor. Ich will nicht, dass wir zu spät kommen. Zieh deine Schuhe an.«

Wie ein gehorsamer Roboter griff Connor nach den schwarzen Schuluniformschuhen, die Lisa ihm am Jahresanfang gekauft hatte. Alex wollte auf keinen Fall in den abendlichen Berufsverkehr geraten, und er musste sich sehr zurückhalten, Connor die Schuhe nicht selbst zuzubinden. *Hab Geduld mit ihm*, hätte Lisa ihm wohl zugeflüstert. *Manches muss er allein machen*.

»Ist doch toll, wieder mal ins Planetarium zu gehen, oder?«, hatte Alex gefragt. Aber er merkte selbst, dass seine aufgesetzte Fröhlichkeit nicht überzeugend war.

Connor hielt im Kampf mit seinem linken Schuh inne und schaute hoch. In seinem Blick flackerte etwas auf, vielleicht eine Erinnerung an seinen letzten Besuch dort, mit Lisa.

»Ist Mummy da?«

Alex hatte geseufzt, und dieser Seufzer schmerzte ihn in der ganzen Brust.

»Nein, Kumpel, wir haben doch schon darüber gesprochen, weißt du nicht mehr? Das ist heute eine Party, wir feiern den Geburtstag deiner Mummy.«

»Aber wenn es ihre Geburtstagsfeier ist, dann muss sie doch auch kommen!«

Connor zwängte seinen Fuß in den Schuh und verzog das Gesicht. Erst nach einigen Sekunden wurde Alex klar, dass nicht nur enttäuschte Hoffnungen der Grund waren.

»Hast du was am Fuß?«, fragte Alex, ging zu ihm und hockte sich vor ihm hin.

Sein Sohn zuckte mit den Schultern.

»Setz dich, ich schau mir das mal an«, sagte Alex, und die Sorge wegen des Verkehrs zur Rushhour war wie weggeblasen. Er brauchte Connor nicht einmal die Socke abzustreifen, er merkte es schon daran, welche Kraft er einsetzen musste, um ihm den linken Schuh auszuziehen. Beim rechten Fuß war es genauso schlimm.

Unter den Comicsocken kamen Connors rote Zehen zum Vorschein. An beiden kleinen Zehen hatte er Blasen.

Alex blickte bestürzt auf die geschundenen Füße seines Sohnes. »Sind dir die Schuhe zu klein geworden?«

»Ein bisschen«, murmelte Connor.

»Warum hast du mir denn nicht gesagt, dass dir darin die Füße wehtun? Warum hast du nicht gesagt, dass du neue brauchst?« Connors blaue Augen wirkten riesengroß, als er Alex anschaute. *Warum hast du es nicht selbst mitbekommen? Das ist deine Aufgabe*, lautete ihre stumme Anklage.

»Es tut mir sehr leid«, sagte Alex mit zitternder Stimme, betreten vor Scham. »Ich hätte wissen müssen, dass du neue brauchst. Mummy hat dir jeden Sommer neue Schuhe gekauft.«

»Ich wollte es ihr heute sagen«, flüsterte Connor, und seine Stimme zitterte auch. »Also, das mit den Schuhen.«

Alex zog Connor an sich und schloss ihn in die Arme. Auch wenn Connor nicht gerade entspannt war, zumindest verweigerte er die Umarmung nicht.

»Tut mir leid«, wiederholte Alex leise in den rotblonden Schopf seines Kindes hinein.

Vielleicht würde sich alles nach heute Abend allmählich ändern, dachte Alex jetzt. Wie er darauf kam, wusste er selbst nicht, aber es fühlte sich auf eine Weise zutreffend an, die sich nicht in Worte fassen ließ.

Von ein paar schnell dahinziehenden Wolken abgesehen, war die Nacht frisch und der Himmel klar, mit großzügig ausgestreuten Sternen. Eine Nacht, die Lisa unbedingt hätte nutzen wollen, sie hätte ihnen die Sterne gezeigt und benannt und versucht, ihre Leidenschaft für die Astronomie dem Mann zu vermitteln, den sie liebte.

Während Alex zum tiefschwarzen Himmel hinaufschaute, begannen die ersten Regentropfen zu fallen und vermischten sich mit seinen Tränen, die er geweint hatte, ohne es zu bemerken.

Regen – er war nicht angesagt gewesen, aber natürlich regnete es heute Abend. Manche Paare hatten ein Lied, das allein ihnen gehörte, sie verband. Aber bei Alex und Lisa war es immer der Regen gewesen.

Kapitel 14

MOLLY

Nach Alex' hastigem Abgang schlenderte ich zum Büfetttisch hinüber, der mit absolut köstlich aussehenden Gerichten überfrachtet war, doch ich bezweifelte, dass vielen Gästen der Sinn danach stand. Ich zuckte zusammen, weil sich plötzlich eine Hand auf meine Schulter legte. Als ich herumfuhr, stand mir der junge Mann gegenüber, der sich vorhin auf der Treppe an mir vorbeigedrängt hatte. Er war erst um die zwanzig; seine Haare waren ein bisschen zu lang, und er hätte eine Rasur vertragen können. Er trug eine abgewetzte Lederjacke und zerrissene Skinny Jeans, was, wie ich annahm, ein Fashionstatement war.

»Hi. Ich bin Jamie«, sagte er und streckte eine Hand aus, an der die Fingernägel so extrem abgeknabbert worden waren, dass ich fast das Gesicht verzogen hätte.

Etwas an seinem herzlichen Händedruck veranlasste mich, sein Gesicht genauer zu betrachten. Auch in seinen hellgrauen Augen lag ein verwirrter Ausdruck. Er beugte sich vor und drang auf eine Art in meinen persönlichen Bereich ein, die mir hätte unangenehm sein müssen, aber das war nicht der Fall. Ich hatte erwartet, dass er nach Alkohol oder Tabak roch, nahm aber nur einen Hauch von Zahnpasta und Duschgel wahr. Noch ehe er etwas sagen konnte, wusste ich, wer er war.

»Tja, ich bin die Lunge. Und du bist …?«

Sein Grinsen war unwiderstehlich einnehmend, und ich hatte den Eindruck, dass er es genoss, Leute zu schockieren.

»Herz«, flüsterte ich, als würden wir ein Geheimnis teilen.

Sein Blick wanderte zu meiner Brust, aber nicht auf die bei Männern sonst übliche Art.

»Geht's dir gut?«

In nur drei Worten hatte er alles zusammengefasst, was wichtig war. Eine Fähigkeit, die nur wenige Leute besaßen.

»Sehr gut. Und dir?«

Er holte so tief Luft, dass seine Brust anschwoll und er aussah, als wollte er in ein Schwimmbecken springen. »Das hier konnte ich vorher nicht. Nicht mal ansatzweise. Scheiße, alles in allem geht's mir verdammt gut.«

Seine Augen funkelten, sodass ich wusste, er hatte die Kraftausdrücke absichtlich benutzt, um zu sehen, wie ich darauf reagieren würde. Ich kannte ganze Klassenräume voll von Jungs wie ihm. Große Klappe, aber harmlos. Ich lächelte und hatte das Gefühl, gerade eine goldene Eintrittskarte in meiner Schokoladenverpackung gefunden zu haben.

»Sind noch andere wie wir da?«

Jamie legte die Hände auf meine Schultern und drehte mich herum, sodass ich in die fernste Ecke des Raumes blicken konnte, wo eine ältere Dame auf einem ledernen Chesterfield-Sofa saß und sich angeregt mit Todd unterhielt. Sie beugte sich vor und nahm etwas Voluminöses aus der Tasche zu ihren Füßen. Ich war so daran gewöhnt, dass Leute Fotos auf ihren Handys zeigten, dass es ungewohnt war, ein altmodisches Fotoalbum zu sehen.

»Vielleicht geh ich mal rüber und stell mich vor«, sagte ich. Jamie nickte und nahm sich ein halbes Dutzend Kanapees. »Ach, ich hab ganz vergessen, mich *dir* vorzustellen. Ich heiße Molly.«

Er zog die Augenbrauen hoch, als hätte ich gerade etwas unglaublich Dummes gesagt. »Ich weiß. Wir *alle* wissen es. Er hat dich mehr als einmal in seinen Briefen erwähnt.«

Ich spürte, wie mir Röte vom Dekolleté ins Gesicht hochkroch. »Oh. Er … Er hat nie … Ich meine, ich glaube nicht …«

Jamie zuckte die Schultern, bevor er sich wieder dem Büfett zuwandte. »Es ist, was es ist. Du solltest zu Barbara gehen und Hallo sagen. Sie ist auf eine Alte-Damen-Art ziemlich cool.«

Alex' Bruder saß immer noch plaudernd mit Barbara auf dem dunklen Ledersofa, aber als ich zu ihnen trat und mich für die Unterbrechung entschuldigte, sprang er sofort auf. Dem Ausdruck in seinen Augen nach zu urteilen machte ihm die Störung wohl nicht das Geringste aus.

»Sie müssen Molly sein«, sagte er. Ich nickte, immer noch leicht verstört über die Tatsache, dass all diese fremden Menschen hier meinen Namen kannten. »Bitte, setzen Sie sich«, drängte er mich. »Sie sind noch in der Genesungsphase und sind sicher erschöpft.«

Ich wollte ihm gerade versichern, dass ich sehr wohl in der Lage war, zu stehen, aber dann sah ich die Verzweiflung in seinem Blick. Es fiel mir schwer, ein Lächeln zu unterdrücken. Der dankbare Blick, den er mir zuwarf, verriet mir, dass ich gerade einen Freund fürs Leben gefunden hatte.

»Soll ich Ihnen einen Teller mit Essen vom Büfett bringen?«, fragte er Barbara mit Blick auf den Gehstock mit Elfenbeingriff, den sie gegen das Sofa gelehnt hatte.

»Sehr freundlich von Ihnen. Ja, bitte«, erwiderte sie. Als Todd außer Hörweite war, sagte sie zu mir: »Ich glaube, der arme Mann weiß nicht, worüber er mit uns reden soll.«

»Es *ist* ja auch eine sehr ungewöhnliche Situation«, bemerkte ich – die Untertreibung des Jahrhunderts.

»Ich freue mich, dass es Ihnen anscheinend so gut geht, Liebes«, sagte Barbara, als wären wir alte Freundinnen, die sich nach langer Zeit wiedertrafen. »So jung und schon eine Herztransplantation«, fügte sie in der schonungslosen Art hinzu, die ältere Menschen manchmal an sich haben.

»Das stimmt«, sagte ich. »Obwohl es natürlich nicht immer etwas mit dem Alter zu tun hat.«

»Wohl wahr«, sagte Barbara, und ihre faltigen, leberfleckigen Hände spielten unbewusst mit dem Fotoalbum in ihrem Schoß. Vermutlich hatte sie Todd die Aufnahmen zeigen wollen. Kein Wunder, dass er ausgesehen hatte wie ein Mann, der gerade noch einmal davongekommen war.

»Mit um die sechzig war ich noch fit wie ein Turnschuh, und dann, nur zwei Jahre nachdem ich meinen Archie verloren hatte, hing ich plötzlich an Dialysemaschinen und dachte, so würde es für den Rest meines Lebens bleiben. Und jetzt sehen Sie uns alle an.«

Ich ließ den Blick durch den Raum schweifen. Vier von Lisas Transplantatempfängern waren heute Abend eingeladen worden, aber es war unmöglich, sie von den anderen zu unterscheiden. Vor der OP hätte man uns leicht erkennen können. Aber dank Lisa und dem, was sie jedem von uns geschenkt hatte, fügten wir uns unauffällig ein.

»Mir tun Alex und sein kleiner Sohn von Herzen leid«, fuhr Barbara fort, und ihr Blick ruhte auf dem Gastgeber, der wieder hereingekommen war und abgelenkt wirkte, während er in sein Handy sprach. Er ging zum Büfetttisch hinüber, das Telefon ans Ohr gepresst. »Ihr Schmerz ist die Kehrseite unseres Glücks. Und ich bin mir nicht sicher, ob wir es aus der Nähe sehen sollten.«

Barbara mochte mit ihren weißen Zuckerwattehaaren und den Falten wirken wie der Inbegriff der alten Dame, doch ihren blassen, wässrig blauen Augen entging anscheinend nicht viel.

»Haben Sie Kinder, Liebes?«, fragte sie mich unerwartet.

Ich sah sie an, überrascht, wie widerstrebend ich den Blick von der anderen Seite des Raumes löste. »Ja. Zweiunddreißig, um genau zu sein.«

Sie grinste und zeigte dabei Zähne, die zu weiß und regelmäßig waren, um echt zu sein. »Sie sind Lehrerin?«

»Ja. An der Green Hills Primary School. Aber um Ihre Frage korrekt zu beantworten, nein, ich habe keine eigenen Kinder.«

»Sie haben noch eine Menge Zeit, Liebes«, sagte sie freundlich und legte ihre runzelige Hand auf meine. »Jetzt, wo es Ihnen wieder gut geht.«

Sie hatte recht. Was zuvor ein Ding der Unmöglichkeit gewesen war, hatte sich jetzt in etwas verwandelt, was ich in Erwägung ziehen konnte, eines Tages, wenn je der richtige Mann in mein Leben trat. Ich nickte, und um das Thema zu wechseln, deutete ich auf das Fotoalbum in ihrer Hand. »Sind das Bilder von *Ihrer* Familie?«

Ihr Gesicht strahlte vor großmütterlichem Stolz. »Ja. Meine Kinder … und deren Kinder. Möchten Sie sie sehen?«

»Liebend gern.«

Erst nach ein paar Bildern ging mir die Wahrheit auf. Als sie mir stolz die Namen und das Alter ihrer Lieblinge verriet, schluckte ich schwer an dem Kloß, der sich unerwartet in meinem Hals gebildet hatte. Es waren Katzen. Lauter Bilder von Katzen. Ich brauchte sie nicht zu fragen, ob sie je eigene Kinder gehabt hatte. Die Fotos waren Antwort genug. Eigentlich war ich eher der Hundetyp, daher war ich froh, dass mir zu jedem pelzigen Mitglied von Barbaras Familie etwas Nettes einfiel.

Ein heller, länglicher Lichtstreifen fiel in den Raum, und als ich aufschaute, sah ich Dee, flankiert von zwei Kindern, in der offenen Tür stehen. Das Mädchen war ihrer Mutter wie aus dem Gesicht geschnitten, das Haar ebenso rot, nur dass ihres zu zwei Zöpfen geflochten war. So niedlich sie aussah, mein Blick wanderte sofort zu dem anderen Kind hinüber, das sich etwas zurückhielt und halb hinter seiner Tante verborgen stand. Ich hatte derartige Manöver schon sehr viele Male beobachtet, allerdings nur am Tag der Einschulung von Kindern, die ein paar Jahre jünger waren als Connor.

Der Drang, aufzustehen und zu ihm zu eilen, war ebenso schockierend wie unangemessen. Das arme Kind wäre zu Tode erschrocken. Aber fast als hätte er meine Gedanken gelesen, hob der kleine Junge den Kopf und sah mich direkt an. Mein Herz raste, was die Medikamente, die ich nahm, eigentlich verhindern sollten. Wurde es wirklich einen Moment lang still im Raum, oder bildete ich mir das nur ein?

Der Bann war gebrochen, als Alex, der sein Telefongespräch beendet hatte, zu seinem Sohn hinüberging. Barbara sagte etwas, aber meine Aufmerksamkeit war zwischen ihr und der Familie auf der anderen Seite des Raumes hin- und hergerissen.

»Armer kleiner Kerl. Sein Vater sagt, er nimmt es sich immer noch sehr zu Herzen.«

Selbst wenn Alex mir das nicht schon erzählt hätte, hätte ich es gewusst. Als Dee die beiden Kinder zu der Bank mit dem Spielzeug führte, hörte ich auf, gegen das Unvermeidliche anzukämpfen, und erhob mich. Ich sah Verständnis in Barbaras Augen, als ich mich entschuldigte, vielleicht sogar ein kleines, anerkennendes Nicken.

Das Mädchen hatte ein elektronisches Spielzeug, das ich kannte, in die Hand genommen, und drückte eifrig auf die Knöpfe, aber Connor war auf einen Stuhl geklettert und saß still und gerade da, die Hände gar nicht kindgemäß im Schoß gefaltet.

Ich hockte mich vor sie. »Hallo, ihr zwei. Mein Name ist Molly. Und ihr müsst Maisie und Connor sein.«

Maisie machte große Augen, als hätte ich einen verblüffenden Akt des Gedankenlesens vollbracht, aber Connor zeigte keine Reaktion, außer einem langen, misstrauischen Blick. Ich schluckte und versuchte, all meine Erfahrung zum Einsatz zu bringen.

»Tolles Spiel«, sagte ich und deutete auf die kleine Konsole in Maisies Händen. »Aber ich schaffe es nie, den Timer zu schlagen.«

»Du weißt, wie man das hier spielt?«

Vermutlich war ich in Maisies Achtung gerade noch höher gestiegen, bei Connor hingegen war das schwer zu sagen. Er starrte seine Knie an.

»In der Schule, in der ich unterrichte, ist freitags Spielzeugtag, und viele Kinder meiner Klasse bringen so etwas mit.« Ich strahlte beide an. Nur Maisie lächelte zurück. »Hast du ein Lieblingsspielzeug?«

Maisie zählte einen halben Spielzeugkatalog auf, und obwohl ich lächelte und nickte, während ich ihr zuhörte, warf ich immer wieder einen verstohlenen Blick auf Connors Gesicht. Es war ausdruckslos, aber wenigstens sah er mich jetzt an. Sogar ziemlich eindringlich. Vielleicht wäre es mir, wenn ich mehr Zeit gehabt hätte, gelungen, seine Schutzmauer zu durchbrechen, aber plötzlich schaute er über mich hinweg zu seinem Vater und seinem Onkel, die sich näherten.

»Und, war er das am Telefon?«, hörte ich Todd fragen.

Ich hockte immer noch vor ihren Kindern, versperrte den Weg.

»Ja, das war Mac. Sieht so aus, als würde er sich verspäten – wenn er es überhaupt schafft. Er hat sich entschuldigt, hat gesagt, ihm wäre bei der Arbeit was Dringendes dazwischengekommen. Klang für mich ein bisschen nach Ausrede.«

Meine Beine taten weh. Ich musste aufstehen, und das, ohne mit den beiden Männern hinter mir zusammenzustoßen, was nicht ganz einfach war. Ungraziös erhob ich mich auf den ungewohnten hochhackigen Schuhen. Beide Stevens-Brüder streckten die Hand aus, um mir aufzuhelfen, aber es war Alex, der meinen Ellbogen zu fassen bekam. Connor hob ruckartig den Kopf, seine Augen wie Miniaturlaser auf die Stelle gerichtet, an der sein Vater mich berührte. Ich löste mich sofort von ihm und murmelte ein Dankeschön.

»Tante Dee bringt euch gleich nach Hause. Räumt doch schon mal eure Sachen zusammen.«

Maisie protestierte halbherzig, aber Connor glitt klaglos von seinem Stuhl und begann, sein Spielzeug in eine Tasche zu packen. Als ich diskret beiseitetrat, bemerkte ich Alex' besorgten Gesichtsausdruck, mit dem er auf seinen Sohn hinunterblickte.

Geht dich nichts an, sagte ich zu mir. Diese Leute waren kaum mehr als Fremde für mich. Als ich mich umwandte, um zu gehen, hätte es mir nicht schwerfallen dürfen – aber warum war es dann trotzdem so?

Es war ein Abend voller Überraschungen, und die größte von allen war vielleicht, dass ich mich wohlfühlte. Ich musste mich nur ständig daran erinnern, nicht über die Tatsache nachzugrübeln, dass wir hier waren, um den Geburtstag einer Person zu zelebrieren, die ihn nie wieder selbst feiern würde.

Sobald Dee mit den Kindern aufgebrochen war, schien es Alex' Gästen leichter zu fallen, offen über Lisa zu sprechen. Ich konnte nicht mehr zählen, wie oft mir jemand sagte, dass ich sie sicher gemocht hätte. Jedes Grüppchen hatte seine

Lieblingsgeschichte über Lisa zu erzählen, und es war offensichtlich, wie sehr sie geschätzt und geliebt worden war.

So nett Lisas Freunde und ehemalige Kollegen waren, die meiste Zeit verbrachte ich damit, mit Barbara und Jamie zu plaudern, auch wenn mir klar war, dass wir für einen unbeteiligten Beobachter ein ziemlich seltsames Trio abgeben mussten. In stillschweigender Übereinkunft sprach keiner von uns über Operationen, was eigentlich hätte bedeuten sollen, dass wir kein gemeinsames Thema hatten, aber so war es überhaupt nicht. Ich hatte keine Freunde in Jamies oder Barbaras Alter, doch im Laufe des Abends wurde mir klar, was mir bisher entgangen war. Auf ihre jeweilige, ganz eigene Art waren sie beide sehr angenehme Gesellschaft.

Trotzdem überraschte es mich, als Jamie vorschlug: »Wir sollten unsere Nummern austauschen und uns irgendwann mal woanders treffen, wisst ihr? Vielleicht könnten wir im Pub was trinken gehen oder so?«

Ich versuchte vergeblich, mir Barbara in der Art Pub vorzustellen, wo Jamie sich wohlfühlen würde.

»Oder zum Nachmittagstee«, entgegnete Barbara schnell. »Ich liebe Scones mit Sahne und Erdbeermarmelade«, sagte sie mit hörbarer Sehnsucht in der Stimme.

Ein Jamie, der geziert an Gurkensandwiches knabberte, war ähnlich schwer vorstellbar.

»Uns fällt bestimmt etwas ein, wo wir alle gern hingehen«, sagte ich. »Ich finde, das ist eine tolle Idee.« Und so fühlte es sich auch an.

»Na schön«, sagte Jamie, dessen Aufmerksamkeit wieder auf das Büfett gerichtet war, das gerade aufgefüllt wurde. »Ich geh noch mal rüber und guck, was sie Feines gebracht haben.«

Er wirkte fehl am Platz, als er sich einen Weg durch Lisas Angehörige und Freunde bahnte. Barbara wartete, bis er in sicherer Entfernung war, bevor sie sich zu mir beugte und etwas sagte, das ich nicht ganz verstand. Entweder war es »Ein aufmerksamer Junge« oder »Ein einsamer Junge«. Beides war zutreffend. Ich sah Barbara an und spürte plötzlich eine unerklärliche Verbindung zu ihr und Jamie, die mehr als nur ein bisschen beunruhigend war.

Alex war damit beschäftigt, im Raum herumzugehen und sich mit den verschiedenen Gruppen zu unterhalten. Ich spürte, dass er sich unsere bis zum Schluss aufhob. Bei mehr als einer Gelegenheit hatte ich das Gefühl, dass ich ihn, wenn ich mich umdrehte, dabei ertappen würde, wie er mich ansah. Ich hatte mich nie für besonders sensibel gehalten, aber es war, als könnte ich seine Anwesenheit regelrecht *spüren*. Ich war mir ziemlich sicher, dass auch Barbara und Jamie es spürten. Lag es daran, dass wir hier die Außenseiter waren, oder zog uns etwas zueinander wie ein unsichtbares Band?

Ich schüttelte den Kopf über die verrückte Idee und ging zum Büfetttisch, um die Desserts anzuschauen, die gerade gebracht worden waren. Anscheinend waren es Lisas Lieblingsgerichte, und es war unheimlich, dass ihr Geschmack mit meinem praktisch identisch war. Ich schwankte noch zwischen Käsekuchen und einer schokoladigen Sünde, als das letzte Gericht auf den Tisch gestellt wurde. Es war eine Pyramide aus goldbraunen kleinen Windbeuteln, die von einem hauchzarten Gespinst aus Zuckerfäden zusammengehalten wurde. Mit Teller und Gabel in der Hand näherte ich mich dem Miniberg und überlegte, woran er mich erinnerte. Des Rätsels Lösung überfiel mich wie ein blendend heller Blitz. Die winzigen Brandteiggebilde sahen so ähnlich aus wie Rosskastanien, und plötzlich fühlte ich mich auf den Krankenhausparkplatz zurückversetzt, wo ich zu einem großen Mann mit Sonnenbrille und gereiztem Gesichtsausdruck aufblickte. Als ich jetzt hochschaute und feststellen musste, dass derselbe Mann genau hinter mir stand, war ich so geschockt, dass mir der Teller aus der Hand fiel und peinlicherweise auf dem Boden in tausend Stücke zerschellte.

»Liegt es an mir, oder sind Sie eine schrecklich schlechte Jongleurin?«

Hätte jemand anders die Bemerkung gemacht, hätte ich wahrscheinlich gelacht, aber dieser Mann hatte irgendetwas an sich, bei dem sich mir die Nackenhaare aufstellten. Ich beugte mich vor und sammelte hastig die Scherben auf, damit niemand versehentlich hineintrat.

Wie ein rettender Engel erschien plötzlich jemand vom Cateringteam mit einem Handfeger und einer Kehrschaufel und bat mich, beiseitezutreten. Ich richtete mich langsam auf in dem Wissen, dass meine Wangen immer noch hochrot vor Scham waren.

Der Mann, der vor mir stand, legte die Handvoll Scherben, die er aufgesammelt hatte, ebenfalls auf die Kehrschaufel, bevor er sagte: »Alles in Ordnung?«

Ich nickte. »Sie haben anscheinend die unangenehme Angewohnheit, mich zu überraschen.«

»Ah, ja, ich verstehe! Die Tatsache, dass ich dastand, muss Sie erschreckt haben.«

Es lag genug Humor in seiner Stimme, um dem Sarkasmus die Schärfe zu nehmen, aber ich war immer noch verlegen, weil er mich auf dem falschen Fuß erwischt hatte. War es plötzlich ein paar Grad wärmer hier drin? Schweiß lief mir den Rücken hinunter. Das Kaschmirkleid gewählt zu haben erschien mir plötzlich wie ein großer Fehler, und ich hob die Hand, um den Wasserfallausschnitt zu lüften.

»Vorsicht!«, rief der Mann aus und griff schnell wie eine Kobra nach meinem Handgelenk.

»Was zum …?«

»Sie bluten«, sagte er und drehte meine Hand um. An der Spitze meines Zeigefingers trat ein perlgroßer Blutstropfen aus. »Sie müssen sich an den Scherben geschnitten haben. Fast hätten Sie Ihr Kleid ruiniert.«

Ich hatte es nicht einmal bemerkt, er jedoch schon, und das trotz der schwachen Beleuchtung und der Tatsache, dass er auch heute eine Sonnenbrille trug.

»Oh, ich verstehe«, sagte ich verlegen. »Tja, dann danke schön.«

Der Moment zog sich hin, und kurz bevor es richtig peinlich wurde, fiel ihm plötzlich ein, dass er immer noch mein Handgelenk hielt. Als er es losließ, steckte ich reflexhaft den Finger in den Mund. Bildete ich es mir ein, oder ließ er mich nicht aus den Augen? In der verspiegelten Brille sah ich nichts außer meinem eigenen Gesicht.

»Hast du dich geschnitten, Molly? Alles okay?«

Alex kam mit großen Schritten und besorgtem Gesichtsausdruck auf mich zu, was mich noch verlegener machte.

»Ist schon gut, niemand ist gestorben«, versicherte ich ihm. Die Worte waren mir über die Lippen gesprudelt, ohne dass ich es verhindern konnte. Ich erstarrte. Was hätte man Schlimmeres zu einem jungen Witwer sagen können? Es musste ihm aufgefallen sein. Da ich mir jeden Tag in einer Klasse aufgeregter Sechsjähriger Gehör verschaffen musste, hatte ich eine ziemlich deutliche Aussprache.

Überraschenderweise war es der Mann mit der dunklen Sonnenbrille, der die Situation rettete. Er trat einen Schritt vor und hielt Alex die Hand hin.

»Sie müssen Alex sein. Schön, Sie endlich kennenzulernen. Ich bin Mac.«

Sie schüttelten sich gefühlt eine halbe Ewigkeit die Hände. Die Zeit, die einer normalen höflichen Vorstellung angemessen gewesen wäre, verstrich, und sie ließen sich immer noch nicht los. Erst da fiel es mir wie Schuppen von den Augen: der Krankenhausparkplatz, die Augenchirurgie, der merkwürdige Zufall, dass dieser Mann ebenfalls zu der kuriosen Geburtstagsfeier eingeladen worden war. Mac war der noch fehlende Transplantatempfänger! Die Augen, mit denen er mich jetzt ansah, stammten von derselben Person, deren Herz etwas zu schnell in meiner Brust schlug.

»Ist das … Sind Sie … Sind Sie Molly?«, fragte nun Mac prompt verblüfft, der meinen Gesichtsausdruck offenbar richtig gedeutet hatte.

Ich warf Alex einen Seitenblick zu, und er hatte den Anstand, zerknirscht auszusehen. Er hatte allen anderen von mir erzählt, sie jedoch in seinen Briefen an mich mit keinem Wort erwähnt. Das sonderte mich auf eine Art von den anderen ab, die ich weder verstand noch billigte.

»Das bin ich«, sagte ich in einem Versuch, fröhlich zu klingen, der ziemlich danebenging.

Mac hob die Hand, nahm bedächtig die dunkle Brille ab und steckte sie in seine Hemdtasche. Ich bemühte mich, seine Augen nicht anzustarren, da ich selbst immer verlegen wurde, wenn jemand meine Operationsnarbe mit zu viel Aufmerksamkeit bedachte.

Macs Augen waren unglaublich strahlend blau, und ich wusste, dass sie diese Farbe schon vor der Operation gehabt haben mussten. Das Einzige, was er von Lisa bekommen hatte, waren die Hornhäute, aber trotzdem fühlte es sich so an, als würde der Blick von mehr als einem Menschen auf mir ruhen, als er als Zeichen des Erkennens nickte. »Schön, Sie wiederzusehen.«

Alex fuhr scharf zu Mac herum, als wäre er schockiert zu erfahren, dass wir uns schon begegnet waren. Ich wappnete mich, war mir sicher, er würde um eine Erklärung bitten, aber er tat es nicht. Das war eine Erleichterung, denn ich war mir nicht ganz sicher, was Mac gemeint hatte. Bezog er sich auf unsere Begegnung auf dem Krankenhausparkplatz? Ich hoffte es, denn ganz ehrlich – alles andere wäre zu unheimlich gewesen.

Kapitel 15

ALEX

Alex' Rede war keine Glanzleistung. Das war ihm selbst bewusst. Dafür, dass er in einem Konferenzraum vor Firmenchefs ein Projekt pitchen und die Aufmerksamkeit der Zuhörer fesseln konnte, enthielten seine unzusammenhängenden Sätze zu viele »Ähs« und »Ähms«. Die Rede war nur geringfügig besser als jene, die er zu Lisas Beerdigung gehalten hatte – aber immerhin brach er diesmal nicht zusammen. Doch sie war Welten entfernt von seiner fröhlichen Ansprache am Tag ihrer Hochzeit, als er über das ganze Gesicht strahlte und den Blick nicht von der unglaublichen Frau abwenden konnte, die in einem weißen Spitzenkleid neben ihm saß.

Beinahe alle, die heute Abend im Sterngucker-Saal anwesend waren, waren auch bei diesen vergangenen Anlässen dabei gewesen. Alle bis auf die vier Menschen hinten in der Ecke, die aneinanderklebten, als würden sie magnetisch voneinander angezogen.

Lisa hatte schon immer Bekanntschaften gesammelt. Jeder, der das Glück hatte, ihr Freund oder ihre Freundin zu werden, behielt diesen Titel lebenslang. Sie vernachlässigte nie eine Freundschaft oder ließ sie gar achtlos im Sande verlaufen. Das war eine der vielen Eigenschaften, die Alex an ihr liebte. Heute Abend waren Menschen zusammengekommen, die sie seit ihrer Kindheit kannte, ehemalige Nachbarn, die nun Hunderte Kilometer entfernt wohnten, und auch Arbeitskollegen von jedem ihrer Jobs.

Sie hatte ein besonderes Talent dafür besessen, an den wichtigen Menschen in ihrem Leben festzuhalten. Wie konnte es dann nur sein, dass sie Connor und ihn zurücklassen musste, obwohl sie ohne ihre Hilfe kaum zurechtkamen? Sie hätte das niemals freiwillig getan, hätte sie beide nie im Stich gelassen. Und darum fiel es Alex so schwer, es zu akzeptieren.

»Ich möchte mich bei allen, die heute gekommen sind, bedanken. Ich weiß, wie viel es Lisa bedeutet hätte, ihre Freunde hier versammelt zu sehen.« Er schwieg für einen Moment und schaute zur hinteren Ecke des Raumes. »Auch diejenigen unter Ihnen, die sie nie kennengelernt hat.«

Die Worte kamen ihm schwer über die Lippen, und überall im Raum zogen die Leute Taschentücher aus Hosen- und Handtaschen. Zeit, die Rede zu beenden.

Nach kurzem Zögern ging ein schwacher Applaus durch den Sterngucker-Saal, wie eine unsichere La-Ola-Welle. Als Alex sich einen Weg zwischen den Menschentrauben hindurchbahnte, klopften ihm die Gäste aufmunternd auf die Schulter oder drückten ihm den Oberarm. Das trug ihn weiter zu der Gruppe, um die er sich heute noch nicht genug gekümmert hatte – zu den Menschen, die nur hier sein konnten, weil es seiner verstorbenen Frau nicht möglich war.

Aber als er bei den vieren ankam, sah er zu seiner Bestürzung, dass Barbara bereits ihren Mantel anzog. Molly hielt den Gehstock für sie und hatte sich ihren eigenen schwarzen Mantel ebenfalls schon über den Arm gelegt. Alex hatte zu lange gezögert, hatte zu viel Zeit damit vertan, sich zu sorgen, ob er die richtigen Worte für sie finden würde, und jetzt waren sie im Gehen begriffen, obwohl noch so vieles ungesagt war.

»Wirklich gut, die Rede«, sagte Mac. Alex lächelte dünn, er durchschaute falsche Komplimente, wenn er sie hörte.

Er blickte von einem zum anderen und hoffte, dass man ihm die Verzweiflung, die ihn plötzlich überkam, nicht anmerkte. »Sie gehen? Jetzt schon?«

Die vier wechselten schuldbewusste Blicke.

»Um diese Zeit bin ich normalerweise schon im Bett«, erklärte Barbara und griff mit beiden Händen nach Alex' Hand. »Und meine Katzen nehmen es mir übel, wenn ich zu lange wegbleibe.«

»Natürlich«, antwortete er und versuchte, Molly nicht anzustarren, als er fragte: »Müssen Sie denn *alle* schon gehen?« Er bemerkte ihr Zögern. »Tut mir leid. Vielleicht war heute nicht der beste Zeitpunkt, um Sie zu sehen. Ich habe das Gefühl, Sie immer noch nicht richtig kennengelernt zu haben.«

»Sie kennen uns doch schon, von unseren Mails. Und wir können uns ja weiter schreiben, wenn Sie wollen.«

Alex nickte bei Jamies Vorschlag wie ein Ertrinkender, der einen Rettungsring zugeworfen bekommt, aber bereits weiß, dass dieser ihm nichts nutzen wird.

»Und vielleicht können wir uns ja irgendwann noch mal treffen«, schlug Molly vor und schien selbst ein wenig überrascht über ihre Idee.

Alex sah sie so dankbar an, dass alle Unsicherheit aus ihrer Miene wich. »Ja. Das fände ich sehr schön.«

»Also, wir haben ja heute unsere Nummern ausgetauscht«, schaltete sich Mac ein, »da sollte es doch kein Problem sein, was auszumachen.«

Alex zwang sich, das Bedürfnis der vier, zu gehen, zu respektieren. Er war überrascht, dass sie ihre Telefonnummern ausgetauscht hatten, denn zusammen gaben sie doch ein sehr merkwürdiges Vierergespann ab. Aber sie hatten natürlich etwas ganz Einzigartiges gemeinsam. Spürten sie auch diese tiefe Verbindung, fragte er sich, die sich jeder logischen Erklärung entzog?

»Danke Ihnen allen fürs Kommen. Ich hoffe wirklich, dass wir uns bald wiedersehen.«

Als Alex sich zu Barbara hinunterbeugte, um ihr einen Kuss auf die Wange zu geben, tauchte er in eine Maiglöckchen-Duftwolke ein. Er spürte, wie sie bei dem Kuss errötete, und fragte sich, ob es in ihrem Leben noch weitere Menschen gab, die sie zur Begrüßung und zum Abschied küssten. Er hoffte es, denn sie war so eine nette Dame, zu nett, um bloß eine Familie aus Katzen zu haben, der sie ihre Liebe schenken konnte.

Zum zweiten Mal an diesem Abend schüttelte er Mac die Hand, was ihm bieder und etwas förmlich vorkam, verglichen mit der komplizierten Handschlagroutine, die Jamie abzog. Dazu gehörten Abklatschen, ein Faustcheck und noch ein paar weitere Bewegungen, bei denen Alex nicht mehr mitkam. *Du bist halt nicht cool genug, Schatz*, hörte er Lisa in Gedanken lachend sagen.

Während Alex bei Molly noch zögernd zwischen Kuss und Handschlag schwankte, nahm sie ihm die Entscheidung ab. Leicht legte sie ihm die Hände auf die Schultern, streckte sich und drückte ihre Lippen auf seine stopplige Wange. Ihr sanfter Atem brannte wie Feuer auf seiner Haut, doch er setzte eine gelassene Miene auf.

»Einen schönen Abend noch, Alex. Du hast heute etwas sehr Schönes für deine Frau organisiert«, flüsterte sie ihm zu, als würde sie ihm ein Geheimnis anvertrauen.

Alex blickte seinen vier Gästen hinterher, wie sie schweigend den Saal verließen, und er wusste, dass ihn Mollys Abschiedsworte noch sehr lange Zeit begleiten würden.

Kapitel 16

MOLLY

Sind Sie sicher, dass ich keinen von Ihnen mitnehmen kann?«

Ich hielt bei der Suche nach meinem Taschenschirm inne. Das war die erste Frage, die Mac auch an mich gewandt stellte, seit er herausgefunden hatte, wer ich war. Normalerweise war ich nicht überempfindlich, aber er hatte tatsächlich – offenbar froh darüber, den ganzen Abend mit Barbara und Jamie plaudern zu können – kaum zwei Worte an mich gerichtet.

»Ach, wie lieb von Ihnen, Mac«, sagte Barbara, bevor ich etwas erwidern konnte. »Aber mein Nachbar holt mich ab. Oh, ich glaube, da drüben steht er schon«, sagte sie und klang plötzlich ganz aufgeregt.

Es fiel mir schwer, Mac nicht dafür zu bewundern, wie er sofort ihren Ellbogen umfasste und unter dem Baldachin des Planetariums hervor mit ihr in den strömenden Regen trat. Er geleitete Barbara sicher über den Hof zu dem wartenden Wagen, bevor er zurückgerannt kam, sich einen Weg durch die tiefen Pfützen bahnend, die in den Schlaglöchern entstanden waren. Als er wieder da war, sah er weit weniger gepflegt aus als zuvor. Seine Haare und sein Gesicht waren triefnass, als hätte er gerade an einer enthusiastischen Runde Äpfeltauchen teilgenommen, obwohl ich mir niemanden vorstellen konnte, der wohl weniger daran interessiert wäre, dieses Halloweenspiel zu spielen.

»Was ist mit Ihnen, Jamie? Kann ich Sie irgendwo absetzen?« Der Jüngste unserer Gruppe hatte zuvor erwähnt, dass er noch keinen Führerschein besaß. »Was eine ziemliche Verschwendung ist, weil ich einen praktisch nagelneuen Bimmer in der Garage stehen hab«, hatte er sich beschwert. Ich war so damit beschäftigt gewesen, Barbara zu erklären, was ein Bimmer ist, dass ich mich gar nicht wunderte, wie jemand, der so jung war, sich einen BMW leisten konnte. Ich hatte mehrere Jahre unterrichten müssen, bevor ich meine alte Schrottkiste gegen ein neueres Exemplar eintauschen konnte.

»Ich verzichte dankend, wenn's dir nichts ausmacht, Mac. Ich bin mit ein paar Kumpels im Pub um die Ecke verabredet.« Jamie zwinkerte mir auf eine Art zu, die teuflisch und liebenswert zugleich war. »Die Nacht ist noch jung, wenn ihr wisst, was ich meine.«

Mac nickte, als wäre er im Bilde, während alles, woran ich denken konnte, eine heiße Tasse Tee war. Außerdem wollte ich endlich die engen Sandaletten abstreifen. Vielleicht hatte Kyra recht und ich war auf dem besten Weg, zur Stubenhockerin zu werden, was mir seltsamerweise nicht annähernd so viel Kopfzerbrechen bereitete, wie es vielleicht sollte.

Schließlich, als niemand mehr übrig war, den er sonst noch fragen konnte, wandte sich Mac an mich.

»Danke, alles gut. Ich hab mir ein Taxi gerufen«, versicherte ich ihm, während ich an dem Knopf des Taschenschirms herumfummelte, den ich ganz unten in meiner Handtasche gefunden hatte. Unerwartet öffnete sich der Schirm mit einem Ruck und kam Macs Augen dabei gefährlich nahe. Mir wurde ganz flau im Magen, dass es so knapp gewesen war; er war instinktiv einen Schritt zurückgewichen. Sein Gesichtsausdruck, als er mich ansah, sprach Bände: *Du bist wirklich eine Katastrophe auf zwei Beinen, eine wandelnde Gefahr.*

»Tut mir furchtbar leid«, sagte ich erschrocken.

Und obwohl Mac es höflich abtat, kam ich nicht umhin zu bemerken, dass er seine dunkle Sonnenbrille wieder aufsetzte.

Scheinbar ohne die Anspannung, die in der Luft lag, zu bemerken, marschierte Jamie mit einem fröhlichen »Bis dann« in den Regen hinaus und ließ mich und Mac unter dem Baldachin zurück, der nicht ganz so wasserdicht war wie ursprünglich gedacht. Mac schlug seinen Mantelkragen hoch, als ihm ein paar Regentropfen in den Nacken liefen. *Warum geht er nicht einfach zu seinem Wagen?*, dachte ich in dem Wissen, dass ich ihm eigentlich anbieten sollte, ihn mit meinem Schirm hinzubringen. Aber es widerstrebte mir, ihn so nah an mich heranzulassen.

»Hören Sie, Sie müssen wirklich nicht mit mir hier warten«, sagte ich und klang dabei ebenso undankbar, wie ich befürchtet hatte. »Ich meine, es gibt keinen Grund, dass wir beide nass werden, und ich habe kein Problem damit, allein zu warten.« Die dunklen Gläser machten es mir unmöglich, ihm in die Augen zu sehen, aber ich war mir ziemlich sicher, dass sie schmal wurden. »Ich geh am besten wieder rein, bis das Taxi kommt«, fügte ich hinzu und warf einen Blick über die Schulter in das einladend trockene Foyer.

»Tja, wenn Sie sich ganz sicher sind …«, sagte Mac und zuckte auf vielsagende »Ganz wie Sie wollen«-Art die Schultern, bevor er in der Tasche nach seinen Schlüsseln griff.

»Bin ich. Tja, dann gute Nacht«, sagte ich hastig und nahm die Handtasche und den Schirm in die linke Hand, um ihm die andere hinzustrecken.

Seine Finger fühlten sich warm an und umfassten meine ein, zwei Sekunden länger, als ich erwartet hätte. Dann drehte er sich wortlos um und ging erneut in den sintflutartigen Regen hinaus.

Zehn sehr lange und nasse Minuten später war immer noch kein Taxi in Sicht, und ich fand mich damit ab, dass es wahrscheinlich nicht mehr auftauchen würde. Frierend und völlig durchnässt, war ich wütend auf mich selbst, weil ich Macs Angebot, mich mitzunehmen, ohne triftigen Grund abgelehnt hatte. Er hatte nichts getan, um die Gereiztheit zu verdienen, die ich in seiner Gegenwart an den Tag legte, und ich konnte ehrlich nicht sagen, was an ihm mich so störte. »Stören« war im Übrigen nicht ganz das passende Wort, aber ein besseres fiel mir nicht ein.

Wahrscheinlich werde ich ihn sowieso nie wiedersehen, also brauche ich mir deshalb auch keinen Kopf zu machen, sagte ich mir, als ich mich wieder dem Eingang des Planetariums zuwandte. Es sah so aus, als würde ich mir noch mal ein Taxi rufen müssen, und es war sinnlos, es im Regen zu tun. Aber bevor ich eintrat, sah ich, dass sich das Foyer mit mehreren Gästen gefüllt hatte, die gehen wollten. Bei ihnen standen Alex und Todd, um sich von ihnen zu verabschieden.

Es gab mir einen Stich in die Magengrube, und ich blieb wie angewurzelt stehen. Hätten die Stevens-Brüder aufgeschaut, hätten sie gesehen, wie ich sie durch die Glasscheibe anstarrte, aber sie waren zu sehr ins Gespräch vertieft. Alex sagte etwas und zuckte traurig mit den Schultern, was den Wunsch in mir weckte, den gesunden Menschenverstand über Bord zu werfen und direkt wieder zu ihnen zu gehen. Ein dummer Impuls, aber ich konnte nicht leugnen, dass mich eine fast magnetische Anziehungskraft zu diesen Wildfremden hinzog, die mich verwirrte und verstörte. Was zum Teufel war heute mit mir los?

Ich hörte knirschenden Kies, als ein Wagen hinter mir zum Stehen kam. Im Fenster des Planetariums sah ich die Umrisse eines flachen Sedans, der vor der Steintreppe gehalten hatte. Über den prasselnden Regen hinweg war deutlich das Summen eines Fensters zu hören, das heruntergefahren wurde.

»Molly?«, rief Mac genau in dem Moment, als Alex aufschaute und mich entdeckte. Durch die Scheibe sah ich, wie seine Lippen meinen Namen formten. Ich zögerte eine gefühlte Ewigkeit, aber etwas an Alex' Blick machte mir Angst, sodass ich am liebsten losgerannt wäre, ob von ihm weg oder auf ihn zu, war mir nicht ganz klar. Ich drehte mich unwillkürlich um und lief durch den Regen zu Macs Wagen. Ohne ein Wort zu sagen, stieg ich ein.

»Und was ist dann passiert?«, fragte Kyra und beugte sich auf dem unbequemen Plastikstuhl so weit vor, dass sie herunterzurutschen drohte.

»Schsch …«, zischte eine Frau in der Reihe vor uns, drehte sich zu uns um und warf uns einen bösen Blick zu.

»Sorry«, formte Kyra mit den Lippen und zog eine Grimasse, sobald sich die Frau wieder nach vorn gewandt hatte.

Die nächste Gastrednerin stand schon am Pult, sortierte ihre Notizen und stieß damit versehentlich gegen das Mikro. Eine ohrenbetäubende Rückkoppelung hallte durch die Aula. Alle verzogen das Gesicht. Ich bekam das Gefühl, dass es ein langer Vormittag werden würde. Fortbildungen waren in unserem Beruf ein notwendiges Übel, aber ich kannte keine Lehrerin und keinen Lehrer, der sich darauf freute. Außer vielleicht die Frau vor uns.

Während die Rednerin sich vorstellte, griff Kyra nach dem Notizblock auf ihren Knien. *Und??!!*, kritzelte sie in kühner Schrift auf die Seite.

Mit trockenem Lächeln griff ich nach meinem eigenen Block, um eine Antwort zu schreiben. Wir waren wie die klischeehaften nervigen Schülerinnen, die ganz hinten in der Klasse saßen und sich Zettelchen zusteckten, statt aufzupassen.

Nichts ist passiert, schrieb ich, und weil Kyra, wie sie selbst zugab, neugierig war, fügte ich bekräftigend hinzu: *Nicht das Geringste. Mac hat mich nur nach Hause gefahren. Ende der Geschichte.*

Obwohl das natürlich nicht ganz der Wahrheit entsprach.

Macs Wagen hatte Ledersitze, die mit Sicherheit nicht zur serienmäßigen Ausstattung gehörten. Ich hoffte nur, sie waren auch wasserdicht, weil ich völlig durchnässt war. Der Wagen *roch* sogar teuer, im Gegensatz zu meinem, in dem es ständig nach feuchten Handtüchern und zu oft getragenen Turnschuhen roch.

Ich war immer noch damit beschäftigt, mich anzuschnallen, als Mac eine Lücke im Verkehr entdeckte und wortlos zügig anfuhr.

»Danke«, sagte ich.

Seine Aufmerksamkeit war auf den Verkehr gerichtet, was wohl erklärte, warum er nur knapp nickte. Nicht jeder weiß geschwätzige Beifahrer zu schätzen, wenn er sich aufs Fahren konzentrieren muss, also hielt ich den Mund und wartete darauf, dass er mich fragte, warum ich meine Meinung geändert hatte oder was aus dem Taxi geworden war. Aber entweder war er der am wenigsten neugierige Mensch auf diesem Planeten, oder es war ihm schlicht egal. Ich hatte das starke Gefühl, dass es Letzteres war.

Obwohl ich normalerweise, wie viele Menschen, die den ganzen Tag in der Gesellschaft von Sechsjährigen verbringen, ganz gern still dasaß, zog sich dieses Schweigen unangenehm in die Länge. Es war, als würden wir das Spiel spielen, wer es zuerst brach.

Er gewann.

»Das ist wirklich nett von Ihnen, Mac, aber es ist doch bestimmt ein Umweg für Sie.«

»Schwer zu sagen, solange Sie mir nicht verraten, wo Sie wohnen.«

Da war er wieder, der trockene, spöttische Humor, der offensichtlich zu seinem Markenzeichen gehörte. Wir hielten an einer Kreuzung, und er wandte sich mir zu und wartete auf Anweisungen. Er hatte die Sonnenbrille abgenommen, und selbst in der schwachen Beleuchtung des Armaturenbretts war seine Augenfarbe beeindruckend. Ich blinzelte mehrmals. Dann riss ich mich von dem Anblick los und schaute aus dem Fenster. »Hören Sie, es ist ziemlich weit weg von hier, also fahren Sie gern einfach an den Straßenrand, und ich ruf mir ein Uber.«

»Auf keinen Fall«, sagte Mac mit Nachdruck. Er gab ein bisschen Gas, was meinen Blick aus dem Fenster noch verschwommener machte. Aber trotz des Regens und der schlecht ausgeleuchteten Straße erspähte ich jemanden, den ich kannte und der an einer Bushaltestelle den Fahrplan studierte. Ich legte die Hände wie eine Art Fernglas an die Scheibe, aber wir hatten die Bushaltestelle schon hinter uns gelassen. Die Vernunft sagte mir, dass es nicht Jamie gewesen sein konnte, der vor fast einer halben Stunde in die andere Richtung davonmarschiert war, um sich mit Freunden zu treffen. Es war nur jemand, der ähnlich gekleidet war. Trotzdem war die Ähnlichkeit verblüffend.

»Stimmt was nicht?«, fragte Mac und beschleunigte weiter.

»Nein. Alles okay«, entgegnete ich und drehte mich zu dem Mann um, der entschlossen schien, mich – ob ich wollte oder nicht – nach Hause zu bringen.

»Ich fahr gern«, sagte er, nachdem ich nachgegeben und ihm meine Adresse verraten hatte. »Es ist immer noch neu für mich, es wieder zu können.«

Ich lächelte, und plötzlich verstand ich ihn ein bisschen besser. Vielleicht war das gar keine solche Zumutung für ihn.

»Wenn ich nachts nicht schlafen kann – was neuerdings ziemlich häufig vorkommt –, schnapp ich mir den Autoschlüssel und fahr einfach durch die Gegend. Manchmal stundenlang.«

Fast hätte ich ihm anvertraut, dass auch ich ein neues Mitglied im Club der Schlaflosen war, doch dann entschied ich mich, es für mich zu behalten. »Und wo fahren Sie mitten in der Nacht hin?«

Ein leicht verlegener Ausdruck huschte über sein von den Scheinwerfern erhelltes Gesicht. »Egal wohin. Irgendwohin. Obwohl ich öfter am Meer gelandet bin, als ich zählen kann. Und ich habe keine Ahnung, warum. Es ist, als würde mich irgendwas dorthin ziehen.«

»Hui, das ist kein bisschen unheimlich. Wirklich kein bisschen.«

Macs Lachen schien ihn selbst zu überraschen, als hätte er nicht gedacht, dass ich lustig sein könnte. Und natürlich hatte er es auch nicht wissen können. Es war seltsam, wie oft ich vergaß, dass alle, die ich heute Abend kennengelernt hatte, im Grunde immer noch wildfremde Menschen waren.

»Schätze, ich hab das Autofahren wirklich vermisst«, gab Mac zu.

»Und was haben Sie sonst noch vermisst?« Plötzlich war ich neugierig auf das Leben, das er vor seiner Krankheit geführt hatte. Alles, was ich von ihm wusste, war sein Alter – sechsunddreißig – und dass er, bevor er das Augenlicht verlor, ein erfolgreicher Architekt gewesen war.

»Es gab noch andere Dinge. Natürlich.« Seine Stimme klang angespannt, als hätte er eine unsichtbare Tür zu seinem ehemaligen Leben zugeschlagen.

Ich hatte nicht nur einen Nerv getroffen, sondern ihn praktisch ohne Betäubung gezogen. Es machte den Eindruck, als würde Mac nicht oft über seine Krankheit sprechen, was mich nur noch neugieriger machte. »Immer willst du alle Probleme lösen«, wie Tom oft sagte – in der Anfangszeit noch liebevoll, aber mit bissiger Gereiztheit in der Phase vor unserer Trennung. Ironischerweise waren die einzigen Probleme, die ich nicht mehr lösen konnte, die in unserer Beziehung gewesen.

Aber jetzt ging es nicht darum, dass ich mich in Dinge einmischen wollte, die mich gar nicht betrafen. Macs Leben hatte sich dramatisch gewandelt, genau wie meins. Zuerst durch die Krankheit, dann durch die Frau, die uns beiden eine zweite Chance verschafft hatte. Das brachte uns auf ganz natürliche Weise dazu, endlich über das Thema zu reden, das wir den ganzen Abend über vermieden hatten.

»War ziemlich seltsam vorhin, was? Ich glaube, ich verstehe, warum Alex uns dabeihaben wollte, aber der einzige Grund, warum wir da waren, ist, weil seine Frau es *nicht* konnte.«

»Wir sind nicht für das Zugunglück verantwortlich, Molly«, sagte Mac sanft.

»Ich weiß. Aber es ist immer noch seltsam, Schuldgefühle und Dankbarkeit zugleich zu empfinden. Glauben Sie, das schlechte Gewissen verschwindet je?«

Mac gab einen leisen Pfiff von sich. »Gott, das hoffe ich doch. Schreckliche Vorstellung, dass es sich für immer so anfühlen wird.«

Er sah mich kurz an, und zwischen uns war ein beiderseitiges Verständnis spürbar, mit dem ich nicht gerechnet hatte.

»Ich war mir nicht sicher, ob ich heute Abend überhaupt hingehen soll«, gestand er.

Ich seufzte. »Ich auch nicht.«

»Aber ich bin froh, dass ich es getan habe. Ich bin froh, dass ich Alex endlich kennengelernt habe, dass er uns alle kennenlernen konnte. Ich hoffe, es hat ihm gegeben, was auch immer er braucht, damit er und sein kleiner Sohn besser mit der Situation zurechtkommen können.«

Es gab mir einen Stich, wie ein Messer, das sich in Eingeweide bohrt, als er den kleinen Jungen mit den gebeugten Schultern und den traurigsten Augen erwähnte, die ich je gesehen hatte.

»Ich bin auch froh, *Sie* kennengelernt zu haben – und Barbara und Jamie natürlich auch«, fügte Mac hastig hinzu, vermutlich um noch einmal deutlich zu machen, dass seine Bemerkung nicht im Geringsten verfänglich gemeint war.

Um ehrlich zu sein, hatte ich schon so lange nicht mehr geflirtet, dass ich wahrscheinlich nicht mal erkannt hätte, wenn jemand anders es tat. Trotzdem erschien es mir sicherer, durch die Windschutzscheibe auf die Straße zu schauen statt in sein Gesicht, und überrascht sah ich, dass Google Maps uns schon zu meinem Zuhause geführt hatte.

»Das da ist es. Da, bei der Laterne.«

Mac hielt direkt vor dem Haus und ließ den Motor laufen, während er es betrachtete. Im Dämmerlicht sah es besser aus als bei Tag.

»Hübsch«, bemerkte er und ließ seinen architektonisch geschulten Blick prüfend über das Gebäude gleiten. »Man sieht nicht viele Häuser in dem Alter, die immer noch so ursprünglich aussehen. Sie hatten Glück, es zu finden.«

»War nicht mein Verdienst«, sagte ich, beugte mich vor und nahm meinen immer noch tropfnassen Schirm aus dem Fußraum hoch. »Mein Freund hat es im Internet gefunden und darauf bestanden, dass wir es kaufen.«

»Ah.« Mac lächelte steif, schwieg kurz und schien sich auf eine Art zu entspannen, wie es ihm vorher in meiner Gegenwart nicht möglich gewesen zu sein schien. Er sah aus wie ein

Mann, dem ein schmerzender Zahn endlich gezogen worden war. Plötzlich wollte ich nichts lieber, als in das Haus zu rennen, das ich mir nicht mehr mit Tom teilte.

Ich fragte mich, ob wir uns wieder die Hände schütteln sollten oder ob ich einfach Gute Nacht sagen und aussteigen sollte, was rückblickend auf jeden Fall die bessere Wahl gewesen wäre. Stattdessen beugte sich Mac zu mir herüber, und ich kam ihm auf halbem Weg entgegen und drückte ihm einen Kuss auf die Wange, die sich ja nun mal direkt vor meiner Nase befand. Zu spät erkannte ich, dass er sich eigentlich nur vorbeugte, um mir höflich die Tür zu öffnen.

Ich stieg so hastig aus, als würde mein Sitz unter Strom stehen. Im bernsteinfarbenen Licht der Straßenlaterne war es schwer zu erkennen, ob Mac lächelte, auch wenn ich den Verdacht hatte, dass es so war.

Ich weiß nicht mehr, ob ich die höfliche Fassade zumindest so lange wahren konnte, um ihm für die Heimfahrt zu danken.

»Also, auf einer Skala von eins bis zehn, wie langweilig war die letzte Rednerin?«, fragte Kyra, als wir in der Hoffnung auf einen Kaffee wie die Schafe zur Schulkantine schlurften.

»Bitte sag nicht, du hast die ganze Zeit geschlafen«, erwiderte ich nur halb im Scherz. Ich hatte gedacht, ihr gesenkter Kopf bedeutete, dass sie in Gedanken versunken sei. Wer hätte gedacht, dass meine Freundin hinter ihren langen, blonden Haaren in Wirklichkeit ein Nickerchen machte?

»Ich verweigere die Aussage«, sagte sie mit einem schelmischen Funkeln in den Augen. »So wie du über das, was gestern Abend passiert ist.«

»Es gibt einfach nicht mehr zu erzählen. Ich war im Planetarium, habe Alex und seine Familie kennengelernt, dann habe ich einen Großteil der Zeit mit den drei anderen Transplantatempfängern geplaudert. Sie waren wirklich nett. Ich glaube, Mac würde dir besonders gefallen.«

Wir waren in der Schlange fast bis zur Kaffeemaschine vorgerückt, und ich nahm zwei Tassen vom Stapel.

»Und warum?«

»Na ja, er ist groß – wie du.«

Kyra schnaubte. »Versuchst du so verzweifelt, einen englischen Freund für mich zu finden, dass die einzige Gemeinsamkeit, die wir haben müssen, die Größe ist?«

»Ich will nur nicht, dass du dich in nächster Zeit nach Australien verdrückst, das ist alles.« Aus heiterem Himmel wurde ich plötzlich emotional. »Du würdest mir zu sehr fehlen.«

Kyra zog eine Grimasse, aber ich sah, dass meine Worte sie berührten. »Tja, da du mich so sehr vergötterst, wie wär's, wenn du mir ein Stück von diesem Kuchen zum Kaffee spendierst? Ich hab meine Tasche in der Aula gelassen.«

»Klar«, sagte ich und reichte ihr die Tassen, während ich meine Handtasche nach dem Portemonnaie durchsuchte. Beim Herumwühlen ertastete ich plötzlich etwas Unvertrautes.

Ich zog es heraus wie ein überraschter Zauberer.

»Wen willst du denn anrufen?«, wollte Kyra wissen.

Ich starrte das schmale Gerät in meiner Hand an, als hätte ich noch nie ein Handy gesehen.

»Niemanden. Das ist nicht meins.«

»Was hat es dann in deiner Handtasche verloren?«

»Ich hab nicht die geringste Ahnung.«

Kapitel 17

ALEX

Anfangs suchte er an den naheliegendsten, später selbst an den abstrusesten Orten. Nachdem er vergeblich die Hemdtasche und seine Hosentaschen überprüft hatte, war er im leeren Haus auf bloßen Füßen die Treppe hinuntergetappt und hatte seinen Mantel durchsucht, der immer noch über dem Pfosten des Treppengeländers hing. Nichts.

Unten im Flur ging er den Abend noch einmal gedanklich durch. Alex erinnerte sich, dass er mit Mac telefoniert und danach sein Handy ausgestellt hatte, damit es während seiner Rede nicht störte, falls ihn jemand anrief. Aber er konnte sich nicht entsinnen, ob er es wieder in seine Tasche zurückgesteckt hatte.

Er nahm seinen Autoschlüssel und rannte mit verkniffenem Gesicht durch den Regen zum Wagen in der Einfahrt. Seine Stimmung war ziemlich im Keller, als er sich neben die offene Fahrertür hockte und zwischen den Sitzpolstern herumtastete, während sein Hemd durch die Nässe am Rücken zu kleben begann. Der Kies grub sich schmerzhaft in seine Fußsohlen. Warum hatte er sich vorher nicht wenigstens Schuhe angezogen?

Seit er das Planetarium verlassen hatte, drehten sich seine Gedanken im Kreis. Er hatte einfach die Tradition weitergeführt und für Lisa eine Geburtstagsparty ausgerichtet, als könnte das den vorherigen Anlass, zu dem sich alle versammelt hatten, um von Lisa Abschied zu nehmen, irgendwie ungeschehen machen. Hatte er allen vielleicht etwas vorgemacht, nicht zuletzt sich selbst? War die ganze Sache bloß ein Vorwand gewesen, um vier wildfremde Menschen einzuladen, die enger mit ihm und Connor verbunden waren als sonst jemand auf der Welt? Was war das für eine bescheuerte Logik?

Alex gab seine Suche nach dem Handy fürs Erste auf und erhob sich ächzend. Energisch warf er die Fahrertür zu, als könnte das die lästigen Gedanken auf Distanz halten, die die Risse in seinem Schutzwall nur zu gut kannten und immer einen Weg hindurch fanden.

Der Abend hatte eine einmalige Sache werden sollen; das war zumindest sein Vorsatz gewesen. Es war nur verständlich, dass er auf die Menschen, denen Lisa geholfen hatte, neugierig war. Aber er hatte geglaubt, wenn er sie erst einmal kennengelernt und gesehen hätte, dass es ihnen gut – sogar blendend – ging, würde er endlich damit abschließen können.

Doch das persönliche Treffen mit den vier Menschen hatte diese Tür nicht wie erwartet geschlossen, sondern sie geradezu aus den Angeln gerissen. Wer waren diese Menschen? Im Vereinigten Königreich standen über sechstausend Patienten auf der Warteliste für Organspenden – er wusste das, weil er es nachgelesen hatte. Warum hatten gerade diese vier Personen Lisas Organe erhalten und nicht jemand anders? Warum ausgerechnet sie?

Alex ging so schleppend die Treppe hinauf, als sei er binnen eines Abends um zwanzig Jahre gealtert. Vor Connors Zimmertür blieb er unwillkürlich stehen. Die Vorhänge waren noch geöffnet, und ein Strahl Mondlicht fiel hell auf das leere Bett mit den aufgeschüttelten, unberührten Kissen. Es war ein Haus voller leerer Betten, und plötzlich bereute Alex, dass er Connor bei Todd, Dee und Maisie übernachten ließ. Instinktiv griff er in die Hosentasche, um sein Handy herauszuholen, und fragte sich zugleich, ob es zu spät war, um noch vorbeizufahren und Connor abzuholen. Er lachte gequält auf, als ihm wieder einfiel, dass sein Telefon ebenso wenig da war wie sein Sohn.

Um sich nicht vorwerfen zu müssen, nicht wirklich überall nachgeschaut zu haben, kniete sich Alex neben sein Bett und warf einen Blick darunter. Außer ein paar Wollmäusen von beachtlicher Größe, die dort vor einem halben Jahr nie zu finden gewesen wären, lag noch etwas in der Dunkelheit, etwas Kleines, Glänzendes, Glattes. Als er die Hand danach ausstreckte, zitterten seine Finger, obwohl es keinen Grund dafür gab. *Das wird bloß eine Münze sein, die mir aus der Hosentasche gefallen ist*, sagte er sich und glaubte es aber schon selbst nicht mehr, als er den Gegenstand zu fassen bekam und unter dem Bett hervorholte.

Es war merkwürdig, wie ein zarter, gedrehter Silberstrang einen fast eins neunzig großen Mann in die Knie zwingen konnte. Aber genau das passierte. Vorsichtig pustete Alex den Staub von dem Ohrring, der zu dem Paar gehörte, das er Lisa zu ihrem neunten Jahrestag geschenkt hatte – der, wie sich herausgestellt hatte, ihr letzter gewesen sein sollte. Er betrachtete lange das Schmuckstück in seiner Hand. Hatte Lisa bemerkt, dass ihr der Ohrring abhandengekommen war, und Angst gehabt, ihm das zu sagen? Um welche dummen Dinge man sich sorgte, im seligen Zustand des Nichtwissens, dass noch so viel Schlimmeres passieren konnte, als ein Schmuckstück zu verlieren, ging es ihm durch den Kopf.

Zum ersten Mal begriff Alex, weshalb manche Menschen kurz nach einem Trauerfall umzogen. Das eigene Haus wurde zum Minenfeld der Erinnerungen, und manchmal war es einfach verdammt schwer, sich hindurchzubewegen, ohne Verletzungen davonzutragen. Es hatte Monate gebraucht, bis er nicht mehr überall auf lange, blonde Haare gestoßen war. Und die Erkenntnis, dass er eines Tages, ohne es zu merken, das letzte Haar von ihr mit dem Staubsauger beseitigen würde, hatte ihm den Verlust noch einmal schmerzlich bewusst gemacht.

Als er wieder aufstand, wehte eine Wollmaus über den Boden, als wäre sie wirklich lebendig. Vielleicht sollte er sich mehr über den Zustand unter seinem Bett Gedanken machen – und darüber, was Lisa wohl dazu gesagt hätte.

Er schlief ein, ohne dass er die Tagesdecke zurückgeschlagen hatte, wie so oft in letzter Zeit. Für einen guten Nachtschlaf brauchte man innere Ruhe, und er konnte sich nicht erinnern, wann er zuletzt das eine oder das andere genossen hatte.

»Hast du mal versucht, die Nummer anzurufen?«

Alex bedachte seine Schwägerin mit einem ungläubigen Blick.

Dee lachte. »Klar hast du das gemacht. Tut mir leid, blöde Frage.«

Alex zuckte mit den Schultern und griff nach dem Kaffeebecher, den sie ihm über den Tresen der Frühstücksbar zuschob. »Es war sowieso Zeitverschwendung, denn ich weiß noch, dass ich es gestern Abend ausgeschaltet habe.«

»Ach, dann wird das mit dieser Find-My-Phone-App auch nicht funktionieren. Vielleicht findet es ja heute einer von den Angestellten im Planetarium.«

»Die klangen vorhin nicht gerade zuversichtlich, es wurde noch nicht abgegeben.«

Alex schaute verdrossen in die Tasse mit dem dampfenden braunen Americano. »Es sind Fotos drauf, die ich nirgendwo sonst gesichert habe.«

Dee nickte teilnahmsvoll. Sie brauchte gar nicht erst zu fragen, wer auf diesen Fotos zu sehen war.

»Und? War es für Connor okay, hier bei euch zu übernachten?«

Er sah, wie Dee zögerte, als sei sie sich unsicher, was ihn mehr verletzen würde, die Wahrheit oder eine Lüge. Sie entschied sich für die Wahrheit. »Er ist nachts hochgeschreckt und hat nach Lisa gerufen.«

Es traf Alex wie ein Schlag in die Magengrube, und er verschluckte sich an seinem Kaffee.

»Verdammt. Das hat er seit Monaten nicht mehr gemacht. Ich hatte gehofft, das hätten wir hinter uns.«

»Man muss aber dazusagen, es war eher im Halbschlaf, richtig wach war er nicht, und er hat sich sehr schnell wieder beruhigt. Ich habe ihm nur ein bisschen übers Haar gestrichen, dann ist er wieder eingenickt …« Ihre Stimme klang heiser, und als Alex hochschaute, sah er, dass ihr eine Träne die Wange hinunterlief. »Er dachte, ich wäre Lisa.«

Alex biss die Zähne zusammen. Er würde hier, in der freundlich hellen Küche seiner Schwägerin mit dem leuchtend roten Kühlschrank und dem dazu passenden Herd *nicht* weinen. Auf gar keinen Fall.

Als die Haustür ins Schloss fiel, fuhren sie sich beide mit der Hand über die Wangen. Todd kam herein, sein Gesicht glühte von der Kälte.

»Wie war's im Park?«, fragte ihn Dee übertrieben fröhlich.

Todd ließ seinen Blick zwischen den beiden Menschen, die er liebte, hin und her wandern, war aber klug genug, nicht nachzufragen, in was er da gerade hineingeplatzt war. »Saukalt, aber dadurch hatten die Kinder die Schaukeln ganz für sich.«

Alex war im Begriff, von seinem Hocker zu rutschen und den beiden Elefanten zu folgen, die lautstark die Treppe in die erste Etage hinaufstapften, doch Dee hielt ihn zurück. »Warte.

Mir ist gerade was eingefallen. Ich glaube, ich weiß, wo dein Telefon ist.«

»Was?«

»Vielleicht hat es Connor. Gestern Abend, als ich ihn zugedeckt habe, hat er was unter sein Kopfkissen geschoben. Ich hab mir nichts dabei gedacht, und es war zu dunkel, um es richtig zu erkennen, aber wo ich jetzt drüber nachdenke – es sah aus wie ein Telefon.«

Alex schüttelte traurig den Kopf. »Das war tatsächlich ein Telefon. Aber nicht meins, sondern Lisas. Ich hab es ihm geschenkt.«

Todd, der gerade an der Spüle den Wasserkocher auffüllte, drehte sich überrascht um. »Ist er mit sieben nicht ein bisschen jung für ein iPhone?«

Alex wollte wegen des mitschwingenden Vorwurfs schon gereizt etwas entgegnen, aber dann wurde ihm klar, dass sein Bruder sich vermutlich nur sorgte, Maisie könnte auch eins wollen, wenn sie davon erfuhr.

»Das Telefon ist gesperrt, er hat es nur aus einem einzigen Grund.«

Die Tränen, die Dee erfolgreich unterdrückt hatte, schienen wieder fließen zu wollen, als sie begriff. »Er benutzt es, um mit Lisa zu sprechen, stimmt's?«

Alex nickte, und Todd bekam erneut rote Wangen, diesmal aber nicht wegen der Kälte.

Dee schwieg lange genug, dass alle sich wieder fangen konnten. Dann sagte sie: »Connor hat mir erzählt, ihr beide habt für morgen große Pläne?«

»Ach ja?«

»Er hat gesagt, ihr macht was mit irgendwelchen Männern.«

Alex schlug sich wie ein schlechter Schauspieler gegen die Stirn. »Scheiße. Das hab ich total vergessen. So ein Mist.«

Dee und Todd hoben fragend die Augenbrauen und warteten auf eine Erklärung.

»Es geht um das Schulfest. Jedes Kind soll was Selbstgemachtes mitbringen, das verkauft wird, um Spenden zu sammeln. Wir haben den Auftrag, zwei Dutzend Lebkuchenmänner zu backen.« Alex wirkte ziemlich verzweifelt.

Dee lachte. »Ah, das ergibt mehr Sinn. Ich habe mich schon gefragt, ob ihr einen Männerabend machen und plötzlich mit Freunden von dir Fußball schauen wollt oder so.«

Todd lachte ebenfalls, ging zu seiner Frau und legte ihr sanft die Hand auf die Schulter. Einen Augenblick lang fühlte Alex sich einsam. Ihm fehlten diese kleinen, scheinbar belanglosen Momente der Vertrautheit, die einen daran erinnerten, warum man sich in die Frau, die man geheiratet hatte, verliebt hatte. Warum man sie nach all den Jahren immer noch liebte.

»Dann hast du also vor, die Teigrolle zu schwingen, und machst einen auf Zuckerbäcker? *Das* will ich sehen. Warum schummelst du nicht einfach und kaufst welche?«

Alex schaute sie ernst an. »Weil alle anderen Kinder was mitbringen, das sie zusammen mit ihren Eltern hergestellt haben, und Connor soll nicht noch einen Grund haben, sich als Außenseiter zu fühlen.«

Dee griff über die Tischplatte hinweg nach seiner Hand und drückte sie sanft. »Du musst das nicht machen, Alex.«

»Doch, muss ich. Das Fest ist nächsten …«

»Ich rede nicht von den verdammten Lebkuchenmännern.« Ihr Kraftausdruck hatte den erwünschten Effekt. Alex hatte seine Schwägerin kaum je fluchen gehört. Sie atmete tief durch, als wollte sie die letzten Überreste ihrer Entgleisung loswerden. »Ich sag dir jetzt mal was, was du wahrscheinlich nicht hören willst.«

Einen Moment lang überlegte Alex, ob er »Dann sag es doch einfach nicht« antworten sollte, aber Dees Gesichtsausdruck machte ihm deutlich, dass sie es ernst meinte.

»Man nennt das liebevolle Strenge, Alex. Und du musst begreifen, dass sie von Herzen kommt. Denn du weißt doch, wie sehr wir dich mögen, Todd und ich?«

Alex hatte plötzlich einen harten Kloß in der Kehle, der es ihm unmöglich machte, zu antworten. Er nickte nur.

Dee atmete noch einmal durch, schaute wie zur Absicherung zu ihrem Mann und legte dann los. »Dein ganzes Leben ist zerstört worden, und das Schiff, mit dem ihr fröhlich gesegelt seid, ist gekentert. Aber jetzt ist ein halbes Jahr vergangen, und es ist an der Zeit, dass du aufhörst, wild um dich zu schlagen, und zurück ans Ufer schwimmst. Verstehst du, was ich sagen will?«

»Dass ich andernfalls langsam ertrinke?«

Es hatte ein Scherz sein sollen, aber an Dees traurigem Blick merkte er, dass sie genau das gemeint hatte.

»Du wirst deinem wunderbaren kleinen Sohn niemals eine Mutter sein können. Die Rolle, die du da ausfüllen willst, ist einfach eine Nummer zu groß. Je mehr du es versuchst, desto mehr wirst du euch beiden weiter Schmerzen bereiten. Und es bricht uns das Herz, das mitanzusehen. Alex, du *kannst* Connor seine Mummy nicht zurückbringen.« Dee biss sich auf die Lippe und holte dann zu ihrem – wie Alex zugeben musste – schlagkräftigen Schlussargument aus. »Aber du kannst ihm seinen Vater zurückgeben.«

Es war beinahe eine Erleichterung, dass die Elefantenherde in genau diesem Moment beschloss, die Treppe wieder herunterzutrampeln. Maisie fegte in die Küche wie ein Wirbelwind, gefolgt von Connor, der ihr hinterhertrottete.

Dee kehrte nahtlos zu ihrem vorherigen Thema zurück, als wären sie nicht gerade noch in tiefen und gefährlichen Gewässern unterwegs gewesen. »Soll ich die Lebkuchenmänner für dich backen? Ich könnte sie morgen im Lauf des Tages vorbeibringen.«

Alex spürte Connors Blick auf sich, so als erwarte er, sein Vater würde ihn wieder enttäuschen. Wie oft war das schon passiert, seit Lisa ihnen genommen worden war? Und wie kam es, dass Alex die Antwort auf diese Frage nicht wusste?

»Nein. Wir kommen klar. Connor und ich kriegen das bestimmt hin. So schwer kann es ja nicht sein, ein Blech Lebkuchenmänner zu backen.«

Kapitel 18

MOLLY

Ich bat die Organisatoren, vor Beginn des Nachmittagsprogramms eine Durchsage wegen des geheimnisvollen Handys zu machen. Alle wühlten in ihren Taschen, aber niemand hatte seins verloren. Und obwohl ich auf dem Weg nach draußen meine Kontaktdaten hinterließ, war ich nicht davon überzeugt, dass das Mobiltelefon jemandem aus dem Kollegium gehörte.

Zu Hause legte ich das Smartphone auf den Küchentisch und warf immer wieder einen Blick darauf, während ich die Zutaten für das Abendessen, eine Gemüsepfanne, klein schnitt. Das war mein Gegenmittel für einen Tag, an dem wir alle nur Snacks in uns hineingestopft hatten, obwohl Kyra feierlich verkündet hatte, das sei »der einzige Weg, um Fortbildungen zu überleben«.

Als die Gemüsepfanne vor sich hin brutzelte, nahm ich das Telefon in die Hand und drehte es hin und her, als sei die Antwort auf die Frage, wie es in meiner Tasche gelandet war, irgendwo darauf zu finden. Im nächsten Moment überkam mich, unerwartet wie ein elektrischer Schock, eine Ahnung. Fast hätte ich das Handy auf den Natursteinboden fallen gelassen, was eine Rückgabe überflüssig gemacht hätte. Ich glaubte nicht an Psychometrie oder ähnliche »Spinnereien«, wie Tom es immer lachend genannt hatte, und doch, als ich das Telefon in der Hand gehalten hatte, war etwas … passiert. Etwas, das ich nicht erklären konnte. Ein Gefühl von Verbundenheit, von Vertrautheit, in Ermangelung eines besseren Wortes.

Ich beäugte das Telefon misstrauisch, dann holte ich tief Luft, umfasste es und wartete darauf, dass das unerklärliche Gefühl wieder in mir aufsteigen würde. Aber diesmal spürte ich nichts. Es war nur ein Handy, ein besseres Modell als meins, das jedoch nichts Mysteriöseres an sich hatte als die Tatsache, dass ich den PIN-Code nicht kannte.

Später am Abend hatte ich es mir in einem ziemlich unsexy Pyjama – eine Beschreibung, die auf all meine Nachtwäsche zutraf – und mit einem Thriller, der im Moment in aller Munde war, auf dem Sofa gemütlich gemacht. Nach zwei Kapiteln geschah etwas, das noch wesentlich spannender war als die Geschichte des Autors.

Ich hatte mein Handy und das geheimnisvolle andere neben mir ans Sofakissen gelehnt. Mit meinem hatte ich gerade eine kurze Textnachricht an meine Mutter verschickt, weil sie immer noch dazu neigte, in Panik zu geraten, wenn ich mich nicht jeden Tag bei ihr meldete, und bevor ich mich wieder dem Buch zuwandte, nahm ich das andere Mobiltelefon in die Hand. Ich drückte den Homebutton und schüttelte den Kopf, als der Bildschirm von mir verlangte, meine PIN einzugeben. Ich hatte es zuvor mit ein paar willkürlichen Zahlenkombinationen versucht in der vagen Hoffnung, dass sein Besitzer oder seine Besitzerin 1–2–3–4 oder 1–1–1–1 für eine gute Wahl gehalten hatte. Was nicht der Fall war.

»Wo zum Teufel kommst du her?«, fragte ich das Gerät. Zugegeben, dass ich mit unbelebten Objekten sprach, war ein bisschen besorgniserregend, aber nicht annähernd so verstörend wie das, was ein paar Augenblicke später geschah, als ich geistesabwesend über den Bildschirm strich, als besäßen meine Finger ein Eigenleben. Und obwohl ich keine Ahnung hatte, wie das möglich war, erwachte das Handy plötzlich zum Leben. Ich schnappte erschrocken nach Luft, weil ich – halb verborgen von den Icons auf dem Bild – ein bekanntes Gesicht entdeckte, das an ein anderes, unbekanntes geschmiegt war.

In all den Briefen, die Alex und ich ausgetauscht hatten, hatte ich ihn nie gebeten, mir ein Foto von Lisa zu schicken, und er hatte es mir auch nie von sich aus angeboten. Ich hatte mir immer vorgestellt, dass ich eines Tages das Gesicht der Frau sehen würde, deren Herz mein Leben gerettet hatte. Was ich nicht erwartet hatte, war, dass es passieren würde, weil ich zufällig das Smartphone ihres Mannes hackte.

Es war in diesem Herbst der erste Frost, und der Ausblick, der sich mir am nächsten Morgen aus meinem Schlafzimmerfenster bot, hätte sich gut auf einer Weihnachtskarte gemacht. Die dicke Raureifschicht auf den Dächern, Zweigen und Blättern hatte viel Charme, den er auf Windschutzscheiben allerdings etwas einbüßte. Nach einer fruchtlosen Suche nach einem Eiskratzer musste ich mit einer Kreditkarte vorliebnehmen, was funktionierte, obwohl meine Finger anschließend so blau waren wie seit der Operation nicht mehr.

Ich ließ den Motor laufen, während ich mir die Route zu Alex' Haus ansah. Google versicherte mir, es werde nur achtunddreißig Minuten dauern, bis ich dort ankam. Mir war nicht klar gewesen, dass er in der Nähe wohnte, und als ich mich in das langsam wärmer werdende Auto setzte, fiel mir auf, wie ungewöhnlich es war, dass Lisas Transplantatempfänger alle ungefähr aus derselben Gegend kamen. Da ich mich informiert hatte, nachdem man mich auf die Liste gesetzt hatte, wusste ich, dass Organe ins gesamte Vereinigte Königreich oder sogar ins Ausland transportiert werden konnten. Und doch waren die von Lisa Stevens an vier Menschen gegangen, die im selben Teil des Landes lebten wie sie. Je länger ich darüber nachdachte, desto bizarrer kam es mir vor, bis ich schließlich auf die Stimme in meinem Kopf hörte, die mir ruhig nahelegte, es als Zufall abzutun. Solche Dinge kamen vor. Obwohl in letzter Zeit ziemlich viele Dinge dieser Art vorgefallen waren.

Ich fuhr los und dachte an mein Telefonat mit Kyra gestern spätabends.

»Alles in Ordnung?«, hatte sie gefragt, offenbar atemlos vor Schreck, meinen Namen auf dem Display auftauchen zu sehen.

Ich hatte Gewissensbisse, weil ich nicht auf die Zeit geachtet hatte. Bevor ich noch mehr als »Ja« antworten konnte, hörte ich eine tiefe, männliche Stimme im Hintergrund, und plötzlich wurde mir klar, dass es noch einen ganz anderen Grund dafür geben konnte, dass sie außer Atem war. Ich errötete bei dem Gedanken daran, wobei ich sie womöglich gestört hatte.

»Ich habe Besuch«, sagte sie mir und klang noch australischer als sonst. In Anbetracht der Tatsache, dass ihr Freitagabend offensichtlich wesentlich interessanter verlief als meiner, war sie überraschend fasziniert von dem, was ich zu berichten hatte.

»Du hast sein Handy gehackt?«

»Aus Versehen«, betonte ich.

»Wie zum Teufel hast du das geschafft?«

»Ich hab keinen Schimmer.«

»Mann, weißt du, wie unwahrscheinlich es ist, dass du einfach so mir nichts, dir nichts die PIN errätst?«

»Zehntausend zu eins. Hab mich im Internet informiert.«

Kyra pfiff leise, bevor sie mich etwas fragte, woran ich noch gar nicht gedacht hatte.

»Warum, glaubst du, hat Alex sein Handy in deine Tasche gesteckt?«

Ich schauderte trotz der Wärme in meinem gemütlichen Wohnzimmer. »Ich … ich glaub nicht, dass er das getan hat. Zumindest nicht absichtlich.«

Ich hörte ein Laken rascheln und stellte mir vor, dass Kyra aus dem Bett gesprungen war und im Zimmer auf und ab ging. Das tat sie auch, wenn sie unterrichtete oder einen von irgendetwas überzeugen wollte. Zumindest hatte ihr Bettgenosse jetzt etwas Interessantes zum Ansehen, während er wartete.

»Wo hast du deine Tasche gestern Abend im Planetarium gelassen?«

»Unter meinem Mantel, auf einem Haufen mit all den anderen.«

»Ich nehme an, sie war zu? Darauf achtest du eigentlich immer.«

»Ich … schätze schon.«

»Dann hat jemand das Handy *hineingelegt*. Vielleicht jemand, der sichergehen wollte, dass ihr euch noch mal trefft?«

»Bei dir klingt das alles irgendwie finster und vorsätzlich.«

Kyra schwieg kurz, bis ich meine eigene Beobachtung eingeordnet hatte.

»Ich kann mir einfach nicht vorstellen, warum er so etwas tun sollte.«

»Vielleicht hatte Alex Sorge, dass du dich nicht noch mal mit ihm treffen willst. Was ich übrigens für eine sehr gute Entscheidung halten würde. Die Sache ist irgendwie nicht ganz koscher, wenn du mich fragst.«

»Ich versteh nur nicht, warum jemand absichtlich so tun sollte, als hätte er sein Telefon verloren. Es ist doch viel zu unpraktisch, es nicht bei sich zu haben. Außerdem konnte er nicht wissen, dass ich es knacken und herausfinden würde, wem es gehört. Er müsste doch damit rechnen, dass ich es schon bei der örtlichen Polizeiwache abgegeben habe.«

»Hmm«, bestätigte Kyra, bevor sie dem Mann, mit dem sie anscheinend gerade das Bett teilte, etwas Beschwichtigendes zumurmelte.

»Hör mal, tut mir wirklich leid, dass ich dich so spät noch gestört habe. Geh jetzt zurück zu … dem, was auch immer du gerade gemacht hast, und ich überleg mir, was ich mit dem Handy anfange.«

»Mach bloß keine Dummheiten, wie mitten in der Nacht zu seinem Haus zu fahren. Ich will dein Gesicht nicht auf einem Vermisstenplakat sehen.«

Ich lachte nervös.

»Wie hast du eigentlich herausgefunden, dass das Handy Alex gehört? Hast du seine Nachrichten gelesen oder was?«

»Natürlich nicht«, sagte ich in einem Ton, der sehr viel mehr nach schockierter Lehrerin klang als beabsichtigt. Wahrscheinlich weil ich nicht wollte, dass Kyra erfuhr, wie sehr ich versucht gewesen war, genau das zu tun. »Das war gar nicht nötig. Es ist ein Bild von Connor und seiner Mum auf dem Display. Er sieht genauso aus wie sie«, fügte ich leise hinzu, und mein Blick fiel erneut auf das Mobiltelefon in meiner Hand.

Kapitel 19

MOLLY

Ich wollte Alex anrufen und ihn vorwarnen, dass ich komme, aber sein Festnetzanschluss stand nicht im Telefonbuch, und so konnte ich nur hoffen, dass meine unerwartete Ankunft nicht aufdringlich wirken würde – oder noch schlimmer, wie ein Überfall.

Der Samstagmorgenverkehr war zähfließender als erwartet, doch ich war froh darüber, weil es mich zwang, mich auf die Straße zu konzentrieren statt auf den Moment, in dem ich an Alex' Tür klopfen würde. Ich hatte immer gedacht, dass das erste Treffen zwischen einem Transplantatempfänger und der Spenderfamilie unglaublich emotional sein würde, aber seltsamerweise hatte die Geburtstagsfeier im Planetarium sich überhaupt nicht so angefühlt. Vielleicht weil noch so viele andere Menschen dabei gewesen waren. Aber während Google Maps die Meilen zählte, die ich noch bis zu meinem Ziel zurücklegen musste, wurde mir klar, dass es sich heute wahrscheinlich mehr wie ein erstes Treffen anfühlen würde.

Das Haus, in dem Alex und Lisa zusammen gewohnt hatten, lag am Rand einer ruhigen Wohnsiedlung, nicht unbedingt eine geschlossene Wohnanlage, aber trotzdem ziemlich exklusiv. Alle Häuser sahen unterschiedlich aus, und das Einzige, was sie gemeinsam hatten, waren massenhaft Fenster, die in der tief stehenden Oktobersonne blinkten wie Leuchtsignale. Ich fuhr nur noch im Schritttempo, aber es war trotzdem unmöglich, in dem blendenden Licht Hausnummern auszumachen, also steuerte ich in eine Parkbucht.

Alex' Telefon lag auf dem Beifahrersitz, und ich ließ es in die Tasche meiner Steppjacke gleiten, bevor ich ausstieg. Der frühmorgendliche Frost war längst getaut, und so konnte ich es nicht auf einen vereisten Gehweg schieben, dass ich weiche Knie hatte. Woodview Gardens Nummer sieben, die Adresse, die ich in den vergangenen Monaten auf diverse Briefumschläge geschrieben hatte, lag ganz am anderen Ende der Straße. Dahinter befand sich ein Waldstück mit hohen Pappeln, die lange, unheimliche Schatten auf den Kies warfen, über den ich knirschend zum Haus ging.

Die Verkehrsgeräusche der nahe gelegenen Hauptstraße und das Gezwitscher der Vögel klangen immer gedämpfter, als hätte jemand sie mit einem Lautstärkeregler leise gedreht. Das Geräusch meines Herzschlags füllte die Stille. Er schwoll immer mehr an, wie ein sich steigernder Trommelwirbel, je näher ich der Tür kam, als würde mein Herz diesen Ort wiedererkennen. Als wüsste es, dass es zu Hause war.

Ich schüttelte den Kopf, um diesen lächerlichen Gedanken loszuwerden, drückte die glänzende Messingklingel und zählte unwillkürlich die Sekunden. Als ich bei sieben angelangt war, wurde die Tür aufgerissen, und ein schrilles, hohes Piepsen ertönte.

»Molly!«, rief Alex verwirrt. Ob seine Miene Verärgerung, Überraschung oder Erleichterung ausdrückte, war schwer zu sagen.

»Hallo, ich …«

»Tut mir leid, ich glaube, die Küche steht in Flammen! Komm rein!«

Seltsamerweise zögerte ich nicht eine Sekunde. Alex hatte sich schon abgewandt und rannte durch den Flur zu einer verschlossenen Tür, die wie hinter einem Hitzeschleier flimmerte.

»Daddy?«, rief eine zitternde Stimme vom oberen Treppenabsatz. Ich schaute hoch und entdeckte dort einen sehr besorgt aussehenden Connor, der sich anschickte, nach unten zu kommen.

»Bleib oben«, befahl Alex streng, griff nach dem Türknauf und stürmte in die Küche, ehe ich ihm eine Warnung zurufen konnte. Ich hatte genug Katastrophenfilme gesehen, um zu wissen, dass ihm im Film jetzt Flammen aus der offenen Tür entgegengelodert hätten, aber hier war es nur dichter Qualm, der nach Verbranntem und merkwürdigerweise nach Ingwer roch.

»Scheiße!«, rief Alex und riss die Ofentür auf, aus der noch mehr Rauch quoll. Ich hustete, und er fuhr herum, als hätte er vergessen, dass ich gekommen war. »Geh lieber raus. Der Rauch ist nicht gut für dich.«

Ich bezweifelte, dass die verkohlten Überreste von dem, was auch immer sie da hatten zubereiten wollen, ein Risiko für meine Gesundheit darstellten, aber in Anbetracht der Tatsache, wessen Herz in meiner Brust schlug, nickte ich nur und zog mich zurück. Das Letzte, was ich sah, bevor ich die Küchentür schloss, war, wie Alex eine Fenstertür öffnete und ein Backblech mit etwas Verkohltem in den Garten brachte.

Connor saß, im Gesicht immer noch weiß wie eine Wand, auf der obersten Stufe. Seine Augen waren riesengroß, seine Unterlippe zitterte. Langsam ging ich die Treppe hinauf, vorsichtig, als wäre er das Kaninchen mit dem gebrochenen Bein, das ich im letzten Sommer in meinem Garten gefunden hatte.

»Hallo, Connor. Ich bin's, Molly. Erinnerst du dich an mich?«

Ich war schon halb oben, aber Connor schaute nicht mal in meine Richtung. Seine Aufmerksamkeit war auf die geschlossene Küchentür gerichtet. Er zitterte sichtlich, und ich konnte mich gerade noch beherrschen, nicht die letzten Stufen hinaufzurennen und ihn fest in die Arme zu nehmen.

»Geht's meinem Daddy gut? Ist er verletzt?«

Egal. Ich konnte mich nicht mehr zurückhalten und lief zu ihm hoch.

»Alles ist gut, Schatz. Er macht nur alle Fenster und Türen auf, damit der Gestank aus der Küche ziehen kann.«

Connor drehte den Kopf so langsam, als säße er auf eingerosteten Scharnieren, und sah mich mit leerem Blick an. Dann flackerte ein kleiner Funke des Wiedererkennens in seinen tiefblauen Augen auf.

»Ich kenne dich.«

Das Herz kann einem nicht wirklich bis zum Hals schlagen, und ich wusste mit absoluter Gewissheit, dass meines sicher an seinem Platz war, aber bei Connors Worten fühlte es sich tatsächlich so an, als hätte es sich einen Weg in meine Kehle gebahnt.

»Du bist die Lehrerin von der Feier.«

Die Enttäuschung, die bei seiner Antwort in mir aufstieg, ergab keinen Sinn. Ich rang mir ein Lächeln ab. »Ganz genau. Ich bin Molly. Ich habe dich und deine Cousine Maisie vorgestern Abend kennengelernt.«

Connor brachte immer noch kein Lächeln zustande, aber wenigstens hatte er aufgehört zu zittern. Er schaute wieder zu der verschlossenen Tür hinunter. Aus der Küche war kein Laut zu hören, und obwohl ich wusste, dass es weder ein richtiges Feuer noch eine echte Gefahr gab, war ich leicht besorgt.

Ich hockte mich auf die Stufe unter Connor und hielt ihm, einem Instinkt folgend, die Hand hin. Eine Ewigkeit verging, bis Connor beschloss, seine Hand in meine zu legen.

Ich hielt jeden Tag die Hand von Kindern in seinem Alter, aber das hier fühlte sich anders an.

»Sollen wir mal nachschauen, was dein Daddy macht?«

Er nickte stumm und erlaubte mir, ihm auf die Füße zu helfen.

Ich klopfte leicht an die Küchentür und schob Connor hinter mich für den Fall, dass ich die Situation unterschätzt hatte. »Hallo, Alex. Können wir reinkommen?«

Er öffnete, und ein beruhigender Schwall frischer Luft schlug uns entgegen. Connor rannte blitzschnell an mir vorbei und stürzte sich auf seinen Dad. Er schlang die dünnen Arme so fest um Alex' Taille, dass seine verschränkten Hände sich weiß färbten.

»Ich glaube, Connor hat sich ein bisschen Sorgen gemacht, ob es dir gut geht«, sagte ich bewusst leichthin, um den Jungen nicht in Verlegenheit zu bringen, aber mein Blick sprach Bände.

Alex sah kurz verloren aus, schien nicht zu wissen, wie er reagieren sollte, dann beugte er sich vor und küsste seinen Sohn auf den Kopf. »Es geht mir gut. Alles ist gut.«

Connor schüttelte heftig den Kopf, das Gesicht immer noch im blassblauen Hemd seines Vaters vergraben.

»Das heißt, bis auf unsere Lebkuchenmänner«, scherzte Alex.

Connor gab ein Geräusch von sich, das halb Lachen, halb Schluchzen war.

»Ah, das habt ihr also gebacken?«, fragte ich.

Alex richtete den Blick auf den Rasen, auf dem das noch immer qualmende Backblech lag. »Das war die dritte Fuhre. Ich glaube, das Universum will uns zu verstehen geben, dass wir es kein viertes Mal versuchen sollten.«

»Es sei denn, du willst dein Haus bis auf die Grundmauern niederbrennen«, frotzelte ich und atmete leise auf, als ich sah, dass Connor sich etwas entspannte und seine Schraubstockumklammerung löste.

»Bei den ersten beiden Versuchen ist nichts verbrannt, aber sie waren trotzdem ungenießbar«, sagte Alex. »Irgendwie glaube ich nicht, dass ich in nächster Zeit zu einer Backshow eingeladen werde.« Er wandte sich Connor zu. »Deine Mum wäre entsetzt, wenn sie sehen würde, was ich mit ihrem Backblech angestellt habe.«

Das Licht, das gerade erst in Connors Augen zurückgekehrt war, erlosch, als wäre ein Schalter umgelegt worden. Ich sah es ebenso wie sein Vater. Alex schüttelte den Kopf und biss sich auf die Lippe: ein Schritt vor, zwei zurück.

»Kann ich nach oben gehen und spielen?«, fragte Connor, der wieder dichtmachte und uns so komplett ausschloss, dass ich ahnte, wie oft dergleichen schon vorgekommen sein musste.

»Klar, Kumpel«, sagte Alex mit einer gespielten Lässigkeit, die Kinder sofort durchschauten.

In der Küche, in der es immer noch nach angebranntem Gebäck roch, drehte sich Alex mit hilflosem Blick zu mir um.

»Anscheinend kann ich nichts richtig machen«, sagte er.

»Muss ziemlich schwer sein.«

»Und wie.« Zwei Worte, die eine Welt des Schmerzes enthielten.

Wir schwiegen kurz, dann sah Alex mich an und sagte: »Nicht, dass ich unhöflich sein will, aber was machst du hier, Molly?«

Ich errötete wie ein nervöser Teenager. »Oh, tut mir leid. Das hätte ich schon früher erwähnen sollen. Ich habe das hier gefunden.« Ich nahm das Handy aus der Tasche.

Sein verblüffter Blick hatte schon fast etwas Komisches. »Oh, mein Gott! Wo um Himmels willen hast du es gefunden?«

Kyra täuschte sich in ihm, ganz bestimmt. Niemand war ein so guter Schauspieler, oder? Er wirkte ehrlich überrascht.

»In meiner Handtasche.«

»Was? Wie ist es denn da drin gelandet? Hast du es mit deinem verwechselt?«

Aus dem Flur hörten wir hastige Schritte.

»Nein. Ich habe ein anderes Modell. Das Seltsame ist, dass ich meine Tasche den ganzen Abend an einer bestimmten Stelle deponiert hatte, also ist es schwer zu sagen, wie das Handy hineingekommen ist. Es sei denn …« Ich brach ab; ich konnte unmöglich sagen: »Es sei denn, du hast es hineingelegt«, ohne eine furchtbar peinliche Situation heraufzubeschwören.

Aber am Ende erwies sich das als unnötig.

»Es sei denn, jemand hat es hineingelegt!«, rief Alex aus, und sein Blick wanderte in Richtung Flur, wo die hastigen Schritte noch schneller wurden und dann die Treppe hinaufstapften.

»Connor?«, fragte ich überrascht. »Wie kommst du darauf, dass er es war?«

Alex' Lächeln verwandelte sein Gesicht von sympathisch zu gut aussehend. »Du meinst, abgesehen von der schuldbewussten Flucht, deren Zeuge wir gerade geworden sind?«

Ich unterdrückte ein Grinsen.

»Ich glaube, Dr. Watson, wir haben den Schuldigen gefunden.«

Ohne das Gespräch zu unterbrechen, tastete Alex nach dem Kamera-Icon auf dem Bildschirm, um zu überprüfen, ob das, was er suchte, noch da war. Wie oft am Tag machte er das wohl – nach ihrem Gesicht suchen, weil er es keine Minute länger aushielt, es nicht zu sehen?

»Ich bin dir wirklich dankbar, dass du es hergebracht hast«, sagte er und ließ das Handy in die Gesäßtasche seiner Jeans gleiten. »Ich habe tatsächlich gerade mit meiner Versicherung telefoniert, um einen Ersatz zu organisieren. Und dabei habe ich nicht auf die Zeit geachtet – eine wirklich armselige Ausrede, wenn das Haus abgebrannt wäre.«

Ich gab ein mitfühlendes Geräusch von mir und fragte mich, ob es Zeit war, aufzubrechen.

»Kaffee?«, sagte Alex in dem Moment, hob die Kanne hoch und schwenkte sie einladend in meine Richtung.

»Sehr gern«, erwiderte ich, plötzlich sehr erleichtert, dass ich nicht sofort wieder gehen musste.

Trotz der kalten Brise, die durch die offenen Fenster hereinwehte, strahlte die Küche eine Wärme aus, die nichts mit ihrer tatsächlichen Temperatur zu tun hatte. Abgesehen von der Mehlschicht, die die Arbeitsflächen und die Schüsseln in der Spüle überzog, war es die Art von Küche, mit der man in Werbespots ein heiles Familienleben darstellte. Erst als ich etwas näher hinsah, entdeckte ich, dass die handgeschriebene Einkaufsliste, mit einem Magneten an die Kühlschranktür geheftet, vergilbt und zerknickt war und dass eine feine Staubschicht das Regal mit den Kochbüchern bedeckte. Lisas Einfluss fehlte.

Alex stand mit dem Rücken zu mir und nahm zwei zueinander passende Tassen aus einem Schrank. Er goss Kaffee hinein, dann drehte er sich mit dem Milchkarton in der Hand und einem fragenden Ausdruck in den Augen um. Ich nickte.

»Ich hoffe, Connor bekommt keinen großen Ärger wegen der Handygeschichte?«, fragte ich in dem Wissen, dass es mich eigentlich nichts anging.

Alex seufzte und zuckte kurz die Schultern, während er die Milch in den Kühlschrank zurückstellte. Die Tür war mit bunten Wachsstiftbildern bedeckt, die mich an die Wände in meiner Klasse erinnerten.

»Eigentlich müsste ich mit ihm schimpfen. Wahrscheinlich wird es eine Rede darüber, dass man die Besitztümer anderer Leute respektieren sollte. Aber um die Wahrheit zu sagen, das ist die erste Ungezogenheit von ihm, seit ... Tja, seit einer langen Zeit. Ein Teil von mir will ihn einfach nur umarmen. Es ist nicht so, als ...«

»Äh, entschuldige. Ich hätte früher etwas sagen sollen«, unterbrach ich ihn hastig, »ich nehm keinen Zucker.«

Alex sah auf die Tasse hinunter, in die er gerade einen großen Löffel Zucker gegeben hatte. Es war unnötig, ihn zu fragen, warum, ich wusste auch so, dass Lisa ihren Kaffee mit Zucker getrunken hatte.

Er lachte kurz und humorlos auf. »Es ist schon eine Weile her, dass ich Kaffee für zwei gemacht habe«, sagte er. »Schätze, ich war auf Autopilot.«

Ich hatte das schreckliche Gefühl, dass er gleich in Tränen ausbrechen würde, woraufhin ich wahrscheinlich mitgeweint hätte. Also benutzte ich meine Fröhliche-Lehrerin-Stimme wie bei aufgeschrammten Knien oder am ersten Schultag, wenn Mütter plötzlich verschwunden waren.

»Weshalb das große Lebkuchenmannexperiment heute?«

Es war schrecklich, zuzusehen, wie Alex den Kaffee, den er für Lisa gemacht hatte, in die Spüle schüttete und mir einen frischen einschenkte.

»›Experiment‹ ist der richtige Ausdruck. Wusstest du, was passiert, wenn man Backpulver mit Mehl verwechselt?«

Ich konnte ein Lachen nicht unterdrücken. »O nein! Du hast doch nicht ...?«

»Die erste Ladung ist im Ofen buchstäblich ausgebrochen wie ein Mini-Vesuv. Die zweite hat grässlich geschmeckt, und die dritte ... Tja, du hast gesehen, was passiert ist. Wir hätten für Connors Schulfest heute Nachmittag einfach welche kaufen sollen.«

Mir lag eine Frage auf der Zunge, aber eine Stimme in meinem Kopf, die schreckliche Ähnlichkeit mit Kyras hatte, schrie mich an, sie ihm nicht zu stellen. Ich hatte meine Freundin wirklich gern; ihre unerschütterliche Loyalität, ihre Unterstützung, als ich so krank gewesen war, ihr mitfühlendes Herz. Aber das hieß noch lange nicht, dass sie immer recht hatte.

»Ich könnte dir und Connor helfen, welche zu backen – wenn du möchtest. Und es nicht für seltsam hältst.«

Alex schien überwältigt. »Das kann ich nicht von dir verlangen.«

»Tust du doch gar nicht. Ich hab mich freiwillig gemeldet.«

»Tja, das wäre großartig, wenn …«

Ich hörte mir seine Vorbehalte nicht an, sondern erklärte ihm meine eigenen. »Natürlich nur, wenn du Connor vorher fragst, ob er das will. Ich möchte nicht, dass er glaubt, ich würde mich aufdrängen.«

Alex schüttelte den Kopf. »Ich glaube, sein kleiner Streich mit meinem Handy gibt dir die Antwort darauf. Connor geht nicht leicht Freundschaften ein, aber er scheint dich wirklich sympathisch zu finden.«

Und ich ihn, dachte ich, als Alex die Küche verließ, um seinen Sohn zu fragen, ob ich ihnen helfen sollte.

Er war eine ganze Weile weg, und ich nutzte die Zeit, um aufzuräumen und auf der Arbeitsfläche Platz zu schaffen. Ich staunte darüber, dass Lisa viele Utensilien an ähnlichen Orten aufbewahrte wie ich meine zu Hause. Doch seine Löffel in dieselbe Schublade zu legen war keine geheimnisvolle Verbindung, und wenn ich hier Gutes bewirken wollte, statt Schaden anzurichten, musste ich diesem Gedanken einen Riegel vorschieben.

»Du hast sauber gemacht«, sagte Alex schuldbewusst, als er mit einem schüchternen Connor an der Hand in die Küche kam.

»Nur ein bisschen«, sagte ich, spürte, wie meine Wangen rot anliefen, und hoffte, er würde es eher auf meine Anstrengungen als auf die Freude schieben. Es erschien mir aus allen möglichen Gründen sicherer, mich hauptsächlich mit Connor zu unterhalten und so zu tun, als wäre Alex gar nicht da. *Komm schon, Molly,* sagte ich zu mir, *so etwas machst du ständig. Du kannst gut mit Kindern umgehen, du kriegst das hin.*

»Connor, dein Dad hat mir erzählt, du brauchst Lebkuchenmänner. Heute ist dein Glückstag, denn wie es der Zufall will, bin ich die beste Lebkuchenmannbäckerin der Welt.« Das war eine leichte Übertreibung, da ich nur ein Mal im Leben welche gebacken hatte, aber ich hatte ein Rezept auf meinem Handy gefunden, während Alex Connor überredete, wieder nach unten zu kommen, und ich war mir ziemlich sicher, dass ich eine Fuhre hinkriegen würde, ohne dass wir die Feuerwehr rufen mussten.

Alex schien sich damit zufriedenzugeben, im Hintergrund zu bleiben, ging zum anderen Ende des Küchentischs und zog den Laptop, der darauf stand, zu sich heran. In regelmäßigen Abständen tippte er geräuschvoll auf der Tastatur herum, vermutlich ohne zu ahnen, dass ich im Spiegelbild der Fenstertür sehen konnte, dass das Gerät gar nicht eingeschaltet war. Er ließ mich und seinen Sohn nicht aus den Augen, aber das ging für mich absolut in Ordnung. Wäre Connor mein Sohn gewesen, hätte ich ebenso vorsichtig gehandelt.

»Zuerst wiegen wir das Mehl ab«, erklärte ich meinem jungen Assistenten mit leicht unnatürlich klingender Fernsehköchinnenstimme und kippte Mehl in die Schüssel auf der Waage. Ich war nicht passend angezogen, und meine dunkelblaue Jeans und der schwarze Rollkragenpullover waren schon jetzt mit einem feinen weißen Nebel überzogen.

»In der Speisekammer hängt eine Schürze, falls du eine brauchst«, schlug Alex vor.

»Gute Idee«, sagte ich, öffnete die Tür und sah das Entsetzen in Connors Gesicht, als ich nach einer Schürze mit der Aufschrift »Mummy« griff. Es gab mir einen Stich, und ich schlug die Tür schnell zu, als wollte ich die Schürze daran hindern zu fliehen.

»Weißt du was? Ich glaube, ich brauche doch keine.«

Nachdem diese Hürde überwunden war, schien Connor sich ein bisschen zu entspannen, und in den nächsten zwanzig Minuten rührte, knetete und rollte er konzentriert aus, was mir viel über ihn verriet. Er war klüger als die meisten Siebenjährigen, aber weit weniger selbstbewusst als die Kinder in meiner Klasse. Er hatte etwas Wachsames an sich, als hätte er Angst, etwas falsch zu machen. War er auch schon so gewesen, bevor er seine Mutter verlor, oder war seine Unsicherheit neu? Ich überlegte, wie ich die Frage an Alex formulieren sollte, bis mir klar wurde, dass ich kein Recht dazu hatte.

Während die Lebkuchenmänner im Ofen waren, stellte ich die Zutaten wieder an ihren Platz und war so überrascht, wie oft ich Glück hatte und den richtigen Ort erriet, dass ich kurz darüber nachdachte, auf dem Weg nach Hause ein Lotterielos zu kaufen. Alex trat in den Garten hinaus, um einen Anruf entgegenzunehmen, und sobald er fort war, stieß ich einen langen Seufzer aus, von dem ich gar nicht gemerkt hatte, dass ich ihn zurückgehalten hatte.

»Hat dir das Backen Spaß gemacht, Connor?«, fragte ich, während ich den Kühlschrank öffnete und die Butter wieder hineinstellte.

»Es war okay«, murmelte er. Er hatte Spaß gehabt, das hatte ich gemerkt, aber er wollte es nicht zugeben, als wäre das irgendwie treulos. *Er ist nicht dein Kind, du kannst seine Probleme nicht lösen*, erinnerte mich eine Stimme in meinem Kopf. Doch ich weigerte mich, auf sie zu hören. War ein Kind, das litt, nicht unser *aller* Verantwortung?

»Das sind sehr schöne Bilder«, bemerkte ich, als ich die Kühlschranktür schloss. Ich trat zurück, um sie mir genauer anzusehen. Obwohl es hauptsächlich Zeichnungen des Mondes waren, gab es auch ein paar andere mit erkennbaren Planeten.

»Das muss der Merkur sein«, sagte ich und deutete auf den kleinen Himmelskörper, der dem mit knallrotem Wachsstift gemalten Feuerball – vermutlich die Sonne – am nächsten war. »Und die Krater auf dem Mond hier sehen sehr realistisch aus.«

Zum ersten Mal blickten Connors Augen nicht mehr misstrauisch, sondern verblüfft. »Du kennst dich mit Planeten aus?«

Ich unterdrückte ein Lächeln und nickte ernst. »Tja, ein bisschen. Ich muss noch eine Menge lernen. Ich habe ein großes Wandbild vom Sonnensystem in meiner Klasse aufgehängt, aber um ehrlich zu sein, sind deine Zeichnungen viel besser als meine.«

Connor nahm das Kompliment mit einem bedächtigen Nicken an. »Meine Mummy weiß alles über die Planeten. Wenn ich groß bin, werde ich Astronom, so, wie sie es ist.«

Aus den Augenwinkeln konnte ich sehen, dass Alex in dem Moment in die Küche zurückkehrte und das Ende unserer Unterhaltung mitbekam. War die Tatsache, dass Connor im Präsens von seiner Mutter sprach, der Grund, warum sein Vater auf einmal so unsagbar traurig aussah?

»Das ist doch ein schönes Berufsziel. Ich wette, du wirst ein ganz wunderbarer Astronom.«

Die Lebkuchenmänner kühlten auf einem Gitter ab, bereit für das Schulfest an jenem Nachmittag, und ich hatte Alex' Einladung, noch auf eine zweite Tasse Kaffee zu bleiben, höflich abgelehnt.

»Molly hat noch was zu erledigen«, erklärte er Connor, der schmeichelhaft enttäuscht aussah, als ich nach meiner Jacke griff. »Sie will nicht den ganzen Tag bei uns herumhängen.«

Ich frage mich, wer von uns dreien am meisten schockiert gewesen wäre, wenn ich zugegeben hätte, dass ich genau das liebend gern getan hätte. Der Rest meines Samstags lag in langweiliger Vorhersehbarkeit vor mir.

Connor war damit beschäftigt, einem Lebkuchenmann den Kopf abzubeißen, als ich ihm fröhlich von der Tür aus zuwinkte und dem unangebrachten Drang widerstehen musste, ihn zum Abschied zu umarmen. Es war, als hätte ich nie eine Fortbildung über das Abgrenzen besucht. Warum fiel es mir bei diesen beiden so schwer, Grenzen zu wahren?

»Danke, dass du mir das Handy zurückgebracht hast«, sagte Alex verlegen, eine Hand auf den Türknauf gelegt, »und auch dafür, was du für Connor getan hast.«

Ich lächelte traurig. »Ich hab doch gar nichts gemacht. Nicht wirklich.«

»Er hat sich geöffnet. Wir haben einen Blick auf den Jungen erhascht, der er war, bevor …«

Lisa gestorben ist, ergänzten wir beide stumm.

»Mir ist aufgefallen, dass er, wenn er von ihr spricht …«, begann ich und brach dann ab.

Alex nickte. Wir redeten in Halbsätzen, als wäre das unsere Geheimsprache.

»Ja, ich weiß. Die Trauerberaterin hat mir geraten, ihn nicht zu korrigieren. Aber ich bin mir nicht sicher, ob das richtig ist.«

»Er braucht noch mehr Zeit.« Ich sah auf. *Und du auch*, hätte ich am liebsten hinzugefügt, aber das hätte die Grenze so weit überschritten, dass ich keinen Weg mehr zurückgefunden hätte.

Mit perfektem Timing kam Connor in dem Moment aus der Küche gerannt; er presste etwas an seine Brust. Er blieb mit quietschenden Sohlen vor mir stehen und streckte die Hand aus. Darin hielt er die Zeichnung vom Mond, die ich bewundert hatte. Ein Kloß von der Größe eines Golfballs schnürte mir die Kehle zu, als ich sie entgegennahm.

»Tja, die hänge ich sofort an meinen Kühlschrank, wenn ich nach Hause komme«, versicherte ich ihm, bemüht, mir nicht anmerken zu lassen, wie brüchig meine Stimme war.

Connor zog Alex am Ärmel zu sich herunter und flüsterte ihm hastig etwas ins Ohr. Was auch immer es war, Alex' Miene blieb undurchdringlich, als er sich wieder aufrichtete.

»Connor möchte wissen, ob du vielleicht zu der Bonfire-Night-Party von Todd und Dee kommen willst. Das ist eine Familientradition der Stevens-Familie.«

Hin- und hergerissen blickte ich vom Vater zum Sohn.

Alex fuhr fort: »Es wäre wirklich schön, wenn wir die Gelegenheit hätten, uns mal richtig zu unterhalten. Heute war es zu chaotisch, und vorgestern Abend im Planetarium hatte ich auch nicht genug Zeit, mit euch allen zu sprechen.«

»Ah, verstehe. Also fragt ihr die anderen auch, ob sie kommen? Barbara, Jamie und …« Keine Ahnung, warum ich instinktiv zögerte. Es war nicht so, als hätte ich seinen Namen vergessen. »Und Mac«, fügte ich schließlich hinzu.

Mein Vorschlag hatte Alex sichtlich auf dem falschen Fuß erwischt. Die anderen Transplantatempfänger einzuladen war offensichtlich nicht seine Absicht gewesen, aber nachdem er kurz darüber nachgedacht hatte, schien ihm die Idee zu gefallen.

»Ja, das mache ich. Vielleicht kommen sie ja.«

Ich fühlte mich unerwartet leicht, als ich zu meinem Wagen zurückging. Keine Ahnung, warum, aber das Gefühl gefiel mir.

Kapitel 20

ALEX

»Ich mein ja nur, es wäre nett gewesen, wenn du mich vorher gefragt hättest, mehr nicht.«

Alex hechtete zur Seite, schlug unkontrolliert nach dem Squashball und verfehlte ihn wenig überraschend.

»Punkt für dich«, sagte er und bückte sich nach dem Ball, um ihn aufzuheben.

»Meinst du das Spiel oder mein Argument?«

Alex kam wieder hoch und rieb sich die Stelle zwischen den Augenbrauen, die dumpf zu schmerzen begonnen hatte. Sie spielten noch ein paar Punkte weiter und ließen ihren Frust am Squashball aus. Wenn sie mit noch mehr Wucht auf das verfluchte Ding eindroschen, würde es am Ende in der Wand stecken bleiben, dachte Alex und zupfte an seinem schweißnassen T-Shirt, das ihm auf der Haut klebte.

Normalerweise freute er sich immer auf ihre wöchentliche Partie, aber heute waren sie offensichtlich beide nicht in Stimmung. Die ungesagten Worte schienen schneller als jeder Ball zwischen den Courtwänden hin- und herzujagen. Testosteron lag in der Luft.

»Wollen wir's für heute gut sein lassen und ein Bier trinken gehen?«, schlug Todd vor und spulte damit gewissermaßen gleich zu der Belohnung vor, die sie sich nach weniger als zwanzig Minuten im Court noch gar nicht verdient hatten.

Das Pub bei der Sporthalle gleich um die Ecke war überraschend voll, obwohl es noch früh am Abend war. Alex konnte ihnen einen freien Tisch weiter hinten sichern und schaute zu, wie sein Bruder sich durch die Menge zur Bar schlängelte. Die Kopfschmerzen würden wohl so bald nicht nachlassen, und dass es durch den Alkohol besser wurde, war zu bezweifeln. Nach ein paar Minuten kam Todd zurück, in den hoch über dem Kopf erhobenen Händen zwei Pint Craftbeer.

Selbst ein flüchtiger Betrachter hätte erkannt, dass sie miteinander verwandt waren. Sie hatten die gleiche Statur, das gleiche sandfarbene Haar, die gleichen bernsteinfarbenen Augen und ein Kinn mit Grübchen, angeblich von einem Großvater geerbt, den sie nie kennengelernt hatten. Sie ähnelten einander in tausend Dingen und waren zugleich doch auch sehr verschieden.

Todd schob seinem Bruder wortlos ein Glas hin. Und dann, ohne Vorgeplänkel, als hätte es keine halbstündige Pause gegeben, in der sie geduscht und sich umgezogen hatten und zum Pub gegangen waren, nahm er nahtlos den Gesprächsfaden wieder auf.

»Ich will ja kein Arschloch sein wegen dieser Sache mit der Party«, begann er. Eine unglückliche Einleitung, und Alex' hochgezogene Augenbrauen zeigten ihm, dass er womöglich doch wie eines rüberkam. »Und ich sag nicht, dass ich diese Leute nicht mag. Sie haben letzte Woche einen durchaus netten Eindruck gemacht. Aber ich war davon ausgegangen, dass wir dieses Jahr, nach allem, was vorgefallen ist, nur die Familie einladen.«

Zwei Sekunden vergingen, dann drei. Es war, als würde Alex seinen Einsatz verpassen. »Also, irgendwie *sind* diese Leute ja Teil der Familie.«

Noch schlimmer als Todds Ärger war der mitleidige Blick, mit dem er seinen jüngeren Bruder jetzt bedachte.

»Nein, Alex. Das sind sie ganz und gar nicht.«

Alex griff nach seinem Glas und nahm einen großen Schluck in der Hoffnung, die Gefühle, die in ihm hochzukommen drohten, wieder hinunterspülen zu können. Er liebte seinen Bruder und er glaubte nicht, dass er das letzte halbe Jahr ohne Todds und Dees Unterstützung überstanden hätte. Aber im Moment war ihm, als würde sie mehr voneinander trennen als nur der etwas klebrige Tisch im Pub.

Todd hatte seine »Durchblicker«-Miene aufgesetzt. Die hatte er auch schon in Alex' Teenagerzeiten gern zur Schau getragen, und Alex hatte dann immer frustriert die Fäuste geballt. Offensichtlich ging es ihm trotz seiner fünfunddreißig Jahre heute nicht viel anders.

»Also, ich weiß nicht, was ich jetzt deiner Meinung nach machen soll. Ich kann die drei, die ich schon gefragt habe, ja wohl schlecht wieder ausladen. Und vergiss nicht, es war nicht meine Idee, sie einzuladen, sondern Connors.«

»Ja. Und nächste Woche lass ich Maisie meine Steuererklärung machen.«

Alex schaute an Todd vorbei, denn in seinem Innersten wusste er, sein Bruder hatte recht, aber das konnte er auf keinen Fall zugeben.

Am Nebentisch saß ein junges Pärchen Mitte zwanzig. Sie hielten Händchen und schauten einander tief in die Augen, offensichtlich waren sie weit, weit entfernt vom Pub mit seiner dröhnenden Jukebox und den lauten, durstigen Gästen. Alex verspürte plötzlich das brennende Verlangen, auch woanders zu sein.

»Und glaub nicht, ich wüsste nicht, um wen es hier eigentlich geht. Um *sie*, hab ich recht?«, drängte Todd.

»Ich nehme an, du sprichst nicht von Barbara?«

Todd musste wider Willen grinsen. Bevor er weiterredete, holte er tief Luft. »Sie ist nicht Lisa. Das weißt du hoffentlich. Molly. Ist. Nicht. Lisa.«

»Meinst du, das ist mir nicht klar?«, schoss Alex so scharf zurück, dass selbst das Pärchen am Nebentisch aus seiner Versunkenheit gerissen wurde. Die zwei schauten ihn überrascht an. Alex lächelte ihnen schwach zu und wandte sich dann wieder an seinen Bruder, diesmal mit deutlich gesenkter Stimme.

»Ich weiß das. Aber du hättest sehen sollen, wie sie mit Connor umgegangen ist und wie er auf sie reagiert hat! Solch einen Zugang hatte ich seit dem Unfall nicht mehr zu ihm, aber sie hat es geschafft, schon Sekunden nachdem sie durch die Tür kam.«

»Sie ist Lehrerin, Mann! Ist doch logisch, dass kleine Kinder auf sie anspringen. Interpretier da nicht zu viel rein.«

Sie hatten in ihrer Unterhaltung jetzt das Thema erreicht, von dem Alex sich nicht sicher war, ob sie dafür bereit waren – es ging um die Frage, die er sich seit Monaten stellte, meist mitten in der Nacht. Er wusste, dass Todd ihn mit anderen Augen betrachten würde, wenn er sie laut aussprach.

»Warum sie, Todd? Warum diese vier Menschen?«

Sein Bruder sah ihn verständnislos an. »Was meinst du?«

»Tausende von Leuten warten auf eine Transplantation. Warum wurden ausgerechnet diese vier Menschen ausgewählt?«

Todd war eindeutig unbehaglich zumute, er zuckte mit den Schultern. »Weil sie an der Reihe waren? Ganz oben auf der Warteliste standen?«

Alex schüttelte den Kopf. Er klang mehr und mehr wie ein durchgedrehter Verschwörungstheoretiker, aber jetzt, wo er einmal damit begonnen hatte, war es ihm unmöglich, aufzuhören. »Genau das ist es ja. Da standen sie eben nicht! Molly hatte man gerade erst auf die Liste gesetzt. Und weder sie noch Jamie und nicht mal Barbara waren zu dem Zeitpunkt kritische Kandidaten. Sie haben Gott weiß wie viele andere Menschen übersprungen. Und warum gab es keine weiteren passenden

Empfänger? Wieso nur die vier? Du warst doch dabei, als ich die Formulare unterschrieben habe.« Todd griff über den Tisch hinweg nach der Hand seines Bruders und drückte sie. »Wir haben beide gehört, wie Gillian gesagt hat, dass durch Lisas Spende bis zu zwanzig Menschen geholfen werden kann. Aber letztlich waren es nur diese vier. Und jeder von ihnen hat mir zurückgeschrieben. Alle vier hatten das starke Bedürfnis, Kontakt aufzunehmen. Weißt du, wie selten das ist?«

Todd schüttelte den Kopf, und Alex erwartete halb, dass sein Bruder andeuten würde, er solle über diese Gedanken und Gefühle vielleicht mal »mit jemandem sprechen, der sich mit so was auskennt«. Aber Todds Schweigen sagte mehr als tausend Worte.

»Es muss doch einen Grund dafür geben«, fuhr Alex fort. »Einen Grund, wieso Lisa gestorben ist, wo doch alle anderen Fahrgäste in ihrem Waggon überlebt haben. Einen Grund, wieso diese vier Menschen eine zweite Chance bekommen haben. Es gibt eine Antwort, und nur weil ich sie noch nicht gefunden habe, ist die Sache dadurch nicht weniger wahr.«

Alex wusste, dass es das richtige Haus war, ohne die Hausnummer am Tor überprüfen zu müssen. Es entsprach exakt dem Bild, das er im Kopf gehabt hatte. Vielleicht hatte sie es ihm in einem ihrer Briefe beschrieben, überlegte er, oder vielleicht wusste er es, weil es einfach so sehr nach *ihr* aussah. Er stellte den Motor ab, blieb aber noch im Wagen sitzen, den Blick auf das Haus gerichtet. Sosehr es ihm widerstrebte, es zuzugeben, Todds Bedenken hatten in ihm Zweifel aufkommen lassen, und es gelang ihm nicht, sie zu zerstreuen.

Schließlich seufzte er und nahm den Blumenstrauß vom Beifahrersitz. Wenn er noch länger hier im Wagen herumlungerte, würden wachsame Nachbarn hinter den Gardinen vielleicht noch die Polizei alarmieren. Deshalb versuchte er, Todds hartnäckige Stimme in seinem Kopf zu übertönen, indem er – mehr schlecht als recht – vor sich hin pfiff und aus dem Wagen stieg.

Er fand keinen Klingelknopf, daher klopfte er vorsichtig an die Milchglasscheiben der Haustür, machte ein freundliches Gesicht und wartete. Aus einer Minute wurden zwei. *Nach drei Minuten dreh ich mich um und gehe*, sagte er zu sich selbst. *Das nehme ich dann als Zeichen, dass ich heute nicht hätte herkommen sollen*. Aktuell suchte er ziemlich viel nach Zeichen, versteckten Botschaften vom Universum oder von …

Hinter dem Glas tauchte ein Schatten auf, der größer und größer wurde, als sich jemand näherte, und Alex verspürte kurz den Impuls, wegzulaufen wie ein Kind bei einem Klingelstreich – ein Jux, den er als Zehnjähriger ausgesprochen lustig gefunden hatte. Man hörte, wie ein Riegel zurückgeschoben wurde, und die Tür öffnete sich. Als sich ihre Überraschung in Freude verwandelte, waren alle Fluchtgedanken wie weggeblasen.

»Alex«, begrüßte sie ihn, und er lächelte zurück. Er überlegte kurz, ob er sie auf die Wange küssen sollte, wusste jedoch instinktiv, dass er damit einen Schritt zu weit gegangen wäre.

»Kommen Sie doch rein«, forderte sie ihn mit einer Handbewegung auf.

»Tut mir leid, dass ich unangemeldet reinschneie«, sagte er, als er ihr in das kleine, aber gemütliche Wohnzimmer folgte. »Ich hoffe, ich störe nicht?«

»Aber nein. Ich freue mich immer, und es ist eine wundervolle Überraschung, Sie so bald wiederzusehen. Meine Güte, sind die für mich?« Alex freute sich, wie sie strahlte, als er ihr den Blumenstrauß überreichte. »Ich glaube, seit meinem sechzigsten Geburtstag habe ich keine Blumen mehr bekommen.«

Das gehörte zu den traurigsten Dingen, die Alex in letzter Zeit gehört hatte, und er nahm sich vor, ihr in Zukunft bei jeder weiteren Begegnung Blumen mitzubringen. *Falls* sie sich wiedersehen würden, mischte sich die nervige Stimme in seinem Kopf ein.

»Bitte nehmen Sie doch Platz«, sagte Barbara und deutete auf das Sofa hinter ihm, das bereits von mehreren Samtpfoten beansprucht wurde.

Alex spürte ein Jucken in der Nase und fragte sich, ob er vielleicht eine Katzenhaarallergie hatte; in diesem Haus schien es wirklich eine Menge Katzen zu geben.

»Möchten Sie einen Tee?«, fragte Barbara und fügte ein wenig verlegen hinzu: »Wenn ich gewusst hätte, dass Sie kommen, hätte ich uns einen kleinen Kuchen gebacken.«

Alex schüttelte dankend den Kopf. »Tee ist wunderbar, danke, Barbara. Kann ich Ihnen helfen?«

»Nein, nein. Setzen Sie sich einfach, entspannen Sie sich und machen Sie sich mit meiner Familie bekannt.«

Alex korrigierte sich im Geiste ein klein wenig, denn diese *jüngste* Äußerung war das Traurigste, was er seit einer ganzen Weile gehört hatte. Er hatte ja schon beim Lesen ihrer Briefe, in denen nie eine Familie erwähnt wurde, zumindest keine *menschliche*, diesen Verdacht gehabt.

Sehr vorsichtig setzte er sich auf die Kante des Sofas mit den verblichenen Chintzbezügen, tunlichst darauf bedacht, den ausgesprochen großen schwarzen Kater nicht zu stören, der sich auf dem Kissen hinter ihm zusammengerollt hatte.

»Sie können den alten Luzifer ruhig runterschubsen«, sagte Barbara im Hinausgehen. »Wahrscheinlich kommt er gleich wieder und setzt sich auf Ihren Schoß.«

Alex lächelte schwach. Offen gesagt durfte alles, was derart lange Krallen hatte und nach dem Teufel benannt war, sein Kissen ruhig behalten; der Kater war ja schließlich vor ihm da gewesen.

Als Alex in der Küche Geschirr klappern hörte, stand er auf und schaute sich die gerahmten Fotos auf dem Sims des kleinen viktorianischen Kamins an. Die meisten zeigten eine jüngere Barbara neben einem großen, breitschultrigen Mann mit einem buschigen Schnurrbart, wahrscheinlich ihr verstorbener Mann Archie. Ihr Hochzeitsfoto, das auf den Treppenstufen vor dem Standesamt aufgenommen worden war, zeigte sie in einem sehr kurzen weißen Kleid und mit einem Hut mit gebogener Krempe; Alex versuchte, in der jungen Frau mit dem jugendlich frischen Gesicht und den langen Beinen die weißhaarige Rentnerin mit den vielen Falten wiederzuerkennen, aber es gelang ihm nicht.

»Der siebzehnte Mai 1965. Der glücklichste Tag meines Lebens«, sagte Barbara, die gerade mit einem Teller voll Custard Creams hereinkam. Alex wusste, bei diesen Vanillekeksen würde er zugreifen, selbst wenn er nicht den geringsten Hunger hatte.

Sie trat zu ihm an den Kamin und verlor auf wundersame Weise nicht das Gleichgewicht, obwohl eine ihrer Katzen wie ein Tiger auf Jagd zwischen ihren Beinen herumstrich. »Ich dachte irgendwie immer, wir würden gemeinsam gehen«, fuhr sie traurig fort. »Ich war nicht darauf vorbereitet, allein alt zu werden.« In ihren wasserblauen Augen standen Tränen, die sie mit einer zornigen Handbewegung wegwischte. »Meine Güte, das sieht mir gar nicht ähnlich«, entschuldigte sie sich, beugte sich abwesend hinunter und kraulte einer weißen Katze zu ihren Füßen den Kopf. »Und ich bin natürlich nicht allein, nicht wirklich.«

Ihre Geschichte berührte Alex, und seine Augen brannten und juckten. Anscheinend war er wirklich allergisch gegen Katzen.

»Wie viele haben Sie – ich meine, Katzen?«

»Im Augenblick nur sechs«, sagte Barbara und richtete ihren Blick in die Zimmerecke, wo eine große Box stand, die

Alex zuvor noch nicht bemerkt hatte. Darin lag eine sehr dicke Katze mit rotem Fell.

»War sie ungezogen? Ist sie deshalb weggesperrt?«, witzelte er.

»Nein. Das ist meine Meg. Sie ist eine Königin. Und sollte jetzt jederzeit ihre Jungen zur Welt bringen.«

Nach dieser verstörenden Auskunft verließ Barbara nochmals das Zimmer, um den Tee aufzugießen. Alex schaute zu der Katze in der Box hinüber, und über seiner Oberlippe bildete sich ein feiner Schweißfilm. Im Zimmer war es unglaublich warm, aber das lag vielleicht daran, dass es bald zum Kreißsaal werden würde. Die rote Katze hatte sich erhoben und tigerte jetzt rastlos umher, Runde um Runde, und das Zeitungspapier, mit dem die Box ausgekleidet war, raschelte.

Alex nahm wieder Platz, so weit wie möglich von der künftigen Geburtsstätte entfernt. Er war nie ein Freund von Haustieren gewesen, auch wenn Lisa lange versucht hatte, ihn für einen Hund zu begeistern. »Ich glaube, so ein Hund wäre wirklich gut für Connor«, hatte sie gesagt, und Alex war kurz davor gewesen, nachzugeben. Aber dann … Inzwischen war alles anders, und ein Welpe war jetzt das Letzte, woran Alex dachte.

»Ich hoffe, English-Breakfast-Tee ist in Ordnung? Ich habe mich nie an diese komischen ausländischen Sorten gewöhnen können.«

Alex war so in Gedanken gewesen, dass er nicht gehört hatte, wie Barbara wieder ins Wohnzimmer gekommen war, und er brauchte ein paar Augenblicke, um in die Gegenwart zurückzufinden. Er sprang auf und nahm ihr das schwere Tablett ab, unter dessen Gewicht ihre Hände zitterten.

»Wir kaufen nur den«, antwortete er und merkte dabei, dass er wieder das falsche Pronomen benutzt hatte. Er fragte sich, ob es Barbara aufgefallen war.

Auf dem Tablett befanden sich eine Teekanne in Familiengröße, über die ein gestrickter Teekannenwärmer gestülpt war, sowie ein passendes Milchkännchen und eine Zuckerdose mit einer zierlichen silbernen Zuckerzange. Es rührte Alex, dass Barbara sich so viel Mühe gegeben hatte, und er fragte sich, wie oft sie dieses Teeservice wohl aus dem Schrank nahm. Vermutlich nicht sehr häufig.

»Also, Alex«, sagte sie, während sie ihm eine Porzellantasse reichte, die so zart war, dass sie beinahe durchscheinend wirkte, »was genau führt Sie heute zu mir?«

Etwa eine Dreiviertelstunde später legte Alex den ersten Gang ein und steuerte seinen Wagen aus der Einfahrt von Barbaras hübschem viktorianischen Haus. Er hatte sein Ziel erreicht – auch sie hatte zugesagt, zu Todds Bonfire-Night-Party zu kommen –, weshalb also hatte er solch einen bitteren Geschmack auf der Zunge, den selbst ein ganzer Teller von Vanille-Doppelkeksen nicht hatte vertreiben können?

Weil du deinen nicht unbeträchtlichen Charme dafür benutzt hast, eine reizende alte Dame zu überreden, einen zweiten Abend mit ihr unbekannten Menschen zu verbringen, hörte er Lisa leise sagen. Merkwürdig, dass sein Gewissen während des letzten halben Jahres immer häufiger mit der Stimme seiner verstorbenen Frau sprach.

Sie ist einsam, entgegnete er und fühlte sich in seinem Wagen wie in einem Beichtstuhl. *Es wird ihr guttun, mehr mit Menschen zusammen zu sein anstatt mit einer Horde Katzen.*

Sie liebt diese Tiere, rief ihm seine verstorbene Frau behutsam in Erinnerung. *Darum hat sie gezögert, zuzusagen. Sie macht sich Sorgen, dass die Katzen beim Feuerwerk Angst bekommen.*

Lisas Argument war so überzeugend, dass Alex sich beinahe zum Beifahrersitz gewandt hätte, wo, bei einem anderen Verlauf des Schicksals, seine Frau gesessen hätte – ihn freundlich tadelnd.

Nicht, dass Barbara Lisas Verteidigung nötig gehabt hätte. Sie war selbst bestens in der Lage, schwierige Fragen zu stellen. »Lieber Alex, Sie sagen, Sie möchten uns besser kennenlernen, aber hatten wir dazu nicht schon beim letzten Mal alle Gelegenheit?«

Alex hatte sich unbehaglich gefühlt und so nervös gewunden, als befände er sich in einem Verhör. »Es war vielleicht keine gute Idee, alle zu Lisas Geburtstag ins Planetarium einzuladen«, gab er zu.

Daraufhin hatte Barbara charmant erwidert: »Doch, natürlich! Es war wichtig für uns zu erfahren, wie beliebt Lisa war und wie sehr ihre Familie und Freunde sie vermissen.«

Alex hatte traurig gelächelt. *Das* war der Grund, weshalb er Barbara so mochte. Sie hatte keine Angst davor, sich über Lisa zu äußern. Sie hatte ihren Mann verloren und begriff daher, dass nur eines noch schmerzhafter war, als über tote Partner zu sprechen: wenn niemand über sie sprach.

»Ich … ich will einfach, dass Connor die Menschen kennenlernt, denen seine Mutter geholfen hat«, hatte er verlegen gesagt und dabei versucht, Lisas mahnende Worte in seinen Gedanken auszublenden. *Das ist nicht fair, Alex, du kannst deinen Sohn hier nicht als Verhandlungsargument missbrauchen.* Doch genau das hatte er getan.

Barbaras Augen mochten von beginnendem grauen Star getrübt sein, aber das Mitgefühl, das in ihnen aufblitzte, war unverkennbar. »Er weiß immer noch nicht, wer wir sind, nicht wahr?«

Alex nickte. »Er weiß, dass es Menschen gibt, denen Lisa geholfen hat zu genesen, bevor sie … uns verlassen hat.« Er hatte Euphemismen immer gehasst; er war eigentlich jemand, der die Dinge beim Namen nannte, aber das war, bevor er lernen musste, dass manches einfach zu schmerzhaft war, um ausgesprochen zu werden. »Connor will nicht glauben, dass seine Mutter gestorben ist. Er denkt immer noch, dass sie wieder zu ihm zurückkommt.«

Das hatte Barbara überzeugt. »Dann komme ich natürlich, Alex. Wie könnte ich da Nein sagen?«

Kapitel 21

MOLLY

Der dichte Nebel reflektierte das Scheinwerferlicht, als ich auf dem Bahnhofparkplatz herumfuhr. Schließlich fand ich einen freien Stellplatz, der so weit vom Haupteingang entfernt war, dass ich eine Pudelmütze aufsetzen und mir einen dicken Schal um den Hals wickeln musste, ehe ich ausstieg.

Nach einem Blick auf meine Armbanduhr ging ich schneller und betete, dass ich mir nicht in einem der im wabernden Nebel verborgenen Schlaglöcher den Knöchel verknackste. Ich fühlte mich wie eine Tänzerin auf einer Bühne mit Trockeneisnebel. Eine Illusion, die merkwürdigerweise anhielt, als ich den hell erleuchteten Bahnhof betrat, in dem über das Gemurmel der Menge hinweg melodische Klaviermusik zu hören war.

Es befanden sich weit mehr Menschen in der Halle, als ich so spät an einem Samstagnachmittag erwartet hatte. Ich bahnte mir einen Weg durch Leute, die in ihre Handys sprachen, und bekam Bruchstücke von genervten Gesprächen mit. Als ich schließlich vor der elektronischen Anzeigetafel stehen blieb, ergab das Chaos einen Sinn: *Alle Züge verspäten sich wegen Nebel.*

Irgendwo in der Nähe spielte weiterhin jemand Klavier, eine fröhliche Melodie, die mir irgendwoher bekannt vorkam, auch wenn sie meine Stimmung nicht hob. Mum war schon seit Wochen weg, und ich hatte mich wirklich darauf gefreut, sie heute wiederzusehen. Ich hatte sogar zum Hafen fahren wollen, in dem ihr Schiff anlegte, doch sie hatte den Vorschlag sofort abgeschmettert. »Du kannst doch nicht durch das halbe Land fahren!«, hatte sie gesagt. »Doch nicht bei deiner …« Und dann hatte sie fast verlegen gelacht. Alte Gewohnheiten lassen sich nur schwer ablegen, weshalb sie wohl vergessen hatte, dass ich nicht länger unfähig war, stundenlang Auto zu fahren, einen schweren Koffer zu tragen oder andere Dinge zu tun, die eine Frau in meinem Alter normalerweise tun konnte.

Die Menge begann sich auf die Imbisse und Cafés im Umkreis des Bahnhofs zuzubewegen, und ich ließ mich vom Strom mitziehen. Schade, dass ich kein Buch dabeihatte, aber die Klaviermusik war zumindest eine angenehme Ablenkung. Vor einem halben Jahr waren dem Bahnhof zwei Klaviere gespendet worden. Jeder konnte darauf spielen, und ich hatte bei mehreren Gelegenheiten gehört, wie sie mit dem »Flohwalzer« malträtiert wurden, aber auch ein paar konzertreife Darbietungen klassischer Musik. Der heutige Pianist war weit besser als die meisten, wenn auch offensichtlich kein Profi.

Ich summte leise mit – und wahrscheinlich ziemlich schief –, als der unsichtbare Klavierspieler mit dem nächsten Stück begann.

Ich hatte keine Ahnung, wann ich »Fly Me to the Moon« zuletzt gehört hatte, aber seit Connor mir das Bild geschenkt hatte, schien mir der Mond überall zu begegnen. Er war auf der letzten Postkarte meiner Mutter zu sehen gewesen, im Muster eines Schals, den ich auf der Straße fand, ja sogar an der Spitze der Podcast-Charts, als ich fürs Fitnessstudio nach etwas Interessantem zum Hören suchte. Darüber hinaus suchte der Mond jetzt auch noch meine Träume heim, die so lebhaft waren, dass sie mich aus dem Schlaf rissen. Ich war in der letzten Woche mehrmals verwirrt und desorientiert aufgewacht, woraufhin

Gedanken an Alex' Sohn mir im Kopf herumspukten. Konnte eine Obsession ansteckend sein? Es fühlte sich jedenfalls so an, als würde ich von etwas verfolgt, an das ich früher kaum mehr als einen flüchtigen Gedanken verschwendet hatte.

Die eindringliche Melodie füllte die Bahnhofshalle. Ich beging den Fehler, in der Menge abrupt stehen zu bleiben, sodass die Leute hinter mir wie Dominosteine aufeinanderprallten. Sie gingen gereizt fluchend um mich herum, als ich mich langsam in Richtung der Musik umdrehte. *Das ist nichts als Zufall*, sagte ich mir, während ich wie eine Schlafwandlerin auf das noch unsichtbare Piano zulief, obwohl die Wahrscheinlichkeit, dass jemand diesen speziellen Song spielte, ziemlich gering sein musste. Sie wurde sogar noch geringer, als ich durch eine Lücke in der Menge den ersten Blick auf das Klavier beziehungsweise den Menschen erhaschte, der davorsaß.

Er schlug zwei falsche Töne an, als er mich entdeckte, ehe er sich wieder fing. Ich blieb ein Stück entfernt von ihm stehen, starrte wie gebannt auf seine Finger, die geschickt über die Tasten flogen. Er spielte ohne Noten und wirkte, soweit ich das beurteilen konnte, völlig unbefangen. Komplett entspannt, als wäre das hier seine Komfortzone; ich dagegen war ganz durcheinander, weil ich ihn hier in dieser unerwarteten Umgebung sah.

Er sagte nichts, bis die letzten Akkorde verklungen waren, dann wandte er sich mir mit lässigem Lächeln zu und griff nach der Sonnenbrille, die er auf das Klavier gelegt hatte.

»Hallo, Molly.«

Mein Mund war seltsam trocken, sodass meine Stimme rau klang. »Hi, Mac.«

Geschmeidig glitt er vom Klavierhocker und lächelte die Person an, die geduldig gewartet hatte. Ich bereute sofort, dass ich mich für flache Stiefel statt für hochhackige Schuhe entschieden hatte. In Macs Gegenwart fühlte ich mich klein wie ein Kind, ein Gefühl, das ich in Gegenwart von anderen großen Bekannten nie hatte.

»Sie spielen also Klavier«, sagte ich überflüssigerweise.

»Stimmt«, bestätigte Mac. Er konnte sich ein Grinsen nicht verkneifen.

»Warum ausgerechnet das Lied, wenn ich fragen darf? Warum ›Fly Me to the Moon‹?«

Das Grinsen war wie weggewischt, und Macs dunkle Augenbrauen näherten sich einander an, als er die Stirn runzelte. Ich konnte es ihm nicht verdenken; selbst mir kam die Frage seltsam vor.

»Nur so. Ich hab einfach irgendwas gewählt, was mir in den Sinn kam. Wahrscheinlich hab ich es vor Kurzem im Radio gehört.«

»Sie spielen echt gut«, sagte ich und versuchte, einen Schauder zu unterdrücken, als er mir eine Hand auf den Rücken legte, um mich durch die Menge zu lotsen. Mac war überraschend berührungsfreudig. War das noch ein Überbleibsel aus der Zeit, in der er sein Augenlicht verloren hatte, oder war er schon immer so gewesen?

»Meine Mutter wäre dir für dieses Kompliment bestimmt dankbar. Sie war meine Klavierlehrerin, und ich war ihr widerstrebendster und unfähigster Schüler.« Er grinste und zuckte auf eine nonchalante Art mit den Schultern, dass er glatt zehn Jahre jünger wirkte.

»Warten Sie auf einen Zug?« Bald hatte ich so ziemlich jede dumme Frage gestellt, die man sich vorstellen konnte. Mac hatte die Gabe, Nervosität und Unbehagen in mir auszulösen, und ich kam mir in seiner Gegenwart wie der letzte Trampel vor.

»Nein, ich verreise nicht«, erwiderte er und schaute zur Ankunftsanzeige hinauf, auf der es immer noch keine Neuigkeiten gab. »Ich bin hier, um jemanden abzuholen, aber der Zug hat Verspätung.«

»Bei mir auch.«

Er schaute auf mich herunter, und ich konnte praktisch sehen, wie der Gedanke in ihm aufstieg. »Wie wär's, wenn wir irgendwo eine Tasse Kaffee trinken und uns gegenseitig beim Warten Gesellschaft leisten?«

Sag Nein. Sag, du hast noch etwas anderes vor. Halt Abstand, Molly Kendall. Deine Verbindung zu diesem Mann ist einfach zu seltsam.

»Ja, sehr gern.«

Das Café war proppenvoll und profitierte anscheinend von dem Verkehrschaos. Da kein Tisch mehr frei war, folgte ich Mac zur Theke, wo er unsere Bestellung aufgab. Er sah, wie ich nach meinem Portemonnaie suchte, und seine Augenbrauen hoben sich erneut.

»Ich lade dich ein.« *Man sollte die Rechnung immer teilen,* sagte Kyra gern. *Wenn das Date komplett in die Hose geht, braucht man sich nicht schuldig zu fühlen.* Aber das hier war kein Date, erinnerte ich mich. Nicht mal ansatzweise.

Mac beugte sich über die Theke und sprach so leise, dass ich ihn nicht verstand, und die Barista vervierfachte die Rechnung, obwohl wir nur zwei Flat Whites haben wollten. Sie dankte ihm lächelnd, und mir wurde klar, dass er für die Leute bezahlt hatte, die hereinkamen, aber kein Geld für ein Getränk hatten. Mir wurde warm ums Herz, und ich erkannte, dass Mac sympathischer war, als ich anfangs gedacht hatte. Ich hatte ein paar vorschnelle Urteile über ihn gefällt, aber ich war nicht zu stolz, um zuzugeben, dass die meisten davon sich als falsch herausstellten.

Er entdeckte eine Sitznische am Fenster, die gerade frei wurde, und wir eilten hinüber, um sie in Beschlag zu nehmen.

»Auf wen wartest du denn?«, fragte er, während er auf den Sitz mir gegenüber glitt.

»Auf meine Mutter«, antwortete ich. »Sie kommt heute von einer langen Kreuzfahrt zurück. Es ist seit Jahren der erste Urlaub, den sie sich gegönnt hat.« Merkte er mir das schlechte Gewissen an?

»Deine Krankheit war wohl eine große Belastung für sie.«

Ich nickte und verkniff mir eine Antwort, weil ich meiner Stimme nicht traute. Normalerweise widerstrebte es mir, über meine Krankheit zu reden, besonders mit Leuten, die ich kaum kannte. Aber Mac setzte sich über jede Schutzmauer, die ich um mich errichtet hatte, hinweg. Wegen unserer einzigartigen Verbindung, wegen Lisa, hatten wir wahrscheinlich zwischen zwei Fremden die intimste Beziehung der Welt.

»Bist du ein Einzelkind?«, fragte er.

»Ja. Es gibt nur noch Mum und mich. Wir … Wir haben vor ein paar Jahren meinen Vater verloren.« Wie vermutet war es noch zu früh, diese Worte auszusprechen, ohne dass meine Stimme brach.

Die Berührung seiner Finger auf meiner Hand kam so unerwartet, dass ich sie ihm fast entzogen hätte. Er strich über meine Fingerknöchel. *So, wie Blinde es tun*, dachte ich. *Sie berühren, was sie nicht sehen können*. Ich wusste das aus Filmen und aus dem Fernsehen. Jetzt *konnte* Mac zwar sehen, aber vielleicht fiel es ihm ja schwer, alte Gewohnheiten abzulegen?

»Tja, und ich warte auf jemanden, mit dem ich seit der Uni befreundet bin«, fuhr Mac fort, weil er merkte, dass ich einen Moment brauchte, um die Fassung wiederzugewinnen. »Andi bleibt für eine Weile bei mir. Wir haben uns zu acht ein Studentenhaus in Edinburgh geteilt, und fast alle sind nach dem Abschluss dortgeblieben.«

»Und du nicht?«

»Es gab hier bessere Berufsaussichten für mich, und damals hatte ich … Anhang.«

Er wollte nicht weiter über das Thema reden, dabei wurde es gerade richtig interessant, und es war nicht schwer zu erraten, dass er wegen einer Frau zurückgekommen war. Waren sie immer noch zusammen, oder war er jetzt Single? Die Frage brannte mir auf der Zunge, aber ausnahmsweise hörte ich auf die Stimme der Vernunft in meinem Kopf, die mich daran erinnerte, dass mich das nichts anging.

»Darf ich *dich* mal was fragen? Warum wolltest du vorhin unbedingt wissen, wieso ich das Lied gespielt hab?«

Es war nicht unbedingt eine Fangfrage, aber er hatte mich auf dem falschen Fuß erwischt. Wegen einer ungeschickten Bewegung verschüttete ich den Kaffee auf dem Tisch, als ich meine Tasse abstellte.

»O Gott, tut mir leid«, sagte ich und schnappte mir einen Stapel Servietten, um die braune Flut aufzuhalten, die auf ihn zufloss. Mac trug einen hellen Pullover, auf dem man Flecken deutlich hätte sehen können und der sich sicher als Kaschmirpullover entpuppt hätte, falls ich ihn ersetzen musste.

»Ich hole dir eine neue Tasse«, sagte er und sprang auf, ehe ich sagen konnte, dass das nicht nötig war.

Während er sich vor der Theke anstellte, wischte ich den Tisch ab und erblickte das Spiegelbild meines knallrot angelaufenen Gesichts im Fenster. Wie würde Mac reagieren, wenn ich ihm von den seltsamen Mond-Träumen und all den seltsamen Zufällen erzählte, die mir Angst machten? Vor meinem inneren Auge sah ich ihn höflich lächeln, ehe ihm plötzlich einfiel, dass er unbedingt noch etwas erledigen musste, und zwar *sofort*. Und wer hätte es ihm verübeln können? Nein, besser, ich behielt das für mich.

Ich nickte meinem Spiegelbild zu, und die Frau mit der unmodischen Pudelmütze nickte zurück. Ich schnappte peinlich berührt nach Luft und zog sie mir vom Kopf, entsetzt, dass ich sie noch aufhatte, nur um noch entsetzter festzustellen, dass sich darunter ein schrecklicher Fall von Hutfrisur verbarg.

Ich versuchte noch verzweifelt, meine Haare glatt zu streichen, als Mac mit zwei weiteren Tassen Kaffee und riesigen Muffins zurückkam.

»Ich schätze mal, du bist der Typ für eine Doppelportion Schokolade«, sagte er lächelnd und schob einen der beiden Teller zu mir.

Während ich in den Kuchen biss, fragte ich mich, ob er gemeint hatte, dass man mit Kurven wie meinen wohl zu nichts Kakaohaltigem Nein sagen konnte. Ich zuckte die Achseln und gestattete mir, jede einzelne Kalorie zu genießen. Meine Krankheit hatte mich gelehrt, dass das Leben zu kurz war, als dass man sich über solche Dinge den Kopf zerbrechen sollte.

»Gehst du zu der Feier am Freitagabend?«, fragte ich, als von meinem Muffin nur noch ein Haufen Krümel auf dem Teller übrig waren.

Er sah mich verständnislos an, und plötzlich hatte ich ein flaues Gefühl im Magen. *Bitte, sag nicht, dass Alex dich nicht eingeladen hat*, betete ich stumm. Das wäre mehr als peinlich und ziemlich link von Alex gewesen, von dem ich – aus Gründen, die zu kompliziert waren, um sie zu ergründen – nichts Schlechtes denken wollte.

»Welche Feier meinst du?«

»Äh … die Bonfire-Night-Party von Alex' Bruder.«

Erleichtert sah ich, dass ihm ein Licht aufzugehen schien. Er wusste also doch, wovon ich sprach.

»Ach ja. Alex hat's mir neulich in einer E-Mail geschrieben.« Er verzog vielsagend die Lippen. »Um ehrlich zu sein, weiß ich nicht, ob das eine so gute Idee ist.«

»Du glaubst, wir sollten uns lieber nicht noch mal mit ihm treffen?«

Mac schaute mich unverwandt an.

»Und du?«

Ich wand mich innerlich, wich seinem Blick jedoch nicht aus. »Ich glaube, dass Alex und Connor sehr leiden und dass es ihnen vielleicht helfen könnte, wenn sie uns sehen.«

»Oder es macht es schwerer für sie«, gab Mac zurück.

Das war mir natürlich auch durch den Kopf gegangen. »Vielleicht versucht er, einen Sinn in Lisas Tod zu finden. Und vielleicht sind *wir* ja dieser Sinn.«

Mac schauderte. »Gott, ich hoffe nicht.«

Bevor die Unterhaltung noch düsterer werden konnte, vibrierte Macs Handy, das auf dem Tisch lag. Ich glaubte, Erleichterung in seinen Augen zu sehen, als er die Nachricht las. »Ah. Der Zug kommt gleich an.«

Mein eigenes Handy meldete ebenfalls eine ähnliche Nachricht von meiner Mutter.

Jemand anders spielte jetzt Klavier, als wir in die Haupthalle zurückgingen. Für mein Empfinden hatte er nicht annähernd so viel Talent wie der große Mann an meiner Seite.

»Machst du so was oft?«, fragte ich ihn und deutete mit dem Kinn in Richtung Klavier. »Improvisierte Konzerte in der Öffentlichkeit geben?«

Er lachte, und ich war froh, dass die Anspannung sich verflüchtigt zu haben schien. »Klavierspielen ist etwas, was ich erst kürzlich wiederentdeckt habe. Jahrelang hatte ich nicht mal ein Klavier, und …«

»Es hat dir gefehlt?«, vermutete ich.

Er schüttelte den Kopf, und Bedauern lag in seinem Lächeln. »Das war eins der wenigen Dinge, die ich noch tun konnte, als mein Sehvermögen schlechter wurde. Ein paar der besten Pianisten der Welt sind blind, weißt du?«

Es hatte amüsant oder vielleicht selbstironisch klingen sollen – aber es klang auch unglaublich traurig. Einen Moment lang sah ich ihn nicht als den erfolgreichen Mann, als den ihn der Rest der Welt vermutlich betrachtete, sondern als jemanden, der eine neue Chance bekommen hatte. Es spielte keine Rolle, wie sehr wir dagegen ankämpften: Lisa und unsere jeweilige Krankheit waren wie ein elastisches Band, das uns immer an einen Ort und in eine Zeit zurückziehen würde, die wir nie ganz hinter uns lassen würden.

Macs Größe war in einer Menschenmenge natürlich von Vorteil, sodass er seinen Freund über die Köpfe der Pendler hinweg erspähte und ihm zuwinkte. Sein Gesicht strahlte vor Freude, und einen verrückten Moment lang fragte ich mich, wie es sich anfühlen würde, wenn ich der Grund dafür wäre.

»Danke, dass du mir beim Warten Gesellschaft geleistet hast«, sagte er herzlich.

Bemüht, einen weiteren peinlichen Küssen-oder-nicht-küssen-Moment zu vermeiden, ergriff ich die Initiative und hielt ihm die rechte Hand hin. »Danke für den Kaffee und den Muffin«, erwiderte ich.

»War mir ein Vergnügen«, sagte er, und seine Augenwinkel kräuselten sich, als er lächelte und meine Hand in seine nahm.

Es gibt vermutlich Bücher über Etikette, in denen steht, wie lange ein Händedruck schicklicherweise dauern darf, aber dieser übertraf jede akzeptable Länge. Mac schaute mir in die Augen, und ich sah, wie die Amüsiertheit verflog und Verwirrung Platz machte. Rückblickend wäre ein Kuss auf die Wange weniger verstörend gewesen.

Wir ließen so zögernd los, als würden wir aus einer Trance erwachen.

»Ich muss gehen«, sagte er.

»Ich auch.«

Aber keiner von uns rührte sich.

»Mach's gut, Molly Kendall«, sagte er, und weil er meinen Nachnamen verwendete, klang es endgültiger als ein beiläufiger Abschied.

»Mach's gut, Mac«, erwiderte ich, aber er war schon in der Menge der Leute verschwunden, die mich anrempelten, weil ich reglos inmitten der Bahnhofshalle stand und zu begreifen versuchte, was gerade passiert war.

Kapitel 22

ALEX

Man kriegt ja nicht besonders viel für sein Geld.«

Alex war gerade damit beschäftigt, auf dem Rasen das Holz für das Lagerfeuer aufzuschichten, und richtete sich auf. »Das sagst du jedes Jahr.«

»Ach ja?« Todd schaute noch einmal in den Karton mit den Feuerwerkskörpern, den er in den Armen hielt, und machte dabei ein Gesicht, als habe er das Gefühl, man hätte ihn übers Ohr gehauen.

»Ich hab noch ein paar Packungen Wunderkerzen im Wagen. Die mögen die Kinder sowieso am liebsten.«

Da leuchtete eine Erinnerung vor Alex' innerem Auge auf wie eine Wunderkerze. Vor einem Jahr noch hatten Lisa und Connor an genau dieser Stelle gestanden, dick eingemummelt wie Polarforscher, und mit Wunderkerzen Bilder in die kalte Nachtluft gemalt. Während Connor hektisch versucht hatte, den letzten Buchstaben seines Namens zu schreiben, bevor der erste schon wieder verschwunden war, hatte Lisa über das Lagerfeuer hinweg Alex' Blick gesucht und eine Botschaft für ihn in die Luft gekritzelt: I ♥ U.

»Ich liebe dich auch, Schatz«, flüsterte Alex der Erinnerung zu.

»Wie? Hast du was gesagt?«, fragte Todd, der inzwischen die Feuerwerkskörper in einen schweren Werkzeugkasten aus Metall umfüllte.

»Nein, nichts.« Alex klopfte sich ein paar Rindenstückchen von den Händen und ging zu seinem Bruder.

Die Sicherheit beim Umgang mit Feuerwerk nahm Todd sehr ernst, aber Lisa war immer diejenige gewesen, die auf den Sandsäcken, den Wassereimern und dem Erste-Hilfe-Kasten bestanden hatte. Es war übertrieben, und Todd hatte sie jedes Jahr damit aufgezogen. Aber als Alex vorhin in den Garten gegangen war, um alles vorzubereiten, war er völlig verblüfft stehen geblieben. Unter dem Tisch, auf dem später die Feuerwerkskörper liegen würden, war eine ganze Reihe Eimer säuberlich nebeneinander aufgereiht, einige mit Sand, andere mit Wasser. Das war Todds leise Art, Lisa Respekt zu zollen und ohne Worte zu sagen, dass er sie vermisste und dass sie immer noch dazugehörte. Es hatte eine Weile gedauert, bis Alex' Augen nicht mehr feucht waren.

»Ich frag Connor mal, ob er mir beim Aufschichten helfen will. Welches Kind spielt nicht gern mit Feuer?«

Sein Kind war offenbar die Ausnahme. Er fand Connor in der Küche am Esstisch, wieder einmal über ein Bild gebeugt. Alex wechselte einen vielsagenden Blick mit Dee, die mit fragwürdiger Unterstützung von Maisie gerade Servierteller mit Snacks für die Feier vorbereitete.

»Ich hab ihn gefragt, ob er mithelfen will«, sagte Dee tonlos über den Kopf ihrer Tochter hinweg und zuckte ratlos mit den Achseln.

Alex nickte, um zu zeigen, dass er verstanden hatte, ging zu seinem Sohn und legte ihm die Hand auf die Schulter. Connor fühlte sich so zerbrechlich an wie ein krankes Vögelchen.

»Na, Großer, was machst du denn da?«, fragte Alex in einem aufgesetzt fröhlichen Ton, den er irgendwie immer anschlug, wenn er mit Connor sprach.

Dieser hob den Kopf und strich sich geistesabwesend mit der farbverschmierten Hand die Haare aus der Stirn. Lisa hätte ihn schon längst zum Friseur geschickt. Anscheinend scheiterte Alex schon an den einfachsten elterlichen Pflichten.

»Malen«, antwortete Connor. Sein Sohn kommunizierte jetzt am liebsten in Einwortsätzen. Alex hätte alles dafür getan, den redseligen kleinen Jungen von früher zurückzubekommen, hatte jedoch keine Ahnung, wie er das bewerkstelligen sollte.

»Hast du Lust, mir dabei zu helfen, das übrige Holz fürs Lagerfeuer aufzuschichten?«

Zwei große Augen, die ihn schmerzhaft an Lisas erinnerten, schauten für einen langen Augenblick zu ihm hoch. »Nein danke«, antwortete Connor höflich. »Ich möchte lieber das Bild fertig malen.«

Das Lächeln, das Alex sich abrang, fühlte sich völlig falsch an. »Oh, okay. Na, dann vielleicht später.«

Connor hatte sich bereits wieder über sein Blatt gebeugt.

»Ihr zwei freut euch sicher schon auf das Feuerwerk heute Abend?«, versuchte Alex es noch einmal.

Maisie quietschte ein begeistertes »Ja« und klatschte vor Freude sogar in die Hände, aber Connor blickte seinen Vater nur traurig an.

Alex war schon fast wieder durch die Hintertür verschwunden, als Connor völlig überraschend einen längeren Satz von sich gab. »Mummy sagt, das Schlimmste an Bonfire Night ist, dass man wegen dem Feuerwerk die Sterne nicht richtig sehen kann.«

Alex steckte diesen Tiefschlag ein und versuchte sich zu entsinnen, ob er das Lisa jemals hatte sagen hören. Vielleicht. Es klang auf jeden Fall nach ihr.

»Du kannst dich daran erinnern, dass sie das mal erzählt hat?«, fragte er und hoffte, dass es überzeugend beiläufig klang.

»Sie hat es mir heute gesagt«, antwortete Connor.

Im anderen Teil der Küche tat eine ziemlich erschrocken wirkende Dee so, als habe sie nichts gehört. Alex überlegte, was die Trauerbegleiterin ihm für solch eine Situation geraten hätte, aber sein Kopf war wie leer gefegt.

»Ach, wirklich?«, war das Beste, was ihm einfiel.

»Ja«, antwortete Connor und klang plötzlich deutlich weniger sicher, als er merkte, dass beide Erwachsenen ihn intensiv anschauten. »Sie … Sie hat es mir gesagt, als ich mit ihr telefoniert hab.« Am Schluss dieses Satzes hörte er sich an wie ein Kind, das sich bewusst war, bei einer Lüge ertappt worden zu sein.

Alex warf einen Blick auf Lisas altes iPhone, das zwischen den Bunt- und Filzstiften in Connors Stiftemäppchen lag. Wenn sein Sohn das brauchte, wenn das seine Art war, damit umzugehen, dann hätte sich Alex lieber die Zunge abgebissen, als seinem trauernden Kind zu erklären, er glaube ihm nicht.

»Na, wenn Mum das gesagt hat, dann wird sie sicher recht haben«, erwiderte er ernst. »Sie kennt sich mit solchen Dingen aus.«

Alex war sich voll und ganz bewusst, die falsche Zeitform verwendet zu haben. Und das mit Absicht. Für den Bruchteil einer Sekunde meinte er, in Connors Gesicht eine Regung zu erkennen. Obwohl sie nur flüchtig war, machte sie ihm Hoffnung, dass sie beide eines Tages wieder zueinanderfinden würden. Sie brauchten einfach nur Zeit.

»Ich hoffe sehr, die schmecken besser, als sie aussehen«, hatte Barbara nervös gesagt, als sie die Abdeckung von der Kuchenform nahm, die sie während der ganzen Taxifahrt auf dem Schoß gehalten hatte. »Ich weiß nicht, wie das mit der Verzierung passiert ist, die Farbe ist irgendwie merkwürdig geworden.«

Mit ihrem besten Pokerface beäugten Alex, Todd und Dee das Gastgeschenk. »Die sehen absolut köstlich aus«, log Alex und vermied es absichtlich, jemandem in die Augen zu schauen, sondern betrachtete stattdessen eingehend die eindeutig grau verzierten Butterfly Cakes.

»Das ist wirklich reizend von Ihnen, Alex, aber ich glaube, mein Archie hätte dazu ›Pferdekacke‹ gesagt.«

Einen Moment lang herrschte völlige Stille, und die drei Gastgeber fragten sich, ob sie gerade richtig gehört hatten. Endlich brach Barbaras nervöses Lachen das Schweigen. Alex fiel ein, gefolgt von seinem Bruder. Er fing Todds Blick auf, der ihm verriet: *Okay, die Frau mag ich, und ich verstehe auch, warum du sie magst.*

»Ich hoffe, die Kleinen haben das nicht gehört«, entschuldigte sich Barbara.

Alex tätschelte ihr beruhigend die Hand.

Wie auf Kommando kam Maisie in die Küche gelaufen, Connor im Schlepptau. »Ooh, Kuchen!«, rief sie, kletterte auf einen der hohen Hocker und begutachtete die Cakes genauer. »Das obendrauf sieht aus wie kleine Motten.«

Diesmal errötete Dee und entschuldigte sich bei ihrem Gast für die Bemerkung ihrer Tochter.

In all dem Trubel war Alex der Einzige, der hörte, wie Connor leise sagte: »Mummy mag keine Motten.«

Molly und Jamie trafen kurz hintereinander ein, und Alex, der während der letzten zwanzig Minuten immer wieder auf seine Uhr geschaut hatte, spürte, wie sein Magen sich langsam entkrampfte.

Jamie trug zwei Sixpacks unter den Armen, die er Alex etwas zögernd überreichte. »Ich wusste nicht, was ich mitbringen sollte. Ich hatte null Plan, was für eine Party das wird.«

Wahrscheinlich keine, zu der jemand in deinem Alter normalerweise geht, dachte Alex und klopfte dem jungen Mann zur Begrüßung kräftig auf die Schulter. Dabei hatte Jamie über die Einladung aufrichtig erfreut gewirkt. Alex versuchte, sich vorzustellen, er selbst hätte als Zwanzigjähriger vor der Wahl gestanden, einen Samstagabend mit einem Haufen Unbekannter zu verbringen, die weit älter waren als er, anstatt mit seinen Kumpels abzuhängen, aber es gelang ihm nicht. Allerdings hatte Alex mit zwanzig auch nicht die einschneidenden Erfahrungen gemacht, die Jamie hinter sich hatte. Sie mussten ihre Spuren hinterlassen haben. So viel verband sie alle miteinander, dass er seinen Gästen jetzt das Du anbot.

Hätte Alex noch irgendwelche Zweifel gehegt, ob es richtig gewesen war, diese Menschen zu der Feier bei Todd und Dee einzuladen, wären sie spätestens in dem Augenblick verflogen, als Connor Molly entdeckte. Connors Gesicht hellte sich sofort auf, und er schoss wie eine kleine Rakete durch die Küche auf sie zu. Molly unterhielt sich gerade mit Dee, aber als Connors kleine Hand nach ihrer griff und er zu ihr hochschaute, verstummte sie. Dee wirkte überrascht.

»Ach, hallo, Connor«, sagte Molly freundlich.

Alex konnte nicht fassen, wie sich Connors Gesichtsausdruck verändert hatte. So lebendig, mehr noch, so begeistert hatte er seinen Sohn schon lange nicht mehr erlebt.

»Und, welche Feuerwerkskörper magst du am liebsten?«, fragte Molly und ließ sich vor ihm nieder. »Ich mochte immer die Feuerräder.«

Connor schien ernsthaft nachzudenken, bevor er mit Bestimmtheit antwortete: »Raketen. Weil die bis zu den Sternen hochfliegen.«

Ehe Molly etwas erwidern konnte, brachte der Junge nicht nur sie, sondern den ganzen Raum zum Schweigen, als er in ernstem Ton fortfuhr: »Da oben wartet meine Mummy, bis es so weit ist, dass sie zu mir zurückkommt.«

Molly kam aus der Hocke hoch, ließ aber eine Hand auf Connors Schulter liegen, so als gehöre sie selbstverständlich dort hin. Ihre Augen begegneten denen von Alex, der plötzlich einen Kloß im Hals spürte. Die anderen Anwesenden wechselten besorgte Blicke, im Raum herrschte peinliche Stille. Überraschenderweise war es Jamie, der den Moment rettete, denn er hatte an der Küchenwand etwas entdeckt, das er sich näher ansehen wollte.

»Wer ist denn hier der Musiker?«, fragte er und ging zu der glänzenden E-Gitarre, um sie genauer zu betrachten.

»Todd«, erwiderte Alex.

»In meiner Unizeit war ich in einer Band«, erklärte Todd mit sichtlichem Stolz.

Dee und Alex wechselten einen Blick, der zu sagen schien: *Jetzt bloß nicht lachen!*

Todd nahm die Gitarre aus der Wandhalterung und reichte sie Jamie. »Spielst du?«

Jamie schüttelte den Kopf. »Nicht wirklich. Aber ich hab mir während meiner Zeit als Roadie ein paar Akkorde abgeschaut.«

Diesmal blickten sich Todd und Alex an. Für jemanden mit Jamies schmächtiger Statur war das eine eher ungewöhnliche Berufswahl. Die wenigen Roadies, die Alex kannte, waren gebaut wie Schränke.

»Das muss eine interessante Arbeit gewesen sein«, sagte Dee, die weniger Zweifel an der Sache hatte als ihr Ehemann oder ihr Schwager. »Hast du auch mit echten Stars zusammengearbeitet?«

Erst als Jamie ganz beiläufig Coldplay und Muse erwähnte, für die er angeblich als Roadie tätig gewesen war, ahnte auch sie, dass da etwas faul war. Jamie bemerkte offenbar nicht, dass ihm das niemand abnahm, und erzählte unbefangen von Ereignissen, die sich nach Alex' Überzeugung ziemlich sicher so nie abgespielt hatten. Aber er mochte Jamie nicht vorwerfen, dass der sein eigenes Leben etwas ausschmückte. Wenn man so lange in einem Krankenhausbett zugebracht und auf eine Transplantation gewartet hatte, die man vielleicht doch nie bekommen würde, dann hatte man das Recht, mit der Wahrheit etwas kreativer umzugehen.

Alex fing Mollys Blick auf, der ihn so an Lisa erinnerte, dass einen Moment lang alles um ihn herum zu verschwimmen schien und er nicht die hübsche junge Lehrerin sah, sondern eine größere, blonde Frau mit lebhaften blauen Augen. Ihm wurde plötzlich übel, und er hatte das Bedürfnis nach frischer Luft.

»Ich glaub, ich geh mal raus und zünde das Lagerfeuer an«, sagte er, stand auf und war bereits auf dem Weg zur Glasschiebetür, die auf die Terrasse führte.

Dee fing ihn ab und legte ihm die Hand auf den Arm, als er seine Wachsjacke überzog. »Soll ich noch ein bisschen warten, bis ich das Essen in den Ofen schiebe? Mac ist ja noch nicht hier.«

Aus den Augenwinkeln meinte Alex zu sehen, dass Molly den Kopf hob, gleich einem Reh im Wald. In seinem ohnehin schon flauen Magen regte sich ein bitteres Gefühl, das verdächtig an Eifersucht erinnerte. »Nein. Du brauchst nicht zu warten. Er war sich nicht sicher, ob er sich heute Abend freischaufeln kann.« Alex zuckte mit den Schultern. »Was vielleicht eine Ausrede war, vielleicht aber auch nicht. Wer weiß?«

Es kostete ihn einiges an Selbstbeherrschung, sich nicht umzudrehen und zu schauen, welche Wirkung seine Antwort auf Molly haben mochte. Aber irgendwie schaffte er es, der Versuchung zu widerstehen.

Das Lagerfeuer fing an zu knistern, und winzige Rauchfäden kräuselten sich zwischen den Zweigen und Ästen hervor, die er am Nachmittag sorgsam aufgeschichtet hatte. Als das Feuer voll entfacht war, trat Alex einen Schritt zurück und stellte sich neben Todd, der die Feuerwerkskörper in der Metallkiste betrachtete.

»Ich will nicht, dass du das in den falschen Hals kriegst …«, hob Todd an.

Alex hatte bis eben mit der Streichholzschachtel herumgespielt, hielt aber jetzt inne. Warum begannen die Leute immer mit so einer Einleitung, wenn sie doch wussten, dass das, was dann folgen sollte, den anderen verärgern würde?

»Wenn ich einer deiner Gäste wäre, würdest du mir heute Abend eine Heidenangst einjagen.«

»Was willst du damit sagen?«

»Du schaust sie ständig an«, erklärte Todd mit schmalen Lippen, die Missbilligung verrieten.

Gereizt presste Alex die Kiefer aufeinander. Eine Reaktion, die nur Todd bei ihm hervorrief. »Soll man nicht die Leute anschauen, wenn man mit ihnen spricht?«

Todd seufzte schwer. »Es ist die Art, *wie* du sie anschaust.« Alex guckte verständnislos drein.

»Vielleicht merkst du es ja nicht mal. Aber du machst irgendwie so was hier …« Er starrte Alex eindringlich mit aufgerissenen Augen an.

Sein Bruder trat instinktiv einen Schritt zurück und prustete vor Lachen. »Also, wenn das dein Gesicht beim Sex ist, hat Dee mein Mitgefühl.«

Da Todd das offenbar nicht ansatzweise komisch fand, wurde Alex klar, dass sie binnen Sekunden bei »todernst« angelangt waren.

»Das war kein Scherz.«

Alex schüttelte den Kopf. In diesem Punkt würden sie nie einer Meinung sein. »Ich weiß. Aber ich bin nicht sicher, was du mir gerade sagen willst. Ich mag diese Leute wirklich gern. Sie sind für mich inzwischen wie Freunde.«

Todd schaute in die Feuerwerkskiste. »Beantworte mir nur diese Frage: Bevor das mit Lisa passiert ist, hättest du dir jemals vorstellen können, der beste Kumpel von einer kleinen alten Dame zu werden oder von einem jungen Tagträumer mit Walter-Mitty-Komplex oder von einem Architekten, der ganz groß im Geschäft ist?«

Er schaute Alex unverwandt an. Das Schweigen schien nicht enden zu wollen. Schließlich ergriff Alex das Wort.

»Eine Person hast du vergessen.«

Das ernste Lächeln seines Bruders verriet ihm, dass es Absicht gewesen war.

»Ja, hab ich. Und wir beide wissen auch, wieso. Weil sie diejenige ist, um die es bei alldem hier wirklich geht, hab ich recht?«

Kapitel 23

MOLLY

Das hier ist nicht seltsam. Wirklich kein bisschen seltsam. Es schien keine Rolle zu spielen, wie oft ich mich selbst davon zu überzeugen versuchte. Hier ging definitiv etwas Merkwürdiges vor, und ich hatte keine Ahnung, was ich dagegen unternehmen sollte. Außerdem wusste ich nicht genau, ob ich überhaupt etwas dagegen unternehmen *wollte*.

Als ich auf Todds und Dees Rasen stand und so tat, als würde ich das Feuerwerk bewundern, wirbelten meine Gedanken durcheinander wie die Leuchtfunken am Himmel. Manchmal spürte ich, wie eine kleine behandschuhte Hand meine drückte, als wollte Connor sich vergewissern, dass ich noch da war. Er war mir den ganzen Abend kaum von der Seite gewichen, was ungemein schmeichelhaft und gleichzeitig etwas beunruhigend war.

Ich kannte mich mit kleinen Kindern aus – hoffte ich zumindest. Als Grundschullehrerin bot ich ihnen einen Schoß, auf den sie klettern, und eine Hand, die sie halten konnten, und war schon so oft versehentlich mit »Mummy« angesprochen worden, dass es mir nicht einmal mehr merkwürdig vorkam. Und doch empfand ich bei diesem Kind, Connor, anders.

Die biologische Uhr tickt bei kinderlosen Grundschullehrerinnen vielleicht etwas langsamer. Ich für meinen Teil hatte bisher nie das brennende Bedürfnis verspürt, selbst ein Kind zu bekommen; das war etwas, worum sich mein zukünftiges Ich eines Tages kümmern würde. Und dann sah es für einige Zeit so aus, als ob mein zukünftiges Ich nicht lange genug da sein würde, um diese Entscheidung zu fällen, und der Gedanke an eigene Kinder verblasste. Aber plötzlich hatte sich das geändert. Heute verspürte ich ein fast körperliches Ziehen, wenn ich Connor ansah.

Ich knabberte an meiner Lippe, und mein Körper fühlte sich in der kalten Novemberluft taub an, als ich mich zwang, zuzugeben, dass ich mich von Connors Vater angezogen fühlte, was auf mehr als einer Ebene falsch war. Aber nichts davon erklärte, warum ich mich zu jeder einzelnen der Personen, die sich um dieses Feuer im Garten eines Wildfremden versammelt hatten, hingezogen fühlte. Ich sagte mir immer wieder, dass es bei Barbara und Jamie die Dinge waren, die wir gemeinsam hatten – unsere Krankheiten und Operationen –, die dazu führten, dass sie mir wie langjährige Freunde vorkamen. Aber ich konnte mich immer weniger davon überzeugen, dass das der einzige Grund war.

Das Ganze hätte mir unglaubliche Angst einjagen und mich dazu bringen sollen, mich von alldem so weit wie möglich fernzuhalten. Und doch wusste ich, dass ich das nicht wollte. Allerdings hatte ich keine Ahnung, warum nicht.

Alex und Todd arbeiteten harmonisch zusammen, ohne Anzeichen von der Anspannung, die ich zwischen ihnen wahrgenommen hatte, als wir aus der Küche in den Garten gegangen waren, um das Feuerwerk anzusehen. Todd las die Anweisungen im Licht der Taschenlampe, und Alex setzte sie um. Papierlunten wurden mit äußerster Vorsicht angezündet, was jedoch nicht verhinderte, dass mein Herz zu rasen anfing, als ich Lisas Ehemann vor dem Hintergrund des flackernden Feuers beobachtete. Am liebsten hätte ich ihm zugerufen, er solle vorsichtig sein, und musste die Lippen aufeinanderpressen, damit mir die Worte nicht aus Versehen entschlüpften. Es sah mir gar nicht ähnlich, so ängstlich zu sein. Vielleicht war die Nervosität ansteckend, oder vielleicht drehte ich allmählich durch, denn der eindringliche Blick, den ich in seinen Augen gesehen hatte, als ich Connors Wunderkerze anzündete, ließ mir die Haare im Nacken zu Berge stehen. War es nur die Wachsamkeit eines besorgten Vaters, als ich Connors Arm festhielt, der die Wunderkerze herumschwenkte, oder war es noch etwas anderes?

Als die letzte Rakete am Nachthimmel verglühte, lotste Dee alle wieder zurück in die Küche. Backbleche mit heißen Würstchen wurden aus dem Ofen geholt, und mir lief das Wasser im Mund zusammen, als ich meine Jacke auf den Haufen zu den anderen warf, die sich schon auf einem Tisch stapelten.

Mir gefiel, wie wenig förmlich und lässig die Feier war und dass sich niemand um prosaische Dinge wie Besteck und Servietten scherte oder darum, sich zum Essen hinzusetzen. Todd hob Maisie und Connor auf die Arbeitsfläche der Küche, und zum ersten Mal schien Connor sich wieder eher wie ein Siebenjähriger zu verhalten als wie ein kleiner alter Mann, der im Körper eines Kindes gefangen war. Sein Blick wanderte zwischen dem Nachthimmel, der durch die offene Terrassentür zu sehen war, und mir hin und her. Ich sagte mir, sein Interesse sei nur Faszination für jemand Neues – eine ebenso wahrscheinliche Erklärung wie jede andere, mit der ich mich selbst belog.

Alex machte mit einer Flasche Merlot die Runde. Ich trank nur noch selten Alkohol, aber unversehens wurde das »Nein«, das mir schon auf der Zunge lag, zu einem »Ja«. Ich spürte, wie Röte meine Wangen überzog, als er meine Hand stützte, in der ich das Glas hielt, bevor er es mit weit mehr Wein füllte, als ein Barkeeper es je tun würde. Ich dankte ihm lächelnd.

»Hat dir das Feuerwerk gefallen?«, fragte er.

»Ja, sehr. Ich finde den ganzen Abend sehr …« Es war laut in der Küche, und um uns herum fanden mehrere Unterhaltungen statt. Jamie lachte schallend über etwas, was Todd gerade erzählt hatte, während Dee aussah, als würde sie es bereuen, Barbara nach ihrer Katzenfamilie gefragt zu haben. Alex trat einen Schritt näher an mich heran, um besser zu verstehen, was ich sagte – leider, denn seine Nähe brachte meine Gedanken so durcheinander, dass ich meinen Satz unvollendet ließ.

Er wartete, und mit jeder verstreichenden Sekunde schlug mein Herz schneller. *Es erkennt ihn. Es weiß, wie es ist, ihm so nah zu sein.* Ich versuchte, die lächerliche Vorstellung abzuschütteln, aber es war unmöglich.

»Schön. Sehr schön«, sagte ich schließlich schwach.

Ein wenig schmeichelhafter, erleichterter Ausdruck huschte über sein Gesicht, als er sich von mir entfernte. Du liebes bisschen, war ich schon so eingerostet in diesen Dingen, dass ich das andere Geschlecht komplett vergraulte? Aus unerfindlichen Gründen kam Mac mir in den Sinn. Ich schaute zur Tür hinüber, was albern war, weil es mittlerweile mehr als offensichtlich war, dass er nicht mehr kommen würde. Aber vielleicht hatte er recht gehabt, und wir begingen tatsächlich einen schweren Fehler, indem wir uns weiterhin trafen.

Ich war abgelenkt, meine Gedanken waren zerstreut, was ich später als Ausrede für das benutzen würde, was als Nächstes geschah. Ich sah die flatternde Motte erst im letzten Moment. Sie flog, zweifellos angezogen von der großen, altmodischen Glühbirne der Lampe neben mir, direkt auf mich zu. In Sekunden mutierte ich vom leicht verwirrten Partygast zur durchgeknallten Irren, als das riesige Insekt mit den silbrigen Flügeln auf meinem Arm landete.

Es war eine extrem große Motte, aber das war keine Entschuldigung für meine Überreaktion. Ich kreischte – vielleicht zum ersten Mal in meinem Leben –, und was noch schlimmer war, ich warf die Arme hoch, als müsste ich mich vor der armen, wehrlosen Motte schützen. Ein Schwall Merlot spritzte durch die Luft wie ein roter Wasserfall. Das meiste davon landete zum Glück auf mir und nicht auf dem eierschalenfarbenen Sofa, auf dem ich saß.

Natürlich drehten sich nach meinem Aufschrei alle zu mir um. Die Teile meines Körpers, die nicht bereits mit Wein bekleckert waren, liefen vor Scham rot an.

»Was zum …?«, begann Alex, und sein Mund bildete ein O der Überraschung. Aus irgendeinem Grund hatte die Motte beschlossen, dass es am sichersten war, auf meinem Arm sitzen zu bleiben, denn als ich ihn senkte, saß sie immer noch da.

»Ganz ruhig, nicht in Panik geraten«, sagte Alex, als er langsam mit ausgestreckter Hand auf mich zukam.

Doch bevor er mich erreichte, legte ich die freie Hand über die Motte und ging zur Terrassentür. Als ich draußen war, weit weg von all dem künstlichen Licht, schüttelte ich den Arm und entließ sie in die Nacht.

»Tut mir schrecklich leid, dass ich so eine Schweinerei angerichtet habe«, sagte ich, als ich in die Küche zurückkam.

Dort starrte mich eine Reihe unergründlicher Gesichter an.

»Das war der King Kong unter den Motten«, verkündete Jamie. »So eine große hab ich seit meiner Rucksacktour durch Australien nicht mehr gesehen.«

Es schien nicht der richtige Moment zu sein, um ihn daran zu erinnern, dass er früher an diesem Abend zugegeben hatte, noch nie in Down Under gewesen zu sein.

»Wo ist denn bitte ein Lappen, mit dem ich das hier aufwischen kann?«, fragte ich und deutete auf die große Weinpfütze auf dem Boden.

Schließlich kam wieder Leben in die Umstehenden, als würden sie gleichzeitig aus einer Hypnose erwachen.

»Ich hole den Wischmopp«, sagte Todd und ging zu einem hohen Küchenschrank.

Alex riss sich von meinem Anblick los und trat zu Connor, dessen Gesicht ein paar Schattierungen blasser war als sonst.

Dee schüttelte den Kopf, wie um sich von den Gedanken zu befreien, die sie vorübergehend gelähmt hatten. »O nein! Dein schönes Oberteil.«

Erst jetzt schaute ich auf das weiße Stretch-Shirt mit Spitze hinunter, dass ich zu einer dunklen Skinny Jeans trug. Ein Blick auf die roten Flecken verriet mir, dass ich es vermutlich zum letzten Mal anhatte.

»Komm mit nach oben, wir finden bestimmt was zum Anziehen für dich«, sagte Dee, nahm meinen Arm und führte mich in den Flur. »Wir müssten ungefähr die gleiche Größe haben.«

Kann dieser Abend noch seltsamer werden?, fragte ich mich, als ich im Schlafzimmer meiner Gastgeber stand, während sie in den Schubladen einer Kommode wühlte. Etwas zu finden würde vermutlich schwieriger werden, als sie dachte, weil ich ein paar Körbchengrößen mehr hatte als sie.

»Wenn du das fleckige Shirt ausziehst, kann ich es gleich einweichen«, bot sie freundlicherweise an, ohne mein Widerstreben, mich vor ihr umzuziehen, zu bemerken. Sie wartete mit ausgestreckter Hand, und die Stille wurde mit jeder verstreichenden Sekunde unangenehmer. Das war der Grund, warum ich öffentliche Umkleiden in Kaufhäusern mied und auch im Fitnessstudio direkt auf die Kabinen mit Vorhang zusteuerte. Aber Dee ahnte von alldem nichts, und wenn ich sie nicht bitten wollte, sich umzudrehen – schon der Gedanke daran war mir unerträglich –, dann musste ich handeln.

Ich zog mir also das mit Weinflecken übersäte Oberteil über den Kopf.

Ihr leises Nach-Luft-Schnappen enthielt eine Vielzahl von Emotionen. Reue und Schock waren vermutlich die vorherrschenden. Zu spät hatte sie begriffen, was mein Zögern bedeutete. Sie starrte die lange vertikale Linie auf meiner Brust an, unter der das Herz ihrer verstorbenen Schwägerin hämmerte, als wäre ich beim Indoorcycling.

»Oh, mein Gott, Molly, es tut mir so leid. Das war wirklich unsensibel von mir.«

»Ist schon gut«, murmelte ich, froh, dass sie und Todd sich für eine gedämpfte Schlafzimmerbeleuchtung entschieden hatten.

»Ich hätte es früher kapieren sollen. Unglaublich, dass ich nicht daran gedacht habe.«

Ich nahm eins der Oberteile, die sie für mich auf dem Bett ausgebreitet hatte, und legte es sofort wieder weg, als ich den tiefen Ausschnitt sah.

»Äh … hast du vielleicht irgendwas, was nicht ganz so tief ausgeschnitten ist?«, fragte ich verlegen.

Diesmal lief sie rot an. »Himmel, ich bin so eine Idiotin. Tut mir leid.« Sie griff nach einem dunkelblauen langärmeligen Shirt. »Hier, probier das mal an.«

Ich nahm es und wusste sofort, dass es seinen Zweck erfüllen würde.

»Es ist nur … Ich will nicht, dass Connor das hier sieht«, sagte ich und fuhr mit dem Finger über die Narbe. »Und Alex auch nicht.«

»Schon gut. Ich verstehe das vollkommen«, sagte Dee zutiefst verlegen. »Ich verschwinde dann mal, mach dich in Ruhe fertig«, sagte sie und ging hastig zur Tür. »Ich leg das hier in kaltes Wasser.«

Die Hand schon auf dem Türknauf, drehte sie sich noch einmal zu mir um. »Weißt du, Lisa hätte dich wirklich gemocht. Sie hätte sich darüber gefreut, dass die Wahl auf dich gefallen ist.«

Es gab nichts, was ich darauf erwidern konnte, und so unternahm ich nicht mal den Versuch, etwas zu sagen.

Es schien, als käme ich zu einer ganz anderen Party zurück als die, die ich verlassen hatte. Inzwischen war alles wieder sauber und die Stimmung entspannt. Schon auf der Treppe hörte ich Gelächter und Geplänkel.

Wie vermutet saß Dees marineblaues Shirt bei mir weit körperbetonter als bei ihr. Als ich mich im Schlafzimmerspiegel betrachtet hatte, sah ich ein bisschen zu sehr nach Jessica Rabbit aus, und das Shirt betonte alle richtigen – oder falschen – Stellen. Jetzt straffte ich dennoch die Schultern und atmete tief ein, dann betrat ich die Küche.

In den zehn Sekunden bevor mich jemand bemerkte, sah ich auch, dass die Partydynamik sich verändert hatte. Barbara hatte ein paar dicke Holzstricknadeln und ein Knäuel Wolle aus der Tasche genommen und gab Maisie anscheinend Strickunterricht. Das rief mir etwas ins Gedächtnis, woran ich schon lange nicht mehr gedacht hatte: Meine Großmutter hatte mir, als ich im selben Alter war wie Maisie, ebenfalls das Stricken beigebracht. Barbara lächelte sanft, während sie geduldig die Hände des kleinen Mädchens führte und die verlorenen Maschen wieder aufnahm.

Auf der anderen Seite des Raumes zeigte Jamie Connor ein Spiel auf seinem Handy, das den Geräuschen nach zu urteilen nicht gerade altersgerecht war. Was vermutlich auch der Grund war, warum Connor so viel Spaß daran hatte.

Aber in der Nähe der Küchenzeile wartete die größte Überraschung. Todd lehnte an einem der Schränke, den Arm locker um Dees Schultern gelegt, und ihm gegenüber standen, unbeschwert lachend, wie ich es noch nie gehört hatte, Alex … und Mac.

Obwohl er mir den Rücken zukehrte, bemerkte Alex meine Rückkehr als Erster. Er wandte sich um, ein breites Lächeln im Gesicht, während ich in der Tür stand wie ein Vampir, der auf die Einladung wartete, einzutreten.

»Molly! Ist wieder alles in Ordnung?«

»Alles bestens.«

»Oh, das Shirt steht dir aber gut«, sagte Dee und lenkte so unabsichtlich alle Blicke auf das hautenge Kleidungsstück. »Weit besser als mir, um genau zu sein.«

Die Küche kam mir plötzlich sehr warm vor, aber vielleicht lag das auch daran, dass jemand in meiner Abwesenheit die Terrassentür geschlossen hatte.

»Molly ist ein kleines Missgeschick mit ihrem Weinglas passiert«, erklärte Alex Mac.

Dieser sah mir in die Augen, und es war unmöglich, das amüsierte Funkeln darin zu übersehen. »Wie ungewöhnlich«, murmelte er in neckischem Ton.

Das hatte ich vermutlich verdient, wenn man bedachte, dass ich bei jeder unserer Begegnungen etwas fallen gelassen, kaputt gemacht oder verschüttet hatte. »Was soll ich sagen? Ich bin in der Jonglierschule sitzen geblieben.«

Das brachte ihn zum Lachen, und ich spürte, die anderen warteten darauf, dass wir es ihnen erklärten, aber wir taten es nicht. Es gefiel mir, dass wir einen Insiderwitz hatten – auch wenn er auf meine Kosten ging.

»Warum hast du deine Meinung geändert und bist doch noch gekommen?«, fragte ich leise, sobald sich die allgemeine Aufmerksamkeit wieder anderen Dingen zuwandte.

Mac schaute kurz verlegen zu Alex hinüber, der sich jetzt mit Jamie und Connor unterhielt. »Die offizielle Version lautet, dass mein Gast heute Abend andere Pläne hatte, sodass ich doch Zeit hatte. Aber die Wahrheit ist ...« Er brach ab, sah leicht verloren aus. »Ich weiß auch nicht. Es kam mir einfach so ... undankbar vor, nicht zu kommen.« Unglücklich über seine Formulierung schüttelte er den Kopf. »Ergibt das irgendeinen Sinn?«

»Mehr, als du dir vorstellen kannst«, sagte ich.

Als ich mich näher zu Mac beugte, um zu erklären, was ich meinte, wurde ich von dem schwindelerregenden Duft seines Duschgels, gemischt mit seinem ganz persönlichen Körpergeruch, abgelenkt. Es war heute schon das zweite Mal, dass mich die Nähe eines Mannes verwirrte. Bei Alex hatte mein Herz wegen der Vertrautheit schneller geschlagen, aber meine Reaktion auf Mac war eine ganz andere. *Ich fühle mich nicht zu dir hingezogen. Auf gar keinen Fall*, sagte ich mir so bestimmt, dass ich mich einen schrecklichen Moment lang fragte, ob ich es laut ausgesprochen hatte. Doch Mac sah mich immer noch so an, als wäre ich halbwegs geistig gesund, also wahrscheinlich nicht.

»Mac hat uns gerade von der Eröffnungszeremonie für ein Gebäude erzählt, das er entworfen hat«, sagte Todd. »Es ist das hohe Glasgebäude in der Innenstadt, das mit den vielen Brunnen.«

Mein Bemühen, in Gegenwart dieses Mannes cool zu bleiben, stand vor einer ernsten Herausforderung. Ich kannte das besagte Gebäude; alle in der Gegend kannten es. Es war außergewöhnlich schön und stach aus der Masse der Betonmonolithen heraus wie ein Juwel.

»Du hast das entworfen?«

Mac wurde rot, was garantiert nicht oft vorkam. »Na ja, ich wurde von einem ganzen Team von talentierten Architekten unterstützt, aber ja, ich war der Projektleiter.«

Seine bescheidene Großzügigkeit gefiel mir. »Es ist wirklich ein wunderschönes Gebäude. Du hast ein fantastisches Auge.«

Es hatte schon öfter in meinem Leben Momente gegeben, in denen ich am liebsten die Rückspultaste gedrückt und das, was ich gerade gesagt hatte, rückgängig gemacht hätte, und dies war definitiv einer davon. Die anderen waren gerade verstummt, und es war offensichtlich, dass sich alle im Raum nur zu bewusst waren, durch wessen Augen Mac die Welt sah.

Er rettete die Situation, indem er die Unterhaltung auf das Gebäude zurücklenkte. »Es ist schon ein paar Jahre her, dass ich daran gearbeitet habe.« Und weil es jetzt unmöglich war, den Elefanten im Raum noch länger zu ignorieren, fügte er hinzu: »Genau genommen war es das Letzte, was ich fertiggestellt habe, bevor mein Sehvermögen sich so verschlechterte, dass ich aufhören musste.« Er sah sich um, und sein Blick blieb an Alex hängen. »Ich hätte nie gedacht, dass ich das fertige Gebäude je sehen würde. Aber dank Lisa und dieser unglaublichen Sache, die sie getan hat, kann ich es doch.«

Alex nickte knapp, dann schaute er rasch zu Connor hinüber, um sich zu vergewissern, dass er Macs Worte nicht gehört beziehungsweise nicht verstanden hatte. Zum Glück hatte er nichts mitbekommen.

»Und darum möchte ich, dass ihr alle als meine Gäste zur Eröffnungsfeier kommt«, fuhr Mac fort. »Es soll ein nobler Abend werden: Abendgarderobe, Champagnerbar, so was in der Richtung.«

Ohne sich die Zeit zu nehmen, über die Einladung nachzudenken, antwortete Jamie: »Kann ich absolut ehrlich sein?«

Man muss uns zugutehalten, dass niemand von uns fragte: *Keine Ahnung …* kannst *du absolut ehrlich sein?*

»Abendgarderobe, das ist nicht so mein Ding. Wärst du sehr sauer, wenn ich passe?«

»Nein, natürlich nicht«, sagte Mac liebenswürdig.

Meine eigene Reaktion war rein instinktiv. »Äh, ich weiß auch nicht genau, ob ich da kann.« Ich spürte eher, als dass ich es sah, wie Alex mich anschaute. Zu spät erkannte ich, dass ich mit meiner Absage hätte warten sollen, bis ich das Datum der Veranstaltung erfuhr. »Es ist nur so, dass ich normalerweise an Wochentagen nicht ausgehe«, fügte ich lahm hinzu, was als schwache Ausrede ungefähr so überzeugend klang wie: »Mein Hund hat meine Hausaufgaben gefressen.«

»Zum Glück ist es an einem Freitagabend«, sagte Mac sanft.

»Ach, nun, ich weiß nicht, ob ich für so eine Gelegenheit was Passendes zum Anziehen habe.« Wenigstens das war nicht gelogen.

»Ist das so wichtig?«, fragte er, was einem ebenso viel über die gute alte Mars-Venus-Theorie verriet wie über Macs Wissen über Frauen. »Was du heute anhast, sieht doch toll aus. Könntest du nicht einfach so was anziehen?«

Wieder waren alle Blicke auf mich gerichtet. Dee schaute mich mitfühlend an und lenkte die Aufmerksamkeit auf sich.

»Tja, *mir* ist jede Ausrede recht, um mich aufzubrezeln, nur bekomme ich unglücklicherweise wohl an einem Freitagabend keinen Babysitter.«

»Das könnte ich doch übernehmen«, sagte Barbara, die der Unterhaltung gefolgt war wie einem sehr interessanten Theaterstück. Zögernd schaute sie von Alex zu Dee. »Das heißt, wenn ihr sie mir anvertrauen wollt.« Sie runzelte die Stirn, sodass sich noch mehr feine Fältchen darauf bildeten. »Ich habe zwar kein Empfehlungsschreiben oder Ähnliches. Aber es wäre mir eine Ehre, mich um die beiden Schätzchen zu kümmern, damit ihr an diesem Abend ausgehen könnt.«

Alex beugte sich vor und drückte ihr einen Kuss auf die Wange. »Empfehlungsschreiben sind nicht erforderlich«, sagte er liebevoll. Barbara wurde ein bisschen rot, fühlte sich sichtlich geschmeichelt. »Aber Macs Einladung galt auch dir«, erinnerte er sie.

Sie schaute von Alex zu Mac, mit einem Ausdruck im Gesicht, der das kälteste Herz erwärmt hätte. »Ich gehe nicht mehr oft zu Feierlichkeiten, seit Archie fort ist. Es wäre mir eine Freude, auszuhelfen, indem ich mich ein paar Stunden um die Kleinen kümmere.«

»Dann ist es abgemacht«, sagte Todd glücklich, um weiteren Diskussionen und Entscheidungen zuvorzukommen, wofür seine Frau ihn vermutlich später zur Rede stellen würde.

Mac wandte sich mir zu. »Kommst du auch, Molly?«, fragte er in dem Wissen, dass mir keine Ausrede mehr blieb.

Ich nickte zögernd.

»Ich kann dich abholen, wenn du magst«, schlug Alex vor. »Es ergibt keinen Sinn, wenn jeder mit seinem Auto fährt oder wir verschiedene Taxis nehmen.«

»Großartig«, antwortete Mac und nahm den Vorschlag ärgerlicherweise für mich an.

Ich überlegte, wie ich mich aus der Sache rauswinden konnte, aber das ging nicht, ohne unhöflich zu klingen oder, noch schlimmer, zu zeigen, wie nervös es mich machte, mit Alex allein zu sein.

Ich lächelte ihn an, und tief in meiner Brust klopfte mein verräterisches Herz einen zustimmenden Trommelwirbel.

Kapitel 24

ALEX

Alex' Knie knackten vernehmlich, als er sich im dunklen Wohnzimmer seines Bruders über die Couch beugte, um Connor hochzuheben. Sein schlafender Sohn bewegte sich kurz und murmelte etwas Unverständliches, bevor er das Gesicht in Alex' weichem Wollpullover vergrub.

Alex wandte sich zu seinem Bruder und seiner Schwägerin um, die auf Zehenspitzen ebenfalls ins Wohnzimmer gekommen waren, um ihre Tochter ins Bett zu bringen. »Danke. Euch beiden«, sagte er leise. »Für heute Abend und dafür, dass sich die Leute bei euch wohlgefühlt haben. Das bedeutet mir sehr viel.«

»Es sind gute Menschen«, antwortete Dee mit einem besorgten Unterton. »Ich finde sie wirklich nett, alle miteinander.«

Der kurze Blick, den Todd mit seiner Frau wechselte, enthielt eine Botschaft, die Alex nicht entschlüsseln konnte.

»Aber …«, begann Todd.

Alex hatte gewusst, dass ein Aber kommen würde.

»… hast du dir überlegt, wo das alles hinführen soll, Alex?«

»Das kann man nicht vorausplanen«, erwiderte Alex und merkte selbst, dass er verbittert klang. »Man muss den Dingen ihren Lauf lassen. Und das mache ich gerade.«

»Alex, sei … mach keinen …«

»Was soll ich nicht machen, Todd?«, fragte er, obwohl er bereits ahnte, worauf sein Bruder hinauswollte. Dee senkte den Blick, was seinen Verdacht bestätigte.

»Interpretier da nichts rein, was gar nicht zutrifft. Das heute Abend, das mit der Motte … es hat nichts zu bedeuten.«

Alex meinte, Furcht in Todds Augen aufblitzen zu sehen. Die ganze Sache musste diesen nüchtern denkenden Anwalt verunsichern. »Ihr seht es auch«, sagte Alex. »Ich weiß, dass es so ist. Es macht euch nur zu viel Angst, darum wollt ihr es nicht zugeben.«

Sie schauten sich lange in die Augen. Es war ein Spiel, das sie als Jungs oft gespielt hatten. Früher hatte Todd jedes Mal gewonnen, doch heute Nacht war Alex aus lauter Überzeugung unbesiegbar. Todd wandte als Erster den Blick ab.

»Wisst ihr noch, was Lisa immer gesagt hat?«, fragte Alex.

Todd schien kurz davor, zu weinen, nicht wegen Lisa – er hatte alle Tränen um sie bereits vergossen –, sondern um den Mann, den sie zurückgelassen hatte.

»Sie hat immer gesagt, sie würde uns lieben, ›solange ihr Herz schlägt‹.«

»Und worauf willst du hinaus?«, fragte Todd sichtlich nervös.

»Ihr Herz schlägt noch immer.« Alex blickte auf das schlafende Kind in seinen Armen. »Es ist noch nicht vorbei.«

War es wegen der Worte gewesen, die Connor im Traum gemurmelt hatte?, fragte sich Alex. Es war schon nach zwei, und seine Augen brannten. Nein – er konnte und würde seinem Sohn nicht die Schuld dafür geben, dass er diesen Weg eingeschlagen hatte. Früher oder später wäre er selbst auf diese Spur gekommen. Connor hatte ihn bloß ein bisschen näher an den Rand des Kaninchenlochs geschubst. Sich kopfüber hineinfallen zu lassen, war allein Alex' Entscheidung gewesen.

Überraschenderweise hatte sich Connor nicht gerührt, als Alex den Sicherheitsgurt gelöst und ihn aus dem Wagen ins

Haus und in sein Zimmer im Obergeschoss getragen hatte. Der aufregende Abend musste ihn völlig erschöpft haben, denn sogar als Alex ihm die Turnschuhe und die Kleidung auszog, war sein Sohn nicht aufgewacht.

Alex hatte ihm seinen Lieblings-Star-Wars-Pyjama angezogen und ihn vorsichtig ins Bett gelegt, wobei Connor schlaff wie eine Stoffpuppe in seinen Armen hing. Alex hatte ihm einen Kuss auf die Stirn gedrückt und die Decke fest um seinen schmächtigen Körper gestopft.

»Gute Nacht, Sohnemann«, flüsterte er leise.

Für einen Moment flatterten Connors unfassbar lange Wimpern, doch seine Augen blieben geschlossen.

»Mummy?«, fragte er leise, tief in einem Traum versunken, in dem die furchtbaren letzten sieben Monate nicht stattgefunden hatten.

»Nein, mein Schatz, ich bin's, Dad«, antwortete Alex. »Mummy ist nicht da.«

Zu seiner Überraschung lächelte sein Sohn. »Doch«, widersprach er, immer noch schlafend. »Sie ist zurückgekommen.«

Alex lief es kalt den Rücken hinunter, und es fröstelte ihn sogar noch, als er das Zimmer seines Sohnes leise verließ.

Er warf seine eigene Kleidung nie in den Wäschekorb, und so musste er sich über die am Boden liegende Wäsche hinweg einen Weg zum Bett bahnen. Er setzte sich hinein, griff nach seinem MacBook und schob sich die Kissen im Rücken zurecht. Den aufgeklappten Laptop stellte er sich auf die nackten Beine. Nur das gedämpfte Licht der Nachttischlampen beleuchtete den Raum, aber das war okay, denn irgendwie hatte Alex das Gefühl, dass seine Recherche im Dunkeln erledigt werden musste.

Er hatte mit den ergoogelten 85 700 000 Treffern noch nicht mal richtig begonnen, da war der Rechner schon heißer geworden, als er es auf der nackten Haut ertrug. Tatsächlich spürte er die Wärme nicht nur an den Beinen, sein ganzer Körper schien zu brennen, als würde sich eine unkontrollierbare Feuersbrunst bis in seine feinsten Äderchen ausbreiten. Er stand auf, öffnete das Fenster, und seine Gedanken wanderten zurück zu dem Vorfall in Todds Küche.

»Lass es bleiben«, hatte Todd ihm geraten. Doch Alex war ihm weit voraus, schon seit dem Augenblick, als Molly wegen der Motte geschrien hatte, die auf ihrem Arm gelandet war. Sie selbst schien darüber überrascht gewesen zu sein, Alex hingegen hatte es nicht verwundert – solche Schreie waren ihm seit Jahren vertraut.

Zelluläres Gedächtnis. Der Begriff, über den er bei seinen Recherchen zu Organspenden gestoßen war, stellte für ihn eine Tür dar, die zu öffnen er bisher noch nicht gewagt hatte. Jetzt aber war er bereit. Die Beweise waren zu überzeugend, als dass er die Augen davor verschließen konnte.

Als der Morgen dämmerte und der Himmel ein mattes Grau annahm, hatte Alex seinen linierten Notizblock bis zur Hälfte mit Stichpunkten und Zitaten gefüllt. Manche Stellen hatte er mit Textmarker hervorgehoben, andere so energisch unterstrichen, dass sein Stift auf den darunterliegenden, noch unbeschriebenen Blättern Abdrücke hinterlassen hatte. Hinter manchen Stichwörtern standen Fragezeichen. *Persönlichkeitsveränderungen? Essensgelüste?* Andere waren rot eingekreist – *die, an die du am meisten glauben willst*, sagte eine Stimme in seinem Kopf, die er die ganze Nacht über geflissentlich ignoriert hatte. Der Stichpunkt, zu dem sein Blick immer wieder wanderte, stand gleich auf dem obersten Zettel, trotzig hingekritzelt und rot eingekreist: *Erinnerungen an das Leben des Spenders???*

In den folgenden zwei Wochen verbrachte Alex jede freie Minute damit, alles zu lesen, was er über das zelluläre Gedächtnis finden konnte. Es grenzte inzwischen an Besessenheit, das war selbst ihm bewusst. Doch wie jeder Mensch mit zwanghaften Neigungen entwickelte er großes Geschick darin, sie zu verbergen.

Inzwischen hatte er drei Notizbücher mit Fallgeschichten gefüllt. Er war auf Berichte von Patienten gestoßen, die besonders faszinierende neue Interessen und Fähigkeiten gezeigt hatten. Da war die unter Höhenangst leidende Frau, die, nachdem ihr die Lunge eines Bergsteigers implantiert worden war, mit dem Klettern angefangen hatte; der Mann, der als Empfänger einer Organspende von einem Künstler plötzlich zeichnen konnte; und dann der Fünfundzwanzigjährige, dem das Herz einer Frau transplantiert worden war und der jetzt ständig Lust hatte, shoppen zu gehen. Aber es gab auch Geschichten, die düsterer waren und ihn nachts um den Schlaf brachten. Patienten, die von wiederkehrenden Albträumen über den Tod ihres Spenders geplagt wurden. Diese Fälle übersprang Alex, er gierte nur nach Berichten über Patienten, die sich an Orte erinnerten, die ihnen zuvor unbekannt gewesen waren, zu denen ihre Spenderinnen und Spender jedoch eine besondere Verbindung gehabt hatten.

Sein Smoking war ihm zu weit geworden. Auch sein Hemdkragen saß ziemlich locker, ganz anders, als er es gewohnt war. Alex betrachtete sich im Spiegel und überlegte, wie lange es her war, dass er sich die Fliege selbst hatte binden müssen. Sehnsuchtsvoll dachte er daran zurück, wie Lisa früher in einem atemberaubenden Kleid vor ihm gestanden und ihn aufgefordert hatte, stillzuhalten, um ihm dann mit ihren langen, schlanken Fingern das Stück schwarzen Satin zu binden. Heute Abend hatte er vier Anläufe gebraucht, und die Fliege sah trotzdem nicht so aus wie die von Lisa.

Sein Anzug roch nach ihr, oder eher nach dem Parfum, das sie nur zu besonderen Anlässen verwendet hatte. Beim Öffnen der Kleiderhülle war ihm der Duft entgegengeströmt, er hing an seiner Smokingjacke und stammte noch von einem Gala-Event, das sie gemeinsam besucht hatten. Er dachte daran, wie er sie auf der Tanzfläche eng an sich gezogen hatte, unter einer sich drehenden Spiegelkugel, die, wie er zu ihr gesagt hatte, Millionen Sterne an die Wände warf.

»Sagt jemand, der nicht mal den Polarstern findet«, hatte sie ihn liebevoll geneckt.

»Das muss ich gar nicht können«, hatte er entgegnet, sein Gesicht in ihrem langen, blonden Haar vergraben und zärtlich ihren Hals geküsst. »Mein Leitstern bist du. Solange du bei mir bist, werde ich mich nie verirren.«

Nur – jetzt war sie nicht mehr bei ihm. Oder etwa doch?

Er drückte die Nase ans Revers und atmete ihren Duft ein, wie ein Süchtiger, der nur noch einen letzten Schuss brauchte.

»Genug jetzt. Es reicht«, wies er sich selbst zurecht, zog die Smokingjacke an und versuchte, auf dem Weg ins Erdgeschoss die Vergangenheit hinter sich zu lassen.

Durch die Rushhour kam Alex auf den Straßen nur langsam voran. Er schaute kurz auf seine Uhr und runzelte die Stirn. Im Büro war es wegen eines dringenden Problems später geworden, doch wenn er Connor möglichst schnell von der Nachmittagsbetreuung in der Schule abholen konnte, würde er es vielleicht schaffen, die verlorene Zeit aufzuholen. Aber dort wurde ihm klar, es würde nicht klappen.

»Wir haben überall nach Connors Schultasche gesucht«, erklärte ihm die junge Betreuerin. »Ich schlage vor, wir lassen es für heute und suchen dann am Montag weiter.«

Sie war neu. Sie kannte Connor nicht und hatte keine Ahnung, was seine Familie erlebt hatte. Das erklärte vielleicht ihren missfallenden Blick, als Connor kreidebleich darauf bestand: »Ohne die Tasche können wir nicht gehen! Da ist das Telefon drin. Was ist, wenn Mummy mit mir sprechen will?«

»Wissen Sie, Connor sollte wirklich kein Handy mit zur Schule bringen, das ist ...«, begann die Betreuerin, bis der durchdringende Blick einer Kollegin sie zum Schweigen brachte.

Alex kümmerte sich nicht darum, sondern ging vor seinem Sohn in die Hocke und legte ihm beruhigend die Hand auf die Schulter. »Mach dir keine Sorgen, Großer. Wir gehen nicht ohne Mummys Handy. *Ich* werd die Tasche für dich finden.«

Und er fand sie schließlich auch, im staubigen Umkleideraum der Turnhalle, aber das hatte ihn vierzig kostbare Minuten gekostet.

Somit war er zu spät dran, als er Connor bei Todd absetzte, wo Barbara heute auf Maisie und ihren Cousin aufpassen sollte. Und genau das war noch ein weiterer Punkt, der ihm Sorgen bereitete. Er mochte Barbara gern, sie war eine sehr nette ältere Dame, aber sie hatte weit mehr Erfahrung damit, auf Katzen aufzupassen als auf Kinder.

»Na, du siehst aber schick aus«, begrüßte Dee ihn. »Ganz wie 007.«

Alex lächelte schwach und reichte ihr die Tasche mit Connors Übernachtungssachen. »Du auch«, entgegnete er geistesabwesend und blickte seinem Sohn nach, der hinter Maisie durch den Flur verschwand.

»Alex, das ist mein Hausmantel«, lachte Dee und verpasste ihm einen freundschaftlichen Klaps auf die Schulter, sodass er einen zweiten Blick auf ihren bodenlangen blauen Satinmorgenmantel warf. Sein Lachen klang so hohl wie früher das Konservengelächter in den Sitcoms.

Dee trat einen Schritt auf ihn zu und drückte seine Hand. »Connor ist heute Abend gut aufgehoben«, versuchte sie ihn zu beruhigen. »Wir sind ja bloß ein paar Stunden weg. Und Barbara hat von uns allen die Handynummer, die Nummer vom Arzt, vom zahnärztlichen Notdienst und sogar von der nächsten Polizeiwache.«

»Es ist einfach nur, dass bisher immer nur ihr auf ihn aufgepasst habt, seit ...« *Wurde es denn nie leichter, es auszusprechen?*

»Ich weiß. Und ich kann dich verstehen. Aber das wird schon laufen, Alex. Gut, Barbara verwöhnt die beiden vielleicht etwas. Sie freut sich wirklich sehr darauf, heute Abend die Grandma zu spielen.«

Alex nickte zögerlich. Dee schob ihn sanft aus der Tür. »Fahr los und hol Molly ab, wir brechen auch bald auf.«

Auf dem Weg zu Molly sorgte ein Beinahezusammenstoß mit einem ausscherenden Taxi bei Alex für Herzrasen, und komischerweise war er immer noch aufgeregt, als von dem schwarzen Wagen nur noch zwei rote Heckleuchten zu sehen waren, die im Regen verschwammen. Ihm wurde bewusst, dass er nervös war, was ihn etwas überraschte. Nicht zum ersten Mal kam ihm der Gedanke, dass sein Leben doch weitaus einfacher gewesen war, bevor sich die vier Transplantatempfänger kennengelernt hatten. Mit seiner Einladung ins Planetarium hatte er etwas in Gang gesetzt, das ihm mittlerweile entglitten war und ein Eigenleben entwickelt hatte. Sie hatten sofort einen Draht zueinander gehabt, wie er es nie für möglich gehalten hätte, und in keinem der Artikel über das zelluläre Gedächtnis wurde so etwas erwähnt.

Alex hielt das Lenkrad ein wenig fester, während sich ein Gefühl in den Vordergrund drängte, auf das er nicht gerade stolz war. War er eifersüchtig? Missgönnte er den Transplantatempfängern die Freundschaften, die sich zwischen ihnen entwickelten, weil er sich dadurch ausgeschlossen fühlte? In einer Serie von Erinnerungsbildern hatte er wieder vor Augen, wie Molly vor dem Planetarium durch den Regen zu Macs Wagen lief. Und dazu Macs Blick, als Molly am Abend der Bonfire-Night-Party in die Küche gekommen war. Alex kannte diesen Blick, so hatte er Lisa Tausende Male angeschaut. Nur jetzt sah Mac mithilfe von Lisas Augen Molly so an.

Eine halbe Stunde später hatte ihn das Navi seines Handys zu dem Ort gelotst, wo jetzt das Herz der Frau schlug, die er liebte. Er schüttelte den Kopf über sich selbst, als das Scheinwerferlicht seines Wagens die Straße erhellte, in der Molly wohnte. Er musste aufhören, solchen Gedanken nachzuhängen.

Kapitel 25

MOLLY

Er war spät dran. Und ich wurde immer unruhiger, ohne genau zu wissen, warum. Hätte ich darauf bestehen sollen, heute Abend selbst hinzufahren? Sicher wäre das für alle leichter gewesen, außerdem hätte ich dann so früh wieder verschwinden können, wie ich wollte. Denn etwas an diesem Abend machte mich nervös. Nein, genauer gesagt machte mich eine Menge an diesem Abend nervös, nicht zuletzt das Problem, dass ich nichts Passendes anzuziehen hatte. Worüber ich mit Kyra gleich nach dem Abend bei Todd und Dee gesprochen hatte.

»Ich hab ein paar schicke Kleider, von denen du dir eins borgen könntest«, hatte Kyra angeboten, was lieb von ihr war, aber wenn es mir nicht gelang, auf die Schnelle dreißig Zentimeter zu wachsen, war mir nicht ganz klar, wie das mit dem Leihen funktionieren sollte.

»Mein einziges schickes Kleid hat einen Ausschnitt bis da unten«, erklärte ich ihr und deutete auf die Mitte meines Brustkorbs. »Nicht mal ohne die Narbe wäre mir wohl dabei, so was in Gegenwart dieser Leute zu tragen. Es ist irgendwie … respektlos.«

Kyra zuckte auf ihre typisch entspannte Art mit den Schultern. »Tja, dann müssen wir zwei eben shoppen gehen.«

Am ersten Samstag nach dem Zahltag hatte sie schon absurd früh vor meiner Haustür gestanden. Ich war zum Glück bereits angezogen.

»Sorry«, sagte sie und reichte mir einen Becher Kaffee, den sie auf dem Weg gekauft hatte. »Egal, wie lange ich schon hier lebe, ich kann die australische Angewohnheit, früh aufzustehen, einfach nicht ablegen.«

»Dauert nur noch eine Minute«, versprach ich, als sie mir in die Küche folgte.

Die Keramikwandfliesen spiegelten, und ich sah, wie Kyra zögerte, als sie die Medikamente entdeckte, die ich neben einem Glas Wasser auf meiner Arbeitsplatte aufgereiht hatte. Ich nahm eine Packung nach der anderen in die Hand, drückte Tabletten aus den Blisterverpackungen und schluckte sie.

Sie wartete, bis ich die letzte genommen hatte, bevor sie leise fragte: »Musst du die alle jetzt für immer nehmen?«

Ich stellte die Packungen wieder in den Schrank.

»Ohne sie würde mein Körper das Spenderherz abstoßen«, sagte ich und unterdrückte ein Schaudern. Über Abstoßung zu sprechen ist für Transplantationspatienten so, als würde man Lord Voldemort erwähnen. Ich zuckte mit den Schultern. »Also ja, es ist für den Rest meines Lebens.« Ich senkte den Blick, um den Satz nicht noch ausführen zu müssen. *So lange, wie mir noch bleibt.*

Es war der Elefant in jedem Raum. Das Thema, das meine Mutter um jeden Preis mied. Meine Operation war ein Erfolg, meine Genesung vorbildlich, aber es gab bei dieser Art von Eingriff keine Garantien. Jeder Herztransplantationspatient weiß und versteht das. Egal, wie gut ich mich darum kümmerte, Lisas Herz konnte sich jederzeit gegen seine neue Empfängerin wehren.

Obwohl die Wintersonne durch das Fenster fiel, kam es mir so vor, als wären dunkle Wolken aufgezogen.

»Komm schon«, drängte mich Kyra, um sie zu zerstreuen, und trank ihren Kaffee aus. »Gehen wir einen Haufen Geld für ein Kleid verschwenden, das du wahrscheinlich nur einmal tragen wirst.«

Wir fanden es in einem der exklusiveren Kaufhäuser in der Innenstadt, gerade als ich kurz davor war, die Suche aufzugeben. Aber da war es, ganz am hinteren Ende der Kleiderstange, und wartete darauf, entdeckt zu werden. *Das ist bestimmt nicht meine Größe*, dachte ich, als ich den Kleiderbügel herunternahm. Trotzdem lächelte ich strahlend. Das hier war *mein Kleid.* Ich drehte mich um, um es Kyra zu zeigen, die beeindruckt pfiff. Grinsend betrachtete ich das schwarze Neckholderkleid mit dem hohen, paillettenverzierten Kragen und dem tief ausgeschnittenen Rücken; es war, als hätte ich einen alten Freund wiedergetroffen.

»Ich probier's an«, sagte ich.

Zu irgendeinem Zeitpunkt, während ich aus meiner Jeans und den Stiefeln schlüpfte und das wunderschöne Kleid anzog, vergaß ich offenbar, dass ich eine Grundschullehrerin mit bescheidenem Gehalt und hoher Hypothek war. Selbst meine Kreditkarte durch die Kasse zu ziehen – schnell, bevor ich meine Meinung ändern konnte – rief es mir nicht ins Gedächtnis.

Mein Handy verkündete mir, dass ich eine neue Nachricht hatte, und lenkte meine Aufmerksamkeit von der Frau im Spiegel ab, die so aussah, als hätte sie sich vom roten Teppich in mein Schlafzimmer verirrt. Sie war der glamouröse, elegante Zwilling, den ich nie gehabt hatte. Obwohl sie für mich eine Fremde war, gefielen mir die lässigen Beach Waves in ihren Haaren und der graue Smokey-Eyes-Lidschatten. Selbst das rote Lipgloss sah gut aus, wenn sie es nicht durch nervöses Herumkauen auf der Unterlippe ruinierte.

Tut mir leid. Komme zu spät. Bin in fünf Minuten bei dir. Alex

Es war gut, dass er kein X hinter seinen Namen gesetzt hatte. Das war eine Grenze, die wir nicht überschreiten sollten. *Nie.* Ich war nicht enttäuscht, überhaupt nicht, sagte ich mir energisch, als ich meinen Mantel anzog.

Der Gehweg war regennass, und ich trug die Art von hohen Absätzen, in denen man nie schneller als Schrittgeschwindigkeit gehen konnte. Während ich mich Alex' Auto näherte, sah ich, wie er den Sicherheitsgurt löste, aus dem Wagen stieg und auf mich zukam.

»Molly«, sagte er, anscheinend ehrlich erfreut. Ich spürte, dass mein Puls raste, als er mir leicht die Hände auf die Schultern legte, sich vorbeugte und mich auf die Wange küsste. Seine Lippen streiften meine Haut weniger als eine Sekunde, und doch spürte ich die Wärme noch, als er mir höflich die Autotür aufhielt.

»Tut mir leid, dass ich zu spät bin«, sagte er und entrollte den Sicherheitsgurt ein Stück für mich. Da ich fürchtete, dass er vorhatte, ihn auch zu schließen, griff ich nach der Schnalle, bekam jedoch aus Versehen seine Finger zu fassen. Wir lachten verlegen. Lisas Herz hüpfte in meiner Brust, wie ich es mittlerweile schon gewohnt war, wenn der Mann, den sie geliebt hatte, in der Nähe war. Ich befahl ihm, sich zu beruhigen, und als wir losfuhren, klopfte es nicht mehr ganz so aufgeregt.

Wie sich herausstellte, fuhr Alex noch schneller als Mac. Das war keine Kritik, nur eine Beobachtung, die ich ihm allerdings nicht mitteilte. Die beiden zu vergleichen kam mir falsch vor – in jeder Hinsicht. Obwohl wir uns monatelang geschrieben hatten, war dies das erste Mal, dass Alex und ich allein waren, also war meine Nervosität vielleicht nicht ganz so überraschend. Wir beschränkten uns bei der Unterhaltung auf neutrale Themen: Connor, Alex' Job, mein Job und wie wir zu unseren Berufen gekommen waren.

»Ich wollte immer was mit Kindern machen«, sagte ich, ließ mich tiefer in den Ledersitz sinken und genoss die Wärme der effektiven Heizung.

»Nach der Art zu urteilen, wie du mit Connor umgehst, bist du die geborene Lehrerin.«

Ich lachte verlegen, schaute aus dem Seitenfenster und war überrascht zu entdecken, dass wir unser Ziel fast erreicht hatten. Vor uns ragte das elegante Hochhaus mit den Glaswänden auf, das Mac entworfen hatte. Es war vom Foyer bis zum Dachgarten hell erleuchtet.

»Sieht im Dunkeln ganz schön eindrucksvoll aus«, bemerkte Alex und ließ, ebenso wie ich, den Blick über die vier riesigen Brunnen schweifen, die das Gebäude flankierten. Diskret positionierte Laser beleuchteten die Wasserkaskaden und verwandelten sie in rote, grüne und goldene Skulpturen.

Eine Reihe von Sicherheitsleuten in dunklen Uniformen und mit Clipboards in den Händen standen vor der Eingangstür und murmelten wichtigtuerisch etwas in ihre Funkgeräte. Ein roter Teppich führte vom Gehsteig zum Eingang, was dem Ganzen etwas von einer Oscarverleihung gab.

Alex hatte meinen Arm genommen, als wir die Straße überquerten, und hatte irgendwie vergessen, ihn wieder loszulassen. Ich fragte mich, wie peinlich es sein würde, ihm meinen Arm zu entziehen, und entschied, es zu lassen.

»Würden Sie mir bitte Ihren Namen nennen, Sir?«

»Stevens«, sagte Alex automatisch. Der Wachmann fuhr mit dem Finger über die Liste auf seinem Clipboard und suchte schließlich auf dem Blatt für VIP-Gäste weiter. Alex' Augen weiteten sich, und ich konnte mir gerade noch ein Lächeln verkneifen. Mac hatte nicht gescherzt, als er es einen noblen Abend genannt hatte.

»Genießen Sie Ihren Abend, Mr und Mrs Stevens«, sagte er und drückte auf den Knopf für den Aufzug, der uns in die Penthouse-Etage bringen würde. Alex verzog gequält das Gesicht.

Keiner von uns erwähnte den Irrtum des Wachmanns, als wir in dem verspiegelten Aufzug nach oben fuhren. Egal wohin ich schaute, entdeckte ich zwei elegant gekleidete Leute, die aussahen wie ein Paar, sich aber kaum kannten. Was unser Spiegelbild nicht zeigte, war die einzigartige, unerschütterliche Verbindung, die mein Leben für immer mit seinem verknüpfen würde. Sie wurde mit jedem Schlag meines Herzens bekräftigt, gestand ich mir stumm ein, als die Tür sich öffnete und den Blick auf die Party freigab.

Nervöse Anspannung überkam mich, als wir das Penthouse betraten. Eine unglaubliche Location für eine Party – es mussten über zweihundert Gäste anwesend sein, und doch wirkte es immer noch geräumig. Viele der Frauen hatten sich für Schwarz entschieden, und da auch die Männer förmlich gekleidet waren, erinnerte die Gesellschaft an eine Pinguinkolonie.

Eine Gestalt, die das ungeschriebene Kleidergesetz brach, bahnte sich einen Weg durch die Menge und näherte sich uns in einem leuchtend smaragdgrünen Satinkleid.

»Da seid ihr ja«, verkündete Dee und umarmte erst ihren Schwager, dann, überraschenderweise, auch mich. Es war erst das dritte Mal, dass wir uns trafen, aber es kam mir völlig normal vor, sie zu umarmen.

»Hattest du schon Gelegenheit …«, begann Alex, brach jedoch ab, als ich den Mantel auszog. Sein Blick war jeden Penny wert, den ich für das Kleid bezahlt hatte, obwohl ich es mir eigentlich nicht leisten konnte. »… ähm … zu Hause anzurufen?«, fuhr er fort und schüttelte den Kopf, als könnte er damit seine Gedanken ordnen.

Dee lachte leichthin. »Zweimal«, gab sie mit selbstironischem Lächeln zu.

»Zweimal? Ich dachte, du hast gesagt, du vertraust Barbara?«

»Entspann dich!« Dee beugte sich vor und drückte Alex beruhigend die Hand. »Barbara vertraue ich absolut, aber Maisie nicht.«

Dee sagte dies mit demselben Blick wie praktisch jede Mutter auf dem Schulhof. Ich hatte die Frauen nie um diese Art von Liebe beneidet, aber in letzter Zeit hatten sich meine Gefühle geändert.

»Ich hoffe, Connors gutes Benehmen färbt auf seine Cousine ab«, erklärte sie mit einem schiefen Lächeln.

»Also, mir wäre es andersherum lieber. Ich hätte gern, dass Connor mal was richtig Schlimmes anstellt. Die meiste Zeit über ist er so distanziert.«

Unwillkürlich legte ich meine Hand auf Alex' Unterarm. »Du musst ihm mehr Zeit geben. Es macht ihm noch ziemlich zu schaffen. Ich bin sicher, am Ende findet er einen Weg zurück zu dir.«

Drei Paar Augen starrten meine Hand an, die auf dem schwarzen Smokingärmel lag. Ich bin mir sicher, dass ich selbst ziemlich verblüfft ausgesehen haben muss. Überrascht über meine eigene Kühnheit.

»Champagner!«, rief eine sehr willkommene Stimme, und der Bann war gebrochen. Todd näherte sich uns, vier Sektgläser in den Händen.

»Hat irgendjemand Mac gesehen?«, fragte Alex und nahm seinem Bruder mit einer Hand eins der Gläser ab, mit der anderen nahm er meinen Mantel.

»Nur aus der Ferne«, sagte Dee. »Die Besitzer des Gebäudes und ein Rudel Geschäftsmänner haben ihn in Beschlag genommen.«

Todd lachte und schlang seiner Frau den Arm um die Taille. »Das Verhalten von Geschäftsmännern in freier Wildbahn, wie?«

Dee drehte sich zu ihrem Mann um und lächelte ihn so strahlend an, dass man fast eine Sonnenbrille gebraucht hätte. Blitzartig wurde mir klar, dass sie sich früher immer zu viert so verhalten hatten: locker, liebevoll und mit viel Gelächter, wenn sie sich gegenseitig neckten. Plötzlich kam ich mir wie ein Eindringling vor, dem die Fußstapfen, in die er zu treten versuchte, viel zu groß waren.

»Ich glaube, ich gehe mal zu ihm und sage Hallo«, murmelte ich leicht unbeholfen. Ich glaubte, ein leichtes Stirnrunzeln wahrzunehmen, als Alex sich entfernte, um meinen Mantel zur Garderobe zu bringen.

Selbst in diesem Meer von schwarzen Smokings war Mac leicht auszumachen, weil er alle anderen Männer überragte. Wenigstens würde ich mir mit meinen hohen Absätzen neben ihm diesmal weniger wie ein Kind vorkommen, dachte ich, als ich mich vorsichtig durch die Partygäste schob.

Als ich ihn fast erreicht hatte, verließ mich der Mut. Er lauschte gerade eindringlich einem Mann mit weißer Mähne und nickte dabei gelegentlich. Ich war vor der stummen Anwesenheit Lisas geflohen, und jetzt hatte ich Angst, Mac zu stören wäre ebenso unangenehm. Er sah nicht in meine Richtung, und so beschloss ich spontan, wieder unerkannt in der Menge zu verschwinden. Ich drehte mich auf dem Absatz um, doch unglücklicherweise achtete ich nicht darauf, wo ich hintrat, was in letzter Zeit so zur Gewohnheit geworden war, dass ich schon überlegte, es auf meinem Grabstein erwähnen zu lassen. Deshalb übersah ich den Kellner mit dem Tablett voll Kanapees direkt hinter mir. Ich stieß mit der Schulter gegen das Tablett, und mehrere dunkle, klebrige Kaviartoasts flogen durch die Luft. Ein paar blieben an der weißen Jacke des Kellners kleben, der Rest fiel auf den Boden, Sekunden später gefolgt von dem Silbertablett. Es schepperte wie ein Beckensolo bei einem Orchesterkonzert.

Ich schloss die Augen und wünschte mir, irgendwo anders zu sein.

»Molly«, sagte eine Stimme direkt hinter mir.

Wieder drehte ich mich um, diesmal allerdings langsamer.

»Dachte mir schon, dass du es sein musst.« Er schaute kurz zu dem Kellner hinunter, der hastig die Kanapees einsammelte, damit sie nicht auf dem gebeizten Holzfußboden platt getreten wurden. Mac lächelte breit. »Ich habe deine Visitenkarte sofort erkannt.«

In seinen Worten lag keine Bosheit, und ich konnte ihm nicht widersprechen. Es war, als wollte ich mich um den Titel der tollpatschigsten Frau der Welt bewerben.

Sein Blick war warmherzig, als er mich ansah, doch er machte keine Anstalten, mich zur Begrüßung auf die Wange zu küssen. *Wahrscheinlich hält er Abstand für den Fall, dass du noch etwas zerbrichst*, spöttelte eine boshafte Stimme in meinem Kopf. *Es überrascht mich, dass er bereit war, dich auch nur in die Nähe seines schönen Gebäudes zu lassen.*

»Sind die anderen auch schon da?«, fragte er und schaute sich nach dem Rest der Familie Stevens um.

Dem *Rest* der Familie Stevens? Ich verzog das Gesicht darüber, wie leicht mein Unterbewusstsein mir vorgaukeln konnte, dass ich zur Familie gehörte.

»Sie stehen da drüben bei den Fenstern«, sagte ich, was nicht gerade hilfreich war, da der gesamte Saal von bodentiefen Fenstern eingefasst war, von denen einige auf eine mit Flutlicht erleuchtete Terrasse und den Dachgarten hinausführten.

Mac hielt nach ihnen Ausschau, wurde jedoch unterbrochen, als er sah, wie sich uns jemand näherte. Sein Lächeln wurde sofort breiter, und er hob die Hand und winkte.

»Ich möchte dir Andi vorstellen«, sagte er.

»Ah, von der Uni.« Ich nickte und freute mich, wie beeindruckt er davon zu sein schien, dass ich mich an den Namen seines Freundes erinnerte.

Der Andi, den ich mir vorgestellt hatte, war groß, genau wie Mac, und raubeinig. Vor meinem inneren Auge hatte ich sie auf der Uni zusammen Rugby spielen und danach ein Bierchen in einer Studentenkneipe kippen sehen. Was ich nicht erwartet hatte, war eine außergewöhnlich hübsche Blondine, die – ebenso wie Mac – sofort zu strahlen anfing. Das andere, was ich nicht erwartet hatte, war, dass der biertrinkende Sportliebhaber Andi mindestens im sechsten Monat schwanger war.

»Wo warst du die ganze Zeit?«, fragte Mac und legte ihr den Arm um die Schultern.

»Auf dem Klo«, sagte sie mit starkem schottischem Akzent. »Das Baby springt heute Abend auf meiner Blase herum wie auf einem Trampolin.«

Macs Gesichtszüge wurden so weich, wie ich es noch nie bei ihm erlebt hatte. Er schaute mit echter Zuneigung auf Andis beträchtlichen Babybauch. Meine unzuverlässige Vorstellungskraft schrieb die Geschichte rasch um und kam zu einem Ergebnis, das mir nicht besonders gefiel. Zwei plus zwei war zwar nicht *immer* gleich vier – aber in den meisten Fällen eben schon.

»Hallo«, sagte Andi und streckte die rechte Hand aus. Aber es war ihre linke, an der kein Ring steckte, der meine Aufmerksamkeit galt. Ihr Händedruck war fast schmerzhaft. Vielleicht war das mit dem Rugbyspielen doch nicht so weit hergeholt.

»Ich stelle mich besser vor, dieser große Tölpel hat anscheinend seine Manieren vergessen. Ich bin Andi.«

»Molly«, entgegnete ich und zwang mich zu einem Lächeln, das hoffentlich einigermaßen echt wirkte.

Mac schien sich über den Spott nicht zu ärgern. Er hatte Andi als Kumpel von der Uni bezeichnet, und obwohl diese Zeit offensichtlich mehr als zehn Jahre zurücklag, schien das ihre Zuneigung füreinander nicht gemindert zu haben.

»Molly?«, sagte Andi, und ihre Stimme und ihre Augenbrauen hoben sich gleichzeitig. »Das Herz-Mädchen?«

Das war nicht gerade die Art, wie ich mich vorgestellt sehen wollte, aber sie schaute schon schnell zu Mac hoch.

»Wie kommt es, dass du nie erwähnt hast, wie hübsch sie ist?«

Schwer zu sagen, wer von uns verlegener aussah: Mac oder ich. Ich glaube, ich – um Haaresbreite.

»Weil das nichts ist, was einem bei seinen Freunden auffällt«, antwortete er leichthin und warf mir einen freundlichen Blick zu, als hätte er gerade etwas Nettes gesagt.

Und vielleicht war es ja auch nett; ich war zu verwirrt, um die Bemerkung richtig einzuordnen.

Mac war gerade dabei zu erklären, dass Andi ebenfalls Architektin war und für eine renommierte Firma in Edinburgh arbeitete, als er wieder von dem Mann mit der weißen Mähne entführt wurde. »Es gibt ein paar Leute, die Sie gern kennenlernen möchten«, sagte er nach einer flüchtigen Entschuldigung für die Störung.

»Ab mit dir«, sagte Andi und bedeutete Mac, der hin- und hergerissen schien, sich zu entfernen. Sein Blick musste seiner alten Freundin eine verborgene Botschaft übermittelt haben, denn sie sah ein bisschen beleidigt aus. »Ich werde sie schon nicht auffressen. Wir führen nur ein nettes Gespräch unter Mädels.«

»Genau das hatte ich befürchtet«, sagte Mac, und es klang nur halb scherzhaft.

»Er hat Angst, dass ich dich einem Verhör unterziehe«, sagte Andi grinsend und schnappte sich ein Glas Orangensaft vom Tablett einer vorbeikommenden Kellnerin.

»Warum um Himmels willen sollte er das fürchten?«

Ihre Augen funkelten belustigt. »Ich hab die eine oder andere potenzielle Freundin von ihm vielleicht etwas in die Mangel genommen.« Sie sah kein bisschen zerknirscht aus. »Na ja, eher ganz schön in die Mangel genommen, wenn ich ehrlich bin.«

Sie war direkt und beherzt und erinnerte mich in vielem an Kyra. Es war nicht schlecht, eine energische, loyale Freundin zu haben, und Andi fiel eindeutig in diese Kategorie.

»Tja, in der Hinsicht brauchst du dir keine Mühe zu machen. Mac und ich sind nur Freunde.« Genauer gesagt war sogar das übertrieben.

Andi zuckte die Schultern. »Du bist sein Typ«, sagte sie, als würde sie die Diskussion damit gewinnen.

Ich war zu verblüfft, um zu antworten. Aber ob Andi nun recht oder unrecht hatte, spielte keine Rolle, weil eine neue Beziehung das Letzte war, was mich im Moment beschäftigte. Außerdem war Mac zu erfolgreich, zu weltgewandt und zu erwachsen für mich. Der Altersunterschied zwischen uns betrug zwar nur ein paar Jahre, aber uns trennten gefühlt Jahrzehnte an Lebenserfahrung. Ich konnte mir einfach nicht vorstellen, dass ich in sein Leben passte oder er in meins.

»Und natürlich, nach der Sache mit Carrie, als er nach und nach sein Augenlicht verlor …«

Das wäre der Zeitpunkt gewesen, sie darauf hinzuweisen, dass ich absolut keine Ahnung hatte, wovon sie redete, aber ich hatte das Gefühl, wenn ich schwieg, würde ich mehr erfahren.

»Ich schwöre dir, wenn mir die Frau je im Dunkeln begegnet …«

Ich nickte, als würde ich ähnlich mörderische Gedanken hegen.

»Ohne sie ist er besser dran«, knurrte Andi.

Ich war mir nicht sicher, ob Mac glücklich darüber gewesen wäre, dass wir über sein Privatleben redeten, und das Thema wurde mir langsam unangenehm, also beschloss ich, es zu wechseln. Zum Glück war Andi so stolz auf ihre Heimatstadt, dass wir in den nächsten zehn Minuten über Edinburgh plaudern konnten, wo ich bisher nur einmal in meiner Studentenzeit gewesen war, um das Fringe-Festival zu besuchen.

»Tja, wenn Mac beschließt, die leitende Position in meiner Firma zu übernehmen, hast du eine Ausrede, noch mal hinzufahren«, sagte Andi, ohne zu ahnen, dass sie damit eine Bombe platzen ließ.

»Mac überlegt, wieder nach Schottland zurückzuziehen?« Ich hatte einen höflich-interessierten Ton angestrebt, aber selbst ich konnte hören, dass das nicht geklappt hatte.

»Wenn ich ein Wörtchen mitzureden habe, wird er es tun. Es wäre toll, ihn wieder im Norden zu haben, wenn das Kind da ist.«

Ich formulierte mehrere Fragen in meinem Kopf, die alle verschleierte Versionen von *Und in welcher Beziehung steht Mac zu deinem Baby?* waren. Da ich fand, dass keine auch nur annähernd angemessen gewesen wäre, beschloss ich, dass es an der Zeit war, mich höflich zu entschuldigen und nach meinen Freunden zu suchen.

»War nett, dich kennenzulernen, Herz-Mädchen«, sagte Andi.

»Dich auch«, antwortete ich, nicht ganz sicher, ob das stimmte.

Nach der anstrengenden Unterhaltung mit Andi war es wunderbar entspannend, wieder mit Alex, Todd und Dee zusammen zu sein. Ich erlaubte mir noch ein Glas Champagner, dann zog ich die Bremse. So köstlich die Kanapees waren, sie bildeten keine gute Grundlage für jemanden, der das Trinken nicht mehr gewohnt war. Dee erzählte eine amüsante Geschichte über irgendeinen Streich, den sich Maisie und Connor geleistet hatten, als sie noch kleiner waren, während die Unterhaltung zwischen Alex und seinem Bruder wesentlich ernster klang. Ich bekam nur Gesprächsfetzen mit und reimte mir zusammen, dass Alex ein Problem mit der Miete für sein Betriebsgelände hatte.

Todd klopfte seinem Bruder auf die Schulter. »Sag Bescheid, wenn ich irgendwie helfen kann, okay?«

Ich war mir nicht sicher, was Alex erwiderte, denn plötzlich schallte eine schrille Rückkoppelung durch den Saal. Alle verzogen das Gesicht, als der Mann, der sich vorhin mit Mac unterhalten hatte, den Mikroständer nachjustierte. Seine Rede war lang und voller Abschweifungen. Ich ertappte mich dabei, wie ich mehrmals ein Gähnen unterdrückte, und da war ich nicht die Einzige. Endlich sagte er: »Und nun übergebe ich zum Abschluss an den Mann, dem wir den Entwurf für das prächtige Gebäude zu verdanken haben, in dem wir heute Abend feiern – Mac Derwent.«

Meine Langeweile war im selben Moment wie weggeblasen, als Mac sichtlich widerstrebend ans Mikro trat. Doch anders als die Ansprache seines Vorredners war Macs Rede perfekt: kurz und amüsant. Ich dachte schon, sie wäre zu Ende, und wollte applaudieren, aber dann stellte ich fest, dass er wohl nur innegehalten hatte, um seine nächsten Worte sorgfältig abzuwägen. Er ließ den Blick durch den Saal schweifen, als würde er jemanden suchen. Ich nahm an, es wäre Andi, doch schließlich blieb sein Blick an uns vieren hängen.

Er räusperte sich, und ein ganz anderes Gefühl lag in seiner Stimme, als er fortfuhr: »Lange Zeit hätte ich nicht geglaubt, dass ich die Fertigstellung des Gebäudes, das ich vor mehreren Jahren entworfen habe, sehen würde. Ich will nicht ins Detail gehen, aber diejenigen unter Ihnen, die meine Geschichte kennen, wissen, wovon ich rede. Dass ich heute Abend hier sein und es sehen kann – Sie alle *sehen* kann –, ist einer ganz besonderen Person zu verdanken.«

Ich spürte, wie Alex neben mir erstarrte. Ohne groß darüber nachzudenken, griff ich nach seiner Hand und hielt sie fest.

»Ich kann dieses Gebäude nicht ihr widmen, aber ich werde den Rest meiner Karriere der Absicht widmen, Gebäude zu entwerfen, die sowohl dem Auge als auch dem Herzen gefallen.«

Mac suchte und fand meinen Blick, sah mir unverwandt in die Augen. Er hatte kein Glas in der Hand, hob sie jedoch trotzdem, um einen Toast auszubringen.

»Auf Lisa«, sagte er leise.

Ihr Name, der jedem außer vier Menschen im Saal unbekannt war, wurde von allen wiederholt.

Kapitel 26

MOLLY

»Ich bin froh, dass wir alle heute Abend hergekommen sind«, vertraute mir Alex an, als er der Garderobiere die Marke für meinen Mantel reichte. »Um ehrlich zu sein, war ich mir nicht sicher, wie komisch es sich anfühlen würde.«

Ich seufzte erleichtert, froh zu wissen, dass ich nicht die Einzige war, die Vorbehalte gehabt hatte. Als wir uns anlächelten, fühlte es sich vertraut und ungezwungen an.

Es goss in Strömen, als wir das Gebäude verließen; wir blieben unter der Markise stehen und sahen zu, wie die Tropfen auf die Straße und die vorbeifahrenden Autos prasselten.

»Willst du warten, bis es aufhört?«, fragte Alex.

Ich schaute zum Himmel und dann zu seinem Wagen hinüber, der nicht weit entfernt stand.

»Lass uns rennen. Ist ja nur Regen«, sagte ich achselzuckend.

Er wandte sich mir sehr, sehr langsam zu, was mir eine Menge Zeit gab, mir Sorgen zu machen, dass ich irgendetwas Falsches gesagt hatte. Die Luft zwischen uns schien elektrisch aufgeladen zu sein und flimmerte wie vor Hitze. Alex sah mir ins Gesicht, aber er schien nicht mich anzuschauen, sondern durch mich hindurch auf etwas jenseits von mir. Der Eindruck war so stark, dass ich mich fast umgedreht hätte, um zu schauen, ob jemand hinter mir stand. Doch er kam mir zuvor und griff nach meiner Hand.

»Komm«, drängte er mich und zog mich unter der Markise hervor hinein in die Sintflut.

Wir lachten ausgelassen wie Kinder, als wir in sein trockenes Auto sprangen. Alex schüttelte sich die Regentropfen aus den Haaren und startete den Motor, weil die Scheiben beschlagen waren. Die Welt draußen verschwand hinter einem Schleier aus Kondenswasser. Wir hätten in diesem Moment überall sein können – und wo auch immer es war, es kam mir vor, als wäre ich schon einmal dort gewesen.

Wir wandten uns einander zu, und ein Blick genügte, um mich zu überzeugen, dass ich nicht die Einzige war, die ein Gefühl von Déjà-vu hatte. Wir fingen gleichzeitig an zu sprechen, als wäre unser Schweigen ein gefährliches Loch, das unbedingt gefüllt werden musste.

»Magst du Musik einlegen, während wir warten, bis die Scheibe frei ist?« Er öffnete ein verborgenes Fach in der Mittelkonsole, das einen Stapel CDs enthielt.

Ich warf einen Blick auf die Sammlung, die vom gelben Lichtschein der nächsten Straßenlaterne erhellt wurde. Es schien sich fast nur um Countrymusik zu handeln, was nicht unbedingt mein Lieblingsgenre war. Und ein Instinkt, dem ich zu vertrauen gelernt hatte, verriet mir, dass es auch nicht seins war.

»Warum suchen wir uns nicht was im Radio?«, schlug ich vor. Für den Bruchteil einer Sekunde sah er enttäuscht aus, als hätte ich einen Test nicht bestanden.

Ich durchsuchte die Sender, bis ich einen fand, der Easy-Listening-Jazz spielte. Er nickte mir anerkennend zu, als Etta James' gefühlvolle Stimme verkündete: *»At last my love has come along.«* Rückblickend wäre ein Song voller Yippie-ya-yeas vielleicht besser gewesen.

Nach leicht unbehaglichem Beginn lenkte Alex unsere Unterhaltung in sicherere Gewässer. Sein Humor zeugte von Scharfsinn. Er war die Art von Mensch, der nie die Pointe eines Witzes vergessen oder vermasseln würde, und ich lachte während der gesamten Rückfahrt. Als er vor meinem Haus hielt, hatten wir zu dem sanft neckenden Tonfall zurückgefunden, der es damals so leicht gemacht hatte, ihm weiter zu schreiben. Vielleicht war das der Grund, warum ich mich, statt ihm höflich für die Heimfahrt zu danken, fragen hörte, ob er auf einen Kaffee mit reinkommen wollte.

Er zögerte, und deshalb schob ich rasch nach: »Aber vielleicht musst du ja Connor abholen?«, fragte ich – obwohl ich genau wusste, dass sein Sohn die Nacht in Todds und Dees Haus verbringen würde. Ich hatte Alex immerhin eine gute Ausrede geliefert, aber er nahm die Chance nicht wahr.

»Nein. Ich hole ihn erst morgen ab.« Wenn er innerlich einen Kampf mit sich ausfocht, war es ein kurzer. »Ich würde liebend gern noch einen Kaffee mit dir trinken, Molly.«

»Bitte entschuldige die Unordnung«, sagte ich, als wir durch den Flur gingen, und schob schnell ein paar Turnschuhe und eine Sporttasche beiseite, die ich vor die Treppe geworfen hatte.

Alex folgte mir in die Küche und lächelte, als ich eilig alle möglichen Dinge in die Schränke räumte, um zumindest ein bisschen Ordnung zu schaffen. Anders als Tom schien Alex meine angeborene Unordnung eher sympathisch zu finden.

»Glaubst du, du weißt noch, dass du die Cornflakes in den Besenschrank geworfen hast, wenn du morgen danach suchst?«, zog er mich auf.

»Wahrscheinlich nicht«, erwiderte ich mit einem Grinsen und füllte den Wasserkocher.

Tom hatte mich immer gewarnt, dass ich meine Unordnung irgendwann bereuen würde, aber er hätte sich wohl nicht träumen lassen, dass es wirklich dazu kommen würde. In einem Raum mit so vielen halb geschlossenen Schubladen und Schränken wollte es Murphys Gesetz, dass ausgerechnet auch der mit den Medikamenten dazugehörte. Alex hatte meine Sammlung von Pillenpackungen erspäht – das erkannte ich daran, wie sich seine Miene verfinsterte. Ich schloss schnell die Schranktür, aber der Geist von Lisa hatte sich zu uns gesellt.

Er verschwand kurz, als wir ins Wohnzimmer gingen, das zum Glück ordentlich genug war, um nicht chaotisch zu wirken. »Mach's dir bequem«, forderte ich Alex auf, zog die Schuhe aus und seufzte erleichtert, was ihm ein wissendes Lächeln entlockte.

Er ignorierte jedoch meine Einladung, blieb vor dem deckenhohen Bücherregal stehen und ließ den Blick über meine eklektische Auswahl von Büchern wandern, als wollte er eine forensische Charakterstudie durchführen. Dabei konnte ich ihm nur viel Glück wünschen. Die Regale waren so voll, dass auf jedem Brett auch noch gestapelt Bücher lagen. Ich hatte schon immer gern gelesen, aber in der Zeit, als ich zu krank war, um etwas anderes zu tun, waren sie mehr als Unterhaltung gewesen; sie waren für mich ein Visum für Reisen in andere Leben, an andere Orte.

Er griff nach einem Buch, und mir blieb die Luft weg, weil es zu spät war, es zu verhindern. Ein Ausdruck geschockten Wiedererkennens huschte über sein Gesicht, als er den Band in seinen Händen anstarrte. Was war ich nur für eine Idiotin? Warum um alles in der Welt hatte ich das Astronomiebuch, an dem seine Frau mitgearbeitet hatte, dort liegen lassen, wo er es finden konnte? *Weil du nie vorhattest, ihn hereinzubitten?*, wandte mein Gewissen versöhnlich ein.

Nein. Keine gute Entschuldigung.

»Es tut mir leid, Alex. Ich hätte das wegräumen sollen.«

Er schüttelte den Kopf und ließ die Fingerspitzen über den Namen der Frau wandern, die er geliebt hatte, als würde er sie in Blindenschrift begrüßen.

Dann drehte er sich zu mir um, und seine Augen schienen in der trüben Beleuchtung zu schimmern. »Wieso hast du das?«

»Ich … ich habe mit meiner Klasse Astronomie durchgenommen. Ich dachte, ich müsste noch ein bisschen über das Thema lernen.«

Die Lüge war sehr unglaubwürdig, und es überraschte mich, dass er mich nicht zur Rede stellte. Es gab Hunderte, vielleicht sogar Tausende Bücher zu dem Thema. Ich hatte mehrere davon gelesen. Aber das Buch, das Lisa geschrieben hatte, war aus einem ganz anderen Grund in meinem Regal gelandet. Konnte man es Stalking nennen, wenn die Person, der man heimlich nachstellte, bereits verstorben war? Und machte es das Ganze besser oder schlimmer, wenn ihr Herz der Grund war, warum man selbst noch am Leben war?

»Sie hat an einem Buch für Kinder gearbeitet, wusstest du das? Es war erst halb fertig, als sie …«

Bei seinen Worten erhob ich mich, nahm ihm sanft das Buch aus der Hand und stellte es zurück ins Regal.

Seine Stimme klang brüchig, als er sagte: »Sie fehlt mir immer noch. Sie verloren zu haben wird mit jedem Tag schlimmer statt besser.«

Ich biss mir auf die Lippe, wollte ihn trösten, ihm etwas geben, woran er sich festhalten konnte, weil er wieder einmal von einer schrecklichen Welle der Trauer erfasst wurde.

»Manchmal hab ich solche Angst, dass ich vergesse – dass Connor vergisst –, wie unglaublich toll sie war.«

Ich schüttelte energisch den Kopf. »Das wird nicht passieren. Ihr werdet sie nie vergessen. Diese Art von Liebe stirbt nicht einfach. Unmöglich.« Ich wusste nicht genau, ob ich ihn damit überzeugen konnte, und es war nicht etwa so, als würde ich aus Erfahrung sprechen. So viel ich auch für Tom empfunden hatte, diese Art von Liebe war ein ganz anderes Kaliber.

Was als Nächstes passierte, war meine Schuld, nicht seine. Ich hatte den Vorschlag gemacht.

»Möchtest du … Möchtest du es hören?«

Meine Stimme klang wie Flüstern in einer Kirche, aber sein Kopf fuhr so ruckartig herum, als hätte er einen Schuss gehört. Er fragte nicht, was ich meinte. Er wusste es.

Er war ein Stück kleiner als Mac, aber trotzdem so groß, dass er sich herunterbeugen musste, um mein Angebot anzunehmen. Meine Beine zitterten, während ich mit hängenden Armen dastand, als Alex sich fast ehrfürchtig vorbeugte, bis seine Wange auf meiner Brust lag.

Der Stoff meines Kleides war dünn, und Lisas Herz klopfte bereitwillig so laut, dass er keine Schwierigkeiten hatte, es zu hören.

Er schnappte leise nach Luft, presste den Kopf fester an meinen Körper, als könnte er nicht nah genug sein. Meine linke Brust wurde zum Kissen, als er den Kopf darauf legte, um das Herz nach mehr als acht Monaten wieder zu hören.

Weil ich das Gleichgewicht behalten wollte, legte ich ihm leicht die Hände auf die Schultern, und irgendwann lagen seine Hände auf meiner Taille. Standen wir minuten- oder stundenlang so da? Ich weiß es wirklich nicht. Mir fiel erst auf, dass er weinte, als ich spürte, wie seine Tränen mein Kleid benetzten. Instinktiv strich ich ihm beruhigend über den Kopf – das letzte in einer langen Liste von Dingen, die ich nie hätte tun sollen.

Gerade hatte er noch Lisas Herz gelauscht, und im nächsten Moment lagen seine Lippen auf meinen, suchten nach etwas, das er nie finden würde. Und einen Moment lang reagierte ich darauf, bis der gesunde Menschenverstand, den ich so sträflich missachtet hatte, wieder einsetzte.

Erneut legte ich ihm die Hände auf die Schultern, aber diesmal, um ihn wegzuschieben. Er schien noch entsetzter zu sein als ich, sofern das überhaupt möglich war.

»Molly … ich … ich wollte nicht …«

Ich warf die Arme in die Luft wie flugunfähige Flügel, trat einen Schritt zurück, dann noch einen, bis ich die Sofakante hinter meinen Beinen spürte.

»Das war allein meine Schuld«, sagte ich, was, wie wir beide wussten, nicht ganz stimmte.

»Ich habe nicht gedacht … Ich meine, ich … Ich wusste, dass du es warst.«

Wir starrten uns für einen langen Moment an, ohne zu wissen, ob seine Worte das Ganze besser oder noch viel schlimmer machten.

»Ich denke, du solltest jetzt gehen«, sagte ich, und er nickte eifrig.

Ich brachte ihn zur Haustür, wo er stehen blieb und offenbar nach einer weiteren Entschuldigung suchte. Dann schüttelte er gequält den Kopf, weil er offenbar keine gefunden hatte.

»Gute Nacht, Alex«, sagte ich, öffnete die Tür und betete, dass er hindurchgehen würde, bevor ich anfing zu weinen und das Herz, das mir geschenkt worden war, brach.

Und er tat es, nur Sekunden, bevor es zu spät gewesen wäre.

Kapitel 27

ALEX

Der vergangene Abend ließ Alex keine Ruhe. Vor seinem inneren Auge tauchten immer wieder verschiedene Situationen auf, wie zufällig aus einem Fotoalbum herausgefallene Bilder, oder unverbundene Szenen aus einem Traum. Dabei hatte er ironischerweise gar nicht geträumt, denn seit seiner Rückkehr von Molly hatte er keinen Schlaf gefunden. Noch lange vor der Morgendämmerung schlug er die Decke zurück und stand auf.

Um sechs Uhr trank er auf dem Parkplatz des Sportzentrums seinen dritten Kaffee und wartete darauf, dass die Neonbeleuchtung angeschaltet wurde und das Studio öffnete. Er war noch nie der Erste im Fitnessstudio gewesen, und die Reihen unbenutzter Geräte und das Hallen seiner Schritte in der leeren Umkleide hatten etwas Unheimliches an sich.

Alex forderte sich mehr ab als sonst in der Hoffnung, ein intensives Workout würde alle Erinnerungen an den gestrigen Abend vertreiben. Nicht an den ganzen Abend, nur an die Momente, in denen er sich wie ein Idiot benommen hatte. Seine Wangen brannten, was an seinem Satz Übungen an der Rudermaschine liegen konnte oder aber daran, dass er sich schämte.

Einige Zeit später stand er unter dem nadelscharfen Wasserstrahl der Dusche und drehte den Regler langsam von dampfend heiß auf höllisch kalt. Als er aus der Duschkabine trat, hatte sich das Studio schon etwas gefüllt, und die leisen Gespräche im Umkleideraum schienen ihm so laut, als stünde er mitten in einer Menschenmenge.

Er zog sich rasch an und überlegte, was er jetzt machen konnte. Bis er Connor um zehn Uhr bei Todd abholen sollte, blieben ihm noch zwei Stunden. Er spielte mit dem Gedanken, ins Büro zu fahren und seine Gefühle durch Arbeit zu betäuben, wie so oft seit Lisas Tod. Aber das hätte das Unausweichliche nur hinausgezögert. Eine Beichte erleichterte die Seele, so hieß es jedenfalls, und Alex' Seele sehnte sich nur nach einem einzigen Ort.

Er joggte durch den losen Kies zu seinem Wagen. Beim Öffnen der Fahrertür kam ihm der Geruch von Mollys Parfum entgegen. Nicht so intensiv wie das von Lisa auf seinem Anzug, aber doch überall wahrnehmbar, als hätte es sich über die Klimaanlage verteilt. Er hatte keinen Schimmer, ob das überhaupt möglich war. Wahrscheinlicher war, dass seine Schuldgefühle den Duft heraufbeschworen. Ein olfaktorisches »Ich hab dich ja gewarnt«. Aber wie hätte er ahnen können, zu welchen Verstrickungen das Ganze führen würde? *Vielleicht hättest du auf deinen Bruder hören sollen*, mahnte ihn sein Gewissen.

Das Schnurren des Motors im Leerlauf erinnerte ihn an das einer Katze, und sofort musste er an Barbara denken. Seine Sinne setzten sich einfach über jede Logik hinweg und verbanden alles Mögliche, so weit hergeholt es auch sein mochte, mit den Menschen, die Lisa gerettet hatte.

Alex drückte aufs Gaspedal und preschte vom Parkplatz, dass der Kies nur so aufspritzte.

Beinahe wünschte er sich, das große, schmiedeeiserne Tor wäre verschlossen, denn dann hätte er nicht weitergehen müssen. Doch so hätte nur ein Feigling gedacht, und Lisa verdiente etwas weit Besseres. *Jemanden* weit Besseren als ihn – das hatte er ja immer gewusst. Er hob den Riegel an, und das Tor öffnete sich quietschend. Fast hätte er gelacht, so klischeehaft klang das Geräusch, als hätte es ein ambitionierter Sounddesigner erzeugt. Und auch der kniehohe Nebel machte den Eindruck, als stammte er aus der Trockeneismaschine eines Special-Effects-Teams.

Nicht, dass er Alex daran gehindert hätte, den Weg zu finden. Er war ihn oft genug gegangen, und seine Füße fanden den Ort, wo Lisa lag, wie von selbst. Alex besuchte sie oft und immer allein; das hier war nichts für Connor, nicht bevor er um einiges älter wäre. Todd und Dee sahen das anders, doch Alex blieb dabei.

Der Himmel war inzwischen fast hell, aber die Dunkelheit hatte sich hier in stille Winkel zurückgezogen, vielleicht aus Respekt vor den Menschen, die an diesem Ort ruhten. Immer wenn Alex den schlichten weißen Grabstein sah, traf ihn die Realität mit voller Wucht. Hier konnte er nicht so tun, als wäre Lisa bloß in den Urlaub gefahren oder würde Freunde besuchen, oder als hätten sie sich nur vorübergehend getrennt. Hier war er mit der nackten Wahrheit konfrontiert, schroff und unnachgiebig und in Marmor eingraviert, damit er sie nicht vergaß.

Als er sich ins Gras sinken ließ, war ihm, als würden sich seine Knochen verflüssigen. Mit kalten Fingern berührte er seine Lippen und fuhr dann sanft über Lisas in Stein gemeißelten Namen.

»Hallo, Schatz. Ich bin's. Ich glaub, ich hab ziemlich Mist gebaut.«

»Was ist dir denn passiert?«, fragte Dee sofort, als sie kurz vor zehn die Tür öffnete.

Alex schaute an sich hinunter und sah die Matschflecken an den Knien seiner Jeans. »Ach, ich bin nur gestolpert«, sagte er. Dee war nicht auf den Kopf gefallen, und ein frühmorgendlicher Abstecher zu Lisas Grab hätte bei ihr sofort die Alarmglocken läuten lassen.

»Eigentlich meinte ich den Panda-Look.« Sie trat einen Schritt zurück, um ihn ins Haus zu lassen.

Alex warf einen Blick in den Flurspiegel mit dem Eichenholzrahmen und bereute es sofort. »Ich hab schlecht geschlafen«, gab er zu.

Connor kam barfuß aus der Küche, und Alex merkte, wie erleichtert sein Sohn war, ihn zu sehen. Dass Connor offenbar glaubte, jedes »Bis bald« könnte das letzte sein, so wie bei seiner Mutter, brach Alex das Herz.

»Hast du Zeit für einen Kaffee?«, fragte Dee fröhlich und war schon auf dem Weg in ihre helle, einladende Küche. »Wenn du Glück hast, hat Todd dir noch ein Plunderstück übrig gelassen.«

Alex fand, er war heute so einiges, aber sicher nicht vom Glück begünstigt.

»War alles okay, als du Molly gestern Abend heimgefahren hast?«

Zu Dees Pech hatte Alex gerade den Mund voll mit Aprikosenplunder, was ihm wertvolle Zeit zum Überlegen verschaffte, während er demonstrativ weiterkaute. »Was meinst du?«

Dee schaute zu Connor und Maisie, die neben der Terrassentür bei einem Brettspiel saßen. Das Gespräch ihrer Eltern schien sie nicht zu interessieren.

»Oh … nichts. Es ist nur … so eine komische Situation, weißt du. Du scheinst … du scheinst sie zu mögen.«

Jetzt war es Alex, der zu den Kindern sah. Hatte Connor die Bemerkung seiner Tante mitbekommen? Er saß mit dem Rücken zu Alex, daher ließ es sich nicht mit Gewissheit sagen, doch der Junge wirkte merkwürdig still, als würde er auf Alex' Antwort warten.

»Ich mag sie. Ich mag sie so, wie ich Barbara, Jamie und Mac mag.« Die Lüge schmeckte bitter, was mit der Süße der Aprikose kontrastierte.

Dees Blick verriet ihm, dass sie ihm das nicht abkaufte, doch sie zuckte mit den Schultern. Leise, damit die Kinder sie nicht hörten, sagte sie: »Versprich mir einfach, dass du vorsichtig bist, Alex. Ich mache mir Sorgen, du könntest eine Grenze überschreiten.«

»Das würde ich nie tun«, versicherte ihr Alex. Die Lügen häuften sich. Bald würden es zu viele sein, um sie zu zählen.

»Fahren wir nicht nach Hause?«

»Wir machen bloß einen kleinen Umweg und kaufen Blumen«, erklärte Alex, den Blick halb auf die Straße, halb auf seinen Sohn im Rückspiegel gerichtet.

»Für Molly?«

Alex würgte den Gang rein wie ein Anfänger bei seiner ersten Fahrstunde. Connor hatte also *doch* zugehört.

»Warum sollte ich Molly Blumen schenken?«

Connor zuckte vielsagend mit den Schultern. »Ich weiß nicht. Früher hast du Mummy immer welche geschenkt.«

»Das war was anderes«, erwiderte Alex und spürte eine Enge im Hals bis hin zur Brust. »Ich habe Mummy lieb gehabt, und Blumen haben sie glücklich gemacht, deshalb habe ich ihr welche geschenkt.«

»Willst du nicht, dass Molly glücklich ist?«

Alex durfte Connor nicht mehr so viel Zeit bei Dee verbringen lassen, der Junge schien sich ihre hervorragenden Verhörtechniken abzuschauen.

»Doch, ich will, dass *alle* Menschen glücklich sind«, antwortete er in dem Bewusstsein, dass er wie ein Teilnehmer eines Schönheitswettbewerbs klang.

»Molly ist nett«, sagte Connor und begegnete im Rückspiegel Alex' Blick. »Wie Mummy.«

All die Bücher, Internetartikel und Podcasts über zelluläres Gedächtnis hatten ihn irgendwie an diesen Punkt geführt.

Aber es war noch zu früh. Connor versuchte, eine Tür aufzustoßen, für deren Öffnung noch niemand bereit war.

»Die Blumen sind für Barbara«, sagte er bestimmt. »Als Dankeschön, weil sie gestern Abend auf euch aufgepasst hat.«

»Schon wieder Blumen? Ach, Alex, das wäre doch nicht nötig gewesen! Du meine Güte, sind die schön.«

»Connor hat sie ausgesucht«, antwortete er und schob seinen kleinen Sohn nach vorn, damit er ihr den Strauß überreichte.

Barbara nahm ihn entgegen, legte ihn zur Seite und breitete die Arme aus. Zu Alex' Überraschung ließ sich sein Sohn an Barbaras beachtlichen Busen drücken. Das war definitiv neu. Selbst als Lisa noch lebte, hatte Connor stets Zurückhaltung an den Tag gelegt, wenn es darum ging, Menschen, die nicht zu seiner unmittelbaren Familie gehörten, Zuneigung zu zeigen.

»Also, ich fühle mich heute Vormittag gleich doppelt verwöhnt – ihr seid schon meine zweiten Gäste.«

»Oh, wir wollen auf keinen Fall stören«, sagte Alex, doch Barbara trat schon beiseite und winkte sie herein.

»Unsinn. Außerdem kennt ihr meinen anderen Besuch genauso gut wie ich.«

Molly, schoss es Alex durch den Kopf. Gestern Abend hatte sie erwähnt, wie einsam Barbara sein musste und dass sie versuchen würde, öfter bei ihr vorbeizuschauen. Wie hoch war die Wahrscheinlichkeit, dass sie dafür denselben Zeitpunkt gewählt hatten?

Nachdem er die Blumen überreicht und sich hatte umarmen lassen, trat Connor wieder zurück und versteckte sich halb hinter Alex' Beinen. Vor Jahren hatte Lisa ihm dieses Verhalten mit viel Geduld abgewöhnt, in letzter Zeit zeigte er es aber leider von Neuem. Doch auf ein komisches Maunzen aus dem Wohnzimmer hin wagte sich Connor wieder aus der Deckung. »Was war das?«, fragte er neugierig.

Barbaras Augen glänzten, als sei sie hochzufrieden damit, wie die Dinge sich entwickelten. »Das sind die Kätzchen«, sagte sie, beugte sich hinunter und hielt ihm einladend die Hand hin. »Magst du sie dir mal anschauen?«

Connor ergriff Barbaras Hand, womit sich jede Hoffnung zerschlug, ein peinliches Wiedersehen mit Molly zu vermeiden.

»Sind das Megs Junge?«, erkundigte er sich, stolz, dass er sich an den Namen der Katze noch erinnerte.

Barbara schien das auch zu freuen. Sie nickte.

»Ja. Sechs kleine Schönheiten. Schaut sie euch an.«

Alex rang sich ein Lächeln ab in der Hoffnung, es würde überzeugend wirken, und machte sich darauf gefasst, der Frau gegenüberzutreten, die er vor zwölf Stunden weinend zurückgelassen hatte.

Aber es war Jamie.

Er saß im Schneidersitz auf dem Boden, neben ihm ein Haufen aus Styroporverpackungsteilen und mehrere Fernbedienungen.

»Ah, du hast ihn schon zum Laufen gebracht. Du bist so ein gescheiter junger Mann, Jamie.«

Er kam mühelos in den Stand. Alex erinnerte sich, das als junger Mann auch mal gekonnt zu haben. »Hallo«, sagte Jamie und hielt nicht Alex, sondern Connor die Hand hin.

Alex staunte nicht schlecht, als die beiden eine komplizierte Abfolge von Faustchecks, High-Fives und Abklatschen vollführten.

»Du kannst es ja noch!«, rief Jamie begeistert.

Connor schien sich darüber zu freuen und hockte sich dann fasziniert neben einen Käfig in der Zimmerecke. Barbara zeigte ihm jedes der kleinen Fellbündel und verriet ihm die Namen der einzelnen Katzenbabys.

Alex wandte sich wieder an Jamie, der inzwischen die herumliegenden Styroporteile aufsammelte und in den Karton des Fernsehers stopfte. »Nett von dir«, sagte Alex und hoffte, dass er nicht herablassend klang.

Jamie schien es ihm nicht krumm zu nehmen. »Sie hat mir erzählt, sie hat den Fernseher vor zwei Wochen gekauft, hat aber niemanden, der ihn für sie anschließen konnte. Ich fand das irgendwie traurig.«

Beide Männer schauten zu Barbara, die Connor geduldig erklärte, dass die Katzenjungen fürs Erste bei ihrer Mutter im Käfig bleiben mussten.

»Damit sie sich um sie kümmern kann«, sagte Connor ernst.

»Genau, mein Schatz. Wenn sie ein bisschen älter sind, brauchen sie sie nicht mehr.«

Connor schob trotzig das Kinn vor und schüttelte den Kopf. »Sie werden ihre Mummy immer brauchen«, widersprach er.

Barbara wischte sich mit ihrer faltigen Hand eine Träne von der Wange. Und wie Alex glaubte, war sie nicht die Einzige. Jamie hatte sich gerade auffallend interessiert über die Bedienungsanleitung des Fernsehers gebeugt, den er schon fertig eingerichtet hatte.

»Möchtest du sie mal halten, Connor?«, fragte Barbara freundlich.

Connor schaute kurz zu Alex hinüber, als rechne er bereits damit, enttäuscht zu werden. *Das erwartet er also von mir*, dachte Alex traurig.

»Ich weiß nicht, Barbara. Connor ist es nicht gewohnt, mit Tieren umzugehen, und sie sind noch sehr jung und verletzbar.«

»Das schafft er schon«, sagte Barbara, schob den Riegel zurück, und bevor Alex etwas einwenden konnte, drehte sie

Connors Handflächen nach oben und legte ein weißes Katzenbaby hinein.

Sie beobachtete die beiden eine Weile und erhob sich dann. »Ich glaube, jetzt brauchen wir eine Tasse Tee!«, rief sie und verschwand in der Küche.

»Das ist dann meine vierte. Im Bus nach Hause werde ich die ganze Zeit aufs Klo müssen«, witzelte Jamie.

»Darfst du immer noch nicht Auto fahren?«

Ein paar Sekunden lang wirkte Jamie völlig verwirrt, aber dann fiel ihm offenbar wieder ein, was er ihnen mal erzählt hatte. Zu Alex' Überraschung tat Jamie ihm leid. Es musste ziemlich erschöpfend sein, bei so vielen erfundenen Geschichten den Überblick zu behalten.

Alex und Connor blieben weit länger, als sie vorgehabt hatten, vor allem, weil Connor so glücklich wirkte wie schon lange nicht mehr, als er der Reihe nach mit jedem von Megs Katzenjungen spielte. Alex hatte bemerkt, dass er dem kleinen Kätzchen, das Barbara ihm zuerst in die Hände gelegt hatte, besondere Aufmerksamkeit schenkte.

»Sieht so aus, als bekommt ihr ein neues Familienmitglied«, scherzte Jamie leise, nachdem er beobachtet hatte, wie Connor mit dem Katzenjungen sprach, um es zu beruhigen.

»Glaube ich nicht. Wir haben gerade genug zu bewältigen. Wir brauchen keinesfalls noch etwas, worum wir uns sorgen müssen. Vielleicht schaffen wir uns mal einen Hund an, wenn Connor ein paar Jahre älter ist.«

Barbara sagte nichts, doch Alex wusste, dass sie ihn über den Rand ihrer Teetasse genau beobachtete. Als er feststellte, es sei nun Zeit zu gehen, wirkte Connor geknickt und ließ die Schultern hängen.

»Ich bin sicher, wir können Barbara noch mal besuchen und uns die Kätzchen anschauen.«

»Jederzeit. Ihr seid immer willkommen. Ihr alle«, sagte Barbara.

»Soll ich dich nach Hause fahren, Jamie?«

Für einen kurzen Augenblick blitzte in Jamies Gesicht Panik auf. »Äh, danke, aber ich treff gleich ein paar Freunde im Park zum Fußballspielen.«

Für Nachmittagssport war Jamie nicht gerade passend gekleidet, und eine Sporttasche hatte er auch nicht dabei, aber Alex wollte ihn nicht darauf ansprechen. »Das heißt, du magst Fußball?«, fragte er und spielte bei Jamies Lüge mit.

»Ja, und Schwimmen«, antwortete der, stand auf und schnappte sich die letzten beiden Schokoladenkekse vom Teller. »Bevor ich krank wurde, war ich Rettungsschwimmer. Ich hab zwei Leute vor dem Ertrinken gerettet. Hab 'ne Medaille gekriegt, das volle Programm.«

Connor war offensichtlich der Einzige im Wohnzimmer, der das Ganze für bare Münze nahm. Er sah Jamie an, als wäre er ein Marvel-Superheld.

»Kannst du schwimmen, Kleiner?«, fragte Jamie.

Connor schüttelte den Kopf.

»Connor hat ein bisschen Angst vor Wasser. Wir hatten letzten Sommer vor, ihn zum Schwimmunterricht anzumelden ...« Alex führte den Satz nicht zu Ende. Noch so ein Plan von Lisa, den er nicht in die Tat umgesetzt hatte. *Nächsten Sommer*, sagte er zu sich selbst.

Kapitel 28

MOLLY

Ich sag's nur ungern, aber vielleicht solltest du Bertie auf Diät setzen.«

»Schsch«, sagte meine Mutter und hielt dem Terrier die Ohren zu. »Denk nicht mal daran, das D-Wort in seiner Gegenwart zu erwähnen.« Mutters Hingabe an ihren lebhaften kleinen Terrier überraschte mich immer wieder. Auf ihre Art hing sie ebenso an dem vierbeinigen Gefährten wie Barbara an ihren Katzen.

Im Haus duftete es nach Brathähnchen, was Berties zuckende Nase mit Sicherheit schon erschnuppert hatte. Mum übertrieb es immer ein bisschen mit dem Kochen, wenn ich sie besuchte, aber ich hätte den Teufel getan und ihr gesagt, dass ich auch mit einem Sandwich zufrieden gewesen wäre. Als der Ofen-Timer piepste, verschwand Mum in der Küche, nachdem sie mein Angebot, ihr zu helfen, entschieden ausgeschlagen hatte. »Du bleibst schön sitzen und ruhst dich aus«, drängte sie mich, noch immer nicht ganz fähig, die Vergangenheit loszulassen. »Lass mich dich ein bisschen verwöhnen, Molly«, sagte sie sanft. »Ich bin immer noch so dankbar, dass ich das tun kann.«

Dagegen kam ich nicht an. Wenn es sie glücklich machte, hätte ich bereitwillig eine ganze Hühnerfarm vertilgt.

Wir verbrachten einen entspannten Vormittag damit, uns ihre Fotos von der Kreuzfahrt anzusehen, bevor sie zögernd gestand, dass sie überlegte, gleich die nächste zu buchen.

»Ich weiß, das ist viel Geld«, sagte sie schuldbewusst, »und auch, dass ich gesagt habe, die letzte wäre eine einmalige Sache …«

»Ehrlich, Mum, ich finde, das ist eine tolle Idee, du brauchst dich wirklich nicht vor mir zu rechtfertigen.«

Sie sah erleichtert aus, und ihr Gesicht wurde weich, als sie einen Blick über meine Schulter warf. Ich kannte ihr Wohnzimmer so gut wie mein eigenes und wusste, dass sie zum Bücherregal hinüberschaute, auf dem eines der letzten Fotos von meinem Vater stand.

»Daddy hätte gewollt, dass du die Welt erkundest und neue Freunde findest, statt deine Zeit allein zu verbringen und ihn zu vermissen.«

Mir hätte klar sein sollen, dass ich gerade ein Thema angeschnitten hatte, das meine Mutter nur zu gern aufgriff.

»Wenn wir schon davon reden, Altes hinter sich zu lassen und neue Freunde zu finden …«, begann sie. Ich seufzte in dem Wissen, wo diese Unterhaltung hinführen würde. »Triffst du dich immer noch mit der Familie deiner Spenderin und den anderen Organempfängern?«

Es klang merkwürdig, wenn man sie auf eine so klinische Art beschrieb. Für mich waren sie nur noch Alex, Connor, Mac, Jamie und Barbara. Aber ich wusste, die Tatsache, dass wir uns immer noch trafen, verwirrte meine Mutter. »Wo führt das hin?«, fragte sie.

»Tja, ich glaube nicht, dass sie die Organe zurückhaben wollen«, sagte ich und beging damit den Fehler, darüber zu scherzen.

»Das ist kein Witz, Molly. Es ist alles so … verwickelt.«

Mum hatte sich noch nie in meine Freundschaften eingemischt, nicht mal bei den etwas dubioseren Freunden, die ich als Teenager hatte, also war es uns beiden etwas unangenehm, dass sie so besorgt über meine Beziehung zu Lisas Familie und den anderen Transplantatempfängern sprach.

Und um ehrlich zu sein, konnte ich nichts Schlechtes daran erkennen, dass wir über WhatsApp in Kontakt blieben und uns gelegentlich trafen – selbst wenn ein paar dieser Treffen ungeplant waren. Es war entschieden seltsam, wie oft unsere Wege sich plötzlich in einer Stadt dieser Größe kreuzten. Ich war Mac zweimal begegnet: einmal im Krankenhausflur bei meiner letzten Untersuchung, als wir uns vor unseren Terminen einen Kaffee geholt hatten, und dann letzte Woche im Foyer eines Multiplexkinos.

Kyra und ich wollten uns eine kitschige romantische Komödie ansehen und berieten gerade, welche übergroße Popcorntüte wir erstehen sollten, als ich aufschaute und Mac lässig an einer Säule lehnen sah. Er schien auf jemanden zu warten, und da er in der Nähe der Damentoilette stand, vermutete ich, dass es Andi war.

Da unser Film bald anfing, grüßten wir uns nur flüchtig. Das Licht im Saal wurde schon gedimmt, als Kyra und ich uns auf unsere Plätze setzten. Als der Vorspann anlief, beugte sich Kyra zu mir herüber und drückte meinen Unterarm. »Ich habe nur ein Wort für ihn«, sagte sie leise, was uns aber trotzdem ein Stirnrunzeln von der Frau vor uns einbrachte. »Hammer. Einfach nur Hammer.«

»Das waren vier Worte«, zischte ich zurück und lächelte in der Dunkelheit. Kyra und Mac? Ich hatte ihn ihr gegenüber schon mal erwähnt, aber konnte das tatsächlich etwas werden? Der Gedanke lenkte mich so sehr ab, dass ich den Anfang des Films nicht mitbekam.

Die anderen zufälligen Begegnungen waren eher prosaischer Natur. Ich hatte Barbara im Supermarkt getroffen und sie nach Hause gefahren, ihren Protest ignorierend, sie könne auch ein Taxi nehmen. Und ich hatte Jamie und eine niedergeschlagen aussehende ältere Dame aus einem Geschäft in der Stadt kommen sehen. Ihrer Ähnlichkeit nach zu urteilen war sie seine Mutter, obwohl sie nicht die glamouröse, pferdebegeisterte Frau war, die ich mir seinen Beschreibungen nach vorgestellt hatte. Sie wirkte am Boden zerstört, und er versuchte anscheinend, sie zu trösten. Ich überlegte gerade, ob ich Hallo sagen sollte, als mir auffiel, dass über dem Geschäft, aus dem sie gekommen waren, drei Messingkugeln über dem Eingang hingen – ein Pfandleihhaus. Was auch immer sie da drinnen gemacht hatten, es hatte beide sehr mitgenommen, und ich wollte nicht stören. Wie eine Spionin in einem Film versteckte ich mich in einem Ladeneingang, bis sie fort waren.

Ich versuchte, mir einen Reim auf diese drei zufälligen Begegnungen zu machen, denn ich weigerte mich, zu dem offensichtlichen Schluss zu kommen: dass das Schicksal entschlossen schien, dafür zu sorgen, dass wir gleichsam magnetisch voneinander angezogen wurden.

Es gab jedoch eine Person, die ich in letzter Zeit nicht gesehen hatte, auch nicht unbeabsichtigt, und in Anbetracht dessen, was beim letzten Zusammentreffen passiert war, ging das für mich absolut in Ordnung.

Mum rief mir etwas aus der Küche zu, und ich muss eine passende Antwort gegeben haben, auch wenn ich keine Ahnung hatte, welche, weil ich in Gedanken wieder ganz bei meiner letzten Begegnung mit Alex war.

Seine erste Entschuldigung schickte er mir per Textnachricht, die er noch auf der Fahrt nach Hause geschrieben haben musste. Die zweite kam auf einer Karte, sie steckte tief in einem Blumenstrauß, der auf mich wartete, als ich von der Arbeit kam. Wenn ich den Mut gehabt hätte, auf eine davon zu antworten, hätte ich vielleicht Entschuldigung Nummer drei vermieden, die Alex kurze Zeit später persönlich überbrachte.

Er stand im leichten, abendlichen Sprühregen vor meiner Haustür. Selbst im trüben Licht der Außenbeleuchtung war deutlich erkennbar, dass die Ringe um seine Augen noch dunkler waren als meine.

»Alex«, sagte ich und versuchte, überrascht statt schockiert zu klingen. Ich hatte mir mehr Zeit erhofft, um mein Gefühlschaos wegen dem, was zwischen uns passiert war, verarbeiten zu können. Obwohl, war tatsächlich irgendetwas passiert? Es war nur ein unbedachter Moment gewesen, ein Versehen, das wir am besten schnell wieder vergaßen.

»Komm rein«, bat ich ihn und fröstelte leicht in der kühlen Abendluft.

Er schüttelte den Kopf, und Regentropfen fielen aus seinen Haaren und blitzten auf wie fallende Juwelen. »Nein. Ich glaube, das ist keine gute Idee. Das hier wird nicht lange dauern.«

Mir wurde flau im Magen.

»Ich …«, begann er, »ich wollte dich sehen. Wollte dir sagen, wie leid es mir tut, dass …«

»Schon gut. Du brauchst gar nichts zu sagen«, unterbrach ich ihn in der Hoffnung, die Rede, die er anscheinend vorbereitet hatte, im Keim zu ersticken.

»Aber ich muss«, widersprach er, einen Schmerz im Blick, von dem ich nicht wusste, wie ich ihn lindern sollte. »Du bist mir wichtig, Molly. Du warst mir eine gute Freundin, als ich eine brauchte, während ich … Na ja, ich glaube, ich kann von mir nicht dasselbe behaupten. Und das macht mich fertig, weil du etwas Besseres verdient hast nach allem, was dir geschehen ist. Du hast jemanden verdient, der dir in die Augen schaut und da niemanden sieht außer dir. Aber ich weiß nicht genau, ob ich das im Moment kann.« Er wandte sich ab, vermochte mir bei seinem Geständnis nicht in die Augen zu sehen. »Ich weiß nicht, ob ich je dazu in der Lage sein werde.«

Ich umklammerte den Türrahmen so fest, dass mir die Hand wehtat, aber wenigstens hatte ich dadurch etwas, worauf ich mich konzentrieren konnte.

»Alex, alles ist gut. Wir haben etwas, das uns auf so einzigartige Art miteinander verbindet, es ließ sich kaum vermeiden, dass es ein wenig kompliziert werden würde. An dem, was neulich Abend passiert ist, war niemand schuld. Das war doch nur eine Nichtigkeit.«

Ich wand mich innerlich bei dieser Floskel. Denn natürlich war es keine Nichtigkeit. Wir befanden uns auf unbekanntem Gelände und hatten eine Abzweigung genommen, die in die komplett falsche Richtung führte. Meine größte Angst war, dass wir so weit vom Weg abgekommen waren, dass wir nicht mehr zurückfanden. Zu spät fielen mir die warnenden Worte der Transplantationskoordinatorin wieder ein, warum Spenderfamilien und Empfänger sich besser nicht kennenlernen sollten.

»Ich will dich als Freundin nicht verlieren, Molly, und ich hab wirklich Angst, dass das nach meinem Verhalten neulich Abend passieren könnte.«

Ich schluckte geräuschvoll.

»Aber ich weiß, das ist selbstsüchtig von mir, und wenn du beschließt, dass du von nun an lieber Abstand halten willst, werde ich deine Entscheidung natürlich respektieren. Aber ich bete, dass du es nicht tust, weil ich nicht der Einzige bin, der dich braucht … Connor braucht dich ebenfalls – vielleicht sogar noch mehr als ich.«

Beim Gedanken daran, diesen wunderbaren kleinen Jungen nie wiederzusehen, hatte ich das Gefühl, dass sich mir der Magen umdrehte.

»So, wie er sich in deiner Gegenwart verhält«, fuhr Alex fort, »die Art, wie du Zugang zu ihm findest … tja, das ist etwas, was niemand mehr geschafft hat, seit …«

Bitte, sag's nicht, flehte ich stumm. *Sag ihren Namen nicht.* Vielleicht sah Alex die Panik in meinen Augen, denn er brach ab.

»Können wir die Zeit zurückdrehen?«, fragte er. »Hast du genug Vertrauen in mich und glaubst, dass ich es nicht wieder vermassle? Lässt du mich wieder dein Freund sein?«

Nur jemand mit einem Herzen aus Stein hätte ihm das abschlagen können.

»Du hast nie aufgehört, mein Freund zu sein, Alex. Keine Sekunde lang.«

Der rasende Herzschlag in meiner Brust beruhigte sich allmählich.

Kapitel 29

ALEX

Alex hatte nie an Zeichen und Vorbestimmung geglaubt. Lisa hingegen war von solchen Sachen begeistert gewesen. Fröhlich hatte sie ihm einmal erzählt, kurz nach ihrer ersten Begegnung eine Wahrsagerin konsultiert zu haben. Die Frau hatte Lisa bestätigt, ihr sei kürzlich der Mann über den Weg gelaufen, den sie heiraten werde.

»Ach, wirklich? Kenne ich ihn?«, hatte er gefragt, sie umarmt und zärtlich an ihrem Hals geknabbert. Sie hatte sich an ihn geschmiegt, und ihr lustvolles Seufzen hatte ihn mehr erregt, als er ihr zeigen wollte. Er brauchte keine Hellseherin, um Gewissheit zu haben, dass seine Suche vorbei war. Er hatte die Frau gefunden, mit der er den Rest seines Lebens verbringen würde.

Aber jetzt geschahen Dinge, die seine Überzeugungen nicht nur erschütterten, sondern sie komplett über den Haufen warfen. Der rationale Teil von ihm hatte schon einen gewaltigen Glaubenssprung gewagt, als er die Theorie des zellulären Gedächtnisses akzeptierte. Die Menge angesehener Ärzte und anderer Fachleute, die feststellten, es gebe zu viele Fälle, als dass man sie einfach abtun könne, bestätigte ihn darin. Aber das war erst der Anfang. Es war, als hätte Alex eine Tür geöffnet – und sei es auch nur einen Spaltbreit –, durch die nun alle möglichen Gedanken einen Weg in seinen Kopf fanden.

Es war schon nach zehn, und Alex überlegte, ob er noch eine Folge von der Thrillerserie schauen sollte, auch wenn sie ihn nicht sonderlich interessierte. Es hätte ihm einige Mühe bereitet, den düsteren, wendungsreichen Plot zusammenzufassen oder sich auch nur an den Namen einer Figur zu erinnern. Und doch schaltete er den Fernseher dieser Tage selten aus. Die Stimmen aus der Flimmerkiste halfen ihm dabei, sich vorzugaukeln, nicht schon wieder einen Abend allein zu verbringen.

Als es ans Fenster pochte, fuhr ihm der Schreck derart in die Glieder, dass sein Herz raste. Warum tappte da jemand durch die Blumenbeete, anstatt an der Haustür zu klingeln? Obwohl es ihm albern vorkam, schaute er sich vorsorglich nach einer möglichen Waffe um, doch etwas Bedrohlicheres als die Fernbedienung war nicht greifbar. Alex ging zum Fenster und riss die Vorhänge auf. Eine fürchterliche Horrorfilmsekunde lang starrte sein eigenes Gesicht ihn an. Er schnappte nach Luft und ließ die Fernbedienung fallen, das Batteriefach sprang auf, und die Batterien rollten über den Boden. Erst ein paar Sekunden später wurde Alex klar, dass er in der Fensterscheibe sein eigenes Spiegelbild sah und dahinter, im Dunkeln, ein Gesicht, das seinem sehr ähnelte.

»Todd! Mann, du hast mich fast zu Tode erschreckt!«, zischte Alex.

Sein Bruder zuckte verlegen mit den Schultern und deutete in Richtung Haustür. Auf dem Weg zum Flur flaute Alex' Aufregung etwas ab. Keine Gruselschocker mehr, sagte er sich und öffnete die Tür.

»Warum zum Teufel schleichst du nachts in meinem Garten rum wie ein Einbrecher?«

»Ich wollte nicht klingeln und Connor wecken.«

»Er wäre auch aufgewacht, wenn ich dir eins übergezogen hätte, weil ich dich mit einem Einbrecher verwechselt habe«, sagte Alex, mehr aus der Fassung, als ihm lieb war.

»Mit der Fernbedienung?« Todd grinste.

Alex musste wider Willen lachen. »Ach, das hast du gesehen?«

Sie gingen in die Küche, und Alex holte zwei Flaschen Bier aus dem Kühlschrank. Eine davon hielt er hoch und zeigte sie seinem Bruder. Todd nickte. An die Arbeitsplatten gelehnt, tranken beide direkt aus den eiskalten Flaschen.

»Dee hat dich wohl rausgeschmissen?«, witzelte Alex, denn er wusste sehr gut, dass die Ehe seines Bruders genauso stabil war wie früher seine eigene.

»Quatsch. Ich wollte dich um einen Gefallen bitten.«

Alex nickte ermutigend. Nach allem, was Todd und seine Frau seit dem Unfall für ihn getan hatten, gab es nur sehr wenig, was er ihm hätte abschlagen können.

Todd kramte in seiner Hosentasche. »Ich hab da irgendwo so 'n Teil …«

»Haben wir das nicht alle, Kumpel? Aber ich bin nicht scharf darauf, dass du es mir zeigst.«

Todd musste so sehr lachen, dass er Tränen in den Augen hatte. »Ich glaub, das ist dein erster Witz seit fast einem Jahr.«

Hatte sein Bruder recht? Früher war Alex ständig zu Scherzen aufgelegt gewesen. Wenn er an die Tage, Wochen, Monate und Jahre seiner Ehe zurückdachte, dann waren ihm zwei Dinge immer besonders wichtig gewesen: die Liebe und das Lachen. Und beides war ihm auf einen Schlag genommen worden.

Todd hatte endlich gefunden, was er suchte. »Ich muss für morgen einen Bericht für die Arbeit ausdrucken, aber unser toller High-End-Drucker hat beschlossen, den Geist aufzugeben. Kann ich deinen benutzen?«

»Klar«, sagte Alex leichthin. »Du weißt ja, wo er steht.«

Sein Bruder ging Richtung Treppe.

»Du könntest Jamie fragen, ob er sich deinen mal anschaut. Hat er nicht irgendwas erzählt, von wegen, er kennt sich total gut mit IT-Kram aus?«

Todd blieb auf der Treppe stehen und grinste. »War das vor seiner Zeit als Roadie, Unternehmer, Rettungsschwimmer und Rallyefahrer oder danach?«

»Scheißanwälte«, gab Alex lachend zurück. »Immer so skeptisch und misstrauisch.« Ironischerweise würde er bald erleben, wie sehr seine scherzhaft gemeinte Bemerkung zutraf.

Alex hatte sein Bier ausgetrunken und sich gegen ein weiteres entschieden, da meldete sich Todd aus dem Obergeschoss. »Hast du noch mehr Papier?«, flüsterte er überlaut. »Das Fach ist leer.«

»Regal neben dem Schreibtisch, unterstes Brett«, antwortete Alex.

Gerade war er dabei, die Spülmaschine auszuräumen, da durchfuhr es ihn heiß. Er richtete sich so schnell auf, dass gleich mehrere Rückenwirbel knackten. *Das unterste Regalbrett.*

Alex stürzte in den Flur, aber Todd kam schon die Treppe herunter, mit jenen Beweisstücken in der Hand, die er eigentlich nicht hatte finden sollen. Ihre Blicke trafen sich, und nun war das Lachen aus Todds Augen verschwunden. Alex ging mit schweren Schritten zurück in die Küche, zog sich einen Stuhl heran und setzte sich resigniert an den Tisch.

Todd würde jetzt die komplette Anwaltsnummer abziehen, das war ihm bereits klar, als sein Bruder die Bücher auf den Tisch legte, und zwar so, dass die Titel alle zu Alex zeigten, nur für den Fall, er könnte vergessen haben, um welches Thema es ging. Acht Bücher, alle über das zelluläre Gedächtnis. In Gedanken hörte Alex seinen Bruder bereits sagen: *Wenn das Hohe Gericht es gestattet, würde ich gern folgende Beweisstücke vorlegen …*

»Was ist das, verdammt noch mal?«

Alex wollte schon »Bücher« antworten, aber nach einem Blick in Todds bekümmertes Gesicht überlegte er es sich anders.

»Die hab ich mal vor Ewigkeiten gekauft. Ich hab ganz vergessen, dass ich sie besitze.« Wie leicht ihm diese Lüge über die Lippen ging, erstaunte ihn selbst.

»Und warum steckt da als Lesezeichen ein Kassenbon von letzter Woche drin?«, schoss Todd zurück.

Alex nickte anerkennend, wenn auch widerwillig. Todd hatte definitiv den richtigen Beruf gewählt.

»Es gibt dokumentierte Fälle, bei denen …«

Todd brachte ihn mit einem einzigen Blick zum Schweigen. »Ja, genau wie diese Berichte über Alienentführungen.« Er seufzte und klang plötzlich viel älter, als er war. Todd deutete auf die Bücher. »Das ist keine Fachliteratur, Alex. Sie basieren nicht auf Fakten. Zelluläres Gedächtnis, das ist noch nicht mal ein nachgewiesenes Phänomen – das ist Pseudowissenschaft.«

Alex war insgeheim beeindruckt, dass sein Bruder den Begriff überhaupt kannte. Es zeigte, dass er sich auch über das Thema informiert hatte – wobei er offensichtlich zu ganz anderen Schlussfolgerungen gekommen war als Alex.

Müde ließ sich Todd auf den Stuhl ihm gegenüber sinken. »Okay«, sagte er, beugte sich vor und stützte die Ellbogen auf den Tisch. »Erklär's mir. Erzähl mir genau, was deiner Meinung nach gerade passiert.«

Alex schüttelte den Kopf. »Nein. Was würde das bringen? Du hältst mich doch sowieso schon für übergeschnappt.«

Todd schob die Bücher beiseite, was irgendwie etwas Symbolisches hatte, und griff nach Alex' Hand. »Nein. Überhaupt nicht. Ich denke, dass du leidest und verwirrt bist und dass du da einer Sache aufgesessen bist, von der du glaubst, sie wird dir helfen. Ich fürchte aber, sie wird dich nur noch weiter runterziehen. Trotzdem möchte ich hören, was du glaubst.« Ergeben hob er die Hände. »Ich verspreche dir, ich werde dich nicht unterbrechen, nichts kommentieren, bis du fertig bist.«

Es wurden nicht gerade die angenehmsten zwanzig Minuten von Alex' bisherigem Leben. Selbst für seine eigenen Ohren hörten sich seine Theorien wie Hirngespinste an, jetzt, wo er sie das erste Mal aussprach. In seinem Kopf waren sie ihm nicht halb so verrückt vorgekommen.

»Also, damit ich das richtig verstehe«, sagte Todd langsam, während er gedanklich ordnete, was sein Bruder ihm gerade erzählt hatte. »Du glaubst, dass Lisas Liebe zu dir in dem Herzen zurückgeblieben ist, das Molly transplantiert wurde. Dass Lisa, als sie dir sagte, sie würde dich lieben, solange ihr Herz schlägt, damit nicht nur ihre Liebe zum Ausdruck bringen wollte, sondern es wortwörtlich gemeint hat?«

Alex senkte den Blick und betrachtete die Maserung der Holztischplatte. Das war leichter, als seinem Bruder in die Augen zu sehen.

»Und was heißt das für Molly?«, wollte Todd wissen. »Hat sie dir gesagt, dass sie unerwartet festgestellt hat, in dich verliebt zu sein?«

In einer Art Flashback hatte Alex wieder den Kuss in Mollys Wohnzimmer vor Augen und wie sie beide zurückgeschreckt waren. Fast spürte er ihre kleinen Hände auf seinen Schultern, die ihn wegschoben.

»Da ist was – mit Molly, meine ich«, beharrte er. »Ich hab es gespürt, schon bevor wir uns überhaupt begegnet sind. In ihren Briefen.«

»Das war Dankbarkeit, Alex. Und ja, vielleicht hat sich zwischen euch schnell eine echte Freundschaft entwickelt, aber ich glaube wirklich, dass es für deine Gefühle eine weit logischere Erklärung gibt.«

Alex hob langsam den Kopf.

»Molly ist eine sehr nette Frau. Und sie entspricht auch ziemlich dem Frauentyp, den du früher attraktiv fandest. Klein und kurvig. Das war dein Beuteschema, als du jünger warst. Lisa fiel da raus, sie war anders, sie war die Ausnahme von der Regel.« Todd griff wieder nach Alex' Hand. »Sie war in jeder Hinsicht anders.« Er seufzte. »Ich weiß, du willst das nicht hören. Ich weiß, du wirst sagen, es ist noch zu früh oder ... verdammt, was weiß ich ... dass es nie dazu kommen wird, niemals. Aber wenn du mich fragst, ich glaube, du fühlst dich zu Molly hingezogen, *sexuell* hingezogen, und weil du den Gedanken nicht ertragen kannst, Lisa zu betrügen, hast du dir irgendwie eingeredet, dass Lisa in Molly weiterlebt. Dass Molly nicht mehr ist als eine Hülle, die dir Lisa zurückgibt.«

Todd griff nach seiner Bierflasche und kippte den Rest in einem Zug hinunter. »Und offen gesagt ist das ein ziemlich mieser Deal, für Molly *und* für Lisa.«

Er begann, die Argumente an den Fingern abzuzählen. »Molly ist nicht Lisa. Das Herz ist nur ein Muskel, der Blut durch den Körper pumpt. Es hat nur in der Welt der Grußkarten etwas mit Gefühlen zu tun. Die Empfänger von Lisas Organen sind nicht für einen übergeordneten, verborgenen Zweck in dein Leben getreten. Es war alles bloß Zufall.«

Ihm waren die Finger ausgegangen, aber nicht die Dinge, die er loswerden wollte. »Als Lisa gesagt hat, ihre Liebe wird nicht vergehen, da hatte sie recht. Aber ihre Liebe ist nicht in einen anderen Körper übergegangen. Sie wird weiterleben, aber in deiner Erinnerung, nicht in Mollys Herzen. Du musst damit aufhören, Kumpel, bevor du noch jemandem wehtust. Bevor du irgendwelche Dummheiten machst.«

Da war der Kuss wieder, direkt vor Alex' innerem Auge. »Ich glaube, das ist schon passiert.«

Kapitel 30

MOLLY

Den ersten Tag der Schulferien reservierte ich sonst immer für absolutes Nichtstun. Aber diesmal nicht. Heute würde ich, obwohl ich meine Weihnachtseinkäufe schon vor Wochen erledigt hatte, mitten während eines Schneesturms in die Innenstadt fahren, um noch eine einzige Sache zu besorgen – und das nicht einmal für mich.

Die Prognose der Meteorologen, es werde keine weiße Weihnacht geben, war über Nacht zunichtegemacht worden. Als ich am Morgen die Schlafzimmervorhänge aufzog, hatte sich meine eintönige Straße in ein Winterwunderland verwandelt. Die vertraute graue Farbpalette war verschwunden, Straßen und Gehsteige waren unter dem Schnee verborgen. Die dicke weiße Schicht verlieh sogar den Mülltonnen einen winterlichen Zauber.

Im Radio liefen Durchsagen an Autofahrer, lieber zu Hause zu bleiben, was man mir nicht zweimal hätte zu sagen brauchen. Trotzdem zog ich Stiefel, Jeans und einen weiten roten Pullover an, setzte eine Pudelmütze auf und wand mir einen Schal mehrmals um den Hals, sodass ich kaum noch den Kopf drehen konnte.

Er hatte mich am Vortag angerufen, als ich gerade nach der Schule ein Mittagsschläfchen machte, und ich war noch zu müde gewesen, um mir eine Ausrede für eine Absage einfallen zu lassen. Wäre mir eine in den Sinn gekommen, wenn ich wacher gewesen wäre?

Ich hatte den Anruf angenommen, ohne einen Blick auf das Display zu werfen. »Hallo?«, murmelte ich.

»Molly?« Der Anrufer schien verwirrt, und ich konnte es ihm nicht verübeln. Ich klang, als hätte ich mir den Mund mit Marshmallows vollgestopft.

»Hmmm«, erwiderte ich unbestimmt.

»Hab ich dich geweckt?« Die Stimme klang zögerlich.

»Wer *ist* denn da?«, fragte ich und strampelte, um mich aus der Fleecedecke zu befreien, die ich mir um die Beine gewickelt hatte.

»Hier ist Mac«, sagte die Stimme in der Leitung. »Tut mir leid, habe ich in einem ungünstigen Moment angerufen?«

Es war dunkel im Wohnzimmer, aber zu dieser Jahreszeit wurde es ja schon nachmittags dunkel. Ich hatte keine Ahnung, ob ich Minuten oder Stunden geschlafen hatte.

»Ich weiß nicht. Vielleicht. Wie spät ist es?«

Er lachte leise. »Kurz nach acht. Warst du schon im Bett?« Dann, noch ehe ich antworten konnte, fügte er rasch hinzu: »Ist alles in Ordnung?«

»Alles bestens. Bin nur kurz eingenickt.« Es war die Ausrede, die mein Dad immer benutzt hatte, wenn man ihn dabei erwischte, wie er vor dem Fernseher schlief, und die Erinnerung verursachte ein unangenehmes Brennen in meinen Augen. Er fehlte mir in der Weihnachtszeit noch mehr als sonst.

»Ich habe mich gefragt, ob du vielleicht morgen Zeit hast. Ich weiß, es ist ziemlich auf den letzten Drücker, aber ich brauche den Rat einer Frau. Ich geb dir ein Essen und einen Glühwein aus, wenn du Ja sagst«, sagte er.

»Was genau würden wir denn tun?«

»Einkaufen. Für Andis Baby. Ich könnte deine Hilfe wirklich gut gebrauchen.«

Mit »Glühwein« hatte er mich schon überredet, bei »Andi« hätte ich meine Meinung fast wieder geändert, aber was für eine Freundin wäre ich gewesen, wenn ich ihm diese Bitte abgeschlagen hätte?

Die Weihnachtszeit war schon immer meine Lieblingsjahreszeit gewesen, und es mag kitschig klingen, aber ich liebte die Art, wie Wildfremde ihre übliche Zurückhaltung ablegten, um weihnachtliche Grüße auszutauschen. Noch bevor ich halb in der Innenstadt war, hatten vier andere Passagiere im Bus mir »Frohe Weihnachten« gewünscht. Der Bus war voll, die Scheiben waren beschlagen, doch wenn man den Geruch der nassen Kleidung ignorierte, war es eigentlich ganz gemütlich. Ich hatte ihn nur um Haaresbreite erwischt, weil mein Telefon genau in dem Moment klingelte, als ich das Haus verließ.

»Kyra!«, rief ich aus und warf einen Blick auf die Uhr. »Warum rufst du mich an? Solltest du nicht schon im Flugzeug sitzen und Margaritas zum Frühstück trinken?« Sie lachte. »Bitte, sag mir nicht, du hast den Flug verpasst«, fuhr ich fort. Kyra hatte praktisch die Stunden bis zu ihrem Flug nach Australien gezählt, wo sie die Feiertage verbringen wollte, und wäre am Boden zerstört gewesen, wenn etwas schiefgegangen wäre.

»Nein. Mein Flugzeug ist hier am Flughafen, und ich leider auch. Hast du mal aus dem Fenster geschaut, Mol? Da draußen geht's zu wie in der gottverdammten Arktis.«

Da sie aus Australien kam, wo man im Winter nur einen etwas wärmeren Pullover anzuziehen brauchte, hatte Kyra immer noch Probleme mit britischen Wintern.

»Ja, und ich bin sogar gerade draußen.«

»Was?«, rief sie so laut, dass das Gemurre der frustrierten Reisenden um sie herum kaum mehr zu hören war. »Jetzt bin ich aber enttäuscht. Ich dachte, du liegst eingekuschelt auf dem Sofa, guckst dir im Pyjama ›Tatsächlich … Liebe‹ an und mampfst Plätzchen.«

Fairerweise musste ich zugeben, dass ich genau das für heute vorgehabt hatte, bevor Macs Anruf kam. »Später«, versprach ich. »Heute Vormittag helfe ich jemandem in der Innenstadt beim Last-Minute-Shopping.«

»Du gehst ohne mich shoppen? Verräterin«, zog sie mich auf. Ihre nächste Bemerkung ging in einer Lautsprecherdurchsage unter.

»Entschuldige, was hast du gesagt?«

»Ich hab gefragt, mit wem du einkaufen gehst.«

Ich schluckte und betete um eine erneute Durchsage, die aber natürlich nicht kam.

»Es ist Alex, stimmt's?«, riet Kyra. Ich brauchte sie nicht zu sehen, um mir vorstellen zu können, wie sie ihre glatte Stirn missbilligend in Falten legte, ich konnte es ihr anhören. Ich spürte, wie mir das Blut in die Wangen schoss, weil Kyra immer noch nicht wusste, was zwischen mir und Alex vorgefallen war. Die Version der Ereignisse, die ich Kyra erzählt hatte, war sorgfältig zensiert, als wäre das, was an jenem Abend passiert war, ein peinlich gehütetes Geheimnis – was es auf gewisse Art ja auch war.

»Nein. Nicht Alex. Ich helfe Mac.«

»Das ist doch genauso schlimm.«

»Woher willst du das wissen?«, fragte ich und war mir bewusst, dass ich mich nervös wand wie ein Zeuge im Kreuzverhör. »Mac ist nur ein Freund, mehr nicht.«

Kyra schnaubte abschätzig. »Ein Freund, der, wie ich vermute, gern eine Menge mehr wäre.«

»Nein. Da bist du komplett auf dem Holzweg«, verkündete ich mit Nachdruck. Ich war bestimmt knallrot angelaufen.

»Das hoffe ich wirklich sehr, denn ich mache mir Sorgen, dass diese Freundschaften im besten Fall ein bisschen seltsam sind und im schlimmsten … fast inzestuös.« Es war ein Wort, das, wie sie wusste, einen hässlichen Samen einpflanzen würde, weil sie sofort zurückruderte. »Kannst du dir nicht irgendeinen normalen Spinner auf einer Datingwebseite suchen wie wir anderen auch?«

»Das kommt ganz oben auf die Liste meiner guten Vorsätze fürs neue Jahr«, versprach ich, froh, dass wir wieder bei unseren üblichen Frotzeleien angelangt waren. Kyra meinte es ja nur gut. Aber sie verstand einfach nicht, was mich mit Mac und Alex verband. Und ja, Mac war zweifellos attraktiv, und unter anderen Umständen … nun, wären die Dinge vielleicht auch anders gelaufen. Aber ich war zu vernünftig, um mich mit sinnlosen »Was-wenns« aufzuhalten. Denn selbst wenn ich mich – rein hypothetisch – zu jemandem hingezogen fühlte, hatte ich immer noch die Art Ballast im Gepäck, die sich niemand mit einem Funken Verstand aufhalsen würde. Auf eine langfristige Zukunft mit mir zu setzen war schwierig, das ließ sich nicht wegdiskutieren.

Glücklicherweise kürzte eine Ansage im Hintergrund unsere Unterhaltung ab.

»Endlich«, seufzte Kyra. »Ich muss los, Mol. Das Boarding geht gleich los. Pass auf dich auf und vergiss das gute alte australische Sprichwort nicht: ›Freunde gehen nicht zusammen aus.‹«

»Das hast du gerade erfunden«, sagte ich lachend. »Guten Flug, wir sehen uns bald.«

»Ich war mir nicht ganz sicher, ob du noch kommst«, sagte Mac, der unter der Markise des Kaufhauses stand, vor dem wir uns verabredet hatten. Er trug eine dunkle Cabanjacke, die seine Schultern noch breiter wirken ließ. Trotz der Markise waren seine Haare und seine Jacke mit Schneeflocken übersät.

»Niemand kann eine echte Frau von einem Shoppingausflug abhalten«, sagte ich leichthin – und ein bisschen irritiert, als er meinen Ellbogen nahm und uns einen Weg durch die entgegenkommenden Passanten bahnte. Die Drehtür trennte uns, und einmal drinnen angelangt, machte Mac keine Anstalten, wieder meinen Arm zu nehmen.

»Also, wo willst du anfangen?«, fragte ich und zupfte an dem Schal um meinen Hals. Im Kaufhaus war es heiß wie in der Sauna, und wenn ich nicht in Ohnmacht fallen wollte, musste ich ein paar Schichten Kleidung ablegen. Ein Bild von uns beiden in einem kitschigen Roman kam mir in den Sinn, in dem Mac mich auf den Arm nahm und eine Wendeltreppe hinauftrug. Verdammte Kyra mit ihren blöden Theorien.

»Tut mir leid«, sagte ich, verwirrt und mit geröteten Wangen, »was hast du gesagt?«

»Ich habe mich nur schon im Voraus dafür bedankt, dass du dir den ganzen Tag Zeit nimmst, mir beim Einkaufen zu helfen.« Er schenkte mir ein jungenhaftes Grinsen.

Würde es wirklich den ganzen Tag dauern? Sicher brauchte er doch nicht mehr als ein kleines Geschenk? »Wir sollten wahrscheinlich in die Babyabteilung im fünften Stock fahren«, sagte ich.

Wieder grinste er, diesmal eindeutig schuldbewusst. »Das wäre ein guter Anfang …« Er ließ den Satz unvollendet in der Luft hängen, als wartete er darauf, dass ich ihn aufgriff.

»Mac, gibt es irgendwas, was du bisher nicht erwähnt hast?«

Lächelnd verzog er das Gesicht, als wäre ich ihm auf die Zehen getreten. »Es ist so ein Klischee über Männer, nicht wahr, warten bis zum letzten Moment, um einzukaufen. Es könnte, äh … noch ein paar andere Weihnachtsgeschenke geben, die ich noch besorgen muss.«

Ich setzte meine beste »Raus damit«-Lehrerinnenmiene auf. Anscheinend funktionierte sie bei sechsunddreißigjährigen Architekten ebenso gut wie bei Sechsjährigen. Er knickte ein wie ein Strohhalm im Wind.

»Okay. Vielleicht mehr als *ein paar* andere.« Er sah so zerknirscht aus, dass es fast schon komisch war. »Ich würde auch gern noch Geschenke für die Stevensens, Barbara und Jamie kaufen.«

Das war weit mehr als ein kurzer Abstecher in die Babyabteilung, um ein paar winzige, süße Kleidungsstücke auszusuchen, doch obwohl er mich in die Irre geführt hatte, konnte ich mir keine bessere Art vorstellen, den Tag zu verbringen.

Ich ließ ihn noch einen Moment schmoren, nur um zu beweisen, dass man nicht alles mit mir machen konnte, dann revanchierte ich mich. »Kennst du die Szene in ›Pretty Woman‹, in der Richard Gere Julia Roberts seine Kreditkarte gibt …?«

Wenn Mac glaubte, dass ich genetisch besser ausgerüstet war, etwas für ein Baby zu kaufen, erwartete ihn ein Schock. Als wir aus dem Aufzug traten, war es, als kämen wir in ein anderes Land. Links von uns standen Dutzende von Kinderwagen, Buggys und Autositzen, rechts von uns ein Labyrinth von Kinderbetten, Wiegen und anderen Möbelstücken, die ich nicht einmal identifizieren konnte. Direkt vor uns war die Kleiderabteilung mit allen möglichen Größen von »Wie kann ein Mensch nur so klein sein« bis »Da würde *ich* ja fast reinpassen«.

Ich zuckte hilflos mit den Schultern. »Keine Ahnung, wo wir anfangen sollen.«

Mac sah genauso verwirrt aus wie ich. »Andi hat erwähnt, dass sie eine Wunschliste hat.«

Ich sah ihn überrascht an. »Du meinst, du hättest dein Geschenk auch online auswählen können? Du hättest nicht herzukommen brauchen, um es selbst abzuholen!«

»Ich weiß.« Er sah verlegen aus. »Aber ich *sehe* Sachen gern vorher«, sagte er.

Der Groschen fiel sehr laut, es war ein Wunder, dass die Kunden um uns herum es nicht hörten. Mac genoss das Geschenk, das ihm gegeben worden war, ebenso wie ich, wenn ich eine Treppe hinaufrannte oder im Schwimmbad zehn zusätzliche Bahnen schwamm. Ich tat es, weil mich jetzt nichts mehr daran hinderte. Weil ich es konnte.

Nun, da ich ihn verstand und seine Haltung schätzte, hakte ich mich bei ihm unter. »Dann los, stürzen wir uns ins Getümmel.«

Sobald ich mich an die seltsame Situation gewöhnt hatte, machte es mir plötzlich Spaß, für Andis Baby einzukaufen. Es war nur unangenehm, darüber nachzugrübeln, in welcher Beziehung Mac zu dem Kind stand.

»Kann ich Ihnen helfen?«, fragte eine tadellos in Schwarz gekleidete Frau, als Mac und ich zwischen den Kinderbetten hindurchschlenderten. Ich hatte einen Ausdruck von Andis Einkaufsliste in der Hand, aber mich beschlich der Verdacht, dass Mac etwas Teureres kaufen wollte als das, was darauf stand.

»Wie ich sehe, schauen Sie sich bei den Kinderbetten um. Viele Paare entscheiden sich heute für Beistellbetten, damit sie zusammen schlafen können.«

»Oh, wir schlafen nicht zusammen«, platzte ich gedankenlos heraus und deutete auf Mac. Ich weiß nicht, ob es der Gesichtsausdruck der Verkäuferin oder Macs gedämpftes Lachen war, das mir meinen Fauxpas bewusst machte. »Ich meine, wir schlafen nicht mit dem Baby zusammen – und auch nicht miteinander, wenn wir schon dabei sind.« Ich schüttelte den Kopf, während ich versuchte, mich nicht noch tiefer reinzureiten. Die Verkäuferin sah aus wie die Art Frau, die es genießen würde, die Anekdote wieder und wieder zu erzählen.

Mac kicherte. Ich warf ihm einen bösen Blick zu, der jedoch dadurch geschmälert wurde, dass meine Lippe zu zittern begann. Ich atmete tief durch, dann wandte ich mich wieder an die Verkäuferin.

»Wir kaufen das Bett für eine Freundin von uns«, erklärte ich ihr mit fester Stimme.

»Ah, ich verstehe. Tja, dort drüben haben wir ein paar reizende traditionelle Betten«, sagte sie und deutete auf eine andere Abteilung.

»Wir kaufen ein Babybett?«, flüsterte Mac mir ins Ohr, als wir ihr pflichtbewusst folgten.

»Sieht ganz so aus«, flüsterte ich zurück.

Das Bett, das wir aussuchten, war wunderschön, und zwischendurch vergaß ich ganz, dass ich etwas für einen kleinen Menschen wählte, dem ich wahrscheinlich nie begegnen würde. Einen Moment lang gestattete ich mir, mir vorzustellen, dass ich mit dem Mann, den ich liebte, Möbel für unser eigenes Kinderzimmer kaufte, einen Raum, den ich aller Wahrscheinlichkeit nach nie brauchen würde. Nach einer Herztransplantation ein Kind zu bekommen war zwar nicht unmöglich, aber seit ich gesehen hatte, wie schwer es Connor getroffen hatte, Lisa zu verlieren – wie konnte ich es riskieren, meinem eigenen Kind so etwas anzutun?

»Das hier würde *ich* nehmen«, sagte ich entschieden und strich über das handgeschnitzte Holz.

Mac stand auf der anderen Seite des Betts. Unsere Blicke trafen sich für einen Moment … und die Realität traf mich wie ein Schwall eisiges Wasser.

»Wir nehmen es«, sagte er unerwartet.

Erst da dachte ich daran, einen Blick auf das Preisschild zu werfen. »Hast du gesehen, wie viel das kostet?«, flüsterte ich, als wir der sichtlich entzückten Verkäuferin zur Kasse folgten.

Mit einem merkwürdigen Blick wischte er meine Bedenken beiseite. Mac würde sich von einer saftigen Geldsumme trennen, und ich hatte keine Ahnung, ob er es mir oder Andi zuliebe tat. Und welche der beiden Antworten mir weniger gefiel.

Zwei Stunden später hatten wir schon einige Einkäufe erledigt. Ich hatte zwei wunderschöne Schals ausgesucht: einen hellblauen Kaschmirschal für Dee, einen gemusterten Seidenschal für Barbara und für Maisie eine Babypuppe, die schreien konnte wie eine Luftschutzsirene.

»Bist du sicher?«, fragte Mac, nachdem ich ihr ohrenbetäubendes Geheul demonstriert hatte.

»Ich habe Insiderwissen«, sagte ich und tippte mir gegen die Nase. »Bei der Hälfte der Mädchen in meiner Klasse steht so eine auf der Weihnachtswunschliste.«

Mac zuckte gutmütig die Achseln. »Offensichtlich habe ich noch eine Menge über Kinder zu lernen. Die Lektion für heute ist, dass viele ihrer Spielzeuge mit Ohrstöpseln verkauft werden sollten.«

Ich lächelte und nahm die glänzende Einkaufstüte von der Verkäuferin entgegen. »Willst du später selbst mal welche haben?«, fragte ich und überschritt damit prompt die Grenze von der höflichen zur aufdringlichen Konversation.

Mac blieb mitten in der Spielzeugabteilung stehen. Es war kaum ein angemessener Ort für so eine Frage, während ferngesteuerte Hubschrauber über unsere Köpfe hinwegsausten und andere Kunden geschäftig um uns herumliefen.

»Ich nehme an, du meinst Kinder, nicht Ohrenstöpsel?«

Er war mir ähnlicher, als ich gedacht hatte. In Momenten der Verlegenheit setzte ich auf Humor, und Mac tat das anscheinend ebenfalls. Aber überraschenderweise beschloss er, mir eine ehrliche Antwort zu geben.

»Ja. Ich hoffe, eines Tages eine Familie gründen zu können. Es erschien mir immer möglich, bis …« Er wischte sich unbewusst den Augenwinkel, eine Geste, die mich berührte. »Als ich meine Sehkraft verlor, änderte sich alles. Türen, die mir, wie ich geglaubt hatte, immer offenstehen würden, schlossen sich plötzlich.«

Seine Geschichte war auch meine, und so fühlte ich mich ihm plötzlich noch näher. Das erinnerte mich daran, was Andi über seine Ex-Freundin gesagt hatte. Carrie. Ich war völlig in Gedanken versunken, als plötzlich ein Fußball angeflogen kam. Mit blitzschnellen Reflexen fing Mac ihn ab, bevor er mich mitten im Gesicht treffen konnte.

»Tut mir leid, ich hatte ihm verboten, die Bälle anzufassen«, sagte eine gehetzt wirkende Frau, die den Arm eines mürrisch aussehenden kleinen Jungen hielt. Nachdem sie sich vielmals entschuldigt hatte, war der vertraute Moment mit Mac vorbei, und als die beiden wieder in der Menge verschwanden, konnten wir den abgerissenen Gesprächsfaden nicht wieder aufnehmen.

»Ich hatte daran gedacht, Jamie irgendwas Technisches zu schenken. Vielleicht eins von diesen Fitnessarmbändern?«, fragte Mac und betrachtete eine Reihe von armbanduhrähnlichen Gerätschaften, die anscheinend alles von der Atemfrequenz bis hin zur Kalorienaufnahme messen konnten. »Er hat davon gesprochen, dass er an seiner Fitness arbeiten will, und ich glaube nicht, dass ich ihn schon mal so eine hab tragen sehen – und du?«

Als ich Jamie zuletzt gesehen hatte, sah er niedergeschlagen aus, weil er aus einem Pfandleihgeschäft kam. Gut möglich, dass auch Macs großzügiges Geschenk dort landen würde, aber es war nicht an mir, dieses Geheimnis zu lüften.

»Ich bin sicher, er wäre begeistert.«

Die einzigen Geschenke, bei denen Mac keine Hilfe brauchte, waren die beiden teuren Flaschen alter Maltwhisky, die er für Alex und Todd kaufte, und der Baukasten, den er für Connor aussuchte.

»Ich hab diese Dinger immer geliebt, als ich noch klein war«, sagte er und trug den enormen Karton zur Kasse. »Ich hab schon immer gern Sachen gebaut.«

Als wir wieder draußen auf der Straße standen, hatte das Wetter sich verschlechtert. Der Himmel war bleifarben und der Schneefall so dicht und beharrlich, dass er sogar auf fahrenden Autos liegen blieb.

»Vielleicht sollten wir schauen, dass wir nach Hause kommen«, schlug ich vor und ignorierte meinen knurrenden Magen.

»Das wäre zu schade«, sagte Mac. »Ich hab's geschafft, einen Tisch im Edmonds zu ergattern.«

Ich versuchte vergeblich, nicht beeindruckt auszusehen. Das Edmonds hatte den Ruf, großartiges Essen, großartigen Wein und eine endlose Warteliste für Reservierungen zu haben. Hinter der Fassade eines Stadthauses aus dem achtzehnten Jahrhundert verbarg sich ein intimer Speiseraum mit rustikalen Tischen, die selbst mitten am Tag von brennenden Kerzen erhellt wurden. Wenig überraschend, dass es als die beste Adresse für romantische erste Dates und Heiratsanträge galt.

»Ich dachte, wir essen irgendwo ein Sandwich«, sagte ich und schaute entschuldigend auf meine Jeans und den Pullover hinunter. »Für ein so schickes Restaurant bin ich nicht passend angezogen.«

Ich spürte, wie Macs brennender Blick über meinen Körper wanderte. »Du siehst gut aus. Mehr als gut«, korrigierte er sich. »Reizend.« Und dann, bevor es noch peinlicher werden konnte, wechselte er abrupt das Thema. »Und ich glaube nicht, dass ein Sandwich ein angemessener Dank dafür ist, dass du mir heute geholfen hast.«

Das Restaurant lag nur ein paar Straßen entfernt, und obwohl Mac vorschlug, ein Taxi zu nehmen, versicherte ich ihm, dass ich trotz Schnee kein Problem damit hatte, zu laufen. Zwischen der heruntergezogenen Pudelmütze und dem hochgezogenen Schal war kaum noch entblößte Haut. Und doch wehte mir der Wind winzige Eiskristalle ins Gesicht, die zweifellos das Make-up ruinierten, das ich heute Morgen so sorgfältig aufgetragen hatte.

Eine Straße vom Restaurant entfernt erspähte ich plötzlich etwas, das mich veranlasste, an Macs Arm zu zerren, den ich schamlos umklammert hielt. In meinen hochhackigen Stiefeln war ich nämlich so trittsicher wie Bambi auf Kopfsteinpflaster.

»Haben wir noch etwas Zeit für einen kurzen Abstecher in das Geschäft?«, fragte ich und deutete mit dem Kopf auf das drei Stockwerke hohe Gebäude aus der Tudorzeit, in dem eine der größten Buchhandlungen der Stadt untergebracht war.

»Natürlich«, erwiderte er. »Suchst du nach etwas Bestimmtem?«

Er hielt mir die Ladentür auf und schüttelte sich den Schnee aus dem Haar, dem die Elemente einen Mahagoniton verliehen hatten. Ein paar hartnäckige Flocken auf seinen Wimpern glitzerten wie Diamantsplitter. Ich verspürte den verstörend starken Drang, sie anzufassen.

»Ich hoffe ein Buch zu finden, das ich als Kind schon gelesen habe«, erklärte ich und steuerte auf die beeindruckende Holztreppe zu. »Darin geht es um einen kleinen Jungen, der als blinder Passagier in einer Rakete zum Mond fliegt und dort seinen Großvater trifft, der schon vor seiner Geburt gestorben ist. Ich dachte, es wäre ein schönes Geschenk …«

»… für Connor«, ergänzte Mac.

Unsere Blicke trafen sich, und ein tiefes Verständnis lag darin. Die Bande zwischen uns fühlten sich stärker an denn je.

»Das Buch ist schon seit Jahren vergriffen, und die einzigen Exemplare, die ich im Internet gefunden habe, waren unfassbar teuer. Darum habe ich schon in jedem Antiquariat danach gesucht, an dem ich vorbeigekommen bin. Ich habe das Gefühl, es unbedingt finden und ihm schenken zu müssen.«

Wir blieben auf einem Treppenabsatz stehen, und ich hörte meine Worte, als hätte sie ein Fremder gesagt. »Das klingt wesentlich verrückter, als ich dachte.« Ich lachte nervös.

Mac nahm meine Hand, und wir folgten den Schildern zur antiquarischen Abteilung. »Für mich klingt das vollkommen vernünftig«, sagte er leise.

In dem Moment wurde mir klar, dass ich ihn unbedingt küssen wollte.

Kapitel 31

MOLLY

Alte Bücher haben einen Geruch an sich, den man wirklich in Flaschen abfüllen sollte. Ich fühlte mich sofort in meine Kindheit zurückversetzt, als ich die Schulferien im staubigen Lager jener örtlichen Bibliothek verbrachte, in der meine Mutter arbeitete. Es war ein Ort, wo ein manchmal einsames, schüchternes kleines Mädchen Freunde an einer Schule für Zauberer gefunden hatte und in die Vergangenheit gereist war, um mit fünf imaginären Freunden Kriminalfälle zu lösen und Ginger Ale zu trinken.

Kein Wunder, dass Bücher später eine wichtige Rolle bei meiner Berufswahl spielten. Geschichten vorzulesen gehörte immer noch zu meinen Lieblingsaufgaben beim Unterrichten.

Ich ließ Mac in der Abteilung für Architektur zurück und versprach ihm, ich würde nicht lange brauchen. Doch als ich sah, dass die antiquarischen Kinderbücher nicht alphabetisch sortiert waren, wurde mir klar, dass das vielleicht einen Tick zu optimistisch gewesen war. Es gab so viele Bücher aus meiner Kindheit, die mich magisch anzogen, dass es ein echter Kampf war, sie zu ignorieren. Aber keins davon war das gesuchte. Schließlich seufzte ich resigniert; es wäre ja auch ein großer Zufall gewesen.

Ich ging zu der Abteilung, wo ich Mac zurückgelassen hatte, und ließ den Blick über die Regale schweifen, an denen ich vorbeikam. Ich war noch vier Regale entfernt, als ich hörte, dass er sich mit jemandem unterhielt. Ich konnte anfangs nicht verstehen, was er sagte, aber sein Ton ließ mich wie angewurzelt stehen bleiben; er klang angespannt wie eine Gitarrensaite kurz vor dem Zerreißen. Ich lauschte angestrengt.

»Ich wüsste nicht, warum ich das hätte tun sollen«, hörte ich ihn sagen.

»Es wäre einfach nett gewesen, wenn du mich gefragt hättest. Schließlich war ich die ganze Zeit dabei, als du es entworfen hast«, sagte eine Frauenstimme.

»Und dann warst du plötzlich weg«, bemerkte Mac spitz.

Man brauchte kein Genie zu sein, um zu erraten, wer die Frau war. Es musste seine Ex-Freundin Carrie sein. Und so, wie es klang, schien sie zu glauben, er hätte sie zu den Eröffnungsfeierlichkeiten neulich Abend einladen sollen. Ich war wirklich empört – dabei kannte ich die Frau nicht einmal.

»Du hast absolut deutlich gemacht, dass du eine saubere Trennung willst, Carrie«, sagte Mac mit kühler, ruhiger Stimme.

Ein langes Schweigen entstand, und ich hatte Angst, sie könnten mich atmen hören. Das war definitiv eine schmerzhafte, private Unterhaltung – zumindest, was Mac anging – und nicht für meine Ohren bestimmt.

»Wir waren lange zusammen«, erinnerte ihn die Frau mit leiser, honigsüßer Stimme.

»Heute liegen die Dinge anders«, sagte Mac hart.

»Du siehst gut aus, Mac, richtig gut.«

Ich hörte Absätze auf den Holzdielen klappern und vermutete, dass sie auf ihn zugegangen war.

Neugier ist etwas Schreckliches. Katzen verbrennen sich nicht nur aus Neugier die Tatzen, sie kann auch ansonsten sehr vernünftige Lehrerinnen dazu veranlassen, um die Ecke eines scheinbar soliden Bücherstapels zu spähen. Er wackelte gefährlich auf dem Regal, bevor er in einer dumpfen Kakofonie herunterfiel und dabei Staubwölkchen aufwirbelte.

Es blieb mir nichts anderes übrig, als hinter dem Regal hervorzukommen und so zu tun, als hätte ich nicht gerade dreist ihr überaus persönliches Gespräch belauscht.

Ihre Blicke richteten sich auf mich wie Suchscheinwerfer auf einen Sträfling.

»Molly«, sagte Mac in einem ganz anderen Ton als zuvor.

Ich zuckte mit den Schultern, als wollte ich »Wer sonst?« sagen, und lächelte entschuldigend.

Ich gab mir wirklich alle Mühe, die Frau, die Mac das Herz gebrochen hatte, nicht anzustarren, aber das war schwierig. Sie war so schön, dass sogar jemand wie Kyra neben ihr unscheinbar gewirkt hätte. Ihr langes Haar glänzte wie in einer Shampoowerbung. Ich sah die riesigen, mandelförmigen Augen, den mit leuchtend rotem Lippenstift geschminkten Mund, bevor ich mich zwang, Mac anzuschauen.

Anscheinend versuchte er mir mit Blicken etwas mitzuteilen. Ich blinzelte verwirrt. Verstand ich das richtig? Wenn nicht, hätte ich mich im nächsten Moment komplett zum Narren gemacht. Ich holte tief Luft und beschloss, meinen Instinkten zu folgen.

Über das ganze Gesicht strahlend eilte ich auf ihn zu. »Tut mir leid, Schatz«, sagte ich zärtlich, schob meinen Arm unter seinen und sah zu ihm auf. »Das hat wesentlich länger gedauert, als ich dachte. Kommen wir zu spät zum Essen?«

Einen Herzschlag lang fragte ich mich, ob ich ihn falsch verstanden hatte, aber dann drückte er meinen Arm und zog mich noch näher an seine Seite.

»Überhaupt nicht. Kein Problem«, sagte er und beugte sich zu mir herunter. Der Geruch nach alten Büchern wurde von seinem Aftershave überdeckt. Es war dasselbe, das er auch an dem Abend getragen hatte, als er mich vom Planetarium nach Hause fuhr. Mein Unterbewusstsein hatte anscheinend beschlossen, die Erinnerung daran abzuspeichern.

Als hätte ich gerade erst bemerkt, dass wir nicht allein waren, wandte ich mich der Frau zu, die vor uns stand.

»Hallo«, sagte ich in betont fröhlichem, unbesorgtem Ton.

Ihre Augen wurden schmal und bettelten um eine Erklärung. Ich war nur zu froh, das Mac überlassen zu können.

»Carrie, das ist meine Freundin Molly. Molly, das ist Carrie.« Keine Erläuterung hinter ihrem Namen, was ihr sichtlich missfiel.

Wenn Blicke hätten töten können, wäre es aus mit mir gewesen, aber mein neues Herz erwies sich als sehr viel tapferer als mein altes. Ich hielt ihr die Hand hin. Es dauerte eine schrecklich lange Zeit, bis sie sie nahm.

»Schön, Sie kennenzulernen«, log ich.

Sie war verunsichert, so viel war offensichtlich. Sie ignorierte mich und sagte zu Mac: »Ich wusste gar nicht, dass du jemanden datest.«

Mac reagierte, indem er mir den Arm um die Schulter legte. Sein Körper fühlte sich warm an. Einer von uns zitterte leicht, höchstwahrscheinlich ich.

»Molly und ich sind schon eine ganze Weile zusammen«, sagte er.

Der Blick ihrer goldbraunen Augen huschte zu mir. »Und wie habt ihr euch kennengelernt?«

Der Arm um meine Schultern spannte sich an und verriet mir alles, was ich wissen musste. Mac wollte nicht, dass Carrie von unserer Verbindung mit Lisa oder Alex erfuhr. Das ging für mich in Ordnung.

»Mac hatte mich fast überfahren, als ich …«

»… Kastanien gesammelt habe«, sagten wir gleichzeitig, sahen uns an und lachten, als wären wir wirklich ein Paar.

Carrie schien um eine Antwort verlegen, und Mac nutzte die Gelegenheit. Er schaute auf die Uhr und machte ein bedauerndes Gesicht. »Wir müssen wirklich los, Liebling, sonst verfällt unsere Reservierung.«

»Ist es wirklich schon so spät?«, fragte Carrie. Sie hatte demonstrativ den Ärmel ihrer Jacke hochgezogen, um eine sehr teure Armbanduhr zu enthüllen. Macs Augenlider flatterten, und ich wusste mit absoluter Gewissheit, dass sie ein Geschenk von ihm gewesen sein musste.

Er führte mich zur Treppe, und ich ging bereitwillig mit, froh, Carrie bei den Regalen zurückzulassen. Auf halbem Weg nach unten rief sie uns eine letzte spitze Bemerkung nach.

»Ruf mich mal an, Mac, dann können wir uns mal wieder richtig unterhalten!«

Ich war vielleicht nur eine vorübergehende, falsche Freundin, aber das fuchste mich mehr, als ich erwartet hatte. *Ich bin hier, Miststück. Genau hier.*

Der Schneesturm war noch schlimmer geworden, und so blieb ich am Fuß der Treppe kurz stehen, um Mütze und Schal wieder anzuziehen. Mac schaute nach oben, von wo seine Ex vermutlich gerade auf uns herunterstarrte. Deshalb beschwerte ich mich auch nicht, als er meinen Schal fester um mich wickelte und mir ein paar lose Haarsträhnen unter die Mütze strich. Er griff nach den Schalenden und zog mich sanft an sich. Seine Lippen fühlten sich weich an, als er mir einen Kuss auf die Stirn drückte. Ich lächelte zu ihm auf, spielte meine Rolle so, wie er es meiner Meinung nach wollte. Als er sich umdrehte, um mir die Tür zu öffnen, warf ich schnell einen Blick über die Schulter zum Geländer oben an der Treppe. Nichts. Carrie war nirgends zu sehen.

»Ich muss mich bei dir entschuldigen«, sagte Mac, sobald der Kellner, der uns zu unserem Tisch gebracht hatte, mit unseren Mänteln verschwunden war.

Ich beugte mich vor, wobei ich auf die flackernde Kerze achtgab, die in einer mit Wachstropfen übersäten Flasche steckte. Wegen meiner Ungeschicklichkeit bei vorherigen Gelegenheiten konnte ich Mac keinen Vorwurf machen, dass er sie rasch aus dem Weg räumte. Ich lächelte. Wofür auch immer er glaubte, sich entschuldigen zu müssen, es war ganz sicher nicht das Restaurant, das er ausgesucht hatte. Mit seinen blank geschrubbten Holzböden, der flachen Balkendecke und den Wänden, an denen altmodische Drucke hingen, besaß es einen viktorianischen Charme. Außerdem war unser Tisch sicher der beste im ganzen Raum, versteckt in einem gemütlichen Erker mit Ausblick auf die Straße. Draußen tobte der Sturm weiter, aber dank der Rundbogenfenster war es, als würde man in eine Schneekugel blicken, die kurz zuvor geschüttelt worden war.

Als wir von der Buchhandlung über das Kopfsteinpflaster geeilt waren, hatten wir uns kaum unterhalten. Erst in der Wärme und Abgeschiedenheit des Restaurants konnten wir über das sprechen, was in der Buchhandlung vorgefallen war.

»Ich hab mich wie ein kompletter Idiot verhalten. Das war unglaublich unreif und respektlos. Tut mir leid, dass ich dich da mit reingezogen habe, Molly.«

Er klang ehrlich zerknirscht, als hätte die Tatsache, dass ich ein paar Minuten lang seine Freundin gespielt hatte, auf unverzeihliche Art eine Grenze überschritten. Schnell ließ ich die Szene in meinem Kopf noch einmal Revue passieren, fand jedoch nichts, was diese übertriebene Reue rechtfertigte.

»Ist schon okay. Ich hab gern mitgespielt.« *Mehr als gern*, ergänzte eine Stimme in meinem Kopf.

»Tja, aber ich hätte dich nicht dazu zwingen sollen.« Mac trank einen Schluck Wasser, als wollte er einen schlechten Nachgeschmack wegspülen. »Man denkt immer, dass man über diese kleinlichen Ressentiments und Schuldzuweisungen hinaus ist«, fuhr er fort, »dass man sich weiterentwickelt, etwas über sich gelernt hat.« Er lachte kurz ironisch auf. »Und dann wird man auf dem falschen Fuß erwischt und benimmt sich wie ein Teenager, der ganz versessen darauf ist, jemandem eins auszuwischen, und schlimmer noch, eine gute Freundschaft zu ruinieren.«

»Das war keine große Sache, Mac, wirklich nicht«, versicherte ich ihm erneut und fragte mich, ob es unangemessen wäre, ihm beruhigend die Hand zu drücken. Ich war äußerst froh, dass ich nichts dergleichen tat, als er mit Bedauern in den Augen fortfuhr: »Zwischen uns vieren gibt es eine Verbindung, die über alles hinausgeht, was ich erklären kann. Sie ist komplex und einzigartig. Wir sind das Vermächtnis einer Frau, die wir nie kennengelernt haben, und ich weiß nicht, ob es angemessen wäre, alles noch zu verkomplizieren.«

Weitere Erklärungen waren überflüssig. Eine Tür, die ich, wie ich gerade erst festgestellt hatte, gern geöffnet hatte, war schon wieder geschlossen worden.

»Tja, ich hoffe, du bist auch so rücksichtsvoll, wenn du Barbara einen Korb gibst, denn ich bin ziemlich sicher, dass sie dich entweder heiraten oder adoptieren will.«

Mac lachte so schallend, dass wir alle Blicke auf uns zogen, und die Mienen der Leute wurden weicher, als sie uns anschauten. Sie kamen wohl zu einem Schluss über uns, der komplett falsch war.

Instinktiv wusste ich, dass wir unter anderen Umständen ein Paar hätten werden können. Aber das Schicksal hatte uns so fest in die Kumpelzone gesteckt, als wären wir dort einbetoniert. Daran zu denken, Mac zu küssen und wie natürlich sich seine Hand in meiner angefühlt hatte, war gefährlich und unangemessen, und ich musste diese Gedanken unterdrücken. Von jetzt an würden sie zu einem nächtlichen Geheimnis werden, das ich mit niemandem außer meinem Gewissen teilte.

Drei köstliche Gänge und ein Glas Baileys später – es war schließlich fast Weihnachten – bat Mac den Kellner diskret um die Rechnung. Er nahm sie vom Silbertablett und schüttelte leicht den Kopf, als ich nach meiner Handtasche griff.

»Ich hatte dir ein Essen versprochen«, erinnerte er mich lächelnd. Ich hätte mich gewehrt, aber dann stellte er mir eine Frage, die ich nicht hatte kommen sehen.

»Siehst du deinen Ex Tom eigentlich noch oft?«

Ich war erstaunt, dass er sich noch an Toms Namen erinnerte. Vielleicht war die Frage auch gar nicht so seltsam, nachdem ihm heute Carrie über den Weg gelaufen war.

»Nein. Ich wünsche ihm nur das Beste, aber wir sind heute ganz andere Menschen als zu der Zeit, als wir uns kennengelernt haben. Zudem hat eine gute Freundin sein Profil vor nicht allzu langer Zeit auf einer Datingseite entdeckt, also hat er sich definitiv neu orientiert.«

Mac musterte mich, als hätten die Wunden der Vergangenheit Spuren in meinem Gesicht hinterlassen. Ich hielt seinem Blick stand, weil es mir wirklich nichts mehr ausmachte. Wenn ich ganz ehrlich war, hatte es das vielleicht nie getan.

»Vielleicht sollte ich das auch mal in Erwägung ziehen. Was heute mit Carrie passiert ist, hat mich daran erinnert, dass man nicht einfach so über eine neue Partnerin stolpert.«

Wie auf dem Krankenhausparkplatz, meinst du? Eine entsetzliche Sekunde lang dachte ich fast, ich hätte es laut gesagt, aber Mac lächelte mich immer noch unbefangen an.

»Vielleicht melde ich mich auch auf einer Datingseite an«, sagte er.

Fast hätte ich mich an meinem Baileys verschluckt. Ich konnte mir nicht vorstellen, dass irgendjemand Macs Profil nach links statt nach rechts wischen würde. Und das hätte mir nichts ausmachen sollen – aber genau das tat es.

Kapitel 32

ALEX

Es würde immer schwierig bleiben. Alex hatte genug über Trauerarbeit gelesen, um zu wissen, dass das erste Jahr eine lange Kette furchtbarer erster Male war. Und das erste Weihnachten ohne Lisa war genauso schrecklich, wie er es sich vorgestellt hatte.

Wie in den Jahren davor verbrachten Connor und er das Fest bei Todd und Dee. Doch nach einem Blick auf den leeren Platz an ihrem Esstisch hatte er überhaupt keinen Appetit. Unter dem Weihnachtsbaum im Wohnzimmer lag der übliche Berg von Geschenken für die Kinder. Maisie riss ihre auf, als würde sie für Olympia trainieren, sie nahm sich kaum Zeit, zu schauen, was sie eigentlich bekommen hatte, da griff sie schon zum nächsten. Connor war bedeutend langsamer, er knibbelte mühevoll das Klebeband und die Geschenkbänder ab und tat so, als würde er sich über die Massen von Spielzeug freuen, aber er konnte niemandem etwas vormachen.

Alex saß mit einem Becher Glühwein auf dem Sofa und sah seinem Sohn traurig zu. Er hatte für Connors Geschenke dieses Jahr mehr Geld ausgegeben als je zuvor und wusste doch, dass er ihm seinen größten Wunsch nicht erfüllen konnte.

Zu dieser Erkenntnis war er vor einer Woche gekommen. Connor hatte den Tag bei Dee und Maisie verbracht, sodass es Alex möglich gewesen war, ein paar Meetings im Büro einzuplanen. Dee war gerade dabei, Gemüse für das Abendessen zu schnippeln, da kam Alex in die Küche, um seinen Sohn abzuholen. Als sie den Kopf hob, um ihn zu begrüßen, waren ihre Augen fast so rot wie ihr Haar.

»Hast du Zwiebeln geschnitten?«, fragte er und stibitzte einen Möhrenstift vom Schneidebrett. Da merkte er, dass die Zwiebeln noch darauf warteten, geschält und zerkleinert zu werden.

Dee schüttelte den Kopf und wischte sich mit dem Handrücken energisch über die Wange.

»Ich hab die Kinder heute ins Gartencenter mitgenommen. Du weißt schon, das eine ziemlich weit draußen, mit der tollen Weihnachtswerkstatt.«

Alex nickte. Er konnte sich denken, was jetzt kommen würde, und es gefiel ihm ganz und gar nicht.

»Maisie hat natürlich doppelt so lange gebraucht wie alle anderen Kinder, um dem Weihnachtsmann ihre Wünsche aufzuzählen.« Sie lächelte, auch wenn sich ihre Augen wieder mit Tränen füllten. »Und dann kam Connor dran.«

Alex lehnte sich an die Arbeitsfläche. Er bemühte sich, locker zu wirken, doch sein Körper stand unter Hochspannung, und die Hände hatte er zu Fäusten geballt.

»Weil Maisie kein Ende finden konnte, hatte sich schon eine Schlange gebildet, und ich glaube, alle haben gehofft, dass Connor nicht auch so lange brauchen würde wie sie.«

Alex konnte sich die Situation so lebhaft vorstellen, als sei er selbst dabei gewesen.

»Connor hat ganz ernst geschaut. Und als ihn der Typ gefragt hat, was er sich zu Weihnachten wünscht, da hat er gesagt … Er hat gesagt …« Dee brachte es nicht heraus.

»Er will, dass seine Mummy heimkommt«, führte Alex ihren Satz zu Ende.

Dee nickte stumm und griff nach der Schachtel Papiertücher auf der Arbeitsplatte. »Der Weihnachtsmann hat sich noch beherrschen können, aber die beiden Wichtel haben geweint, und auch die Hälfte der Mütter in der Schlange.« Sie schnäuzte sich geräuschvoll die Nase. »Fröhliche Weihnachten, sag ich nur.«

Alex nahm sie in den Arm, was nicht nur ihr Trost spenden sollte, sondern auch ihm.

»Er glaubt immer noch, sie kommt irgendwann zurück«, flüsterte Dee leise in sein Hemd.

»Ich weiß«, sagte Alex. »Lisa hatte ihm was versprochen, bevor sie an dem Morgen aus dem Haus ging.«

»Dass sie mit ihm zur Astronomiemesse fährt?«

»Genau. Solange wir da nicht durch sind, wird er wohl nie akzeptieren, dass sie nicht zurückkommt.«

Es war zwei Tage nach Weihnachten, in der ereignislosen Zeit vor Silvester – noch so ein Datum im Kalender, vor dem es Alex graute. Er musste immer wieder an frühere Feiern zurückdenken, an Partys aus Zeiten vor Connors Geburt, als reichlich Alkohol geflossen war, und an ruhige Nächte vor dem Kamin mit einer Flasche Wein und langen, zärtlichen Küssen, ein Silvester nach dem anderen, über die Jahre hinweg. Er schloss die Augen, blendete die hell erleuchtete Küche aus und konnte Lisas warme Haut beinahe spüren, ihren Atem, der sich mit seinem vermischte, und wie ihre Herzen im Einklang schlugen. *Solange mein Herz schlägt*. Er seufzte leise.

Das Klopfen an der Haustür war eine ausgesprochen willkommene Unterbrechung. Als er im Flur durch die Milchglasscheibe draußen eine schmale Gestalt ausmachen konnte, wurden seine Schritte schneller. Die letzten paar Wochen hatte er nach Kräften versucht, nicht an Molly zu denken, aber erstaunlicherweise kam sie ihm nun sofort in den Sinn. Mit diesen Gedanken öffnete er die Tür, und es brachte ihn völlig aus dem Konzept, dass jemand anders dort stand. Es dauerte einen Moment, bis er seine entgleisten Gesichtszüge wieder unter Kontrolle hatte.

»Barbara, was für eine wunderbare Überraschung!«, rief er, beugte sich zu ihr hinunter und küsste ihre weiche, gepuderte Wange. Ihr wohlvertrautes Maiglöckchenparfum war bei der Umarmung deutlich wahrnehmbar.

»Komm doch rein ins Warme«, lud er sie ein. Aber seltsamerweise zögerte sie. »Stimmt was nicht?«, fragte er, und vor Angst setzte sein Herz einen Schlag aus. »Geht's dir gut? Gibt es Probleme?«

Sofort dachte er an die vier Menschen, deren Leben Lisa verändert hatte, und er ahnte, dass er sich immer um sie sorgen würde. Nicht nur, weil Lisa durch sie weiterlebte, sondern weil sie ihm inzwischen allesamt ans Herz gewachsen waren.

»Eigentlich nicht«, antwortete Barbara mit sichtlichem Unbehagen. »Aber ich bin ein wenig besorgt, wie du reagieren wirst. Vermutlich nicht besonders erfreut.«

Alex lachte kurz. Er vermochte sich nicht vorzustellen, dass diese reizende alte Dame irgendetwas tun könnte, was er nicht gutheißen würde. »Was heißt das? Hast du eine Bank ausgeraubt?«, scherzte er.

Barbara schien nur halb zuzuhören, ihre Aufmerksamkeit war auf etwas anderes gerichtet, was sie neben der Haustür abgestellt haben musste. »Wenn es bloß so einfach wäre«, sagte sie geheimnisvoll und biss sich nervös auf die Unterlippe.

Alex war allmählich besorgt. »Barbara, worum auch immer es geht, du weißt, ich bin für dich da. Wenn du ein Problem hast, wenn dir etwas Sorgen bereitet, dann finden wir gemeinsam eine Lösung.«

Seine ermutigenden Worte zauberten ein Lächeln auf ihr Gesicht. »Oh, gut. Ich hoffe wirklich, dass du das ernst meinst, mein Lieber, denn ich habe dir was Kleines mitgebracht.«

Sie bückte sich nach ihrem Mitbringsel, aber noch bevor sie es über die Schwelle geschoben hatte, verriet ihm ein leises Maunzen alles.

»O nein«, stöhnte er mit einem Blick auf den Transportkarton für Tiere, den Barbara auf die Fußmatte gestellt hatte.

Aus der Box kamen energische Kratzgeräusche, und sie ruckelte auf der Kokosmatte so sehr, dass die große rote, um den Griff gebundene Schleife zitterte.

»Nein, Barbara«, sagte Alex kopfschüttelnd und versuchte, nicht wie eine moderne Version von Ebenezer Scrooge zu klingen. »Wir brauchen und wollen in diesem Haus kein Katzenbaby.«

Er hatte bisher immer gedacht, sie habe sanfte Augen, so wie Glockenblumen im Sommer, doch jetzt war ihr Blick unnachgiebig wie Stahl.

»Es ist nicht für dich, Alex. Es ist für Connor«, sagte sie nachdrücklich.

Er schaute sich um, ob sein Sohn in der Nähe war. Zum Glück hielt er sich offenbar immer noch oben in seinem Zimmer auf und spielte. Alex wollte etwas erwidern, hatte alle Einwände schon parat, aber Barbara nahm ihm geschickt sofort den Wind aus den Segeln.

»Meinst du, ich kann trotzdem reinkommen, Alex? Hier draußen ist es für meine alten Knochen ein bisschen kalt.«

Sie übertrieb, das war ihm bewusst, aber er würde sich von ihr nicht um den Finger wickeln lassen. Sein Leben war ein großes Durcheinander; für Connor und sich selbst zu sorgen verlangte ihm bereits seine ganze Kraft ab. Er hatte einfach nicht den Kopf, um für ein weiteres Lebewesen Verantwortung zu übernehmen.

Barbara zog ihren Mantel aus und reichte ihn Alex. Als er ihn aufhängte, kam ihm der Gedanke, sie könnte diese kleine

Überraschung möglicherweise schon eine ganze Weile lang geplant haben. Er schaute noch einmal die Treppe hinauf, dann sagte er leise: »Gehen wir in die Küche, da können wir reden.«

Sie folgte ihm brav. *Als könnte sie kein Wässerchen trüben*, dachte er bei sich und schob die Transportbox unter die Garderobe, wo sie nicht sofort ins Auge fiel.

Barbara setzte sich an den Küchentisch. Er wollte etwas sagen, aber sie hob die Hand und brachte ihn zum Schweigen. »Ich bin keine schrullige alte Schachtel.«

Bevor Alex protestieren konnte, dass er das nie behauptet habe, fuhr sie schon fort. »Ich bin eine verantwortungsvolle Tierhalterin und habe mich in meinem Leben um genug ungeliebte Streuner gekümmert. Ich würde niemals ein Tier in ein Zuhause geben, wo es nicht erwünscht ist oder gebraucht wird.«

»Und doch bist du hier«, ging Alex, während sie Luft holte, blitzschnell dazwischen. »Danke, dass du an uns gedacht hast, Barbara, aber leider wäre diese Katze hier überhaupt nicht willkommen.«

»Katzen sind kein Spielzeug; man verschenkt sie nicht einfach so wie eine Schachtel Pralinen oder einen Blumenstrauß. Sie haben Gefühle und benötigen Liebe, Fürsorge und Aufmerksamkeit.«

Alex wollte gerade erwidern, genau das alles habe er nicht zu bieten, aber Barbara redete schon weiter, diesmal mit einem leichten Zittern in der Stimme.

»Aber manchmal, Alex, brauchen wir in unserem Leben etwas, ohne es zu wissen. Connor braucht diese Katze. Er braucht sie, weil sie ihm aus diesem schrecklichen Loch heraushelfen kann, in das er durch den Verlust seiner Mutter gefallen ist. Das alles hat ihn fürchterlich durcheinandergebracht, Alex.«

Es war ihm peinlich, dass ihm die Tränen kamen. Mit rauer Stimme flüsterte er: »Das weiß ich doch. Natürlich weiß ich das.«

»Das klingt jetzt sicher etwas verrückt, aber tief in meinem Inneren weiß *ich*, dass diese Katze Connor helfen wird. Ich vertraue diesem Gefühl, dieser Stimme, und ich hoffe und bete, du tust es auch.«

Sie hatte gute Argumente angeführt, aber Alex geriet nicht ins Wanken, auch nicht annähernd.

»Ich glaube einfach, jetzt ist nicht der richtige Zeitpunkt, um …«

Er brach ab, da plötzlich die Küchentür aufging und Connor hereinkam, ein schneeweißes Fellknäuel im Arm. Es war die kleine Katze, die Connor bei ihrem Besuch bei Barbara besonders liebgewonnen hatte.

»Wem gehört die?«, flüsterte er, und in seiner Stimme schwang etwas mit, das Alex schon lange nicht mehr darin wahrgenommen hatte. Hoffnung.

Es lag nicht an Barbaras überzeugender und emotionaler Ansprache und auch nicht an der unmöglichen Situation, in die sie ihn gebracht hatte, sondern an Connors Gesichtsausdruck, als er den Blick hob und Alex sehnsüchtig anschaute.

Er ging zu seinem Sohn und legte ihm sanft die Hand auf die Schulter.

»Sie gehört dir, Connor. Das Kätzchen gehört dir.«

Eine Dreiviertelstunde später, nach dem schnellsten Crashkurs in Katzenhaltung aller Zeiten, machte sich Barbara zum Gehen bereit. Mitten in Alex' Küche türmte sich ein Haufen Tierbedarf, den er gemeinsam mit Barbara aus dem Kofferraum ihres Nachbarn ins Haus geschleppt hatte.

»Es war wirklich nett von Terry, mich hierherzufahren«, sagte Barbara fröhlich, während sie gemeinsam auch noch einen Korb und ein Katzenklo ins Haus trugen.

»Bist du sicher, dass er nicht reinkommen will?«, fragte Alex besorgt und blickte sich noch einmal zum Wagen um.

»Oh, ja. Er hat gesagt, er hört sich lieber die Sportsendung im Radio an.« Sie senkte die Stimme, als würde sie gleich eine sehr unschöne Charaktereigenschaft ihres Nachbarn enthüllen. »Ich glaube, Terry mag Katzen nicht besonders.«

Alex hätte beinahe gesagt, er könne das gut nachvollziehen, aber Barbara schien so unglaublich zufrieden damit, wie alles gelaufen war, dass er es ihr nicht kaputtmachen wollte. Und dann war da ja auch Connor, der auf dem Küchenboden kniete und mit einem Spielzeug, an dem eine Feder befestigt war, das Kätzchen beschäftigte. Er schien so begeistert, wie es Alex mit keinem seiner teuren Weihnachtsgeschenke zuwege gebracht hatte.

»Hast du dir schon einen Namen für sie überlegt?«, fragte Barbara ihn, wobei sie sich hinunterbeugte und zufrieden zusah, wie er behutsam mit dem Neuankömmling spielte.

Connor hob den Kopf, wandte sich aber nicht an Barbara, sondern an Alex, um dessen Zustimmung einzuholen. »Ich möchte sie Luna nennen, denn sie ist weiß, so wie der Mond, und ich glaube, Mummy hätte der Name gefallen.«

Es war das erste Mal, dass Connor über Lisa in der Vergangenheitsform sprach, und das ließ Alex merkwürdig heiser antworten: »Ja, ich glaube, den hätte sie sehr gemocht. Dann also Luna.«

Kurz darauf wollte Barbara aufbrechen und breitete die Arme aus, um ihn noch einmal fest an sich zu drücken.

»Du hast heute etwas Wunderbares getan, Alex. Ich bin sehr stolz auf dich.«

Er erwiderte ihre Umarmung mit derselben Herzlichkeit und wünschte sich plötzlich, sie würde noch nicht gehen. Es hatte nichts damit zu tun, dass er nicht wusste, wie man das jüngste Familienmitglied versorgte. Er war gerührt von ihren Worten und auch selbst ein wenig stolz auf sich. Aber noch wichtiger war: Er war sich sicher, Lisa wäre ebenfalls stolz auf ihn gewesen.

Kapitel 33

MOLLY

Silvester. Für viele ein Anlass zu feiern, erinnerte ich mich, als ich durch die Gänge meines Stammsupermarkts schlenderte, der aussah, als wäre dort vor Kurzem ein Schwarm Heuschrecken eingefallen. Die Regale waren ebenso leer wie mein Kühlschrank. Das war der Grund, warum ich hier einkaufte, während der Rest der Stadt sich auf die große Party vorbereitete.

Vor zwölf Monaten hatte ich ernsthaft geglaubt, dass ich vielleicht nie wieder den Refrain von »Auld Lang Syne« singen würde, also war ich entschlossen, zu feiern, dass ich wieder gesund war. Was spielte es da schon für eine Rolle, dass es niemanden gab, der dabei an meiner Seite war? Dafür lief ja Jools Hollands »Hootenanny« im Fernsehen. Die Sendung war nach einem alten schottischen Wort für »Party« benannt, das mich zum Lächeln brachte, und beschwor seltsamerweise ein Bild von Mac vor meinem inneren Auge herauf. Als ich überlegte, warum, fiel mir wieder ein, dass er gestanden hatte, dass er Hogmanay am liebsten in Schottland feierte. War er nach Edinburgh gefahren, um den Feiertag mit Andi zu verbringen? Ein Schauer lief mir über den Rücken, und das nicht nur, weil ich vor der Tiefkühltruhe stand.

Tja, ich würde auch feiern, bekräftigte ich mit einem Nicken, griff nach einer Packung Partysnacks und warf sie zu der Sektflasche und der Pralinenschachtel in den Einkaufswagen.

Ich hatte kurz mit dem Gedanken gespielt, Alex zu fragen, was er vorhatte, aber mein gesunder Menschenverstand setzte zum Glück wieder ein, bevor ich ihn anrufen konnte. Alex würde heute in Gedanken ganz bei Lisa sein, und das Letzte, was er wollte, war, den Abend mit jemandem zu verbringen, der nur auf Erden war, weil die Frau, die er liebte, es nicht mehr war.

Das Tablett mit Partyhäppchen stand auf der Arbeitsfläche und wartete darauf, dass der Ofen heiß wurde, und der Sekt lag im Kühlschrank. Bis meine Küchenvorrichtungen ihren Zweck erfüllen durften, ließ ich mir ein Schaumbad einlaufen, glitt in das duftende Wasser und sagte mir, dass ich absolut zufrieden damit war, die letzten fünf Stunden des Jahres allein zu verbringen.

Es gab Freunde, die ich hätte anrufen können, dachte ich, als ich mich tiefer in den Schaum sinken ließ, obwohl ich im letzten Jahr nicht viele Leute aus meinem Freundeskreis gesehen hatte. Nach der Trennung von Tom war ich überrascht zu entdecken, dass unsere Freunde ins »Er«- beziehungsweise »Sie«-Lager wanderten. Wie den Toaster, die Lavalampe, die uns beiden nicht gefiel, und das wahnsinnig teure Weinregal mussten wir auch unsere gemeinsamen Freunde aufteilen, als wir unserer Wege gingen. Es verletzte mich ein bisschen, dass mehr zu ihm als zu mir gehalten hatten. *Stattdessen habe ich die Lavalampe behalten*, erinnerte ich mich, als ich untertauchte, um mir die Haare zu waschen. *Und meinen Sinn für Humor*, fügte ich mit einem Lächeln hinzu und ließ mir das Wasser aus den Ohren laufen.

Das Badewasser wurde kalt, und meine Finger waren schrumpelig geworden, also stieg ich aus der Wanne. Ich griff nach meinem Bademantel und hielt kurz inne, bevor ich den

Gürtel zuband. Ein bisschen Schaum auf meiner Brust verdeckte die Narbe. Ich schaute in den Spiegel, wischte den Schaum ab und enthüllte so die Linie mitten auf meiner Brust. Dann fuhr ich gedankenverloren mit dem Finger darüber, als wäre sie der Weg auf der Reise, die ich zurückgelegt hatte.

Silvester war der Abend der guten Vorsätze, und obwohl das neue Jahr erst in vier Stunden beginnen würde, fiel mir jetzt schon einer ein. Von jetzt an würde ich mich nicht mehr für meinen körperlichen Makel schämen. Ich hatte viel Zeit und Energie mit dem Versuch verschwendet, die Narbe zu verstecken, und war dadurch blind für die Tatsache gewesen, dass sie ein Wunder symbolisierte. Es war auch eine Erinnerung daran, dass eine Frau, die ich nie kennengelernt hatte, mir das größte Geschenk gemacht hatte, das ich je bekommen hatte.

Entschlossen ging ich ins Schlafzimmer und griff nach dem geblümten Make-up-Täschchen, das eine Reihe von Concealern enthielt, die ich jeden Tag benutzte. *Nie wieder*, versprach ich mir und kippte den Inhalt in den Mülleimer; das laute Klappern klang, als würden die Glieder einer Kette zerspringen.

Ich hatte immer noch ein euphorisches Lächeln im Gesicht, als ich mir die Haare kämmte und föhnte. Die Frisur gelang mir perfekt, so wie immer, wenn ich nirgendwo hinging.

Erst als ich das nächste Mal auf mein Handy schaute, entdeckte ich, dass ich zwei Anrufe verpasst hatte, beide von Mac. *Wahrscheinlich ruft er an, um mir ein frohes neues Jahr zu wünschen, bevor es später am Abend zu chaotisch wird und er es vergisst*, sagte ich mir. Obwohl die Vorstellung, dass Mac einmal nicht alles im Griff haben könnte, ziemlich unglaubwürdig war. Ich setzte mich auf das Bett und starrte seinen Namen auf dem Display an, als könnte ich dadurch intuitiv erraten, was er wollte.

Während ich noch überlegte, ob ich ihn zurückrufen sollte, vibrierte das Mobiltelefon in meiner Hand. *Drei Anrufe in einer Stunde?* War irgendetwas nicht in Ordnung? Die Sorge ließ mich schroff klingen, als ich den Anruf annahm.

»Ja?«

»Oh, hallo, Molly. Hier ist Mac.«

Ich lauschte auf die Hintergrundgeräusche einer Party, hörte aber nichts.

»Ist irgendwas nicht in Ordnung? Ich habe gerade gesehen, dass ich zwei Anrufe von dir verpasst habe.«

Seine Stimme klang anders als sonst, und ich brauchte einen Moment, um zu erkennen, warum. Verlegenheit – ungeschickt überspielt mit einem unsicheren Lachen.

»Nein. Alles ist in Ordnung. Ich … ich wollte dich nur was fragen …« Er schwieg, und das angespannte Warten darauf, dass er fortfuhr, fühlte sich an wie Folter. »Ich weiß, es ist eine total alberne Frage. Und je länger ich darüber nachdenke, desto sicherer bin ich, dass du Nein sagen wirst.«

»Was willst du mich denn fragen?« Als ich nach unten schaute, fiel mir auf, dass ich unwillkürlich den Daumen meiner freien Hand drückte. Wie dumm würde ich mir vorkommen, wenn Macs Frage nicht die war, die ich zu hören hoffte? Zum Glück kam es anders.

»Ich hab mich gefragt, ob du schon Pläne für heute Abend hast. Aber nun, da ich es laut ausspreche, klingt es verrückt. Natürlich hast du schon was vor. Warum auch nicht?« Es war so ungewöhnlich, dass er nicht so souverän wie sonst klang, dass ich zu lange brauchte, bevor ich antwortete. »Tut mir leid, es war albern von mir zu denken, dass du heute Abend Zeit hast.«

»Nein«, sagte ich atemlos.

»Nein, du hast keine Zeit?«

»Nein, ich habe für heute Abend noch keine Pläne«, sagte ich, ohne zu versuchen, auf cool zu machen. »Eigentlich hatte ich vor, den Abend allein vor dem Fernseher zu verbringen.«

Er lächelte. Ich hörte es an seiner Stimme. »Könntest du dir eventuell vorstellen, deine Pläne zu ändern? Denn wenn ja, würde ich das alte Jahr gern mit einer neuen Freundin ausklingen lassen.«

Okay, dachte ich mit einem zerknirschten Lächeln. Ich hatte die nicht allzu subtile Botschaft, die in der Einladung verborgen war, gehört, aber sie war nicht dazu angetan, meinen rasenden Puls zu beruhigen. Wahrscheinlich waren Macs ursprüngliche Pläne für den Abend geplatzt, und mich einzuladen war Plan B. Ich stand wahrscheinlich nur einen Platz höher auf der Liste als Barbara und Jamie. Aber das war mir egal.

Als ich vor meinen Schrank trat und überlegte, was ich anziehen sollte, wurde mir klar, wie langweilig es im Vergleich dazu gewesen wäre, den Abend allein zu verbringen. Obwohl ich wusste, dass es eine rein platonische Verabredung war, freute ich mich und war aufgeregt. Meine Hand wanderte über die Kleiderbügel, während ich verschiedene Outfits erwog und wieder verwarf, bis sie über einem Kleid in einer Plastikhülle verharrte. Ich hatte es vor über einem Jahr gekauft, aber noch keine Gelegenheit gehabt, es anzuziehen; und in letzter Zeit hatte es mir dafür an Selbstbewusstsein gefehlt. Der weiche Stoff umschmeichelte meine Kurven. Das Kleid war so rot, dass sich alle aus den richtigen Gründen danach umdrehten. Es hatte lange, enge Ärmel, einen tiefen V-Ausschnitt und war schulterfrei. Ich schlüpfte hinein und betrachtete mich kritisch im Spiegel. Eine Menge cremeweißer Haut wurde enthüllt, und einen Moment lang schaute ich sehnsüchtig zum Mülleimer hinüber, der jetzt all meine Concealer enthielt. Dann schüttelte ich den Kopf. Ich hätte nie gedacht, dass mein guter Vorsatz so schnell einer Prüfung unterzogen werden würde, aber ich war entschlossen, ihn nicht schon vor Mitternacht über Bord zu werfen.

Ein bisschen Smokey-Eyes-Lidschatten, ein Hauch von scharlachrotem Lipgloss – in derselben Farbe wie das Kleid –, und ich war fertig. Die Frau im Spiegel war mir schon lange nicht mehr begegnet, und um ehrlich zu sein, war es sehr schön, sie wiederzusehen.

Der Uber-Fahrer redete auf der Fahrt zu Macs Apartment ununterbrochen, was mir zum Glück Zeit verschaffte, um über den Abend nachzudenken, der vor mir lag. Als der Wagen vor einem beeindruckenden, modernen Wohnhaus hielt, fiel mir auf eine sehr uncoole Art die Kinnlade runter. Dichte, in Flutlicht getauchte Büsche flankierten einen Eingang mit Säulen, der Name des Gebäudes war in einen schwarzen Granitblock eingraviert.

Ich stieg aus dem Wagen, die gekühlte Sektflasche in der Hand, und ließ den Blick über das Gebäude schweifen. Zu jeder Wohnung gehörte ein Rundumbalkon, und mein Blick fiel auf das oberste Stockwerk. In Macs Wohnung leuchtete ein einladendes gelbes Licht. Mit etwas zu schnell klopfendem Herzen ging ich zum Haus und drückte auf den Knopf neben der Glastür.

Meine Absätze klapperten im Stakkatorhythmus auf dem polierten Steinboden, als ich das Eingangsfoyer durchquerte. Aus den Spiegeln im Aufzug blickten mir vier nervöse Mollys entgegen; alle schauten erstaunt, als sie entdeckten, dass Mac im Flur des obersten Stockwerks wartete. Bestand überhaupt die Chance, dass er nicht gesehen hatte, wie ich ein »lässiges« Begrüßungslächeln geübt hatte, als die Tür sich öffnete? Angesichts des verräterischen Zuckens um seine Mundwinkel bezweifelte ich es.

Er beugte sich vor, um mir einen Kuss auf die Wange zu geben, dann legte er mir freundschaftlich die Hand auf die Schulter und machte dadurch alle Fantasien zunichte, denen ich mich auf der Hinfahrt hingegeben hatte.

Macs Wohnung hätte direkt aus den Seiten eines Hochglanzmagazins stammen können – eines hochpreisigen, wie ich sie immer im Wartezimmer meiner Zahnärztin las. Ich sah auf den ersten Blick, dass das schwedische Möbelhaus, aus dem ein Großteil meiner Einrichtung stammte, in Macs vier Wänden keine große Rolle spielte. Das cremefarbene Ledersofa allein hatte wahrscheinlich mehr gekostet, als ich in einem halben Jahr verdiente, und die glänzende Patina des Walnussbodens ließ darauf schließen, dass es sich nicht um Laminat handelte. Und trotz all des Luxus und der Eleganz war es auf eine maskuline Art dennoch eine einladende Wohnung. Wenn Carrie einen Einfluss auf die Einrichtung gehabt hatte, musste Mac alle Beweise dafür nach der Trennung beseitigt haben. *Gut*, dachte ich leicht kindisch.

»Darf ich dir den Mantel abnehmen?«

Obwohl »Nein« keine akzeptable Antwort war, hätte ich genau das am liebsten gesagt. Das Kleid, das ich ausgesucht hatte, schrie »Date« statt »zwangloser Abend mit einem Freund«, und mein Fauxpas würde sofort offensichtlich werden, wenn ich den Mantel auszog. Macs eigene schwarze Jeans und sein weiches, grau meliertes T-Shirt waren weit angemessener, obwohl die Art, wie der Stoff seinen Bizeps betonte, einen überraschend ablenkenden Effekt hatte.

Er wartete geduldig mit ausgestreckter Hand, und wenn ich ihm jetzt nicht sagte, mir sei kalt und ich wolle den Mantel anbehalten, blieb mir keine andere Wahl, als ihn auszuziehen. Mit zitternden Fingern knöpfte ich ihn auf. Ich sah Mac ins Gesicht, als ich den Mantel von den Schultern gleiten ließ. Seine Augenlider flatterten, aber es war unmöglich festzustellen, ob es an meinem Dekolleté lag oder an der Narbe. Ich zwang mich, den Rücken durchzudrücken und dazu zu stehen.

»Du siehst sehr schön aus«, sagte er, und einen Moment lang huschte ein bewundernder Ausdruck über sein Gesicht, bevor er ihn hinter einem neutralen Lächeln verbarg.

»Danke.«

Er hatte den bescheidenen Sekt aus dem Supermarkt so freudig entgegengenommen, als hätte ich ihm eine Flasche alten Dom Pérignon gereicht. »Sollen wir uns den für Mitternacht aufheben?«, fragte er, ging in die moderne Küche mit den glänzenden Schranktüren und legte ihn in den Kühlschrank.

Ich nickte und sah mich in seinem Zuhause um.

Die offene Wohnfläche war so geräumig, dass sogar der Stutzflügel in der Ecke sie nicht beengt wirken ließ. Eine Schiebeglastür führte auf den Balkon hinaus, und es war leicht, sich Sonnenuntergänge mit einem Glas Wein an warmen Sommerabenden vorzustellen. Das einzig Störende dabei war der Geist von Carrie, den ich irgendwie nicht abschütteln konnte.

»Du hast eine einmalige Aussicht von hier oben«, sagte ich wie hypnotisiert von den Lichtern der Stadt, die unter uns blinkten wie eine Lasershow.

»Das war der Hauptgrund, warum ich die Wohnung gekauft habe«, sagte Mac mit einem kleinen Lachen. »Obwohl ich ihn ironischerweise die Hälfte der Zeit, in der ich hier gelebt habe, nicht sehen konnte. Ein Ausblick wie dieser war an einen Typen, der langsam sein Augenlicht verlor, verschwendet.«

Mac sprach selten über die Zeit, in der sein schwindendes Sehvermögen ihm nach und nach das Leben gestohlen hatte, ihm den Job, die Unabhängigkeit und am Ende die Freundin genommen hatte. Selbst jetzt, wo das alles Vergangenheit war, hörte ich noch die Emotionen in seiner Stimme.

Nie hatte ich jemanden lieber in die Arme schließen wollen als Mac in diesem Moment. Für den Fall, dass der Drang unwiderstehlich wurde, begab ich mich auf die andere Seite des Raums und blieb vor einem modernen Gaskamin stehen. Mac musste sich geschmeidig wie eine Katze zu mir gesellt haben, weil ich nicht bemerkt hatte, dass er so dicht hinter mir stand; als ich einen Schritt zurücktrat, schaffte ich es irgendwie, ihm mit einem meiner Stilettoabsätze auf den Fuß zu treten.

»O Gott, Mac, das tut mir so leid!«, rief ich, als er ein ersticktes Geräusch mit einem deftigen Fluch von sich gab. »Habe ich dich verletzt?«

Instinktiv sank ich auf die Knie, um seinen Fuß in Augenschein zu nehmen, als wäre er einer meiner Schüler, der auf dem Schulhof hingefallen war. Glücklicherweise sah ich kein Blut an seiner hellgrauen Socke, aber das bedeutete noch lange nicht, dass ihm nichts wehtat.

»Ist schon gut«, sagte er und hielt mir die Hand hin. »Es ist nichts, ehrlich.«

Ich nahm seine Hand und ließ mich wieder hochziehen. Danach standen wir so nah beieinander, dass ich seine Körperwärme durch das T-Shirt spürte. Schuldbewusst wie ein Eindringling zog ich mich sofort zurück.

»Keine Ahnung, warum ich in deiner Gegenwart so bin«, sagte ich mit einem peinlich berührten Lachen. »Ob du es glaubst oder nicht, normalerweise bin ich nicht so ungeschickt.«

»Mache ich dich vielleicht nervös?«

Ich schluckte. »Nein, ich glaube, das ist es nicht.«

Er zuckte leichthin die Schultern und wechselte das Thema, obwohl das, wofür er sich entschied, ähnlich unangenehm war.

»Tja, trotz meines gebrochenen Zehs möchte ich dir sagen, wie froh ich bin, dass du heute Abend kommen konntest. Es war ein ganz schön heftiges Jahr, und ich kenne niemanden, mit dem ich es lieber verabschieden würde.«

Röte schoss mir in die Wangen, und mit einer Ehrlichkeit, die ich wahrscheinlich später bereute, sprach ich aus, was mir mein Herz sagte.

»Ich auch nicht.«

Er biss sich auf die Lippe, als versuchte er, seine nächsten Worte zurückzuhalten, was ihm jedoch misslang. »Ich war mir sicher, dass Alex mir zuvorkommen würde.«

Seine Bemerkung traf mich heftig, und ich öffnete und schloss den Mund wie ein Goldfisch, während ich nach einer Antwort suchte und mehrere verwarf. Ich war immer noch kein Stück weiter, als Macs Handy klingelte und mir einen Aufschub verschaffte.

Er sah auf das Display und lächelte mich entschuldigend an. »Entschuldige, Molly. Stört es dich, wenn ich rangehe?«

Ich schüttelte den Kopf, froh über die Unterbrechung.

»Andi!«, rief er aus, in so warmherzigem Ton, dass ich praktisch spüren konnte, wie die Temperatur im Raum ein paar Grad anstieg. Da er nicht glauben sollte, ich würde lauschen, ging ich zum Fenster hinüber und versuchte mich mit dem Ausblick abzulenken.

Macs Bemerkung über Alex war auf mehr als einer Ebene verstörend. Glaubten denn alle dasselbe? Es wurde immer schwieriger, den Verdacht abzuschütteln, dass Alex immer noch seine Frau in mir suchte. Ich schauderte, trotz der Wärme im Raum. Wenn es wirklich so war, wäre es nicht das Beste, auf Abstand zu gehen? Aber wenn ich das tat, verlor ich nicht nur den Kontakt zu Alex, sondern auch zu Connor. Der Gedanke daran, sie nie wiederzusehen, erfüllte mich mit irrationalem Schrecken. Ich lehnte die Stirn an das Glas von Macs Fenster, als brauchte ich eine kühle Kompresse gegen Migräne.

»Alles in Ordnung?«, rief Mac durch den Raum.

Ich zwang mich zu lächeln, ehe ich mich umdrehte. »Alles bestens.«

»Andi lässt schön grüßen«, sagte er leichthin.

»Das ist aber nett von ihr.« Und als hätte ich die Fähigkeit verloren, meine Gedanken zu filtern, bevor sie aus mir heraussprudelten, sagte ich: »Ich hatte eigentlich gedacht, du würdest Silvester mit ihr verbringen.«

Mac sah verwirrt aus. »Wirklich? Ich glaube, das wäre das Letzte, was sie wollen – und das fünfte Rad am Wagen zu sein ist für mich nicht besonders verlockend.«

»Das fünfte Rad am Wagen?«

»Scott, ihr Verlobter, ist über die Feiertage zu Hause, und bis sein Auftrag in Japan erledigt ist, wissen alle Freunde, dass es besser ist, sich ihnen im Moment nicht aufzudrängen.«

»Oh«, sagte ich und schaffte es gerade noch, mir ein Grinsen zu verkneifen.

»Außerdem habe ich ja schon gesagt, dass ich das Jahr am liebsten mit *dir* ausklingen lassen wollte«, fügte er hinzu. Jetzt konnte ich mein Grinsen nicht mehr unterdrücken, also gab ich es auf.

»Hast du Lust, mir dabei zu helfen, unser Abendessen vorzubereiten?«, fragte er und machte ein gespielt besorgtes Gesicht. »Wie sicher wäre es, dir ein großes Messer in die Hand zu geben?«

Es war genau das Mittel gegen Grübelei, das ich brauchte. Ich strahlte ihn an und ging mit ihm hinüber in die Küche. »Riskieren wir es«, sagte ich. »Sag mir, was ich tun soll.«

Ich hatte ganz vergessen, wie angenehm es war, mit jemandem zusammen eine Mahlzeit zuzubereiten. Die Küche war kompakt, aber gut geschnitten, und wir bewegten uns darin wie in einer fließenden, mühelosen Choreografie, als hätten wir es schon oft getan.

Zwanzig Minuten später trug Mac zwei Teller mit dampfender Pasta zum Tisch, während ich ihm mit Wein und Gläsern folgte.

»Das sieht wunderbar aus«, verkündete ich. Ich fühlte mich ein bisschen wie eine Jurorin in einer Kochsendung, als er zusah, wie ich eine Gabel von seinem Lieblingsgericht Spaghetti Carbonara zum Mund führte, und auf mein Urteil wartete. Normalerweise hatte ich keine Schwierigkeiten, mein Essen hinunterzuschlucken, aber da er meinen Mund so anstarrte, fiel es mir überraschend schwer.

Ich griff nach dem Weinglas und prostete ihm zu. »Ganz köstlich.«

»Nächstes Mal koche ich dir mein Stroganoff«, sagte er und sah so erfreut aus, dass ich schmunzeln musste.

Nächstes Mal. Die Worte hingen zwischen uns in der Luft wie ein Versprechen, auch wenn ich mir nicht vorstellen konnte, dass es je dazu kommen würde.

Mac war nicht nur ein guter Koch, sondern auch ein guter Gastgeber, und als wir nach Pasta und Baiser zum Kaffee übergingen, floss die Unterhaltung locker dahin. Die Geschichten über seine studentischen Eskapaden waren besonders unterhaltsam, obwohl es schwer war, mir den verantwortungsbewussten Mann, den ich kannte, als den wilden Rebellen vorzustellen, der er anscheinend vor fünfzehn Jahren gewesen war. Außerdem gab es mir das Gefühl, in meiner eigenen Zeit an der Uni zu viele Stunden in Büchereien und beim Lernen verbracht zu haben.

»Ich glaube, das ist das, was man eigentlich machen soll«, sagte Mac, und seine Augen funkelten vor Belustigung, als er aufstand und die Teller einsammelte.

»Es klingt nur so öde«, sagte ich.

Er war schon auf halbem Weg in die Küche, als er stehen blieb und mich über die Schulter hinweg ansah.

»Du bist viele Dinge, Molly Kendall, aber ganz sicher nicht öde.«

»Hast du Lust, uns Musik auszusuchen?«, schlug Mac vor, während er den Geschirrspüler einräumte. Mit einem Glas Wein in der Hand ging ich zu dem beeindruckenden Soundsystem hinüber, aber der Stutzflügel brachte mich auf eine bessere Idee.

»Würdest du stattdessen etwas für uns spielen?«, rief ich und sah zu ihm in die Küche.

»Sibelius?«, fragte er mit schiefem Lächeln. »Der ist allerdings nicht gerade für seine Partymusik bekannt.«

Ich warf einen Blick auf die Notenblätter auf dem Ständer. »Vielleicht was Lebhafteres?«

Mac grinste. »In dem Schränkchen neben dem Klavier liegen ein paar Notenbücher. Vielleicht findest du da was Jazziges mit der Art von Songs, die deinem Dad gefallen hätten.«

Meine Nase prickelte, und meine Augen brannten. Mac erinnerte sich noch, wie sehr mein Vater Jazz geliebt hatte. Es war nur ein kleines Detail, das sich nicht bedeutsam hätte anfühlen dürfen – aber genau das tat es.

Ich kniete mich vor das Schränkchen und blätterte in den diversen Musikbüchern aus Macs Sammlung. Mir fiel ein Band mit dem Titel »Jazz« ins Auge, neben dem noch etwas anderes steckte. Etwas, was dort nicht hinzugehören schien.

Das Klappern der Pfannen und des Bestecks ließ vermuten, dass Mac noch in der Küche beschäftigt war, aber das war keine Entschuldigung dafür, den Skizzenblock aus dem Schränkchen zu ziehen. Er enthielt offensichtlich keine Noten und ging mich nichts an. Und doch war der pandorahafte Drang, hineinzusehen, unwiderstehlich. Ich stellte mein Weinglas ab und legte mir den Block auf den Schoß.

Leg ihn zurück. Das ist privat, sagte mein Gewissen. Aber etwas hielt mich davon ab, etwas, das über normale Neugier hinausging.

Schon nachdem ich die erste Seite aufgeschlagen hatte, war ich fasziniert. Ich hatte zwar angenommen, dass Mac als Architekt gut zeichnen konnte, aber ich hätte nie gedacht, dass er so gut war. Mir blieb die Luft weg, als ich seine erste Zeichnung sah.

Sie war detailliert und lebensecht wie ein Foto – nein, mehr als das. Keine Pixel der Welt hätten Connors Blick so gut einfangen können wie Macs Zeichenstift. Der kleine Junge schaute in die Ferne, die Andeutung eines Lächelns im Gesicht. Es war so realistisch, dass ich schnell umblätterte, als wäre es ein Daumenkino und sein Lächeln würde auf der nächsten Seite voll zu sehen sein.

Aber die folgende Seite enthielt eine Collage aus Gesichtern. Hauptsächlich Jamie und Barbara, aber auch Dee und Todd waren darunter, ja sogar Maisie. Ich wusste, ohne fragen zu müssen, dass keiner von ihnen für die Bilder Modell gesessen hatte. Sie waren aus der Erinnerung entstanden, und die Detailtreue war verblüffend perfekt. Mac hatte ein unglaublich gutes Auge – zumindest jetzt wieder.

Ich atmete schneller, als ich weiterblätterte. Der auf dem nächsten Bild Dargestellte lächelte nicht, aber Mac hatte Alex mit kühnen Strichen eingefangen und mit herzzerreißender Präzision den gequälten Gesichtsausdruck wiedergegeben, von dem Alex vermutlich nicht ahnte, dass andere ihn sehen konnten. Ich fuhr unwillkürlich mit den Fingern die Konturen seines Gesichts nach.

Ich hatte nicht mitbekommen, dass das Klappern in der Küche aufgehört hatte und dass Mac direkt hinter mir stand, bis sein Schatten auf die Seite fiel, von der Alex mich ansah. Ich zog die Hand zurück, als hätte ich mich verbrannt.

»Ich hatte ganz vergessen, dass das auch da drin ist.« Macs Stimme klang seltsam – angespannter als zuvor. War es ihm peinlich, dass ich den Skizzenblock gefunden hatte?

»Die sind wirklich gut.«

Mac zuckte mit den Schultern, und sein Blick war merkwürdig verschlossen.

»Gibt es noch mehr?«, fragte ich und blätterte zur nächsten Seite vor, ehe er antworten konnte. Ich spürte, dass er mir den Block am liebsten aus der Hand gerissen hätte.

Ich wusste nicht, warum ich so schockiert war. Hätte ich das nicht erwarten müssen? Besonders da er jedes andere Mitglied unserer Gruppe ebenfalls gezeichnet hatte?

Er hatte mir eine Schönheit verliehen, die ich, wie mir mein Spiegelbild täglich bestätigte, nie erreichen würde. Anders als die anderen hatte Mac mich auf mehrere Arten gezeichnet. In den Kohlezeichnungen sah ich sehnsüchtig aus. Die Bleistiftzeichnungen waren genauer, so detailliert, dass ich auf einem Bild, das mich mit geschlossenen Augen in der Sonne zeigte, die einzelnen Wimpern erkennen konnte. Ich sah aus wie von einem tiefen Frieden erfüllt.

Es gab ungefähr fünfmal mehr Zeichnungen von mir als von den anderen, und doch kapierte ich zu langsam, wie seltsam das war.

»Wie kommt es, dass so viele von mir sind?«, fragte ich arglos, und erst als ich sein angespanntes Gesicht sah, wurde mir klar, dass ich die falsche Frage gestellt hatte.

»Du gibst ein tolles Modell ab. Deine Knochenstruktur ist einfach …« Mac sah aus, als wäre er am liebsten im Boden versunken. »Du bist gut zu zeichnen«, schloss er. Etwas in seinem Blick warnte mich davor, weiter nachzubohren, und so beließ ich es dabei.

Ungeschickt versuchte ich, den Skizzenblock wieder in den Schrank zu schieben. Er fiel mir aus der Hand und öffnete sich auf der letzten Seite. Mac gab ein Geräusch von sich, das nicht ganz ein Lachen war, aber trockene Belustigung ausdrückte. Diese Zeichnung stellte keinen Menschen dar, was sie allerdings nicht weniger dramatisch wirken ließ. Sie zeigte einen sturmgepeitschten Pier.

»Wo ist das?«, fragte ich.

Mac lächelte schief. »Seltsamerweise kenne ich den Namen des Ortes nicht, obwohl ich viele Male dort gelandet bin.«

Ich schaute mir die Zeichnung genauer an. Zu einer Seite des Piers lag ein kleiner Vergnügungspark. Mac hatte sogar die Gleise einer Bimmelbahn und einen einsamen Waggon gezeichnet. Aber der Hauptfokus auf dem Bild war der lange Steg, gegen den hohe Wellen schlugen, die alles, was ihnen im Weg stand, fortrissen.

»Da herrscht ja ein ganz schöner Sturm auf deinem Bild«, bemerkte ich, blätterte zurück und sah, dass er die gleiche Szene mehrmals gezeichnet hatte. In allen Versionen wurde der graue Himmel von gezackten Blitzen zerrissen.

»Das Seltsame ist, es war immer warm und mild, wenn ich dort war. Am Ende meiner mitternächtlichen Fahrten, letzten Sommer, als ich unter Schlaflosigkeit litt.« Er griff nach dem Skizzenblock, und ich ließ ihn mir aus der Hand nehmen. »Aber ich habe den Pier noch nie so gesehen, nicht im realen Leben. Ich habe keine Ahnung, warum ich ihn immer in einem Sturm zeichne.«

Ich war in der Schule nie die Art Mädchen gewesen, die mit einem Gitarristen ging. Meine Freunde in der Teenagerzeit waren eher in der Mathe-AG als in einer Rockband. Selbst Tom, der nichts lieber tat, als lauthals unter der Dusche zu singen, traf nicht einen Ton. Es hatte noch nie jemand für mich – und nur für mich – gespielt. Ich hatte also keine Ahnung, dass es ein so intimes, intensives Erlebnis sein konnte, als Mac für mich spielte, während die Zeiger der Uhr sich Mitternacht näherten. Als er sich ans Klavier setzte, ließ ich mich auf dem bequemen Sofa nieder und zog die Schuhe aus. Das Sofa war weich wie Gamsleder, und ich zog die Beine unter mich wie eine zufriedene Katze.

Das Großartige an Livemusik ist, dass sie Gespräche unterbindet, was nach dem peinlichen Moment mit dem Skizzenblock genau das war, was wir brauchten, um den Abend wieder auf Kurs zu bringen. Trotzdem wanderten meine Gedanken dauernd zurück zu den Zeichnungen von mir, während der Raum sich mit jazzigen Klängen füllte. Es war schwer, einfach darüber hinwegzugehen. Interpretierte ich zu viel in die Sache hinein? Oder war ich wirklich besser zu zeichnen als die anderen?

Irgendwo zwischen den Liedern, die mein Vater geliebt hatte, und denen, die Mac mir an jenem Abend vorstellte, begann ich mich wieder zu entspannen. Er spielte jeden Song aus dem Buch, ging nahtlos vom einen zum anderen über, als würde er in einem Club auftreten. Ich sagte nichts, bis die Noten des letzten Liedes verklungen waren, und dann begann ich leise zu klatschen.

Er lächelte und schüttelte auf eine »Ach das war doch gar nichts«-Weise den Kopf, aber ich sah, dass meine Begeisterung ihm schmeichelte. Sein improvisiertes Konzert hatte bis kurz vor Mitternacht gedauert, und ich konnte nicht glauben, dass unser gemeinsamer Abend sich schon dem Ende zuneigte.

»Am liebsten würde ich ›Zugabe‹ rufen«, sagte ich und erhob mich vom Sofa, »aber das wäre wohl selbstsüchtig. Du bist bestimmt ganz erschöpft vom ganzen Spielen.«

»Ein paar Stücke schaffe ich vermutlich noch«, sagte er lächelnd, und seine Finger flogen wieder mühelos über die Tasten. Er spielte jetzt aus dem Gedächtnis, nicht nach Noten, und ging von Klassik zu Pop aus verschiedenen Jahrzehnten über. Ich lehnte mich an das Klavier, und obwohl er nie auf seine Hände schaute, starrte ich sie wie hypnotisiert an.

»Vielen Dank, dass du für mich gespielt hast«, sagte ich, als er schließlich innehielt. »Ich kann mir keine schönere Art vorstellen, ein Jahr zu beenden, das wirklich nicht leicht durchzustehen war.« Was eine der größten Untertreibungen war, die es gab.

»Es hatte einige Höhen und Tiefen«, stimmte Mac zu. Er klimperte geistesabwesend eine Melodie, doch sein Blick ruhte auf mir. »Aber ich würde es nicht anders erlebt haben wollen. Obwohl …« Er zögerte. »Obwohl es Zeiten gab, in denen ich mir wünschte, ich hätte dich nie kennengelernt …«

Mir blieb der Mund offen stehen. Das hatte ich definitiv nicht erwartet.

»… auf diese Art«, fügte er schnell hinzu. »Ich wünschte, ich hätte dich nicht auf diese Art kennengelernt. Ich glaube, unter anderen Umständen hätte alles völlig anders ausgesehen.«

Es kam mir so vor, als wäre der heutige Abend die Gelegenheit, über Dinge zu reden, die wir danach nie wieder erwähnen würden. Und jetzt hatte er mir einen Einblick in das gegeben, was hätte sein können. Ich sah es – sah alles, was nie sein würde, und war wie vor den Kopf geschlagen.

Verunsichert lächelte ich und verließ meinen Platz beim Klavier.

»Ich geh mal kurz ins Bad, wenn das okay ist.«

Nichts tötet die Stimmung effektiver, als jemandem zu sagen, dass man aufs Klo muss. Obwohl ich eigentlich gar nicht musste. Aber ich brauchte den sauberen, weiß gefliesten Zufluchtsort, um meine durcheinanderwirbelnden Gedanken zu ordnen. Der große beleuchtete Spiegel über dem Waschbecken zeigte mir, dass meine Wangen eine schmeichelhaft gesunde Röte angenommen hatten. Das lag nicht am Alkohol – sondern an Mac. Zum ersten Mal erlaubte ich mir, zuzugeben, wie sehr ich ihn mochte. Meine Augen funkelten mich im Spiegel an, als ich langsam den Kopf schüttelte. Mac hatte eine unüberwindliche Grenze der Freundschaft in den Sand gemalt und würde nicht zulassen, dass wir sie überschritten.

Ich schaute auf die Uhr. Uns blieben nur noch zehn Minuten bis Mitternacht. Mac hatte versprochen, dass wir von seinem Balkon aus den besten Blick auf das Feuerwerk haben würden. Aber wenn ich mich weiterhin im Badezimmer versteckte, würde ich es verpassen.

Als ich zurückkam, klimperte er immer noch auf dem Klavier herum. Als er hochsah, hörte er sofort auf. Die Melodie hatte vage vertraut geklungen, aber ich hatte nur ein paar Noten gehört, bevor er abbrach. Das war für ihn gewesen, nicht für mich. Erst als er die Balkontür öffnete und mich in die kühle Nachtluft hinausscheuchte, fiel mir wieder ein, welches Lied es gewesen war – »Lady in Red«.

Er hatte meinen Sekt mit nach draußen genommen, ließ den Korken knallen und schenkte uns zwei Gläser ein. Von der Straße unter uns hörten wir den Lärm der Feiernden.

»Ich wollte nichts sagen, was dir unangenehm ist.«

Ich drehte mich zu ihm um. »Es ist mir nicht unangenehm.«

»Ich wollte nur, dass du weißt, wenn alles anders wäre, wenn es nicht Leute gäbe, die durch das, was ich tue, verletzt werden könnten ...«

Ich nickte. Ich verstand das. Wirklich.

»Steht das jetzt zwischen uns?«, fragte Mac leise.

Ich lächelte und wünschte mir, ich könnte ihm die Besorgnis, die in seinem Blick lag, nehmen. »Nein. Was auf dem Balkon passiert, bleibt auf dem Balkon.«

Er lächelte so zärtlich auf mich herunter, dass mir trotz der kalten Dezemberluft und meiner nackten Schultern warm wurde.

»Tja, in dem Fall«, erwiderte er mit rauer Stimme, »werde ich dir etwas sagen, was ich besser nicht sagen sollte.«

Die Stimmen von der Straße wurden lauter und aufgeregter.

»Ich möchte dich küssen, Molly. Ich glaube, ich habe noch nie in meinem ganzen Leben jemanden so gern küssen wollen. Aber es ist nicht fair. Und ich weiß nicht mal, ob du das auch willst.« Er warf einen Blick auf die Uhr. »Der Countdown beginnt gleich. Also, wenn du das lieber nicht tun willst, sag's mir jetzt, bevor es zwölf schlägt.«

Sekunden verstrichen, und doch schien die Zeit merkwürdigerweise stillzustehen. Auf dem Gehweg und den Balkonen fingen die Leute an, rückwärts zu zählen: »Zehn, neun, acht …«

Sie kamen bis »sieben«, dann hielt ich es nicht mehr aus. Mit einer Leidenschaft, die mich selbst schockierte, zog ich seinen Kopf zu mir herunter.

Ich sah das Feuerwerk nicht, zumindest nicht das am Himmel. Aber neben dem in meinem neuen Herzen wäre es ohnehin verblasst.

Kapitel 34

ALEX

Das dürfte Ihnen gehören.«

In der Annahme, sein Nachbar würde ihm einen falsch adressierten Brief oder ein Paket aushändigen, das man bei ihm abgegeben hatte, streckte Alex unwillkürlich die Hand aus. Doch der kleine Plastikbeutel, der an Gordon Graftons arthritischem Finger baumelte, ließ ihn stutzen.

»Äh, ich glaube nicht, Gordon«, sagte er mit einem freundlichen Lächeln.

Gordon trat einen Schritt vor, sodass sein Fuß auf der Schwelle von Alex' Haustür stand.

»O doch, ich denke, es gehört Ihnen sehr wohl.«

Um des lieben Friedens willen beugte sich Alex über den Beutel und sah ihn sich genauer an. »Nein, der ist eindeutig nicht von mir. Was ist da überhaupt drin?«

Die beständig düstere Miene, die sein Nachbar seit zwei Jahren zur Schau trug, schien sich jetzt noch mehr zu verdunkeln.

»Fäkalien, junger Mann. Exkremente, Scheiße, Ka…«

»Schon gut«, unterbrach ihn Alex und blickte sich besorgt um. Er war sehr dafür, dass Connor seinen Wortschatz erweiterte – aber nicht in diese Richtung. Jetzt, wo er wusste, was die Tüte enthielt, betrachtete er sie mit deutlich größerem Widerwillen. »Und warum genau denken Sie, wir hätten was damit zu tun?«

»Sie haben doch neuerdings eine Katze, nicht wahr?«

Alex schüttelte ungläubig und leicht amüsiert den Kopf. *Sei freundlich*, hörte er in Gedanken Lisa sagen. *Seit Elsies Tod ist er ein einsamer alter Mann*. Er atmete tief durch, um Ruhe zu bewahren. Lisa war immer weit nachsichtiger mit ihrem griesgrämigen Nachbarn gewesen als er. Wobei Alex den Mann inzwischen deutlich besser verstand, jetzt, seit sie im selben Boot saßen. Beinahe jedenfalls. Aber das wütende Funkeln in Gordons wässrigen Augen bedeutete, dass dies gerade sicherlich nicht der Moment war, in dem sich ihre Beziehung zum Positiven entwickeln würde.

»Richtig, wir haben seit Kurzem eine Katze«, bestätigte er und fragte sich, ob zu Gordons Engagement für Recht und Ordnung in der Nachbarschaft auch gehörte, dass er die Anwohner mit einem Fernglas bespitzelte.

»Na also«, sagte Gordon triumphierend und ließ den Plastikbeutel neben Alex' bloße Füße auf die Kokosfasermatte fallen.

Alex hörte, wie die Küchentür aufging, was bedeutete, dass Connor gleich bei ihnen sein würde. Das ließ seine Antwort deutlich gemäßigter ausfallen als ursprünglich geplant.

»Auch wenn wir eine Katze haben, Gordon, stammt der Inhalt dieses reizenden Beutelchens leider nicht von ihr. Sie ist noch zu klein, als dass wir sie rauslassen könnten, und sie benutzt ein Katzenklo auf unserer Veranda.«

Gordons Nasenlöcher blähten sich so sehr, dass Alex fürchtete, zu den unzähligen geplatzten Äderchen auf seiner Nase könnten neue dazukommen.

»Das sagen Sie. Aber Sie lassen doch die Fenster auf, nicht wahr, selbst jetzt im Winter!«

Der Alte sollte sich wirklich mal ein Hobby zulegen, wie Whist oder Rasenbowling oder so, dachte Alex; sein Nachbar hatte anscheinend zu viel Zeit und nichts Besseres zu tun, als seine Mitmenschen auszuspionieren. Er war jetzt voll in Fahrt.

»Ihr Tier ist ganz offensichtlich durchs Fenster entwischt, über die Straße gelaufen, hat sein Geschäft auf meinen Alpenveilchen erledigt und ist dann wieder ins Haus gesprungen.«

»Das würde Luna nicht machen«, sagte eine leise Stimme neben Alex. »Sie fürchtet sich viel zu sehr vor der Straße.«

Alex legte eine Hand auf Connors Schulter und zog ihn ein wenig zu sich heran. Sein Sohn zitterte.

»Gordon, ich glaube wirklich, das ist eine andere Katze gewesen«, sagte Alex, immer noch um gute Nachbarschaft bemüht, wie es Lisa gewollt hätte. Er bückte sich nach dem Beutel. »Aber ich entsorge das hier gern für Sie in meinem Mülleimer.«

Gordon Grafton schnaubte unzufrieden. »Es *war* Ihre Katze. Niemand sonst in der Straße hat eine.«

Alex vermutete, es würde wenig bringen, darauf hinzuweisen, dass Katzen gern herumstreunten. Das mysteriöse Scheißerle wohnte möglicherweise viele Straßen entfernt. »Haben Sie Luna denn tatsächlich in Ihrem Garten gesehen?«, fragte er.

Gordon knurrte wie eine wütende Bulldogge, was Alex als »Nein« interpretierte. »Ich muss es Ihnen wohl beweisen!«, echauffierte sich der alte Mann. »Ich werde eine Kamera anbringen und Ihnen zeigen, dass Ihre Katze meine Blumenbeete verschmutzt. Behalten Sie sie gefälligst im Haus!«

Alex' Geduldsfaden war kurz vor dem Zerreißen. »Tun Sie, was Sie nicht lassen können, Gordon«, entgegnete er mit einem gezwungenen Lächeln, trat einen Schritt zurück und schloss energisch die Tür.

»Warum ist Mr Grafton so gemein zu Luna? Sie hat doch nichts gemacht.«

Alex ging in die Hocke und war bestürzt, in Connors Augen Tränen zu sehen. Sein Sohn hatte sichtlich Angst, ihr mürrischer Nachbar könnte seinem geliebten Kätzchen etwas antun. *Nur über meine Leiche*, dachte Alex grimmig, als wäre er plötzlich zum begeisterten Tierhalter mutiert.

»Ich weiß, Kumpel. Mr Grafton ist einfach …« *Ein jämmerliches altes Arschloch?* Er verkniff es sich, den unrühmlichen Gedanken auszusprechen. »Er ist einfach verwirrt und traurig. Seine Frau fehlt ihm. Du erinnerst dich doch noch an Elsie, oder? Sie hat dir früher immer Brownies gebacken, die du so gern mochtest.«

Connor nickte ernst.

»Na ja, Gordon ist traurig, weil Elsie gestorben ist. Dass er sie so vermisst, macht ihn unglücklich und auch ein bisschen zornig.« Sie näherten sich da gerade einem Thema, das er normalerweise mied. Alex hielt den Atem an und erwartete, dass Connor jetzt von Lisa anfangen würde. Doch nein.

»Luna macht nur ins Katzenklo«, beharrte Connor.

Alex kam wieder hoch und wuschelte seinem Kind durch das Haar. Ihm war klar, dass er vielleicht eine wichtige Gelegenheit verpasst hatte, und überlegte, ob er das Thema noch einmal aufgreifen sollte. Da klingelte es erneut. Er seufzte und machte sich schon auf eine zweite Verbalattacke seines Nachbarn gefasst, dem wahrscheinlich noch etwas eingefallen war, worüber er sich beschweren wollte.

»Ja, Gordon?«, fragte er beim Öffnen, aber vor der Haustür stand diesmal nicht Gordon, sondern der Briefträger. Alex' Lächeln fiel sofort deutlich freundlicher aus.

»Das ist zu viel für Ihren Briefkasten«, sagte der Mann fröhlich und reichte ihm eine Handvoll Post.

»Danke«, erwiderte Alex und nahm den Stapel weitaus freudiger entgegen als die vorhergegangene Lieferung.

Noch in der Tür blätterte er durch die Briefe. Das meiste waren Rechnungen oder Werbepost, bis auf das letzte Kuvert ganz zuunterst. *Gerade kommt man mit seinem Leben zurecht, alles normalisiert sich langsam, man macht Fortschritte, und dann wirft einen ein einziger idiotischer, computergenerierter Brief wieder ins Tal der Trauer zurück*, dachte er.

Wie viele Jahre würde es wohl noch dauern, bis der Anblick von an Lisa adressierter Post sich nicht mehr wie ein Messerstich in den Bauch anfühlte? Und es war nicht einfach eine beliebige Werbesendung. Wussten die Organisatoren denn nichts von ihrem Schicksal? Sie mussten doch über das Unglück informiert worden sein, das eine ihrer Hauptrednerinnen ereilt hatte, als sie letztes Jahr zu genau diesem Ereignis gereist war?

Traurig öffnete er den Umschlag, betrachtete den bunten Flyer und merkte gar nicht, dass auch Connor ihn neugierig beäugte.

»Was ist das?«, fragte er und wies auf das Foto einer Sonnenfinsternis, mit dem die Organisatoren ihre Veranstaltung dieses Jahr bewarben.

»Nichts«, sagte Alex und zuckte zusammen, als er die Karte las, mit der man seine verstorbene Frau zur diesjährigen Astronomiemesse einlud. »Bloß Müll«, sagte er, zerknüllte sie in einer Hand und warf sie in den Papierkorb im Flur.

Er hätte es besser wissen müssen.

Kapitel 35

MOLLY

Seine Hand fühlte sich in meiner ganz natürlich an. Obwohl sein Griff zugegebenermaßen etwas fest war, als hätte er Angst, mich zu verlieren. Das würde nie passieren, schwor ich mir.

»Und, hast du Spaß?«

Connor lächelte zögernd; er schien sich nicht ganz sicher zu sein, ob das erlaubt war und ob er es zugeben sollte. »Ich glaub schon«, sagte er vorsichtig.

Das war genug für mich.

»Was möchtest du als Nächstes machen?«

Sein Blick ging vorbei an den Autoscootern, für die sich so ziemlich alle Kinder in meiner Klasse entschieden hätten, und blieb an dem kunstvoll verzierten Karussell mit der verlockenden Dampforgelmusik hängen.

»Ich weiß nicht …«

Trotz der kalten, Schnee verheißenden Luft war es auf dem Jahrmarkt erstaunlich voll. Er war ein beliebtes Ausflugsziel in den Halbjahrsferien im Februar, doch allein hätte ich ihn nie besucht.

Ich zitterte trotz meines dicken Mantels und des Schals im beißenden Wind. Die Wirkung des Paracetamol, das ich an jenem Morgen genommen hatte, ließ allmählich nach, und die Schmerzen, die es in Schach gehalten hatte, kamen mit aller Macht zurück. Typisch, dass ich mir in meiner freien Woche was einfangen musste.

Normalerweise hätte ich für heute abgesagt, weil ich wusste, dass Alex es nicht gutheißen würde, wenn ich Connor womöglich mit meiner Erkältung oder Grippe ansteckte. Aber er hatte bei seinem gestrigen Anruf so verzweifelt geklungen, dass es mir gar nicht in den Sinn gekommen war abzusagen.

»Es wäre nur für zwei, drei Stunden«, hatte er versprochen. »Allerhöchstens vier.«

»Ist schon gut, mach dir deshalb keinen Kopf. Ich hatte mir für morgen sowieso nichts vorgenommen.« *Außer mich mit einer Decke und einer Flasche Wick MediNait auf die Couch zu kuscheln*, fügte ich in Gedanken hinzu.

»Du bist meine Rettung, Molly. Todd und Dee sind im Urlaub, und mir ist niemand anders eingefallen, dem ich hinreichend vertraue. Ich kann dir gar nicht genug danken.«

Er dankte mir nochmals, als ich mit einer Tüte voll Büchern und Spielen, die Connor meiner Vermutung nach gefallen könnten, bei ihm zu Hause ankam. Nach wenigen Minuten stellte sich heraus, dass wir nichts davon brauchen würden. Sobald die Haustür hinter mir ins Schloss fiel, zerrte Connor aufgeregt an meiner Hand, um mir das flauschige, weiße Fellknäuel vorzustellen, das sich in seinem Körbchen in einer Ecke der Küche zusammengerollt hatte. Das winzige Kätzchen hatte wundersamerweise geschafft, was niemandem sonst gelungen war: Es machte Connor wieder glücklich. Als er sich auf den Boden hockte und das Tier sanft streichelte, sah ich zum ersten Mal einen normalen kleinen Jungen vor mir statt einer gequälten Seele, die die Last der Welt auf den Schultern zu tragen schien. Ich schickte Barbara im Stillen ein Dankeschön dafür, dass sie die weiseste Frau war, die ich kannte.

»Oh, wie ich sehe, hast du unser neues Familienmitglied schon kennengelernt«, sagte Alex, der mit dem Mantel über dem Arm in die Küche kam. In seinem Businessanzug sah er ganz anders aus. *Attraktiv. Er sieht attraktiv aus*, dachte ich. *Ist schon okay, du darfst das denken.*

»Du siehst sehr … adrett aus«, sagte ich, entschied mich im letzten Moment für ein anderes Wort und wand mich dabei innerlich. *Adrett?* Ich klang, als wäre ich aus einem Jane-Austen-Roman entlaufen. Alex fand das, dem Funkeln in seinen Augen nach zu urteilen, wohl auch. Es war das erste Mal seit fast acht Wochen, dass wir uns sahen, und trotz allem, was ich für Mac empfand, war da immer noch eine Art … magnetische Anziehungskraft zwischen uns. Waren das wirklich *meine* Gefühle, fragte ich mich, während mein Herz raste und ein überwältigendes Gefühl von Déjà-vu mich bis ins Mark erschütterte. Ich hatte Alex schon mal so gesehen, hier in dieser Küche, wie mich mein seltsames Gedächtnis informierte, obwohl ich wusste, dass das nicht sein konnte.

»Das könnte ein großer Tag für unsere Firma werden. Ich habe diesen Klienten schon seit Monaten umworben, und plötzlich will er sich mit mir treffen, aber er kann nur heute.«

»Ist schon okay, Alex.« Ich sah auf Connor hinunter und zwinkerte ihm zu. »Genau genommen bin ich froh, dass du mich gefragt hast, weil Barbara mir schon viel über Luna erzählt hat und ich sie unbedingt kennenlernen wollte.«

»Du hättest was sagen sollen! Du weißt doch, dass du hier immer willkommen bist.«

Unsere Blicke trafen sich über Connors Kopf hinweg, während wir stumm zugeben mussten, dass das so nicht ganz stimmte. Wir versuchten schon seit Wochen, den Bruch in unserer Freundschaft zu kitten, ohne die Indiskretion zu erwähnen, die der Grund dafür war. Es fühlte sich an, als wäre der Kuss-der-nie-war eine Ewigkeit her, doch er warf weiterhin lange Schatten. Er hätte längst in den Hintergrund gedrängt sein sollen von dem echten Kuss mit Mac an Silvester. Verbotene Küsse – kurze Momente des Wahnsinns, die Freundschaften bedrohten und doch unmöglich zu vergessen waren.

Hätte ich Mac auch dann Schlag Mitternacht geküsst, wenn ich damals schon gewusst hätte, dass es nichts ändern würde? Wenn ich ohne den Hauch eines Zweifels gewusst hätte, dass, ganz gleich, wie stark die Anziehungskraft zwischen uns war, seine Gründe dafür, es auf der platonischen Ebene zu belassen, schwerer wogen?

»Vielleicht will er nicht riskieren, sich auf jemanden einzulassen, der womöglich nicht mit ihm alt wird?«, hatte ich Kyra gefragt.

»Wenn er so oberflächlich ist, willst du ihn eh nicht«, hatte sie empört erwidert.

Und doch wollte ich ihn.

Ich war öfter bloß noch einen Tastendruck davon entfernt gewesen, ihn anzurufen. Obwohl ich nicht einmal wusste, was mich am Ende immer davon abhielt. Stolz war es nicht, denn den hätte ich in einem Wimpernschlag nur zu bereitwillig geopfert. Nein, es war eher die Angst, Mac würde sich nicht nur von mir, sondern auch von Alex und den anderen zurückziehen, wenn ich ihn zu sehr bedrängte. Ich wollte nicht diejenige sein, die das Band zwischen uns zerstörte, das uns allen so viel bedeutete.

Aber wenigstens waren Alex und ich wieder dort, wo wir waren, bevor wir fast alles ruiniert hatten. Es war schön, ihn und Connor wiederzusehen, was mich noch entschlossener machte, unsere Beziehung nicht noch einmal aufs Spiel zu setzen. Das war auch der Grund, warum ich sofort Ja gesagt hatte, als er mich bat, heute auf Connor aufzupassen, obwohl ich mich nicht ganz fit fühlte.

»*Eigentlich* wollten wir heute zum Jahrmarkt gehen«, murmelte Connor und hielt dabei den Blick auf das Kätzchen gerichtet.

Niemand kann anderen besser Schuldgefühle vermitteln als ein Siebenjähriger.

»Ich weiß, dass ich es dir versprochen hatte«, sagte Alex zerknirscht, »aber ich glaube, ich schaffe es nicht, rechtzeitig nach Hause zu kommen.«

»Vielleicht an einem anderen Tag?«, schlug ich fröhlich vor.

Vernichtende Blicke sind noch etwas, was kleine Kinder besonders gut draufhaben.

»Heute ist der letzte Tag.«

»Tja … Ich hab eine Idee: Wir zwei gehen einfach zusammen hin, dann kann dein Dad vielleicht nachkommen, wenn sein Meeting zu Ende ist.«

Vater und Sohn drehten so synchron den Kopf in meine Richtung, dass es fast komisch wirkte.

War ich zu weit gegangen? Vielleicht hätte ich es zuerst mit Alex abklären sollen, bevor ich seinen Tag verplante, als wäre es mein gutes Recht.

»Das kann ich nicht von dir verlangen, Molly.« Alex war bestimmt ein ausgezeichneter Pokerspieler, weil ich absolut keinen Schimmer hatte, ob er meinen Vorschlag großartig oder schrecklich fand. Seine Miene war undurchschaubar.

»Hast du ja gar nicht; ich hab mich freiwillig gemeldet«, erinnerte ich ihn. »Es ist Jahre her, dass ich auf dem Jahrmarkt war. Das wird bestimmt lustig.«

Und das war es auch. Zumindest bis es mir plötzlich wieder schlechter ging. Ich lernte an jenem Tag auf dem Jahrmarkt mehrere Dinge. Ich entdeckte, dass es schwieriger ist als gedacht, einen Stapel Dosen umzuwerfen. Hatten sie die Dinger mit Sekundenkleber festgeklebt? Und ich lernte, dass man, egal wie viele Lose man kauft, am Ende immer nur das billige Plastikspielzeug bekommt. Aber das Wichtigste war, dass ich lernte, was für ein Unterschied es ist, ob man nur für ein Kind oder für eine ganze Klasse verantwortlich ist.

Ich weiß nicht mehr genau, wann es mir bewusst wurde. Vielleicht, als ich ihn an seiner Zuckerwatte knabbern sah, oder als er mich am Arm zog und auf und ab hüpfte, oder als er mir mit einem schüchternen Lächeln seinen letzten Preis vom Loseziehen schenkte. Ja, von all den Augenblicken an diesem Tag war der Moment, in dem er mir das billige Plastikblumenarmband über das Handgelenk streifte, derjenige, in dem ich endlich zugeben musste, dass ich mich verliebt hatte. Und nicht in Alex oder Mac – sondern in Connor. Meine Gefühle für ihn waren so stark, dass es mir vorkam, als wären sie schon immer da gewesen, hätten in mir geschlummert und nur darauf gewartet, freigesetzt zu werden.

Die Erkenntnis war verstörend und wundervoll zugleich. Es war nicht mein Kind, obwohl mein Herz dieser Tatsache schmerzlich widersprach. Mein Platz konnte immer nur am Rande seines Lebens sein, aber plötzlich reichte mir das nicht mehr. Nicht mal annähernd.

Ich stand neben dem Minikarussell, auf dem Connor glücklich Runde um Runde ins Nirgendwo fuhr, und plötzlich überlief es mich kalt, ohne dass es etwas mit den winterlichen Temperaturen zu tun gehabt hätte. Ich war von den anderen Eltern nicht zu unterscheiden, winkte wie sie, lächelte und jubelte wie sie, wenn unsere Schützlinge vorbeifuhren, aber ich war nur eine Hochstaplerin und trat in Fußstapfen, die viel zu groß für mich waren.

»Halt dich gut fest!«, rief eine Mutter neben mir jedes Mal, wenn ihr kleiner Sohn an ihr vorbeikam. Sie lachte nervös, vielleicht weil sie annahm, ich würde sie dafür verurteilen. »Man hört nie auf, sich um sie zu sorgen, stimmt's?«, fragte sie.

Es kam mir gar nicht in den Sinn, sie darüber aufzuklären, dass wir nicht im selben Klub waren. »Nein, wirklich nicht.«

Connor kam wieder in Sicht, die kleinen Hände in die strahlend blaue Mähne eines Einhorns gekrallt. Er lachte, was so selten vorkam, dass ich den Moment am liebsten für immer angehalten hätte.

»Wie alt ist Ihrer?«, fragte mich die Fremde neben mir.

Ich spürte einen Druck auf der Brust. Lügen war mir immer extrem unangenehm. »Sieben. Connor ist sieben.«

»Oh, was für ein reizender Name. Irisch, nicht wahr?«

Ich nickte und wandte mich von der Frau ab. Die Karussellfahrt schien außergewöhnlich lange zu dauern, bevor sie zum Ende kam.

»Molly!«, rief Connor, glitt vom Rücken seines Fabeltiers und rannte auf mich zu. Ich breitete die Arme aus, um ihn aufzufangen, als er erneut meinen Namen rief. Vom Wind, dem Lärm der anderen Kinder und der Musik verzerrt, klang es wie »Mummy«.

Ich kaufte uns an einem Stand zwei Hotdogs, aber ich brachte nur einen Bissen hinunter, bevor sich mir von den fetttriefenden Zwiebeln der Magen umdrehte. Connor bemerkte zum Glück nicht, dass ich den Rest diskret in der Mülltonne entsorgte.

»Hast du Lust, den Eisläufern zuzusehen?«, fragte ich, nachdem er sein Mittagessen im Nullkommanichts vertilgt hatte.

Er nickte zögerlich.

»Ist schon okay. Wir müssen nicht selbst eislaufen, wenn du nicht willst; wir können nur zuschauen.«

Die Eisfläche war weit größer, als ich erwartet hatte, und schon voller Schlittschuhläufer, deren Fahrkünste zwischen »große Olympiahoffnung« und »wandelnde Katastrophe« schwankten. Als Teenager war ich regelmäßig in unserer Eishalle am Ort Schlittschuhlaufen gegangen, hatte aber zugegebenermaßen seit fünfzehn Jahren keine Übung mehr. Es war erstaunlich, wie viel Lust mir der Anblick machte, mich ebenfalls auf die Bahn zu wagen, obwohl ich so angeschlagen war.

Connor nippte an der heißen Schokolade, die ich ihm gekauft hatte, und war ganz in den Anblick der Kinder versunken, die noch jünger waren als er und von ihren Eltern aufs Eis geführt wurden. Ich konnte sehen, dass er ernsthaft in Versuchung war.

Ich nahm das Handy aus der Tasche und las erneut die Nachricht, die Alex mir vor zehn Minuten geschickt hatte.

Immer noch im Meeting. Tut mir echt leid. Bin erst in etwa einer Stunde bei euch. Hoffe, das ist okay? A

Ein Teil von mir wusste, ich sollte nicht einmal daran denken, Connor mit aufs Eis zu nehmen, ohne Alex um Erlaubnis zu fragen. Aber durfte ich ihn wirklich während eines wichtigen Geschäftsmeetings mit einer Frage belästigen, zu der er sicher Ja sagen würde? Würde es ihn nicht freuen, dass Connor mal etwas Abenteuerlicheres ausprobieren wollte?

Ich entschied mich schnell, um es nicht zu verkopft anzugehen. Ich steckte mein Handy zurück in die Jackentasche, sodass die Nachricht, die ich im Geiste schon entworfen hatte, es nicht bis auf die Tastatur schaffte.

»Willst du es mal ausprobieren?«, fragte ich und deutete mit dem Kopf zur Eisbahn.

Connors Augen weiteten sich vor Überraschung, aber es lag keine Furcht in seinem Blick, nur Vertrauen. Mein Herz schlug höher.

»Und du lässt mich auch nicht los?«

»Niemals«, versprach ich. »Hand aufs Herz.« Mit dem Finger malte ich ein unsichtbares X auf meine Brust.

Ich hätte darauf achten sollen, wie blass er bei diesen Worten wurde, aber ich hatte mich schon halb abgewandt, um uns Schlittschuhe zu besorgen.

Alles fing so gut an. Ich hielt Connors behandschuhte Finger fest in der Hand und führte ihn auf die Eisfläche hinaus. Das Körpergedächtnis übernahm, sobald meine Kufen das Eis berührten. Ich beugte automatisch die Knie, drückte den Rücken durch und glitt langsam vom Rand weg. Connor lernte schnell, er besaß ein natürliches Talent, was ich nicht erwartet hatte. Es dauerte nur ein paar Runden auf der Bahn, bevor er seinen schraubstockartigen Griff lockerte, und noch ein paar mehr, bis er meine Hand nur noch mit einer hielt.

Die Bahn war offensichtlich ein beliebter Anziehungspunkt, und es wurde immer voller.

»Nur noch eine Runde, okay?«, sagte ich und schaute mich besorgt um, weil eine große Gruppe von lärmenden Teenagern aufs Eis stürmte. Ich hörte missbilligende Bemerkungen von Erwachsenen um uns herum, als sich die Gruppe rücksichtslos im Slalom einen Weg durch die anderen Eisläufer bahnte, und das in einer gefährlichen Geschwindigkeit. Ich umfasste Connors Hand fester und beschleunigte das Tempo, den Blick auf den nächsten Ausgang gerichtet.

Laute Musik schallte aus den Lautsprechern. Vielleicht war das der Grund, warum die Teenager das warnende Pfeifen des

Eisbahnwarts nicht hörten. »Langsamer!«, schrie eine männliche Stimme irgendwo hinter mir.

Ich zog Connor näher an mich heran. Wir waren nur noch wenige Meter vom nächsten Ausgang entfernt, als eine schwarz gekleidete Gestalt auf uns zugeschossen kam. Es gab keine Möglichkeit, dem Teenager, der offensichtlich nicht mehr anhalten konnte, auszuweichen. Er kam immer näher, unaufhaltsam wie ein angreifendes Nashorn. Ich handelte rein instinktiv, packte Connor an den Schultern und stieß ihn grob aus dem Weg. Weniger als eine Sekunde später riss der wild gewordene Eisläufer mir die Beine unter dem Körper weg.

Ich stürzte schwer aufs Eis, und meine Schulter und Hüfte bekamen das meiste vom Aufprall ab. Ich versuchte, gleich wieder auf die Beine zu kommen, und vergaß dabei alles, was ich je über das Aufstehen nach einem Sturz gelernt hatte. Ich fiel erneut hin und landete ein zweites Mal auf der Hüfte. Tränen des Schmerzes vernebelten mir die Sicht, doch ich wischte sie ab und schaute mich hektisch nach Connor um. Einen schrecklichen Augenblick lang konnte ich ihn nirgends entdecken, dann sah ich, dass ihm zwei andere Eisläufer aufgeholfen hatten und ihn vom Eis führten.

Mein panisch hämmerndes Herz, das schon Bilder von Kopfverletzungen und einem gebrochenen Genick heraufbeschworen hatte, beruhigte sich allmählich. Connor war zwar kreidebleich vor Schreck, schien jedoch ansonsten unverletzt zu sein. Ich ignorierte den Schmerz in meiner Hüfte, die wahrscheinlich gerade eine violette Färbung annahm, und dann fiel mir endlich ein, wie ich aufstehen und vom Eis gehen musste. Ich kam auf die Füße. Der Jugendliche, der den Unfall verursacht hatte, wurde von den Eisbahnwarten streng ermahnt, und so gern ich dabei mitgemischt hätte, lagen meine Prioritäten woanders.

»Alles okay?«, fragte ein weiblicher Eisbahnwart und kam zu mir gefahren. Die Frau legte mir eine Hand auf den Arm, doch ich schüttelte sie ab.

»Mir geht's gut. War nur ein kleiner Unfall«, sagte ich und versuchte, mich an ihr vorbeizuschieben.

Ärgerlicherweise versperrte sie mir den Weg. »Wir haben eine Erste-Hilfe-Station. Sie sollten sich untersuchen lassen. Sie sind ziemlich schwer gestürzt.«

»Es geht mir gut«, insistierte ich in einem Tonfall, der noch kühler war als das Eis, auf dem wir standen.

»Ja. Aber laut unseren Versicherungsvorschriften ...«

Ich versuchte mich auf eine rücksichtslose Art an ihr vorbeizudrängen, die mir gar nicht ähnlich sah. »Ich werde Sie schon nicht verklagen! Es sind nur ein paar Prellungen, mehr nicht.«

Sie sah immer noch nicht überzeugt aus, sodass mir der Geduldsfaden endgültig riss und ich laut wurde, was mir selten passierte. »Jetzt gehen Sie mir endlich aus dem Weg! Ich muss zu meinem Sohn!«

Wir sahen beide geschockt aus. Sie über meine Reaktion, ich über das, was ich gerade gesagt hatte.

Dann zuckte sie hilflos mit den Schultern und fuhr beiseite. Ich hörte sie missmutig vor sich hin murmeln, hatte jedoch nur eins im Sinn.

»Alles okay, Connor? Hast du dich verletzt, als du gefallen bist?«

Das freundliche Paar, das ihm aufgeholfen hatte, zog sich zurück und Connor kam auf mich zugeschossen wie eine Rakete. Er warf einen Arm um mich und drückte mit aller Kraft meine verletzte Hüfte. Ich spürte es kaum.

»Ich dachte schon, du bist tot!«, rief er mit einem herzzerreißenden Schluchzen.

Das hilfsbereite Paar lachte, aber das Lachen erstarb ihnen in der Kehle, als sie merkten, dass ich ernst blieb. Ich sah die verwirrten Blicke, die sie wechselten, aber meine ganze Aufmerksamkeit war auf Connor gerichtet.

»Es war nur ein kleiner Sturz«, sagte ich in dem Versuch, den Unfall herunterzuspielen. »So was passiert ständig, wenn man eislaufen geht. Man muss sich wieder aufrappeln und darf nicht zu viel darüber nachdenken. Sonst setzt man nie wieder einen Fuß aufs Eis.«

»Wir müssen doch nicht wieder auf die Bahn, oder?«, fragte Connor ängstlich.

Diesmal lachte ich. »Nein, müssen wir nicht. Für heute sind wir fertig.«

Ich dankte dem Paar, dass sie Connor geholfen hatten, und sie spielten ihre Gute-Samariter-Rolle noch länger, indem sie unsere Schlittschuhe zurückgaben und uns unsere Schuhe brachten. Die Anstrengung, mich vorzubeugen und die Reißverschlüsse meiner Stiefel hochzuziehen, war fast zu viel, danach war ich schweißgebadet und fühlte mich entschieden wackelig auf den Beinen. Sehnsüchtig dachte ich an die Packung Paracetamol, die im Handschuhfach meines Wagens lag.

Ich richtete mich langsam auf, zuckte vor Schmerz zusammen und war überrascht zu sehen, dass Connor zwar seine Turnschuhe angezogen, sie aber nicht zugebunden hatte.

»Kannst du das für mich machen?«

Stirnrunzelnd ging ich vor ihm auf die Knie. Konnte er etwa noch keine Schleife binden? Die meisten Kinder in seinem Alter beherrschten das längst. Ich band ihm die Schnürsenkel zu und musste dabei einmal innehalten, um mir den Schweiß von der Stirn zu wischen. Meine Stirn glühte.

»Sollen wir zum Auto gehen und da auf deinen Daddy warten?«

Connors bleiches, angespanntes Gesicht zeigte deutlich, dass er für heute genug vom Jahrmarkt hatte. Da waren wir schon zwei.

Es war noch voller geworden. Während die Familien mit kleinen Kindern nach Hause fuhren, füllte der Jahrmarkt sich mit immer mehr Teenagern. Ich hielt Connors Hand fest, zog ihn näher an mich heran und stöhnte leise auf, als er unabsichtlich bei jedem Schritt gegen meine Hüfte prallte. Ich sorgte dafür, dass wir die Seiten wechselten, aber als ich nach seiner Hand griff, schrie er vor Schmerz auf.

»Was ist los? Was hast du?«, fragte ich mit vor Panik schriller Stimme.

»Mein Handgelenk tut weh«, gestand er.

Ich bugsierte ihn aus dem Strom der Menschen hinaus und fragte: »Darf ich mal sehen?«

Ich wusste, noch bevor er den Arm hob, dass etwas gebrochen war, und versuchte mir den Schock darüber nicht anmerken zu lassen, aber ich glaube, es gelang mir nicht.

»Ach, Connor, warum hast du denn nichts gesagt?«

»Tut mir leid«, sagte er mit tränenerstickter Stimme. »Ich wollte nicht, dass du böse auf mich bist. Ich wollte nicht, dass du sagst, wir können nichts mehr zusammen unternehmen.«

Ich schüttelte den Kopf und war vorübergehend zu keinem zusammenhängenden Satz fähig. Hatte er wirklich so große Angst, jemanden zu verlieren, dass er lieber schweigend einen gebrochenen Knochen ertrug, als das Risiko einzugehen? Welche Qualen hatte dieser wunderbare kleine Junge erdulden müssen, um an diesen Punkt zu kommen?

Er sah völlig verängstigt aus, und nun, da ich den Grund dafür kannte, ergab auch seine Blässe Sinn. Ich kniete mich wieder vor ihn und schloss ihn nur deshalb nicht fest in die Arme, um ihm nicht noch mehr Schmerzen zu bereiten.

Sanft wischte ich ihm die Tränen ab. »Erstens, es gibt nichts, was du je tun oder sagen könntest, um mich zu verlieren. Ich werde immer da sein; ich werde deine Freundin sein, solange du es willst.« Sein Blick verlor etwas von der Ängstlichkeit. »Und zweitens, du *musst* Erwachsenen sagen, wenn dir etwas wehtut. Ob es da ist …« Ich deutete auf sein Handgelenk. »Oder da …« Ich berührte leicht seine Stirn. »Oder da«, fuhr ich fort und deutete auf sein Herz.

Als er langsam nickte, lag eine Traurigkeit in seinem Blick, wie kein Kind sie je empfinden sollte.

»Es tut mir leid«, sagte er wieder.

»Ist nicht schlimm, mein Schatz. Aber wir müssen ins Krankenhaus fahren, damit dein Handgelenk heilen kann.«

Sein ohnehin schon blasses Gesicht wurde aschfahl. Er schüttelte heftig den Kopf, und es dauerte viel zu lange, bis mir klar wurde, dass das Wort »Krankenhaus« der Grund für seine Bestürzung war. Alles, was Connor über Krankenhäuser wusste, war, dass seine Mutter in eins eingeliefert worden und nicht wieder herausgekommen war.

Mit Rücksicht auf seine Verletzung und trotz seines Protests beugte ich mich vor und hob ihn hoch. Er klammerte sich an mich wie ein Babyäffchen, die Beine um meine Hüfte – was mich erneut aufstöhnen ließ –, den gesunden Arm um meinen Hals geschlungen. Er war schwerer, als er aussah. Entschlossen nahm ich all meine Kraft zusammen, von der ich gar nicht wusste, dass ich sie noch besaß, und lief los in Richtung Parkplatz.

Es wurde jetzt schnell dunkel, und ich sah nichts als ein Meer von Fahrzeugen. Da mir nicht mehr einfiel, wo ich geparkt hatte, stiegen die ersten Flammen der Panik in mir auf. Connor wimmerte leise an meinem Hals, seine Tränen liefen mir das Schlüsselbein hinunter.

Ich hatte immer geglaubt, in Krisenzeiten besonnen zu reagieren, aber der verschleppte Schock machte mich schwerfällig und nutzlos. Mir wurde klar, dass ich Connor nirgendwo hinbringen konnte, ohne Alex mitzuteilen, was passiert war.

Vorsichtig ließ ich den Jungen zu Boden, griff in die Hosentasche und holte das Handy heraus. Ungläubig stöhnte ich auf, was Connors Schluchzen vorübergehend verstummen ließ. Das Display war nicht nur gesprungen, es war zerstört. Es sah aus, als hätte ein Riese in einem Wutanfall darauf herumgestampft. Es wäre sinnlos, zu versuchen, es zum Leben zu erwecken, aber ich versuchte es trotzdem. Nichts. Obwohl eine beruhigende Stimme in meinem Kopf mir befahl, nicht in Panik zu geraten, schaffte ich es, sie fast komplett zu ignorieren.

»Was ist los?«, rief Connor, den meine Verzweiflung anzustecken schien.

»Nichts, mein Schatz. Wir müssen nur warten, bis wir im Krankenhaus sind, um deinen Daddy anzurufen. Keine Sorge«, fügte ich hinzu, nahm ihn wieder hoch und lief auf der Suche nach meinem Wagen weiter.

Wir eilten durch die Reihen der geparkten Autos, vor dem Hintergrundgeräusch von Connors Wimmern. Ich bekam Seitenstechen, und heiße Tränen der Frustration ließen mir die Sicht verschwimmen. Wo zum Teufel war mein Auto? Und dann, zwei Reihen weiter, sah ich endlich Scheinwerfer aufblitzen, als ich auf den Schlüssel drückte. Unbedacht lief ich darauf zu, als ich plötzlich von zwei anderen Scheinwerfern geblendet wurde. Ich erstarrte wie ein verängstigter Hase, während das Quietschen der Bremsen über den Parkplatz hallte. Ich zitterte so stark, dass ich gar nicht richtig mitbekam, wie der Fahrer aus dem Wagen sprang und auf uns zurannte.

»Molly! Was ist los? Was ist passiert?«

Alex' Stimme klang angespannt vor Sorge, was ich ihm kaum verdenken konnte. Er hatte sein geliebtes Kind in meine Obhut gegeben, und ein paar Stunden später fand er seinen kleinen Jungen verletzt in meinen Armen, während ich wie eine Verrückte über den Parkplatz stürmte. Man konnte mir nicht einmal einen Goldfisch anvertrauen, von einem Kind ganz zu schweigen.

»Molly?«, fragte Alex wieder und lotste uns schon zu seinem Wagen.

Ich erklärte ihm schnell, was auf der Eisbahn passiert war, und wappnete mich für den Tadel, den ich mehr als verdient hatte.

»Steig in den Wagen«, war alles, was er sagte.

Ich ließ mich vorsichtig auf dem Rücksitz nieder, Connor immer noch auf den Armen, als wären wir zusammengewachsen. Irgendwie schaffte Alex es, uns beiden den Sicherheitsgurt anzulegen; obwohl er vorsichtig war, schrie Connor vor Schmerz auf.

»Sollen wir nicht lieber einen Krankenwagen rufen?«, fragte ich besorgt.

Alex' Gesicht war zur Maske erstarrt, verriet seine Gefühle nicht. »Nein. Ich kann ihn schneller ins Krankenhaus bringen.« Er sprang auf den Fahrersitz und ließ, noch während er die Tür zuschlug, den Motor aufheulen. »Halt ihn einfach für mich fest. Sorg dafür, dass er in Sicherheit ist.«

Ich nickte. Das brauchte er mir nicht zweimal zu sagen.

Kapitel 36

MOLLY

Ich hatte nicht vorgehabt, die Krankenhausmitarbeiter gezielt hinters Licht zu führen. Aber wie eine Schauspielerin, die ihr Stichwort verpasst, fand ich einfach keine Gelegenheit, die Annahme zu widerlegen, dass ich Connors Mutter war.

Ich hätte es der Frau an der Empfangstheke gleich sagen sollen, die überrascht war, dass ich fast keine Frage über Connors Krankengeschichte beantworten konnte. »Das kann Ihnen sein Vater sagen« klang bei der fünften Wiederholung etwas dünn.

Und ich hätte es definitiv dem Triage-Arzt gegenüber erwähnen sollen, der mich mit den Worten zu trösten versuchte: »Für die Eltern ist es schlimmer als für die Kinder.« Aber da Alex es immer noch nicht zu uns in die Notaufnahme geschafft hatte, fürchtete ich, dass sie Connors Arm in Abwesenheit eines Elternteils nicht untersuchen würden. *Ist es lügen, wenn man einfach nichts sagt?*, fragte ich mich. Falls ja, konnte ich damit leben.

Man bat uns, im Wartebereich Platz zu nehmen, bis sie uns zum Röntgen aufriefen. Connor hatte den Arm mittlerweile in einer provisorischen Schlinge. Ich schaute ständig von ihm zum Eingang. Wo blieb Alex? Wieso brauchte er so lange, um den Wagen zu parken? Ich griff nach meinem Handy, bis mir wieder einfiel, dass es seit meinem Sturz nur noch Schrott war.

Ich war Krankenhäuser gewohnt, weil ich seit meiner Erkrankung dort öfter ein und aus gegangen war, als ich zählen konnte. Aber in keinem war mir bisher so heiß gewesen. Obwohl ich meinen Mantel ausgezogen hatte, fühlte ich mich, als würde ich im eigenen Saft vor mich hin kochen, als wir auf den unbequemen Plastikstühlen warteten. Schweißtropfen sammelten sich auf meinem Rücken, und es war schwer zu sagen, ob die Schauder, die mich überliefen, vom Fieber oder der Aufregung herrührten.

»Connor Stevens?«, rief eine Frau mit einer Akte in den Händen.

Ich stand etwas zu schnell auf, mir wurde schwindlig, und ich hatte das Gefühl, gleich ohnmächtig zu werden. *Wag es ja nicht*, warnte ich meinen unzuverlässigen Körper.

»Hier«, sagte ich zu der Frau, die einen Kittel mit der Aufschrift »Radiologie« trug.

Wir folgten ihr zu den Aufzügen, nachdem man mir am Empfang versichert hatte, man werde »meinen Mann« sofort raufschicken, sobald er kam. Ich sah nervös zu Connor hinunter, der es mit Sicherheit jedes Mal mitbekommen hatte, wenn ich den Irrtum nicht richtigstellte. Er sah aufgewühlt aus und griff mit seiner unverletzten Hand nach meiner, als wir den Aufzug betraten.

»Deine Mummy kann mit dir in den Raum gehen, wenn wir ein Bild von deinem verletzten Arm machen«, erklärte ihm die Frau aus der Radiologie freundlich.

Connors Blick huschte zwischen ihr und mir hin und her. Ich hielt den Atem an, wartete darauf, dass er sie verbesserte, doch er schwieg.

Zwei andere Stühle in einem anderen Krankenhausflur. Hier war es, falls überhaupt möglich, sogar noch heißer. Die Tür vor uns ging auf, und ein Röntgenassistent kam mit einer

Bleischürze heraus, die, wie ich annahm, für mich bestimmt war. Ich sah, wie Connor an dem Mann vorbei in den Raum lugte und den ersten Blick auf das Gerät im Inneren erhaschte. Angst ging in fast greifbaren Wellen von ihm aus. Ich drückte unwillkürlich seine schmalen Schultern und erschrak, als ich spürte, dass er sogar noch heftiger zitterte als ich.

»Glauben Sie, wir könnten noch eine Minute …«, begann ich, bevor das Aufzugsignal mich unterbrach.

Alex stürzte durch die sich öffnende Tür, als müsste er ein Feuer löschen.

»Gott sei Dank.« Ich atmete erleichtert auf. »Wieso hast du so lange gebraucht?« Selbst in meinen Ohren klang ich wie eine aufgebrachte Ehefrau.

»Irgendein Idiot ist mir im Parkhaus hintendrauf gefahren«, sagte er.

Connors Augen weiteten sich vor Angst.

»Alles in Ordnung«, versicherte Alex ihm und schaute besorgt auf die Schlinge, die Connors Arm schützte.

»Ich fürchte, nur ein Elternteil darf den Patienten begleiten«, sagte der Röntgenassistent und hielt uns die Bleischürze hin. »Wer soll denn mitkommen, junger Mann? Dein Daddy oder deine Mummy?«

Das war zu viel für Connor. Und wer konnte es ihm verübeln? Mit einem gequälten Wimmern sah er von mir zu Alex und sagte etwas, das mir tief ins Herz schnitt.

»Das ist nicht meine Mummy. Ich weiß nicht, wo meine Mummy hingegangen ist.«

Es dauerte gut zehn Minuten, bis wir es gemeinsam geschafft hatten, Connor so weit zu beruhigen, dass sie die Röntgenaufnahme machen konnten. Alex begleitete ihn natürlich, weil ich, wie Connor korrekterweise festgestellt hatte, nicht das

Recht dazu hatte. Ich fragte den Röntgenassistenten leise: »Gibt es hier irgendwo einen Wasserspender?« Der Stress der letzten paar Minuten hatte nicht dazu beigetragen, meine Körpertemperatur zu senken.

»Da drüben, den Flur hinunter.«

Ich wartete, bis Alex und Connor weg waren, dann stand ich auf. Der Raum drehte sich um mich wie eine Zentrifuge. Ich stützte mich mit einer Hand an der Wand ab, während ich langsam den Flur hinunterging. Der Linoleumboden schien unter meinen Füßen zu wogen und Wellen zu schlagen.

Das Wasser, das ich mir ins Gesicht spritzte, half ein wenig, und ich trank gierig aus dem Pappbecher. Ich konnte Connor wie aus großer Entfernung immer noch weinen hören. Ich wandte mich um, als er und Alex aus dem Röntgenraum kamen, aber sie waren nur verschwommen und undeutlich zu erkennen, wie durch Nebel. Ich machte zwei unsichere Schritte auf sie zu, und der Nebel waberte höher und verschluckte mich.

Zum zweiten Mal an diesem Tag stürzte ich. Aber diesmal stand ich nicht wieder auf.

Kapitel 37

ALEX

Die Reihenfolge, in der er die Anrufe erledigte, sprach Bände. Es war, als wüsste sein Unterbewusstsein schon im Voraus, dass der letzte der wichtigste war und ihm am schwersten fallen würde. Jamie war geschockt gewesen, Barbara hatte beinahe panisch reagiert. Doch Mac … Mac … Alex musste an vergangenes Jahr zurückdenken, an diesen fürchterlichen Tag in einem anderen Krankenhaus, und er erkannte, dass Mac genauso reagiert hatte wie er selbst, als er damals erfuhr, was Lisa zugestoßen war.

Es klingelte so lange, dass Alex schon dachte, gleich würde die Mailbox rangehen. Er schloss die Augen und sah wieder diesen furchtbaren Moment vor sich, als Molly zusammengebrochen war. Obwohl ihm klar war, dass er es nicht mehr rechtzeitig schaffen würde, war er über den Krankenhausflur zu ihr gerannt. Als er sie erreicht hatte, war sie bereits bewusstlos. Zwei Ärzte, die sich gerade zufällig im Flur aufhielten, knieten neben ihr am Boden.

Er war mit zittrigen Beinen etwas zurückgetreten, um nicht im Weg zu stehen, konnte den Blick aber nicht von Mollys erschreckend bleichem Gesicht abwenden.

Die Ärzte bombardierten ihn mit Fragen, aber er nahm nur ihre besorgten Gesichter wahr, während sie Mollys Puls zu finden versuchten. Einen schrecklichen Moment lang fürchtete Alex, die Suche könnte vergeblich sein.

»Ich hab ihn! Schwach, aber immerhin.«

Jemand schob schon eine Krankentrage herbei, und Alex quetschte sich an die Wand, um Platz zu machen.

»Wissen Sie Genaueres über diese Frau?«, fragte einer der Ärzte.

»Sie heißt Molly Kendall, ist zweiunddreißig, und letztes Jahr im April hatte sie eine Herztransplantation.«

»Hallo, Alex. Was gibt's?« Macs Stimme katapultierte ihn schroff in die Gegenwart zurück.

»Ich … ich rufe aus dem Krankenhaus an.« Alex glaubte zu hören, wie Mac am anderen Ende der Leitung scharf die Luft einsog. Konnte das sein? Er vertraute auf seine Intuition – was Lisa sicherlich unglaublich komisch gefunden hätte.

»Was ist passiert?«, fragte Mac hastig und mit Angst in der Stimme. Alex wusste aus eigener Erfahrung, was der Grund dafür war: dass einem jemand sehr viel bedeutete, dass man sich ein Leben ohne diesen Menschen nicht vorstellen konnte.

»Es ist wegen Molly«, sagte Alex.

»Wo bist du? In welchem Krankenhaus?«

Es klang, als würde Mac bereits lossprinten. Alex teilte ihm alles Nötige so knapp wie möglich mit und fügte noch hinzu: »Sie haben sie auf die Intensivstation gebracht. Ich warte da auf dich.«

Sie legten beide auf, ohne sich zu verabschieden, um auch nicht eine Sekunde zu verlieren.

Auf dem Weg durch den Flur fühlte Alex sich unweigerlich in die Vergangenheit zurückversetzt. Als er zum letzten Mal in einem Krankenhaus gewesen war und das Leben eines geliebten Menschen am seidenen Faden gehangen hatte, hatte es mit seinem schlimmsten Albtraum geendet. Würde sich das nun wiederholen?

Er ließ sich erschöpft auf einem der Plastikstühle im Gang nieder und vergrub das Gesicht in den Händen. Diesmal war es anders. Was er für Molly empfand, war zwar auch eine Art von Liebe – aber sie war nicht vergleichbar mit der Liebe zu Lisa. Warum hatte er nur so lange gebraucht, um endlich zu begreifen, dass Molly nicht Lisa war und niemals sein würde, selbst wenn das Herz seiner Frau in ihr weiterschlug? Und dass dieses Herz, das früher ihn geliebt hatte, nun einem anderen Mann gehörte – der jetzt wahrscheinlich gerade mit seinem Wagen hierherraste, um an Mollys Seite zu sein.

Alex hatte lange geglaubt, Lisas Herz sei zu ihm zurückgekehrt, aber jetzt wusste er, er hatte sich geirrt. Endlich begriff er, dass es lebte, um eine neue Liebe zu finden. Bei dieser Erkenntnis seufzte er leise, denn schließlich hatte er die ganze Zeit nichts anderes getan, als zu verhindern, dass es dazu kam. Er hatte gemerkt, wie sich Molly und Mac zueinander hingezogen fühlten, wie Mac sie anschaute, dass seine Stimme anders klang, wann immer er sich bei Alex beiläufig nach Molly erkundigte. Die Zeichen waren da gewesen, in riesengroßen Lettern, doch hatte er sie geflissentlich übersehen. Irgendetwas hatte dafür gesorgt, dass die beiden nicht zueinanderfanden, und zu spät erkannte Alex, dass dieses »Etwas« wahrscheinlich er selbst war.

Besorgt blickte er auf die Uhr. Er würde die freundliche Dame aus der Radiologie, die angeboten hatte, für eine Weile auf Connor aufzupassen, bald ablösen müssen. Dank ihrer Hilfe hatte er Molly auf die Intensivstation begleiten können, aber jetzt hatte er andere Verpflichtungen und musste Prioritäten setzen.

Noch fünf Minuten, sagte er sich. *Wenn Mac bis dahin immer noch nicht da ist, dann tut es mir leid*, *Molly*, *aber dann muss ich gehen*. Wusste sie überhaupt, dass er hier war?, fragte er sich, während er auf dem Flur vor der Station auf und ab ging. Jedes Mal, wenn ein Arzt zur Tür herauskam, blickte er ihn hoffnungsvoll an, aber es gab keine Neuigkeiten.

Er hörte Mac, noch bevor er ihn sah. Die durch den Flur hallenden eiligen Schritte, die hastig hervorgebrachte Frage, das plötzliche Summen des Türöffners, und dann kam der Mann, der sich um Molly vielleicht noch mehr sorgte, als er selbst ahnte, direkt auf ihn zugelaufen.

Sie hatten beide nicht viel für Umarmungen zur Begrüßung übrig, und doch hielten sie einander für einige Momente fest, wie Brüder. Es war nicht ganz klar, wer hier gerade wen moralisch unterstützte.

»Erzähl mir alles«, drängte ihn Mac schließlich und hörte aufmerksam zu, während Alex ihm das wenige erzählte, was er wusste.

»Sie hat gedacht, sie hätte sich irgendwas eingefangen, hat sie vorhin im Auto gesagt«, sagte Alex und kam sich ziemlich dumm vor, als Mac ernst den Kopf schüttelte. Er wusste eindeutig mehr über Organabstoßung als Alex.

»Fieber und Schüttelfrost sind typische Abstoßungssymptome. Das hätte Molly wissen müssen.«

Alex überlegte, ob Mac damit eigentlich sagen wollte, *Alex* hätte es wissen müssen. In dem Fall hatte er ganz klar recht. Alex hatte diese vier Menschen in sein Leben geholt und sich mit ihnen angefreundet, aber er hatte es bei dieser Freundschaft belassen. Wären sie ihm so wichtig gewesen, wie er behauptete, hätte er ein Auge auf sie haben müssen, so, wie Lisa auch immer ein Auge auf ihre Freunde gehabt hatte. Er hatte sie im Stich gelassen, sie alle, und irgendwie bedeutete das für ihn auch, dass er Lisa im Stich gelassen hatte.

»Haben die Ärzte gesagt, was sie mit ihr vorhaben?«, fragte Mac mit einem Blick auf die geschlossene Tür zur Station.

Alex schüttelte den Kopf.

»Es lässt sich rückgängig machen«, sagte Mac. »Wenn es früh genug bemerkt wird, kann man den Prozess aufhalten.«

Alex gelang ein schwaches Lächeln, aber schon nach ein paar Sekunden schaffte er selbst das nicht mehr. So, wie Molly ausgesehen hatte, als sie hierhergebracht wurde, konnte dieses Zeitfenster sich schon geschlossen haben.

»Ich bin schuld daran«, sagte Connor traurig, und Tränen standen in seinen kornblumenblauen Augen. »Ich hab Molly angeschrien, dass sie nicht meine Mummy ist, und das hat sie so traurig gemacht, dass sie hingefallen ist.«

Alex schluckte, er hatte einen dicken Kloß im Hals, gefühlt so groß wie ein Golfball. »Nein, mein Schatz. Es hat nichts mit irgendetwas zu tun, was du gesagt oder getan hast. Molly ist krank geworden, und darum ist sie zusammengebrochen. Aber jetzt geben ihr die Ärzte eine superstarke Medizin, und die wird dafür sorgen, dass es ihr besser geht.« Er log Connor an, obwohl er sich der möglichen Konsequenzen durchaus bewusst war.

»Können wir zu ihr gehen?«, bat Connor. »Ich will ihr sagen, dass es mir leidtut.«

Alex drückte Connor an seine Brust, vorsichtig auf das Handgelenk seines Sohnes bedacht, das jetzt geschient war. »Tut mir leid, Kumpel. Da, wo Molly liegt, gelten für Kinderbesuche strenge Regeln.«

Und selbst wenn das nicht stimmen sollte – was er auf der Intensivstation gesehen hatte, konnte er Connor auf keinen Fall zumuten. Die halbe Minute, die er an Mollys Bett verbringen durfte, hatte ihn nur zu sehr an den Besuch bei Lisa nach dem Zugunglück erinnert. So etwas würde er seinem Sohn nicht antun.

»Außerdem müssen wir zurück und nach Luna schauen. Sie war noch nie so lange allein.«

Er fand es selbst nicht gut, diesen Trumpf auszuspielen. Doch er wollte Connor zu Hause wissen, so weit weg wie möglich von diesem Ort, wo Leben auf wundersame Weise gerettet werden konnte, manchmal aber auch auf tragische Weise ein Ende fand.

Alex inspizierte das Blech mit den verkohlten Chicken Nuggets und überlegte, ob sich davon irgendetwas retten ließ. Er war gerade auf halbem Weg zum Mülleimer, da klingelte es an der Tür.

Auf den ersten Blick wirkte Barbara völlig gefasst, doch als sie auf seine Küche zusteuerte, bemerkte Alex, dass ihre Strickjacke schief geknöpft war und sie zwei verschiedene Schuhe trug.

»Ich hoffe, ihr habt noch nicht gegessen«, sagte sie und stellte die mit einem Geschirrtuch abgedeckte Auflaufform ab, die sie im Taxi mitgebracht hatte.

»Noch nicht«, sagte Alex und begutachtete zerknirscht die verkohlten Reste auf dem Backblech.

»Gut, denn ich habe heute aus irgendeinem seltsamen Grund einen riesigen Shepherd's Pie gemacht. Für mich allein ist der Auflauf viel zu viel.« Sie legte Alex sanft die Hand auf den Unterarm. »Als hätte ich es geahnt«, fügte sie leise hinzu.

»Danke, dass du so spontan gekommen bist, Barbara. Das ist sehr lieb von dir.«

Barbara wischte seine Bemerkung mit einer Handbewegung beiseite. »Wo sonst sollte ich in so einem Moment wohl sein?«

Alex spürte wieder den Kloß im Hals. Er ging zum Mülleimer und verwendete deutlich mehr Zeit auf die Entsorgung der missglückten Chicken Nuggets als nötig, bevor er sich schließlich wieder der alten Dame zuwandte.

»Ich dachte, Mac könnte vielleicht im Krankenhaus etwas Gesellschaft gebrauchen. Oder vielleicht wechseln wir uns bei Molly ab.«

Barbara nickte, schaltete, ohne groß zu fragen, den Backofen an und stellte ihre Auflaufform hinein.

»Hat schon jemand Mollys Mutter erreicht? Wie informiert man überhaupt jemanden, der gerade mit einem Kreuzfahrtschiff um die Welt gondelt?«

Alex schüttelte besorgt den Kopf. »Molly muss uns die Kontaktinformationen geben, wenn sie aufwacht.« Sein Blick begegnete dem von Barbara, und sie beide wussten, dass sie in Gedanken das »wenn« durch ein »falls« ersetzten.

Alex griff nach seinen Autoschlüsseln auf dem Küchentresen. Barbara fragte sofort: »Wo willst du denn jetzt hin?«

Einen Moment lang zweifelte Alex daran, dass sie der Aufgabe gewachsen war, sich um Connor zu kümmern. Hatte sie vergessen, dass er ihr gerade eben gesagt hatte, er wolle zum Krankenhaus fahren?

Barbara schüttelte heftig den Kopf. »Ohne eine ordentliche warme Mahlzeit im Bauch gehst du nirgendwohin, junger Mann.«

Alex, der sich im Moment eigentlich eher so alt wie Barbara fühlte, brachte immerhin ein Schmunzeln zustande, weil sie ihn als »jung« bezeichnete. Für eine Frau, die nie Mutter oder Großmutter gewesen war, hatte Barbara beide Rollen ziemlich gut drauf.

Alex blickte intensiv zum Backofen, als könnte das dafür sorgen, dass der Auflauf schneller warm wurde. Sosehr er Krankenhäuser auch hasste, er wollte unbedingt zurück zu Molly fahren.

Währenddessen fühlte sich Barbara ganz wie zu Hause, deckte den Tisch und setzte sich dann zu Alex. Wieder legte sie ihm die Hand auf den Arm. »Ich bin mir sicher, mit Molly wird alles gut. Die Frau ist eine Kämpferin, und jetzt ist Mac ja auch bei ihr.«

Alex fragte sich, ob vielleicht *er* die ganze Zeit über der Blinde gewesen war und nicht der Mann, der nun an Mollys Krankenbett saß. »Als Mac vorhin ins Krankenhaus kam, war ich ziemlich überrascht, wie sehr ihn die Sache mitnimmt«, bemerkte er zögernd.

»Ach ja?« Zwei leise Worte, die mühelos seine Rüstung durchdrangen. Langsam drehte er seinen Kopf zu Barbara.

»Habe ich ihn falsch eingeschätzt? Hatte ich ein falsches Bild von ihm?«

»Alex, mein Lieber, das kannst nur du wissen«, sagte Barbara mit einer Weisheit, wie sie ihm selbst wohl nie vergönnt sein würde. »Mac ist ein zurückhaltender Mensch, der das Herz nicht so auf der Zunge trägt wie du«, fuhr sie fort.

»Er hat immer so reserviert gewirkt, und ich hab nie wirklich verstanden, wieso.«

Barbara schaute ihn mit ihren blauen Augen lange an, als würde sie darauf warten, dass er es selbst begriff.

»Vielleicht hab ich falschgelegen … nicht nur was Mac angeht, sondern auch in vielen anderen Dingen.«

Die alte Dame drückte verständnisvoll seine Hand. »Geh nicht so hart mit dir ins Gericht, Alex. Du hast eine Menge durchgemacht.«

Das Schuldgefühl lastete bleischwer auf seiner Brust.

»Das haben wir doch alle«, antwortete er traurig.

Das Bett war leer. Alex schwankte, und die Gummisohlen seiner Schuhe quietschten auf dem Linoleumboden. Er sah sich um und versuchte, nicht in Panik zu verfallen. Er war doch auf der richtigen Station? Ja, er erkannte die Pinnwand wieder, an der Fotos von Patienten und Dankeskarten hingen. Er war hier richtig, aber das Bett, in dem Molly noch drei Stunden zuvor gelegen hatte, war jetzt abgezogen. Hieß das …? War sie …? Er konnte den Gedanken einfach nicht zu Ende denken.

Als sich die Tür öffnete, fuhr er so schnell herum, dass ihm schwindlig wurde.

»Entschuldigen Sie, die junge Frau, die in diesem Bett gelegen hat – Molly Kendall –, können Sie mir sagen, wo sie ist?«

Die Schwester wirkte einen Augenblick lang beunruhigt, und als er sich in dem kleinen Spiegel über dem Waschbecken in der Zimmerecke sah, begriff er auch, weshalb. Er sah mitgenommen und verwirrt aus. Alex bemühte sich daher, bewusst langsamer zu sprechen und zu atmen. Aber sein rasendes Herz konnte er nicht bremsen.

»Vorhin hat eine Frau namens Molly Kendall in diesem Bett gelegen – und nun ist es leer. Können Sie mir sagen, wo sie jetzt ist?«

Die Schwester blickte ihn unsicher an. »Tut mir leid, meine Schicht hat gerade erst begonnen. Aber ich schaue gern nach. Bitte warten Sie hier.«

Alex wusste genau, wieso man ihn bat, in dem leeren Zimmer zu bleiben. Das machte man, wenn man schlechte Nachrichten übermitteln musste. Ihm lief ein Schauder über den Rücken.

Als die Schwester zurückkam, war ihre Miene undurchschaubar.

»Molly Kendall wurde in ein anderes Zimmer hier auf der Station verlegt.«

»Und wieso?«

Jetzt lächelte die Schwester. »Weil es ihr langsam besser geht. Vor einer Weile ist sie wieder zu Bewusstsein gekommen, und auch wenn sie noch sehr schwach ist, sind die Ärzte zuversichtlich, dass sie gut auf die Medikamente anspricht. Ich kann Sie zu ihr bringen, wenn Sie möchten.«

Als Alex ihr durch den Flur folgte, hatte er ein so breites Lächeln im Gesicht, dass er vermutlich aussah, als wäre er nicht ganz richtig im Kopf.

»Die letzte Tür ganz hinten«, sagte die Schwester und entschuldigte sich, weil ein Kollege nach ihr rief.

Aus dem Raum drang eine leise Stimme – sie gehörte Mac. Alex blieb an der Tür stehen, die beiden konnten ihn noch nicht sehen. Er wollte schon an den Rahmen klopfen, hielt aber noch mal inne. Er verstand zwar nicht, was Mac sagte, aber der Tonfall klang vertraulich; wie bei einer Beichte, und was Mac sagte … ging ihn nichts an.

Durch den schmalen Spalt zwischen Tür und Rahmen sah er die beiden Menschen, die Lisa, ohne es zu wissen, zusammengeführt hatte. Mac saß, so dicht es nur ging, an Mollys Bett. Er klang heiser, seine Stimme war kaum wiederzuerkennen, und er kämpfte ganz offensichtlich mit den Tränen. Und dann kam eine blasse Hand, an der Schläuche und eine Kanüle befestigt waren, in Alex' schmalen Sichtbereich. Sehr langsam berührte sie Macs Wange.

Alex wartete einige Augenblicke lang und stellte sich vor, dass Lisa von irgendwoher diese Szene beobachtete und zustimmend und freundlich nickte. Schweigend wandte er sich ab und ging.

Kapitel 38

ALEX

Connors Schrei gellte durch das ganze Haus. Die Packung mit dem Katzentrockenfutter, das Alex gerade in eine Schüssel gefüllt hatte, fiel ihm aus der Hand, und die kleinen dreieckigen Stückchen hagelten auf den Schachbrettfliesenboden der Küche.

»Was ist los, Connor?«, rief Alex. Das verschüttete Trockenfutter knirschte unter seinen Füßen, als er aus der Küche stürmte. Als Antwort kam ein zweiter Klageschrei.

Alex hastete die Treppe zu Connors Zimmer hinauf und fürchtete schon das Schlimmste. War sein Sohn gestürzt und hatte sich verletzt? Sie hatten heute Nachmittag einen Termin im Krankenhaus gehabt, und die Ärzte hatten ihm versichert, dass Connors Handgelenk gut verheilte. Dennoch machte sich Alex Sorgen wegen der vielen möglichen Komplikationen, über die er sich unklugerweise im Internet informiert hatte.

Es war früher Abend, und im Flur vom Obergeschoss war es schon dunkel, aber Alex nahm sich nicht die Zeit, das Licht anzuknipsen. In Connors Zimmer herrschte ein völliges Durcheinander. Für einen Moment kam Alex der verrückte Gedanke, es wäre jemand eingebrochen. Bücher waren aus den Regalen gezogen worden und lagen wild auf dem Boden verteilt, als hätte dort ein Poltergeist getobt. Alex stieg über sie hinweg zu Connor, der verzweifelt am Fenster stand und vor lauter Schluchzen kaum noch Luft bekam.

»Was ist los? Was ist passiert?«, wollte Alex wissen, während sein Blick über den Körper seines Sohnes glitt, um zu prüfen, ob er sich verletzt hatte, doch er konnte nichts entdecken. »Ist ja gut. Ich bin ja bei dir«, sagte Alex. »Beruhige dich erst mal, und dann erzählst du mir, was los ist.«

Er hockte sich vor Connor, wie er es so oft bei Lisa gesehen hatte. Von ihr hätte sich Connor wahrscheinlich bereitwillig trösten lassen, doch in Alex' Umarmung blieb Connor so steif wie eine Holzpuppe. Über seine Wangen flossen die Tränen, und Alex suchte – wie erwartet ohne Erfolg – in seinen Taschen nach einem Papiertaschentuch.

»Ich kann ihn nicht finden«, brachte Connor zwischen seinen Schluchzern atemlos hervor. »Ich hab gesucht und gesucht, aber ich kann ihn nirgendwo finden.«

Alex' Panik begann sich zu legen. »Was hast du denn verloren?«, fragte er und sah sich im Zimmer um, als sei es ein Tatort. »Sag mir, was du vermisst, und wir suchen es gemeinsam. Ich bin Spezialist im Finden von Dingen.« Das war eine dreiste Lüge, und Lisa hätte sich zweifellos darüber amüsiert, denn *sie* war es eigentlich gewesen, die früher immer die verschwundenen Sachen wieder aufgespürt hatte.

»Den roten Stern. Den mit dem komischen Namen. Mummy hat mir gezeigt, wie man ihn findet, aber ich weiß nicht mehr, wie es geht!«

Alex hatte ein flaues Gefühl im Magen. »Ist ja gut. Reg dich nicht auf. Ich helf dir, ihn zu finden«, sagte er mit mehr Selbstvertrauen, als er empfand.

»Aber du weißt nicht so viel über Sterne wie Mummy!«

Alex spürte einen Kloß im Hals. »Das stimmt, das war immer eine Sache von dir und Mummy, aber ich kann dir totzdem helfen. Wirklich. Mummy hat mir über die Jahre eine Menge beigebracht.«

Connors Augen waren voller Zweifel, aber Alex öffnete das Fenster. Es war ein klarer und wolkenloser Abend, gute Bedingungen zum Sterngucken. Wenn er ehrlich zu sich selbst war, war das aber auch nahezu alles, was er über das Thema wusste. Er betrachtete den Himmel, der Lisa so vertraut gewesen war, und fühlte sich so weit entfernt von seiner Frau, dass man die Distanz wohl in Lichtjahren hätte angeben müssen.

»Brauchen wir, um diesen roten Stern zu sehen, Mummys Teleskop?«, fragte Alex und hatte schon Angst, zu versagen, noch ehe sie angefangen hatten.

»Nein. Mummy hat mir nur gezeigt, wie man ihn am Himmel findet. Aber ohne sie weiß ich nicht, wo ich suchen muss. Ohne Mummy weiß ich gar nichts …«

Hier ging es um viel mehr als um Alex' Fähigkeit, irgendeinen Stern mit einem komischen Namen zu finden, das wurde ihm bewusst, während sein Blick über den Himmel wanderte. Hier ging es darum, Connor nicht im Stich zu lassen. Nicht schon wieder.

Er probierte es mit unzähligen Suchanfragen auf Google und blätterte sogar durch die Astronomiebücher, die Connor in seinem Zimmer frustriert auf den Boden geworfen hatte. »Er muss doch irgendwo sein«, murmelte er, mehr an sich selbst gerichtet als an Connor. »Weißt du den Namen wirklich nicht mehr?«

Connor, der sich mit Luna still in eine Zimmerecke verkrochen hatte, schüttelte traurig den Kopf. Alex ging ins Arbeitszimmer und kam mit einem Stapel von Lisas Astronomiebüchern zurück, aber es war reine Fachliteratur, deren Inhalt für ihn so wenig greifbar war wie die Sterne selbst. Beharrlich kämpfte sich Alex durch verschiedene Texte und trat ab und zu mit einem aufgeschlagenen Buch oder einem Internetausdruck ans offene Fenster, um sich mit dieser Hilfe zu orientieren. Connor hob jedes Mal hoffnungsvoll den Kopf, und jedes Mal, wenn Alex den geheimnisvollen Stern mit dem »komischen« Namen schon wieder nicht entdeckt hatte, wandte er sich traurig ab.

»Ich werde ihn finden, Connor, versprochen«, sagte Alex mit merkwürdig heiserer Stimme. Erst als er eine Träne auf die Seite fallen sah, die er gerade las, merkte er, dass er weinte.

Irgendwann gähnte Connor lautstark, und beim Blick auf die Uhr stellte Alex erschrocken fest, dass es für Connor schon fast Schlafenszeit war und noch nicht einmal das Abendessen auf dem Tisch stand.

»Tut mir wirklich leid, Kumpel«, sagte er, und seine Knie legten knackend Protest ein, als er sich vom Fußboden erhob. »Offenbar brauche ich ein bisschen länger, als ich dachte. Aber ich finde diesen Stern für dich.«

Connor kam mühelos aus dem Schneidersitz hoch. »Egal. Mummy weiß es bestimmt«, sagte er, aber er klang immer noch traurig. »Sie soll ihn mir zeigen, wenn sie zurückkommt.«

Alex war es jedoch nicht egal. Ganz und gar nicht.

Er musste daran denken, während er ihnen auf die Schnelle ein paar Nudeln mit Tomatensoße aus dem Glas zubereitete, und auch als er Connor ein Bad einlaufen ließ und sich beim Zudecken noch einmal bei ihm entschuldigte, ging es ihm nicht aus dem Kopf. Es beschäftigte ihn so sehr, dass er nach der Hälfte einer Autosendung, die er eigentlich gern schaute, den Fernseher ausschaltete und entschlossen ins Obergeschoss ging.

Er sah kurz nach Connor, der tief und fest unter der sich drehenden Sternenprojektion des Nachtlichts schlief, auf das er immer noch nicht verzichten wollte. Alex betrachtete die Galaxie an der Zimmerdecke und ging dann zu Lisas Schreibtisch, auf den er die Bücher zurückgelegt hatte.

Nach weiterem langen Blättern fand er, was er suchte, in einem zerlesenen Wälzer, der noch aus Lisas Studienzeiten stammen musste. Beim Blick auf ihren Besitzvermerk auf dem Vorsatzblatt schlug sein Herz schneller. Er strich über ihren in verblichener Tinte geschriebenen Mädchennamen und schaute dann ins Register des Buchs, wo ihn ein Eintrag ansprang.

»Beteigeuze« sagte er, halb lachend, halb schluchzend. »Der Stern mit dem komischen Namen.«

Er blätterte zu der Seite mit einer Abbildung, die einen leuchtend roten Stern zeigte, der offenbar tausendmal größer war als die Sonne. Bereits beim ersten Überfliegen des Absatzes verspürte er Erleichterung.

Es dauerte eine Weile, bis seine ungeübten Augen am Nachthimmel die Venus fanden, seinen ersten Referenzpunkt. Aber als stünde Lisa neben ihm und würde ihn anleiten, fiel ihm ein, dass sie ihm bei einem ihrer ersten Dates auf seine Bitte hin erklärt hatte, wie man den nach der Liebesgöttin benannten Planeten entdeckte. Sie hatte gelacht und ihn aufgezogen, das sei total kitschig, und er hatte nur mit den Schultern gezuckt, sie geküsst und sich mit jeder weiteren Sekunde mehr in sie verliebt.

Connor schlief zu fest, als dass er ihn aufwecken und ihm von seiner Entdeckung berichten wollte. Das konnte warten. Alex stand allein am offenen Fenster und lächelte, als er den leuchtenden roten Punkt am Nachthimmel betrachtete. Ein kühler Wind wehte ihm durchs Haar, und für einen Moment kam es Alex so vor, als wäre er nicht allein.

Kapitel 39

MOLLY

Glaubst du, es ist eher ein Anlass für ein nettes Kleid oder für Jeans mit Shirt?«, fragte ich und drehte mich mit einem Kleiderbügel in jeder Hand um.

Ein Lächeln breitete sich langsam auf seinem Gesicht aus. »Du fragst den Falschen. Wenn es nach mir ginge, würdest du so gehen, wie du bist.«

Ich sah mich im Schlafzimmerspiegel lächeln. Der rosa Spitzen-BH mit passendem Höschen war durchsichtig und sexy und in keiner Hinsicht praktisch. Meine Beziehung mit Mac war immer noch in der Victoria's-Secret-Phase statt im Bridget-Jones-Stadium.

»Genau genommen«, fügte er hinzu, verließ das Bett, kam zu mir und schlang die Arme von hinten um meine Taille, »hast du für meinen Geschmack noch zu *viel* an.« Er schaute auf die Uhr auf meinem Nachttisch. »Glaubst du, uns bleibt noch ein bisschen Zeit, um was dagegen zu unternehmen?«

Bei diesem Vorschlag entrollte sich das Begehren in mir wie eine träge Schlange. Ich warf einen Blick auf die Uhr und schüttelte den Kopf.

Mac seufzte, war ebenso enttäuscht wie ich. »Dann eben später«, flüsterte er mir ins Ohr und löste sich sanft von mir.

Ich widerstand der Versuchung, mich wieder an die harten Konturen seines Körpers zu schmiegen.

»Ich gehe schnell duschen«, sagte er, blieb an der Tür kurz

stehen und fügte mit einem Grinsen hinzu: »Kalt duschen, glaube ich.«

Ich lächelte, als ich mich an den Schminktisch setzte, um meine Haare und mein Make-up wieder in Ordnung zu bringen. Der Tag, der alles zwischen uns geändert hatte, war erst sieben Wochen her. Einen Großteil dieser Zeit hatte ich in einem Zustand der Verblüffung darüber verbracht, wie etwas, das so neu war, sich so vertraut und so richtig anfühlen konnte.

Sein Gesicht war das Erste, was ich gesehen hatte, als ich im Krankenhaus wieder zu mir kam, und so kitschig es klingen mag, in dem Moment wusste ich, dass ich es immer dann sehen wollte, wenn ein neuer Tag begann und ich die Augen aufschlug.

»Jag mir nie wieder so einen Schrecken ein«, hatte er gesagt, und ich war geschockt, als ich Tränen in seinen Augen glänzen sah.

»Im Moment ist das Einzige, worauf du dich konzentrieren sollst, deine Genesung. Dein Fieber soll weggehen. Aber du sollst wissen, dass *ich* nicht mehr weggehen werde.«

Und er hatte Wort gehalten. Während meines fünftägigen Krankenhausaufenthaltes war er in jeder Besuchszeit da. Er war der Erste, der durch die Tür trat, und der Letzte, der abends ging.

Am zweiten Tag war ich wieder halbwegs ich selbst, und er nahm meine Hand, in der jetzt kein Infusionszugang mehr steckte, und hielt sie sanft in seinen.

»Übrigens, diese Zeile in dem alten Song stimmt nicht. Ein Kuss ist nicht nur ein Kuss; manchmal ist er auch ein Weckruf.« Er führte meine Hand an die Lippen, bedeckte die Fingerknöchel mit Küssen. »Seit Silvester habe ich versucht, Abstand zu halten, um dir Raum zu geben.«

»Ich weiß«, sagte ich traurig. »Und ich dachte, es wäre, weil du bereust, was auf dem Balkon passiert ist.«

Er schüttelte langsam den Kopf, aber ich musste es trotzdem ausgesprochen hören.

»Ich hatte mir eingeredet, dass zwischen uns nichts ist, aber ich wusste die ganze Zeit, dass ich mich selbst belüge«, sagte er.

»Ich dachte, du siehst in mir nur eine Freundin«, gab ich zu, zögerte jedoch, als Erste den Sprung ins Ungewisse zu wagen.

»Freunde empfinden nicht so wie ich für dich«, erwiderte er und schaute mit seinen unglaublich blauen Augen tief in meine. »Ich habe zu viel Zeit damit verbracht, alles wegzurationalisieren, was ich empfinde, habe mir gesagt, dass ich mich Alex zuliebe zurückhalte. Abends ging ich ins Bett und dachte, ich hätte es auf die Reihe gekriegt, aber am nächsten Morgen …« Er verstummte, und es verschlug mir den Atem. »Aber am nächsten Tag bin ich aufgewacht und hab dich trotzdem geliebt.«

»Du … Du liebst mich?«, fragte ich ungläubig.

Mac rutschte auf dem Bett näher an mich heran, und ich hatte Angst, dass jeder Monitor, an den ich angeschlossen war, hektisch zu piepsen beginnen würde. Jeden Moment konnte das Krankenhauspersonal hereingestürzt kommen.

»Ich bin in dich verliebt, Molly Kendall. Ich habe mich am ersten Tag, als ich dich kennengelernt habe, in dich verliebt, und ich weiß, so wird es an jedem einzelnen Tag meines Lebens bleiben.«

Er sah mich an, und alles, was er gerade gesagt hatte, stand ihm deutlich ins Gesicht geschrieben. Und doch konnte ich es immer noch nicht fassen.

»Es ist okay, wenn du nicht dasselbe für mich empfindest – und nie empfinden wirst.« Er lächelte wehmütig. »Obwohl ich wirklich hoffe, dass du es eines Tages tun wirst.«

Nachdem er mir sein Herz und seine Seele offengelegt hatte, schwieg er.

Ich lächelte vorsichtig und nickte. »Das tue ich schon jetzt«, flüsterte ich. »Und sind wir dann endlich bei dem Teil angelangt, wo du mich küsst?«

»Sind wir«, sagte er und beugte sich vor.

Und einfach so, in einem Wimpernschlag, wandte sich alles zum Guten.

»Sehr hübsch«, sagte Mac, als ich vierzig Minuten später in indigoblauen Jeans und einer taillierten weißen Bluse die Treppe hinunterkam. Ich hatte die oberen drei Knöpfe offen gelassen, sodass die Narbe sichtbar war, denn ich hatte nicht mehr das Bedürfnis, sie zu verstecken. Immer wenn ich sie jetzt sah, erinnerte ich mich nur an Macs zärtlichen Blick, als ich das erste Mal nackt in seinen Armen gelegen hatte. Er hatte sich über die lange, rote Linie gebeugt und sie fast ehrfürchtig geküsst. »Ohne sie gäbe es dich nicht mehr«, sagte er mit rauer Stimme. »Sie ist eine ständige Erinnerung daran, was für ein Glück ich habe.«

Das war der passende Moment gewesen, um meine Ängste endlich laut auszusprechen. »Du weißt, dass die Ärzte mir nicht sagen können, wie viel Zeit dieses neue Herz mir verschafft. Wenn ich Glück habe, vielleicht fünfundzwanzig Jahre …«

»Ich glaube, der Rekord liegt bei vierunddreißig«, unterbrach mich Mac. Er hatte seine Hausaufgaben gemacht. »Ich weiß, dass es Risiken gibt, Molly. Aber die gibt es überall.« Sanft nahm er mein Gesicht in beide Hände. »Wenn diese ganze Sache mir eins gezeigt hat, dann, dass niemand von uns die Zukunft vorhersehen kann. Aber eins weiß ich mit Sicherheit; ich habe lieber fünfundzwanzig Jahre mit dir als fünfzig oder mehr ohne dich. Das heißt, wenn du mich willst.«

Nie war eine Frage leichter zu beantworten gewesen. Mein Herz hatte geklopft, wie um zuzustimmen, als ich ihn an mich zog und küsste.

Jetzt machte es wie üblich einen kleinen Satz, als ich sah, wie er geduldig im Flur auf mich wartete, meine Jacke schon in der Hand.

»Die wirst du definitiv brauchen«, sagte er und half mir hinein.

Als ich die Haustür öffnete, sah ich sofort, was er meinte. Es hatte den ganzen Vormittag geschüttet wie aus Eimern, die Art Regen, bei der man alle Lampen im Haus einschaltet und es immer noch dunkel ist. Diesen Sturm hatte die Wettervorhersage schon die ganze Woche prophezeit, und es sah so aus, als würde er noch heftiger ausfallen als erwartet.

Wir rannten zu Macs Wagen. Der schwarze Stoff seines Hemds klebte ihm an Rücken und Schultern, als er auf den Fahrersitz sprang. Ich versuchte, mich nicht von dem Anblick ablenken zu lassen, und schaute in den Regen hinaus, der auf die Windschutzscheibe prasselte.

»Glaubst du, es ist okay, jetzt Auto zu fahren?«, fragte ich, froh, dass wir uns für seinen Wagen entschieden hatten statt für meinen. Wir beobachteten, wie die Mülltonne eines Nachbarn aus dem Vorgarten auf den Gehweg geweht wurde, als würde sie von einer riesigen Hand geschoben.

»Ja«, beschwichtigte Mac mich. »Aber ich fahre vorsichtig. Wenn wir zu spät kommen, kommen wir zu spät. Alex hat bestimmt Verständnis.«

Ich schwieg fast die gesamte Fahrt lang, damit Mac sich besser auf die gefährlichen Straßenverhältnisse konzentrieren konnte. Dabei wanderten meine Gedanken zu der mysteriösen Veranstaltung, zu der wir gehen würden.

»Ich will die Tatsache feiern, dass es jetzt ein Jahr her ist, seit … seit das alles passiert ist«, hatte Alex gesagt, als er mich anrief und zu einer Versammlung von Lisas Transplantatempfängern einlud. Obwohl wir regelmäßig in Kontakt standen, würde dies das erste Mal seit der Bonfire-Night-Party sein, dass wir *alle* zusammenkamen. »Ich will – nein, ich *muss* euch allen etwas mitteilen.« Ich hatte versucht, ihm mehr Informationen zu entlocken, aber er war ausgewichen. »Ich sag's euch nächste Woche«, war alles, was ich aus ihm herausbekam.

»Glaubst du, du siehst Mac vorher noch und kannst ihm die Einladung ausrichten?«, fragte er plötzlich unsicher.

Da Mac gerade in dem Moment in dem nach Jasmin duftenden Wasser in meiner Badewanne lag, konnte ich es ihm bestätigen.

»Wieso, glaubst du, will Alex uns alle sehen?«, fragte ich Mac, als ich wieder zu ihm in das parfümierte Wasser glitt.

»Keine Ahnung. Schätze, wir werden es nächste Woche erfahren«, erwiderte Mac gleichmütig und bestätigte meinen Verdacht, dass ein Mangel an Neugier zu den männlichen Gendefekten zählt.

Kapitel 40

ALEX

Also, erst die Quiche, dann die Würstchen im Schlafrock, und zehn Minuten später kann das Blech mit den Zwiebel-Bhajis rein.«

»Verstanden«, erwiderte Alex mit einem Selbstvertrauen, als hätte er noch nie in seinem Leben etwas verkohlen lassen. »Du hältst mich für verrückt, stimmt's?«

»Nein. Viele Leute backen eine Quiche, wenn Gäste kommen. Das ist retro.«

Es gab so manches, was Alex nicht verstand, aber warum sich sein Bruder in Dee verliebt hatte, war offensichtlich.

»Aber du hältst die *Party* für eine schlechte Idee«, insistierte er. »Du glaubst, ich bringe alle in Verlegenheit.«

»Gut möglich«, sagte Dee und klang plötzlich ernst. »Es hat durchaus das Potenzial für maximale Peinlichkeit. Das Risiko musst du wohl in Kauf nehmen.«

»Ich hab einfach das Gefühl, jetzt ist die Zeit dafür. Es ist doch, als hätte alles stillgestanden – selbst der Trauerprozess«, gab er betrübt zu. »Die ganze Zeit habe ich auf etwas gewartet – auf ein bedeutsames Zeichen, eine Offenbarung, irgendetwas, das diesem verdammten letzten Jahr einen Sinn gibt.«

»Wie man es dreht und wendet, das erste Jahr durchzustehen ist nie einfach«, sagte Dee.

Vom Rest meines Lebens ganz zu schweigen, fügte Alex in Gedanken hinzu. Doch als er an Lisas Todestag auf dem feuchten Gras neben ihrem Grab gesessen hatte, war etwas in seinem

Inneren in Bewegung geraten. Sein Verhalten half weder Connor noch ihm dabei, nach vorn zu blicken. Das erkannte er jetzt mit einer Klarheit, die ihm vorher gefehlt hatte.

Seine große Liebe war bei einem tragischen, sinnlosen Unfall ums Leben gekommen. Und die Menschen, denen ihr Tod eine neue Chance gegeben hatte, waren nicht »auserwählt« und für einen höheren, mystischen Zweck in Connors und sein Leben getreten. Sie waren nicht »ausgesucht« worden – höchstens vom Zufall. Sie waren Menschen, die zur richtigen Zeit am richtigen Ort gewesen waren, so, wie Lisa zur falschen Zeit am falschen Ort gewesen war.

Er musste sich bei ihnen allen entschuldigen.

»Du verstehst doch, warum ich dich und Todd heute nicht eingeladen habe?«, fragte er besorgt.

»Na klar. Wir können Quiche nicht ausstehen.«

Lachend legte er auf, genau wie es seine Schwägerin beabsichtigt hatte.

Kapitel 41

MOLLY

Barbara und Jamie hatten völlig unterschiedliche Arten, andere zu begrüßen. Barbara erhob sich mit offenen Armen von Alex' Couch, umarmte erst mich, dann Mac so fest, dass uns fast die Luft wegblieb.

Jamie war entschieden lässiger, legte sein Handy beiseite und hob den Arm, als wären wir viel weiter voneinander entfernt als nur ein paar Meter.

»Yo, Mol!«, rief er.

Ich lächelte nur, weil ich keine Ahnung hatte, wie ich darauf angemessen reagieren sollte, aber eins wusste ich: Ich war entschieden zu alt, um mit »Yo« zu antworten.

»Du siehst besser aus als damals im Krankenhaus – weniger zombiemäßig.«

»Danke«, sagte ich und beschloss, das zweifelhafte Kompliment einfach anzunehmen.

»Du siehst wunderschön aus«, sagte Barbara, hakte sich bei mir unter und drückte sanft meinen Arm. »Du strahlst ja richtig.« Ihre Augen funkelten, als ihr Blick von mir zu Mac wanderte.

Ich stöhnte innerlich auf. Wir waren erst ein paar Minuten hier, und unsere Absicht, unsere Beziehung nicht zu thematisieren, schien schon jetzt zum Scheitern verurteilt. Zum Glück war Alex damit beschäftigt, unsere Jacken aufzuhängen und uns etwas zu trinken zu holen, sodass er nichts davon mitbekam.

Er sah nervös und angespannt aus, als er mir einen Softdrink reichte und Mac eine Flasche Bier. Sein eigenes Glas, das er in einem Schluck leerte, enthielt eine bernsteinfarbene Flüssigkeit. Dann ging er durch den Raum und blieb vor dem Kamin stehen, mit dem leeren Glas in seiner Hand spielend. Ich kam mir vor wie in einer Szene aus einem Agatha-Christie-Krimi, in der der Detektiv (Alex) uns (die Verdächtigen) versammelt. Ich schwenkte die Cola im Glas herum und bereute plötzlich, nicht um etwas Stärkeres gebeten zu haben.

»Ich … äh, wollte eigentlich nicht sofort damit rausplatzen. Ich dachte, ich warte damit bis nach dem Essen.« Alex hob das Glas an die Lippen und wirkte ehrlich überrascht, dass es leer war. »Aber da Connor gerade oben mit Luna spielt, scheint es mir der passende Zeitpunkt zu sein, mir etwas von der Seele zu reden.«

Seine Worte lösten besorgte Blicke aus.

Alex räusperte sich. »Ich glaube, ich war nicht mehr so nervös, seit ich meine Hochzeitsrede gehalten habe.« Er schaute zu dem wunderschönen Silberrahmen mit dem Hochzeitsfoto von ihm und Lisa hinüber. Es schien ihn zu beruhigen.

»Ich habe aufgeschrieben, was ich euch sagen will – es sind sechs Seiten geworden.«

Wir vier versuchten mit unterschiedlichem Erfolg, unsere Beunruhigung zu verbergen.

Alex lachte. »Keine Sorge. Ich habe sie zerrissen, bevor ihr gekommen seid. Denn das, was ich euch mitzuteilen habe, kann man in ein paar einfachen Sätzen zusammenfassen.«

Ich war ziemlich stolz, dass keiner von uns einen lauten Seufzer der Erleichterung von sich gab.

»Als Erstes möchte ich mich bei euch entschuldigen. Ich war euch allen kein guter Freund. Genau genommen war ich sogar ein richtiggehend unredlicher Freund.«

Wir protestierten.

Alex schüttelte traurig den Kopf. »Es ist wahr. Ich habe euch in unser – in Connors und mein – Leben geholt, aber meine Motive waren … bestenfalls zweifelhaft.«

Er trat unbehaglich von einem Bein auf das andere und schien plötzlich sehr an seinen braunen Slippern interessiert. »Ich war nicht so ehrlich zu euch, wie ich es hätte sein sollen. Ich habe Lisa gesucht – und das in jedem von euch.«

Er sagte es zu uns allen, aber sein Blick war auf mich gerichtet. Für einen langen Augenblick schienen alle die Luft anzuhalten, so still war es.

»Ich habe euch angeschaut, ohne euch je richtig zu sehen, euch gelauscht, ohne je zu hören, was ihr sagt.«

»Nein, nein, Alex, Lieber«, widersprach Barbara, die ernsthaft aufgewühlt wirkte. »Du hast uns allen viel gegeben – und das hat nichts damit zu tun, dass du der Organspende zugestimmt hast. Ich glaube, unser aller Leben ist jetzt besser als zuvor. Meins ist es ganz sicher. Diese Niere …« – sie deutete auf ihren Körper – »hätte ich von jedem bekommen können. Aber diese Familie … nun, ich habe das Gefühl, als würde ich jetzt dazugehören.« Sie griff in die Tasche ihrer Strickjacke, nahm ein besticktes Taschentuch heraus und tupfte sich die Augen ab. »Diese Familie ist etwas, das nur du mir geben konntest.«

»Ja, Mann. Mach dir deshalb keinen Kopf. Okay, vielleicht hast du dich manchmal ein bisschen durchgeknallt benommen« – ich musste schlucken, und Mac ebenfalls – »aber wir haben das verstanden. Wir haben's kapiert. Und wir haben alle kein Problem damit, oder?« Jamie, unser neuer, selbst ernannter Sprecher, sah die Menschen an, denen Lisa geholfen hatte, und wir nickten.

Jetzt konnte niemand mehr die Tränen übersehen, die in Alex' Augen schimmerten. »Ich danke euch. Euch allen. Ihr seid viel freundlicher, als ich es verdient habe. Obwohl ich endlich akzeptieren muss, dass die Art, wie wir zueinandergefunden haben, vollkommen zufällig und ohne Vorbestimmung war, hoffe ich wirklich, dass wir in Zukunft noch lange am Leben der anderen teilhaben.«

»Ich hab mich wie der letzte Depp angehört, oder?«

Grinsend schüttelte ich den Kopf. Glücklicherweise hatte der Ofen-Timer Alex unterbrochen, und er war in die Küche geeilt. Ich folgte ihm kurz darauf, um zu schauen, ob er Hilfe brauchte.

»Du hast dich wie ein Mann auf dem Weg der Heilung angehört, der den Schmerz hinter sich lässt. Das ist alles andere als dumm.«

Alex zog ein Backblech mit Häppchen aus dem Ofen, und ohne um Erlaubnis zu fragen, ging ich zum Schrank und nahm einen Servierteller heraus. Trotz allem, was er gerade gesagt hatte, weiteten sich Alex' Augen vor Überraschung.

»Ich weiß noch von dem Tag, als wir Lebkuchenmänner gebacken haben, wo er steht«, erklärte ich.

Er lachte peinlich berührt auf. »Es wird eine Weile dauern, bis ich nicht mehr nach Zeichen suche, wo offensichtlich keine sind«, gestand er zerknirscht.

»Hallo. Tut mir leid, wenn ich euch unterbreche.«

Wir drehten uns um und sahen einen Kopf ohne Körper durch die Tür hereinschauen.

»Ist es okay, wenn ich zu Connor raufgehe? Ich hab ein Spiel für ihn aufs Handy runtergeladen, das ihm garantiert gefallen wird.«

»Klar«, sagte Alex. »Du kennst ja den Weg.«

Er musste meinen überraschten Gesichtsausdruck gesehen haben, als Jamie die Treppe hinaufrannte.

»Hat Jamie dir nicht erzählt, dass er manchmal für mich arbeitet?«

Diesmal machte ich große Augen. »Wieso? Brauchst du denn einen Roadie oder einen Rettungsschwimmer?«

Alex lachte leise, als er sich an die abenteuerlichen Behauptungen erinnerte, die Jamie in der Vergangenheit aufgestellt hatte. »Nein. Genau genommen hilft er mir bei dem IT-Zeug für den Büroumzug. Er hat in den letzten beiden Wochen ziemlich viel Zeit hier verbracht. Für Connor ist er der Held.«

Man konnte viel zwischen den Zeilen lesen.

»Es war nett von dir, ihm einen Job anzubieten.«

Wir tauschten einen wissenden Blick aus.

»Ich habe es sehr vorsichtig formuliert. Ich wollte ihn nicht beleidigen. Ich habe gesagt, mir wäre klar, dass er das Geld nicht braucht, aber ich müsste ihm aus versicherungstechnischen Gründen ein Honorar zahlen.«

Einen Moment lang überlegte ich, wie viel leichter es gewesen wäre, wenn sich Lisas Herz noch einmal neu in diesen Mann verliebt hätte. Aber dann dachte ich an Mac, der geduldig im Nebenraum wartete, und mir wurde klar, dass alles genau so gekommen war, wie es kommen sollte.

Einen Augenblick später kam Jamie die Treppe wieder heruntergerannt und stieß die Küchentür mit so viel Schwung auf, dass sie hin- und herschwang. »Connor ist weg!«, rief er.

Alex war dabei, eine große Quiche auf einen Servierteller zu verfrachten. Er hielt inne und sah mit gerunzelter Stirn auf. »Hast du auch im richtigen Zimmer nachgesehen?«

Die Frage brachte ihm einen vernichtenden Blick ein.

»Er ist bestimmt nur im Bad«, sagte Alex.

»Das dachte ich auch zuerst. Er ist sicher pinkeln, dachte ich. Aber dann hab ich im Bad nachgesehen, und da war er auch nicht. Und als ich seinen Namen gerufen hab, hat er nicht geantwortet.«

Die Quiche fiel mit einem dumpfen Geräusch auf den Teller, während Alex sich alle Mühe gab, seine Besorgnis zu verbergen. Er eilte in den Flur, und bevor er die Treppe erreichte, hatte er Connors Namen schon drei Mal gerufen, so laut, dass es im ganzen Haus zu hören war. Durch die offene Wohnzimmertür sah ich Mac aufschauen, einen fragenden Ausdruck im Gesicht. *Stimmt was nicht?* Ich schüttelte leicht den Kopf, weil ich es, trotz der Tatsache, dass sich meine Eingeweide zusammenzogen, nicht glauben mochte.

Alex rannte die Treppe hinauf, gleich drei Stufen auf einmal nehmend. »Connor!«, rief er erneut und eilte ins Kinderzimmer.

Jamie und ich waren nur wenige Schritte hinter ihm.

Alex kam schon wieder aus dem leeren Zimmer seines Sohnes und riss alle anderen Türen auf.

»Connor, komm sofort her! Das ist nicht mehr lustig.«

»Immer mit der Ruhe. Schauen wir noch mal gründlich nach«, sagte ich und legte ihm die Hand auf den Unterarm. Es war, als würde man einen Stromgenerator berühren; sein ganzer Körper schien vor Anspannung zu pulsieren.

»Ich geh unten nachschauen«, sagte Jamie und machte sich auf den Weg.

Mac wartete am Fuß der Treppe mit einem Gesichtsausdruck, der verriet, dass er den Ernst der Lage erfasst hatte. »Ich suche im Garten«, verkündete er.

Ich ging in Connors Zimmer und sank vor dem Bett auf die Knie. Darunter fand ich mehrere Legosteine, eine Socke und ein halbes Dutzend Wachsstifte, aber keine Spur von einem Jungen, der einen Streich ein bisschen zu weit getrieben hatte.

Alex war bereits in dem Zustand der Panik, in dem man an den unmöglichsten Orten nachguckt. Nachdem er alle Schränke überprüft hatte, zog er Schubladen auf, als hätte sich sein Sohn heimlich die Fähigkeiten eines Schlangenmenschen angeeignet. Ich folgte ihm auf dem Fuße und durchsuchte jeden Raum noch einmal akribisch, für den Fall, dass Alex etwas übersehen hatte, unter Lisas altem Schreibtisch oder hinter der Badezimmertür. Keine Spur von Connor.

Alex musste die Treppe inzwischen drei, vier Mal rauf- und runtergerannt sein, als würde er Jamie nicht glauben, dass Connor auch unten nirgends zu finden war.

»Ich hab draußen geguckt, vor und hinter dem Haus, sogar im Gartenhäuschen und in deinem Wagen, aber er ist wie vom Erdboden verschluckt«, sagte Mac, dessen Hemd ihm zum zweiten Mal an diesem Tag am Körper klebte.

Ich schaute besorgt aus dem Fenster. Der Regen prasselte immer noch mit der Gewalt eines Hochdruckreinigers auf den Boden. Connor hatte sich doch sicher nicht bei diesem Wetter zum Spielen nach draußen gewagt? *Das kann nicht sein, das sieht ihm gar nicht ähnlich*, bestätigte eine Stimme in meinem Kopf, die seltsamerweise kein bisschen wie meine klang.

Als ich an der Schwelle zu Connors leerem Kinderzimmer stand, war ich mir bewusst, dass ein Paar kleine, smaragdgrüne Augen jede meiner Bewegungen verfolgten. Connors geliebtes Haustier hatte sich mitten auf der Bettdecke zusammengerollt.

»Wo ist er, Luna? Kannst du uns nicht helfen, ihn zu finden?«

In einem Lassie-Film hätte sie uns auf diese Bitte hin bestimmt zum nächsten Schacht geführt. Aber das hier war kein Film, und Katzen taten so etwas nicht. Und doch, hätte Connor Luna wirklich zurückgelassen, wenn er freiwillig irgendwo hingegangen wäre? Hatte Alex nicht gesagt, dass er und das Kätzchen praktisch unzertrennlich waren?

Unten hörte ich Alex immer noch nach seinem Sohn rufen. Außerdem die tiefe, wohlklingende Stimme, die ich zu lieben gelernt hatte.

»Denken wir doch mal ganz ruhig nach«, sagte Mac. »Er ist offensichtlich nicht im Haus, also wo kann er ganz allein hingegangen sein?«

»Nirgendwohin. Wir lassen ihn nie raus, ohne dass einer von uns dabei ist.« In seiner Angst sprach Alex von sich und Lisa in der Gegenwart.

»Vielleicht zu Todd und Dee? Glaubst du, er könnte versucht haben, sie zu besuchen?«

»Das ist zu weit weg! Er weiß doch gar nicht, wie man dorthin kommt.«

Mit unendlicher Geduld stellte Mac weiterhin genau die richtigen Fragen. »Okay. Überlegen wir, was hier in der Umgebung infrage kommt. Gibt es Nachbarn, die er mag? Oder einen Schulfreund, der in der Nähe wohnt? Oder vielleicht einen Park oder Spielplatz, zu dem du mit ihm gehst?«

»Nein. Er würde so etwas einfach nicht tun«, gab Alex zurück, und die Panik in seiner Stimme war kaum von Wut zu unterscheiden.

Die Katze gab ein lang gezogenes, klagendes Maunzen von sich, als hätte sie genug von der ganzen Aufregung, die sie vom Schlafen abhielt. Ich wollte das Kinderzimmer gerade verlassen, als ich aus den Augenwinkeln etwas sah, das mich erstarren ließ. Ich hielt den Atem an, und mein Herz schlug unregelmäßig und viel zu schnell, als wollte es mir etwas mitteilen. Auf dem Bett lag etwas; ein Zipfel ragte unter Lunas zusammengerolltem Körper hervor. Sanft schob ich die Katze beiseite.

Ich schluckte geräuschvoll, als ich die Nachricht in meiner Hand las. Die große, kindliche Schrift war schwer zu entziffern.

»Alex, komm her! Ich hab was entdeckt!«, rief ich.

Sekunden später hatte Alex den Zettel in der Hand, die, sofern das möglich war, noch stärker zitterte als meine.

»Scheiße!«, rief er und fuhr sich verzweifelt mit den Fingern durch die Haare.

»Was steht da?«, fragte Barbara, die zusammen mit Mac und Jamie ebenfalls die Treppe heraufgekommen war.

Alex starrte das Blatt in seiner Hand an wie eine Lösegeldforderung.

»Bin Mummy besuchen«, las ich mit unnatürlich hoher Stimme vor.

»Was soll das bedeuten?«, fragte Barbara, ebenso verwirrt wie wir alle. Alle außer Alex.

Er rannte an uns vorbei und die Treppe hinunter. Wir folgten ihm wie die Ratten dem Rattenfänger.

»Wo sind die verdammten Schlüssel?«, rief er und stürmte von der Küche ins Wohnzimmer. »Wo zum Teufel sind die Autoschlüssel?«

Während die anderen für ihn zu suchen begannen, hielt ich Alex an den Handgelenken fest. In seinem Zustand war das Letzte, was er tun sollte, sich hinters Lenkrad zu setzen.

»Bitte, Molly, lass mich los«, fuhr er mich an und entzog sich mir so heftig, dass einer meiner Nägel abbrach. Ich spürte es kaum.

»Nicht, bis du mir sagst, wo du hinwillst.«

Die nackte Angst in seinem Blick sollte mich danach noch lange in meinen Albträumen heimsuchen.

»Ist das nicht offensichtlich? Ich weiß, wohin Connor gegangen ist.« Alle erstarrten und sahen ihn an. »Es ist doch verdammt offensichtlich, oder etwa nicht? Er hat geschrieben, er will ›Mummy besuchen‹. Er hat die Nase voll davon, darauf zu warten, dass ich ihn dorthin bringe.«

»Wohin?«, fragte Barbara.

»Zum Friedhof! Zu Lisas Grab! Das ist der einzige Ort, wo ich ihn nie hingehen lasse.«

Seine Worte brachten uns zum Verstummen, und in der darauffolgenden Stille entdeckte Alex die Wagenschlüssel in einer kleinen Keramikschale, wo sie vermutlich immer lagen.

»Alex, bitte nimm dir einen Augenblick Zeit, um darüber nachzudenken«, flehte ich ihn an und griff nach seinem Hemd, um ihn zurückzuhalten. Der Stoff entglitt meinen Fingern, aber wenigstens blieb Alex an der offenen Haustür stehen. Es war schwer, ihn über den prasselnden Regen und den pfeifenden Wind hinweg zu verstehen.

»Weiß Connor überhaupt, wo der Friedhof ist?«, fragte ich ihn.

»Wir sind daran vorbeigefahren. Wahrscheinlich glaubt er zu wissen, wie man dorthin kommt.«

»Aber ist das nicht ziemlich weit weg?«, fragte Jamie, der ebenso besorgt wirkte wie wir alle.

»Ja!«, rief Alex mit brechender Stimme. »Und je eher ich aufbreche, um ihn zu suchen, desto unwahrscheinlicher ist es, dass er auf eine viel befahrene Straße gerät oder einem gottverdammten Verbrecher in die Hände fällt!«

Seine Worte verblüfften uns so sehr, dass wir abermals schwiegen, und er nutzte den Moment, um aus dem Haus zu seinem Wagen zu rennen. Bevor er einstieg, drehte er sich noch einmal zu uns um. »Bleibt hier für den Fall, dass er zurückkommt. Ich rufe an, sobald ich ihn gefunden habe!«

Das Quietschen der Reifen auf der regennassen Straße klang wie ein Klageschrei, der mir das Blut in den Adern gefrieren ließ; ich blieb noch lange im Regen stehen, nachdem Alex' Rücklichter verschwunden waren.

Dann legte sich ein Arm um meine Taille und zog mich von der offenen Tür weg, die fest hinter mir ins Schloss fiel. »Jamie und ich suchen die Straßen in der Umgebung ab. Connor hat vielleicht irgendwo vor dem Sturm Schutz gesucht.« Es war ein vernünftiger Vorschlag, aber ich konnte an Macs Blick erkennen, dass er sich keine großen Hoffnungen machte.

»Wenn Alex sich meldet, weil er Connor gefunden hat, ruf mich an.«

»Er kann sich nicht melden«, sagte Jamie irgendwo hinter uns. Wir drehten uns um und sahen ihn mit einem länglichen Gegenstand in der Hand aus der Küche kommen. »Er hat sein Handy vergessen. Er kann sich also nicht mit uns in Verbindung setzen und wir uns nicht mit ihm.«

Ich starrte entgeistert auf das Handy, als wäre das der Tropfen, der das Fass zum Überlaufen brachte. Glücklicherweise war der Mann, in den ich mich verliebt hatte, aus härterem Holz geschnitzt.

»Okay. Das ändert nichts. Alex fährt zum Friedhof, und wir suchen die Umgebung ab.«

»Sollten wir nicht … die Polizei verständigen?«, fragte ich, auch wenn mir der Gedanke, dass Connor von einem vorübergehend verschwundenen Kind zu einem Vermisstenfall wurde, nicht gefiel.

»Eins nach dem anderen. Vielleicht hat er sich nur ein paar Häuser weiter in einem Garten versteckt«, sagte Mac. Er zog mich an sich und drückte mir einen innigen Kuss auf die Lippen. »Du bleibst mit Barbara hier für den Fall, dass er von allein zurückkommt.«

Kapitel 42

MOLLY

Ich mache uns Tee«, sagte Barbara mit vor Besorgnis brüchiger Stimme und verschwand in Richtung Küche. Tee war das Allheilmittel ihrer Generation, und wenn die Beschäftigung ihr half, würde ich das Zeug mit Freuden literweise in mich reinschütten.

»Okay. Ich schau mich noch mal in Connors Zimmer um«, sagte ich, da ich das Gefühl nicht abschütteln konnte, dass wir irgendetwas übersehen hatten.

Ich ließ den Blick noch einmal durch das Kinderzimmer schweifen, aber alles, was mir dabei auffiel, war, dass Connor Astronomie liebte, den Mond – und seine Mutter. Es gab gerahmte Fotos von ihm und ihr zu beiden Seiten seines Bettes. Sie lachten auf den Bildern, einmal im Schnee und einmal am Strand, die Augen wegen der gleißenden Sonne zusammengekniffen. Mir gefiel, wie Alex dafür gesorgt hatte, dass Lisas Gesicht immer noch das Erste war, was Connor jeden Morgen sah.

Sie lebte noch in anderen wichtigen Dingen weiter als nur in den Organen, die sie gespendet hatte. Sie war hier überall, auch in den Regalen mit Connors liebsten Besitztümern, wie ich erkannte, als ich über ein Fach strich, in dem dicht an dicht Bücher, Modelle und Spielzeuge standen, die alle etwas mit dem Weltraum zu tun hatten. Ich hielt inne, als ich eine Lücke entdeckte, wo sich zwei verräterische Formen im leichten Staubfilm abzeichneten – die eine rund, die andere zylindrisch. Was hatte dort gestanden?

Überzeugt, dass ich die Antwort darauf nicht in diesem Raum finden würde, drehte ich mich um und wollte zur Tür gehen, blieb jedoch noch einmal kurz stehen, um das Bild von Lisa und Connor am Strand in die Hand zu nehmen. »Kannst du mir nicht helfen?«, fragte ich die lächelnde Frau auf dem Foto. »Ich versuche, ihn für dich zu finden.«

Von unten rief Barbara meinen Namen, wahrscheinlich weil der Tee fertig war. Ich beugte mich vor, um das Foto wieder an seinen Platz zu stellen, aber es wollte nicht gerade stehen bleiben. Mit gerunzelter Stirn drehte ich es um und erkannte, was das Problem war. Ein kleines, zusammengefaltetes Stück Papier war hinten in den Rahmen geklemmt worden und hatte sich gelöst. Es fiel auf den Teppich.

Mit zitternden Fingern hob ich es auf, als ahnte ich, wie bedeutsam es sein würde. Ich faltete es vorsichtig auseinander, und mir fielen die Knitterfältchen auf, die verrieten, dass es schon mal jemand zerknüllt haben musste. Zu meiner Schande muss ich gestehen, dass ich keine Sekunde darüber nachdachte, ob ich indiskret war und in Connors Privatsphäre eindrang. Alles, was mich beschäftigte, war, dass irgendwo dort draußen, im schlimmsten Sturm seit Jahren, ein kleiner Junge herumirrte und dass es nichts gab, was ich tun konnte, um ihn zu finden. Nichts.

Obwohl das Stück Papier zerknittert war, war das Bild der Sonnenfinsternis immer noch gut zu erkennen. Ich begriff, warum Connor es unbedingt hatte behalten wollen. Aber der Grund, warum er es versteckt hatte, befand sich auf der Rückseite des Zettels. Mir entfuhr ein leises Keuchen, als mir klar wurde, dass ich eine Einladung für Lisa zur diesjährigen Astronomiemesse in Händen hielt, gefolgt von einem noch lauteren, als ich das Datum sah. Heute. Die Astronomiemesse fand heute statt. Wollte Connor dorthin?

Über das Klappern der Fensterrahmen im Wind hinweg hörte ich das Echo einer Unterhaltung zwischen mir und Alex vor mehreren Monaten. *Es war das Letzte, was Lisa an dem Tag, als sie gestorben ist, zu Connor gesagt hat. Sie hat ihm versprochen, sie würden im nächsten Jahr gemeinsam mit dem Zug zur Astronomiemesse fahren. Ich glaube, das ist der Grund, warum er nicht akzeptieren kann, dass sie nicht zurückkommt – weil sie es ihm versprochen hat und sie ihm gegenüber nie ihr Wort gebrochen hat.*

Normalerweise glaubte ich nicht an Vorzeichen oder Omen, aber ich glaubte sehr wohl, dass mich diesmal eines zurück in Connors Zimmer gezogen hatte. Und ich war mir ziemlich sicher, dass ich den Grund dafür in Händen hielt.

Ich rannte die Treppe zu schnell hinunter und wäre fast mit Barbara zusammengestoßen, die mich holen kam.

»Ich weiß, wie wir rausfinden, in welche Richtung Connor gegangen ist, als er das Haus verlassen hat!«, sagte sie aufgeregt.

Ihre Entdeckung stellte meine komplett in den Schatten.

»Wie?«

»Gordon wird es uns verraten«, sagte sie und nahm unsere Mäntel von der Garderobe im Flur.

»Großartig. Äh … Wer genau ist Gordon?«, fragte ich und zog mir den Mantel an.

»Ein grantiger alter Griesgram, der etwas gegen Katzen hat. Gott sei Dank«, fügte sie seltsamerweise hinzu.

Ich folgte ihr nach draußen in den Sturm, obwohl ich geistig immer noch mehrere Schritte hinterherhinkte. Sie erhob die Stimme, damit ich sie über den Regen hinweg hörte, während wir eilig die Straße überquerten und uns einen Weg durch die tiefen Pfützen bahnten.

»Alex' Nachbar hat sich über Connors Katze beschwert, darum bin ich neulich zu ihm rübergegangen, um ihm die Meinung zu sagen«, sagte Barbara und sah leicht verlegen aus. »Er ist kein übler Kerl, ich glaube, er ist nur einsam.« Ihr Lächeln verriet, dass sie Alex' Nachbarn wohl doch mehr mochte, als es den Anschein hatte. »Nicht, dass ich ihn dazu bringen konnte, seine Meinung zu ändern – was offensichtlich ein Segen ist, wie sich jetzt herausstellt.« Sie schwieg, als wir vor einem sorgfältig gepflegten Vorgarten stehen blieben.

»Seine Meinung worüber ändern?«, fragte ich und eilte ihr nach, als sie zum Haus lief und energisch an die Tür klopfte.

»Das da«, sagte Barbara knapp und deutete auf einen Apparat auf dem Vordach; ein Gerät, das ich kannte und das nicht nur auf die Blumenbeete im Vorgarten gerichtet war, sondern auch auf die Straße dahinter.

»Sie wird uns nicht viel helfen. Dafür wurde sie nicht installiert. Sie liefert nicht mal ein scharfes Bild. Ich konnte mir kein teureres Modell leisten.«

Gordon Grafton grummelte und jammerte vor sich hin, seit er die Haustür geöffnet hatte. Er war wie eine menschliche Version von A. A. Milnes Esel I-aah, ständig mies drauf und niedergeschlagen. Und doch hatte ich gesehen, wie seine Augen kurz aufleuchteten, als er die Frau vor seiner Tür erkannte. Die Zuneigung, die Barbara für Alex' Nachbarn empfand, wurde anscheinend erwidert.

»Da!«, sagte ich und zeigte aufgeregt auf das unscharfe Bild auf dem uralten Laptop. Wir beugten uns näher zu dem Bildschirm, auf dem eine kleine Gestalt in einem leuchtend gelben Regenmantel aufgetaucht war. Barbara und ich stöhnten auf, als ein großer, dunkler Transporter erschien und die Sicht auf die andere Straßenseite und Connor versperrte.

Ich saß wie auf heißen Kohlen, während wir warteten, bis der Transporter fort war. Danach war Connor schon fast aus der Reichweite der Kamera verschwunden.

»Können Sie näher ranzoomen oder das Bild schärfer stellen?«, fragte ich.

Gordon zog die buschigen Augenbrauen hoch, die aussahen wie schwebende Wüstenrennmäuse. »Wir sind hier nicht bei ›CSI‹, verdammt noch mal«, gab er unwirsch zurück, doch er drückte mehrere Tasten, bevor er endlich die fand, mit der man die Aufzeichnung anhielt.

»Was hat er da in den Händen?«, fragte Barbara und beugte sich so tief über den Bildschirm, dass sie ihn fast mit der Nase streifte.

»Sieht aus wie ein Schläger und ein Fußball. Vielleicht wollte der Junge in den Park?«, vermutete Gordon.

Ich schüttelte den Kopf und musste wieder an die Abdrücke im Staub auf dem Regal denken. Plötzlich wusste ich, was dort gestanden hatte.

»Er hat ein Teleskop und ein Pappmascheemodell des Mondes dabei«, sagte ich leise.

Das bestätigte, was ich vermutet hatte. Connor war auf dem Weg zur Astronomiemesse. Er hatte sich aufgemacht, um seine Mutter zu finden.

Zu sagen, dass Mac und Jamie völlig durchnässt waren, wäre untertrieben gewesen. Die Kleider klebten ihnen am Körper und die Haare am Kopf, als wären sie in einen Pool gefallen. Ich holte stapelweise Handtücher aus dem Wäscheschrank, während Barbara frischen Tee kochen ging.

»Aber wenn Connor *wirklich* versucht, zum Bahnhof zu gelangen«, sagte Jamie und rubbelte sich die Haare mit einem Handtuch ab, bis sie ihm zu Berge standen wie die Stacheln eines Stachelschweins, »geht er dann nicht in die falsche Richtung? Wenn das, was ihr auf dem Video des alten Mannes gesehen habt, stimmt?«

Ich runzelte die Stirn, denn das war ein guter Punkt. Connor lief tatsächlich in die entgegengesetzte Richtung des Bahnhofs und des Friedhofs.

»Ich glaube, dass Connor vermutlich keinen Schimmer hat, in welche Richtung er gehen muss«, sagte Mac und nahm mit einem dankbaren Lächeln die Tasse Tee entgegen, die Barbara ihm reichte. »Also wird Alex ihm auf seiner Fahrt zum Friedhof sehr wahrscheinlich nicht begegnen.«

»Dann sollten wir ihn selbst suchen«, sagte ich und sprang auf.

»Einverstanden«, sagte Mac. »Und wenn …« Er brach ab, als ein Mobiltelefon klingelte. Wir schauten von einem zum anderen, aber keiner rührte sich, um ranzugehen.

»Das ist nicht meins«, sagte Jamie.

»Meins auch nicht«, sagte Barbara.

Mac und ich sahen uns an; es war weder sein Klingelton noch meiner.

»Es ist das von Alex!«, rief Jamie, sprang auf und schaute sich um. »Wo zur Hölle hab ich es hingelegt?« Er rannte in Richtung Flur, aber das Klingeln war verstummt, bevor er die Küche verlassen hatte.

Gleich darauf kam er mit Alex' Handy in der Hand zurück. Ich war damit beschäftigt, darauf zu starren, deshalb bemerkte ich erst mit Verzögerung, dass seine gesunde Gesichtsfarbe einer ungesunden Blässe gewichen war.

»Was ist? Stimmt was nicht?« Die schlechten Neuigkeiten schienen aufeinanderzufolgen wie eine Reihe umfallender Dominosteine.

Jamie legte das Mobiltelefon auf den Küchentisch, damit wir alle die Nachricht auf dem Bildschirm lesen konnten.

1 verpasster Anruf. Lisa

Lange herrschte Schweigen, während wir das, was wir sahen, zu verdauen versuchten.

»Du glaubst doch nicht, dass sie … dass sie einen Weg gefunden hat …«, stammelte Jamie ehrlich erschrocken.

Mac war zum Glück pragmatischer. »Es gibt eine logische Erklärung dafür«, sagte er bestimmt. »Daran ist nichts Übernatürliches.«

Zögernd griff ich nach dem Handy. »Es gibt eine Erklärung, aber sie ergibt trotzdem keinen Sinn. Alex hat Connor Lisas altes Mobiltelefon geschenkt. Er hat immer mit ihr gesprochen – hat so *getan*, als würde er mit ihr sprechen«, korrigierte ich mich hastig, als ich Jamies große Augen sah. »Aber Alex hat gesagt, es wurde seit Lisas Tod nicht mehr aufgeladen. Der Akku müsste längst leer sein.«

Langsam kehrte die Farbe in Jamies Gesicht zurück. »Äh … das stimmt nicht ganz. Ich hab's letzte Woche schnell aufgeladen, damit er ein Spiel darauf spielen kann.«

Es dauerte einen Moment, bis wir diese Information verarbeitet hatten, dann griffen vier Paar Hände gleichzeitig nach dem Handy. Mac bekam es als Erster zu fassen und drückte auf Rückruf.

»Nimm ab, nimm ab«, murmelte ich leise. »Bitte, Connor, geh ran.«

Mac schüttelte den Kopf und legte das Handy zurück auf den Tisch. »Entweder, er hat es ausgeschaltet, oder der Akku ist doch leer«, sagte er mit einem enttäuschten Seufzen.

»Aber es hat gerade noch funktioniert!«, rief ich, den Tränen der Frustration näher, als ich zugeben wollte. »Er hat damit versucht, uns zu erreichen!«

»Warte einen Moment«, sagte Jamie und warf einen Blick auf Alex' Handy. »Ich glaube, er hat eine Nachricht hinterlassen.«

Ich war mich nicht sicher, wie lange mein neues Herz der Achterbahn der Gefühle noch gewachsen sein würde. Es kam mir so vor, als würden wir ständig zwischen Hoffnung und Verzweiflung schwanken.

Nachdem wir die Nachricht viermal abgehört hatten, musste ich Jamies Einschätzung zustimmen.

»Es war nur ein *butt dial*«, sagte er düster, als wir erneut der Mischung aus undeutlichen Geräuschen lauschten.

Barbara sah verwirrt aus.

»Es bedeutet, dass er nicht absichtlich angerufen hat«, erklärte ich ihr. »Connor hat wohl aus Versehen auf das Display gedrückt und die Nummer angerufen, die zuletzt gewählt wurde. Wahrscheinlich hat er es nicht einmal mitbekommen.«

Mac trank den Tee aus und stand auf. »Wir sollten uns auf den Weg machen. Im Wagen kommen wir schneller voran als zu Fuß, und drei Paar Augen sehen mehr als zwei.« Er legte Barbara sanft eine Hand auf die Schulter. »Kannst du hier die Stellung halten, falls Alex sich meldet oder zurückkommt?«

»Oder Connor«, fügte sie hoffnungsvoll hinzu.

Macs Lächeln mochte sie überzeugt haben, aber ich sah die Zweifel dahinter. »Absolut.«

Barbara nickte feierlich.

»Okay, Leute. Los geht's!«

Kapitel 43

MOLLY

Zwei Bier und kein Mittagessen bedeuteten, dass es für mich sicherer war zu fahren als für Mac. Er warf mir die Wagenschlüssel über die Motorhaube hinweg zu und ich fing sie mit einer Hand. Jamie nahm auf dem Rücksitz Platz. Obwohl ich die Scheibenwischer auf Maximalgeschwindigkeit gestellt hatte, schafften sie es in dem strömenden Regen kaum, die Scheiben frei zu halten. Selbst für drei Paar Augen würde es unter diesen Umständen schwierig sein, einen kleinen Jungen zu entdecken, der sich verlaufen hatte.

Ich zögerte kurz, bevor ich anfuhr. Begingen wir einen Riesenfehler, weil wir Connor nicht bei der Polizei als vermisst gemeldet hatten? Was, wenn Alex' schlimmste Angst wahr wurde und jemand ihn mitnehmen wollte? War er alt genug, um abzulehnen? Ich schüttelte den Kopf, als meine Vorstellungskraft die Art von Schlagzeilen heraufbeschwor, die das Herz aller Eltern mit Schrecken erfüllt. *Dabei bist du gar keine Mutter*, erinnerte mich eine Stimme in meinem Kopf. Ich ignorierte sie.

»Jamie, übernimm du die linke Seite und ich die rechte«, schlug Mac vor, der sich als weit krisenfester entpuppte als wir anderen.

»Ich schau geradeaus«, schlug ich vor und scheiterte sofort an meiner Aufgabe, als der Bus vor uns von der Haltestelle anfuhr und ich fast mit ihm kollidierte. Einen schrecklichen Moment lang dachte ich, der Wagen würde beim Bremsen auf dem regennassen Asphalt nicht zum Halt kommen, aber mit einem protestierenden Quietschen kamen wir nur Zentimeter vom Heck des Busses entfernt zum Stehen.

»Tut mir leid«, sagte ich erschüttert zu meinen Mitfahrern.

Mac legte eine Hand beschwichtigend auf meine, die das Lenkrad umklammerte. »Der Fahrer ist angefahren, ohne zu blinken oder sich umzuschauen. Es war nicht deine Schuld, Molly.« Seine Stimme war bemerkenswert ruhig für einen Mann, der fast sein sündhaft teures Auto hätte abschreiben können.

Ich drehte den Kopf und sah ihn mit einem zittrigen Lächeln an. »Bist du sicher, du willst immer noch, dass ich fahre?«

»Ich habe getrunken, und Jamie hat keinen Führerschein, also bleibst du unsere Fahrerin.«

Ich fuhr weiter und achtete jetzt genau auf die sehr belebte Busfahrspur. Ich kroch um einiges unter der Geschwindigkeitsbegrenzung dahin, teils wegen des Sturms, aber auch, um es Mac und Jamie zu erleichtern, Connor zu erspähen. Mein Schneckentempo erntete eine gehupte Kakofonie und ein paar sehr vulgäre Zurufe durch heruntergekurbelte Autofenster. Jamie machte sich einen Spaß daraus, darauf zu antworten, mit Gesten, die nicht unbedingt gesellschaftsfähig waren.

Fünf Meilen die Straße hinunter war immer noch keine Spur von einem kleinen Jungen in einem kanariengelben Regenmantel zu sehen.

»Hätten wir ihn nicht mittlerweile längst einholen müssen?«, fragte ich. »Wie weit kann ein Siebenjähriger in der Zeit gekommen sein?«

»Anscheinend etwas weniger als drei Meilen pro Stunde – ich hab's gegoogelt«, sagte Jamie. »Aber wir wissen nicht, wann er abgehauen ist, also verrät uns das nicht, wie weit er gegangen sein kann.«

Ich spürte eher, als dass ich es sah, wie Mac auf dem Beifahrersitz neben mir erstarrte. »Fahr mal kurz an den Straßenrand«, drängte er mich angespannt.

»Hast du ihn gesehen?«, rief ich und hätte das Auto in meiner Eile, seiner Aufforderung zu folgen, fast abgewürgt.

Mac schüttelte den Kopf, als ich hielt. »Mach den Motor aus«, sagte er.

Im Rückspiegel konnte ich sehen, dass Jamie ebenso verblüfft war wie ich.

»Die Scheibenwischer auch«, fügte Mac hinzu. »Ich brauche absolute Ruhe.«

Ich biss mir auf die Zunge und tat, was er gesagt hatte.

Mit undurchdringlicher Miene griff Mac nach Alex' Handy, das wir mitgenommen hatten. »Seid einen Moment lang ganz still«, bat er.

Es dauerte einen Augenblick, bis er die Nachricht gefunden hatte, die Connor unabsichtlich auf dem Mobiltelefon seines Vaters hinterlassen hatte. Selbst das Ticken der Autouhr klang ohrenbetäubend, während Mac die Nachricht ein halbes Dutzend Mal abspielte, das Handy fest ans Ohr gepresst.

Nach der letzten Wiederholung legte er das Telefon zurück auf die Mittelkonsole. Ein zufriedener Ausdruck huschte über sein Gesicht, was mir einen Funken Hoffnung gab.

»Ich glaube nicht, dass wir Connor auf der Straße finden«, sagte er.

»Aber er ist doch definitiv …«

Mac unterbrach mich. »Es ist die richtige Straße, aber ich glaube, er geht nicht mehr zu Fuß.«

Schreckliche Schlagzeilen schwirrten mir wieder durch den Kopf und machten es mir schwer, mich auf seine nächsten Worte zu konzentrieren.

»Ich glaube, er sitzt in einem Bus – oder hat zumindest in einem gesessen.«

»Hä? Woher weißt du das?«

»Hör genau hin«, drängte mich Mac, spielte die Nachricht noch einmal ab und hielt mir das Handy ans Ohr.

Sosehr ich mich auch bemühte, ich konnte den Geräuschen nichts entnehmen, was Macs Verdacht bestätigte. Selbst Jamie, der noch jünger war und wahrscheinlich ein besseres Gehör hatte, erging es nicht besser.

»Es ist bekannt, das blinde Menschen besser hören als nicht blinde«, erklärte Mac. »Als ich meine Sehkraft verloren habe, ist mir der Unterschied aufgefallen. Alle Geräusche wurden schärfer, deutlicher – manchmal sogar lauter. Und diese Fähigkeit habe ich auch nach der Hornhauttransplantation behalten. Ich glaube, ich höre in der Aufnahme ein schwaches Pingen. Wie wenn man auf den Knopf drückt, damit der Bus anhält.«

Jamie und ich hörten die Nachricht beide noch einmal ab, doch obwohl wir jetzt wussten, worum es ging, hörten wir es immer noch nicht.

»Ich kann auch schwache Vogelschreie ausmachen. Ich glaube, es sind Möwen.«

»Also ist Connor in einem Bus?«, sagte Jamie und klang, als würde er glauben, dass wir mit unserer Mission gescheitert waren. »Dann finden wir ihn nie.«

»Er *war* in einem Bus«, verbesserte ihn Mac. »Ich nehme an, die anderen Geräusche in der Aufnahme bedeuten, dass er ausgestiegen ist.«

»Selbst wenn wir davon ausgehen, dass er es geschafft hat, allein den Bus zu nehmen, das Geld für die Fahrt hatte und nicht vom Fahrer darauf angesprochen wurde – wo zum Teufel will er denn hin? Wenn er zum Bahnhof wollte, hätte man ihm gesagt, dass er in die falsche Richtung fährt.«

Mac seufzte tief. »Ich weiß es nicht. Aber irgendetwas sagt mir, dass er glaubt, er ist in die richtige Richtung unterwegs. Mein Bauchgefühl rät mir, weiter diese Straße entlangzufahren und zu hoffen, dass wir Glück haben und ihn finden.«

Es war kein großartiger Plan, aber der einzige, den wir hatten. Ich ließ den Motor an. In den nächsten zwanzig Minuten sagte niemand ein Wort, und ich umklammerte das Lenkrad mit jeder Meile fester. Connor würde sich doch nicht so weit von zu Hause fortwagen? Ich war kurz davor, vorzuschlagen, dass wir umkehrten, als Mac sich mit einem Ruck aufrichtete, als hätte er einen elektrischen Schlag bekommen.

»Bieg hier links ab«, befahl er unvermittelt.

Es war fast schon zu spät, und ich hinterließ bestimmt einiges an Gummi auf der Straße, als ich das Lenkrad scharf herumriss. Der Wagen bockte und schlingerte, und ich wartete, bis ich ihn wieder unter Kontrolle hatte, bevor ich Mac ansah. Er hatte sich vorgebeugt, soweit es sein Sicherheitsgurt erlaubte, und versuchte, durch den Regen etwas zu erkennen.

»Ich glaube, in ein paar Hundert Metern kommt ein Kreisverkehr. Nimm die Ausfahrt auf der rechten Seite.«

»Du kennst dich hier aus?«

Er schüttelte den Kopf. »Nicht direkt. Das heißt, ja und nein.«

Nach seiner Antwort war ich nicht klüger als zuvor, aber bevor ich weiter nachbohren konnte, tauchte im sintflutartigen Regen, genau wie er prophezeit hatte, ein Kreisverkehr auf. Ich bog rechts ab.

»Die Straße liegt an einem steilen Abhang, also fahr vorsichtig«, riet er mir. »Unten ist eine T-Kreuzung mit einer Kirche auf der linken Seite. Bieg dort rechts ab.«

Wie der Kreisverkehr tauchten auch die Kirche und die Kreuzung zuverlässig auf.

»Ich kapier's nicht«, sagte Jamie, dessen Kopf in der Lücke zwischen den beiden Vordersitzen auftauchte. »Wenn du dich hier nicht auskennst, woher weißt du, wo wir hinmüssen?«

Mac seufzte bekümmert. Hier ging irgendetwas vor sich, das auch er anscheinend kaum begreifen konnte.

»Die Straße teilt sich da hinten. Halte dich links«, sagte er und schüttelte immer noch den Kopf, als könnte er nicht glauben, was er gleich sagen würde. »Ich war noch nie bei Tageslicht hier«, erklärte er endlich. »Aber letzten Sommer, nach meiner Transplantation, habe ich eine Zeit lang unter Schlaflosigkeit gelitten und bin mitten in der Nacht durch die Gegend gefahren.«

Ich sog scharf die Luft ein, als mir unsere Unterhaltung, die wir vor einiger Zeit geführt hatten, wieder einfiel. »Du hast gesagt, du bist immer am selben Ort gelandet. Es war ein Pier, stimmt's?«

Mac sah aus wie ein Mann, der sich nicht mehr auf das verlassen konnte, was er für wahr hielt.

»Diese Zeichnungen in deiner Wohnung – die von dem Pier inmitten eines tobenden Sturms«, sagte ich leise und schaute zu den aufgetürmten Wolken auf, in denen ein Blitz zuckte, »die stellen *heute* dar, oder?«

Mac schüttelte wieder den Kopf, wohl nicht, um es zu leugnen, sondern aus Ungläubigkeit.

»Mac!«, keuchte ich, während die Straße mäandernd nach unten führte, denn obwohl ich definitiv noch nie hier gewesen war, erkannte ich den Ort von Macs Skizzen wieder. »Da ist es! Der Ort, den du gezeichnet hast.«

»Jetzt dreh ich offiziell durch«, sagte Jamie. »Was zum Teufel geht hier ab?«

Abermals schüttelte Mac den Kopf. Das schien gerade sein Standardreflex zu sein. »Ich glaube, dass Connor auf dem Weg hierher sein könnte«, gab er zu. »Obwohl ich keine Ahnung habe, wie ich das vor neun Monaten hätte ahnen sollen.«

Es gab einen kleinen Parkplatz, und ich hielt schräg, sodass ich zwei Parkbuchten blockierte. Nicht, dass es eine Rolle gespielt hätte, denn außer uns war niemand da. Es war ja nicht gerade ein Tag für einen gemütlichen Spaziergang am Meer.

Wir sprangen aus dem Wagen und stapften hastig in Richtung Pier. In den Sommermonaten war dies wahrscheinlich ein beliebter Anziehungspunkt für Touristen, und wir kamen an einem Wegweiser für einen kleinen Vergnügungspark vorbei, der natürlich im Winter geschlossen war. Der Pfad, der zum Pier führte, war mit gelb-schwarzem Flatterband abgesperrt. Daneben stand ein Schild mit einer offiziellen Bekanntmachung für den Fall, dass das Flatterband nicht genügte.

GEFAHR.
PIER WEGEN SCHLECHTEN WETTERS GESCHLOSSEN.

Wir hielten kurz inne und wechselten besorgte Blicke. Gleichzeitig duckten wir uns unter dem Flatterband hindurch und gingen weiter den Pfad entlang. Kurz darauf kam der Vergnügungspark in Sicht. Ich blieb stehen und griff nach Macs Arm, da mir ein wichtiges Detail aus seiner Zeichnung einfiel.

»Da drüben!«, rief ich über das Heulen des Windes hinweg, der meine Worte zerstreute. »War da nicht eine Bimmelbahn am Pier?«

Der Groschen fiel bei uns allen gleichzeitig. Konnte es sein, dass Connor dorthin wollte?

»Vielleicht war er früher mal mit Lisa hier und dachte, das sei der Zug, von dem sie gesprochen hat?«

Es ergab schrecklicherweise Sinn. Ohne ein Wort zu sagen, eilten wir zu der Bimmelbahn. Der Zugang war durch eine unüberwindbare Barriere versperrt, ein Stahltor mit solidem Vorhängeschloss.

»Da wäre er doch wohl nicht reingekommen, oder?«, fragte Jamie und stieß mit der Schulter gegen das Tor. Es gab keinen Zentimeter nach.

Wo ist er?, fragte ich stumm die wie auch immer geartete Gottheit, die für kleine, verloren gegangene Jungen verantwortlich war, die verzweifelt ihre Mutter suchen. *Wenn Connor gesehen hat, dass die Bimmelbahn geschlossen ist, wo ist er dann hingegangen?* Ich versuchte, mich in ein Kind seines Alters hineinzuversetzen, und fand eine Antwort, die mir das Blut in den Adern gefrieren ließ.

»Ihr glaubt doch nicht, dass er zum Steg gegangen ist, oder?«

Ein weiterer Blitz zuckte über den Himmel, und keiner von uns blieb lange genug stehen, um zu antworten. Als wäre ein Startschuss abgegeben worden, rannten wir alle zum Pier.

Der Anlegesteg, der anscheinend in viktorianischer Zeit errichtet worden war, bestand aus einer Landungsbrücke, an der kleine Boote festmachen konnten. Heute waren keine dort, denn sonst hätte die Gefahr bestanden, dass das Meer sie verschlang. Welle über Welle krachte gegen die Pfeiler, brach sich, während die Gischt meterhoch aufstob.

»Was ist das?«, schrie Mac im heulenden Wind.

Ich starrte mit zusammengekniffenen Augen in den Regen hinaus. Seine wiederhergestellten Augen hatten etwas erspäht, was mir entgangen war: etwas Kleines, Gelbes auf dem Steg.

»Connor!«, kreischte ich, doch umsonst. Er war zu weit weg, um mich zu hören. Mac und Jamie riefen ebenfalls, aber die kleine Gestalt in Gelb drehte sich nicht um.

Er schien auf dem Weg zum Ende des Stegs zu sein. Es war schwierig, gleichzeitig zu rennen und zu rufen, aber ich versuchte es trotzdem. Ich bekam Seitenstechen, ignorierte es jedoch. Im nächsten Moment gingen meine Warnrufe in einen Aufschrei des Entsetzens über, weil eine riesige Welle gegen den Pier krachte und ihn überschwemmte. Als die Woge sich zurückzog, war der Steg leer. Connor war verschwunden.

Ich rannte schneller als je zuvor und nahm aus den Augenwinkeln etwas neben mir wahr. Jamie sprintete an mir vorbei, seine Beine pumpten wie Kolben, als er auch Mac überholte, der uns ein gutes Stück voraus gewesen war. Ich war völlig erledigt, aber Jamie hatte noch genug Luft in der Lunge – Lisas Lunge –, um weiterzurennen und Connors Namen zu rufen. Ohne aus dem Tritt zu geraten, zog er seine Jacke aus und ließ sie fallen. Als Nächstes waren seine Turnschuhe an der Reihe, die er beeindruckenderweise im Laufen abstreifte. Taumelnd kam er am Ende des Piers zum Stehen, kämpfte gegen den eigenen Schwung an, bis er sich gefangen hatte. Er schaute einen Moment lang ins aufgewühlte Meer, dann beugte er die Knie und sprang ins Wasser.

Mac und ich erreichten das Ende des Stegs Sekunden nacheinander. Ich klammerte mich an seinen Arm, nicht nur, um das Gleichgewicht zu halten, sondern auch vor Angst, als ich in die tosende Tiefe starrte. Ich sah weder Connor noch Jamie. Mac zog sich in durchschaubarer Absicht die Jacke aus. Sosehr ich auch um seine Sicherheit fürchtete, ich wusste, ich würde ihm innerhalb von Sekunden folgen, wenn er sprang.

Doch dann sah ich in Schaum und Wellen einen Kopf auftauchen, dunkel und glatt wie der eines Seehunds. Es war Jamie. Das Wasser war so aufgewühlt, dass es unmöglich schien, sich über Wasser zu halten, und doch gelang es ihm ohne allzu große Schwierigkeiten. Er drehte sich um 360 Grad, holte tief Luft und tauchte erneut unter.

»Ich spring auch rein!«, rief Mac, der die Schuhe schon ausgezogen hatte.

»Warte!«, schrie ich mit vor Panik heiserer Stimme. »Ich glaube, ich seh was. Schau nur!« Ich hatte etwas Gelbes erspäht, das wie ein Korken auf den Wellen auf und ab zu tanzen schien. Es war sofort wieder verschwunden, dann, Sekunden später, tauchte es erneut auf. Selbst aus der Entfernung konnte ich Jamies wild entschlossenen Gesichtsausdruck sehen, mit dem er auftauchte, den Arm fest um Connors Hüfte geschlungen. Gegen die Wellen ankämpfend, begann er, auf den Steg zuzuschwimmen.

»Er hat ihn!«, rief ich und fiel erleichtert auf die Knie, während meine Tränen sich mit dem Regen mischten, der mir über das Gesicht lief. Aber als ich zu Jamie hinüberschaute, der sich langsam voranarbeitete, sah ich, dass die Gestalt in seinen Armen sich nicht rührte. Nein! Das durfte nicht sein. Wir konnten doch nicht an diesen Ort geführt worden sein, nur um zu spät zu kommen!

Mac stand nicht mehr neben mir; er war die Leiter an der Vorderseite des Steges hinuntergeklettert. Er schlang einen Arm um einen der Holzpfeiler und beugte sich weit vor, um die Distanz zu Jamie zu überbrücken. Die Wellen zerrten an ihnen, als wären sie fest entschlossen, an diesem Tag ein Leben einzufordern, aber mit scheinbar übermenschlicher Anstrengung gelang es Jamie, die Leiter zu erreichen, und Mac zog Connor aus dem Wasser.

Dann kletterte er die Sprossen hoch wie ein Feuerwehrmann, den bewusstlosen Connor über die Schulter gelegt. Connors Körper war erschreckend schlaff, als Mac ihn sanft auf die Holzplanken legte.

»Atmet er noch?«, rief Jamie, der ebenfalls die Leiter hinaufgestiegen war und prompt eine unglaubliche Menge Salzwasser erbrach.

Ich krabbelte zu Connor und versuchte, die aufsteigende Panik zu unterdrücken. Ich konnte Erste Hilfe leisten, das war eine Voraussetzung in meinem Beruf, aber es war ein Riesenunterschied, ob man einer Plastikpuppe Mund-zu-Mund-Beatmung gab oder ein echtes Kind wiederbelebte. Und das hier war Connor – ein Kind, das ich liebte.

Connors Haut hatte eine unnatürlich blasse Farbe, wie die einer Alabasterstatue, und als ich das Ohr über seine bläulichen Lippen hielt, streifte nicht der kleinste Atemhauch meine Wange. Es war, als würden meine schlimmsten Albträume Wirklichkeit.

Dann ertönte plötzlich tief aus seiner Kehle ein Gurgeln. Ich drehte ihn rasch auf die Seite. »Gut so, Connor! Atme!«, drängte ich ihn. »Du schaffst das. Atme für mich, mein Schatz.«

Jamie erbrach immer noch Salzwasser, und Mac, der den Notdienst angerufen hatte, sprach hastig in sein Telefon.

Der Sturm schien allmählich abzuflauen, als ich Connor, über seinen leblosen Körper gebeugt, anflehte, zu mir zurückzukommen.

Und dann, wie durch ein Wunder, tat er es.

Ein Hustenanfall schüttelte seinen kleinen Körper, mit dem er Unmengen salziges Meerwasser ausspuckte. Danach nahm ich ihn in die Arme; er zitterte.

Erst da begann ich zu schluchzen. Als ich aufschaute, sah ich, dass Mac und Jamie ebenfalls weinten.

»Mummy?«, rief Connor und fing an zu zappeln.

»Nein, mein Schatz. Ich bin's, Molly.«

Er wand sich in meinen Armen, drehte den Kopf und schaute zum Meer zurück. »Wo ist Mummy hin? Sie war bei mir im Wasser. Sie hat mich immer nach oben gestoßen.«

Ich hielt ihn fester. »Nein, das war Jamie. Er hat dich gerettet.«

Überwältigt von Ehrfurcht und Bewunderung drehte ich mich zu ihm um. »Du warst großartig, Jamie. Ein echter Held.«

»Hab doch erzählt, dass ich mal als Rettungsschwimmer gearbeitet hab, oder?«, sagte er mit einer Lässigkeit, die in starkem Kontrast zu seinem heftigen Zittern stand.

»Der Krankenwagen ist auf dem Weg«, verkündete Mac, ließ sich neben mich auf den Steg fallen und wickelte seine Jacke um mich und Connor. Sie war schon so nass, dass sie kaum Schutz bot, aber ich wusste die Geste trotzdem zu schätzen.

Der Wind heulte furchtbar laut, es klang fast wie eine verzweifelte Stimme. Und es dauerte einen Augenblick, bis mir klar wurde, dass es tatsächlich eine Stimme war, eine Stimme, die ich kannte. Es hatte jedoch noch nie so viel Schmerz darin gelegen.

»Connor! Connor! Connor!«

Als ich aufschaute, sah ich Alex über den Steg auf uns zurennen.

»Ich habe Barbara vorhin vom Auto aus eine Nachricht geschickt«, erklärte Jamie. »Ich habe ihr geschrieben, dass wir auf dem Weg zum Pier sind.«

»Daddy!«, rief Connor, und für den Bruchteil einer Sekunde zögerte ich, bevor ich ihn seinem Vater überließ.

Alex murmelte unverständliche Worte voller Erleichterung, während er Connor an sich presste. Endlich wollte ich aufstehen. Mac hatte die Hand schon ausgestreckt, um mir zu helfen, so, wie er es von nun an in den kommenden Jahren immer tun würde.

»Tut mir leid, Daddy. Bist du sehr böse auf mich?«, flüsterte Connor.

Alex' Schluchzen klang, als würde es ihm gewaltsam entrissen. »Nein, nein, nein!«, rief er und wiegte seinen Sohn in den Armen, wie er es wahrscheinlich schon getan hatte, als Connor noch ein Baby gewesen war. »Niemals. Ich bin böse auf mich selbst. Das ist alles meine Schuld.«

»Ich wollte Mummy wiedersehen. Und das hat geklappt! Sie hat gesagt, dass sie heute hier sein würde, und sie war es auch.«

Mit ungläubiger Miene sah Alex auf.

»Er glaubt, er hätte sie im Meer gesehen«, flüsterte ich.

Alex nickte grimmig, dann erstarrte er, als Connor hinzufügte: »Aber jetzt ist sie fort. Ich kann sie nicht mehr sehen. Ich glaube, sie ist gestorben, Daddy.« Er begann zu weinen – und da war er nicht der Einzige.

»Ja, deine Mummy ist nicht mehr da, Connor. Aber das heißt nicht, dass sie je aufhören wird, dich zu lieben. Und obwohl sie nicht hier bei uns ist, haben wir immer noch einander. Ich bin da, mein Junge. Ich werde immer da sein.«

In der Ferne war endlich das Heulen einer Sirene zu hören.

»Ich liebe dich, Connor«, fuhr Alex fort. »Und es tut mir so leid, dass ich dir in letzter Zeit nicht zeigen konnte, wie sehr. Aber von jetzt an werde ich mich bessern, versprochen.«

»Ich liebe dich auch, Daddy«, sagte Connor mit einem letzten Blick auf das aufgewühlte Meer. »Bis zum Mond und zurück.«

Kapitel 44

ALEX *Fünf Monate später*

»Braut oder Bräutigam?«

»Äh … beides?«, antwortete Alex verwirrt.

»Kein Problem«, versicherte ihm der Platzanweiser mit breitem schottischem Akzent. »Sie können sich hinsetzen, wo Sie möchten.«

Er reichte Alex eine auf dickes Transparentpapier gedruckte Gottesdienstordnung und wandte sich an die nächsten Gäste, um sie zu begrüßen.

Im Mittelgang zupfte ihn jemand leicht am Ärmel, und er blieb stehen.

»Müssen wir denen etwa sagen, wen wir am meisten mögen? Also, ich mag Molly am meisten.«

Alex unterdrückte nach Kräften ein Schmunzeln. Er beugte sich tief zu seinem Sohn hinunter und flüsterte ihm ins Ohr: »Ich auch.« Liebevoll strich er ihm über den Kopf und bemerkte dabei, dass Connors Haare bei Weitem nicht mehr so zerzaust waren wie vor einer Weile noch. Zu Alex' Vorsatz, ein besserer Vater zu sein, gehörten einige Dinge, bei denen es Connor wohl weiterhin lieber gewesen wäre, sie würden vergessen, wie Zahnarzt- und Friseurbesuche.

»Können wir uns dahin setzen?«, fragte Connor und deutete auf eine Kirchenbank ganz hinten. Von dort hätten sie während der Zeremonie zwar nicht die beste Sicht, aber Alex begriff, was Connor an dem Platz mochte. Das Sonnenlicht, das durch ein kunstvoll gestaltetes Buntglasfenster fiel, tauchte die Kirchenbank in eine fast psychedelisch anmutende Farbpalette von Grün- und Blautönen.

»Wo du willst«, antwortete er.

Zufrieden setzte sich Connor auf die Bank unter den Lichtbogen. Eine Frau in der Sitzreihe vor ihnen drehte sich zu Connor um und bemerkte sein Staunen. Als er sagte: »Wie das Nordlicht, Aurora borealis«, verrutschte ihr Lächeln ein wenig.

Alex lachte leise, denn er wusste, wie sehr Lisa sich über diese Bemerkung von Connor gefreut hätte – und über den Gesichtsausdruck der Fremden. Connor kam eindeutig nach seiner Mutter.

Die alte Kirche, die Mac und Molly sich ausgesucht hatten, war durch und durch im englischen Stil gebaut. Alles an ihr war perfekt, von den Bodenplatten im Kirchenschiff, die über die Jahrhunderte von den Füßen der Gottesdienstbesucher abgeschliffen worden waren, bis hin zu den an den Kirchenbänken befestigten Blumengirlanden. Alex atmete den Duft der Blüten ein, der seine Sinne überwältigte und ihn in die Vergangenheit zurückkatapultierte, in eine andere Kirche, in der die Blumen nicht zu Girlanden gebunden, sondern zu Kränzen geflochten worden waren.

Im Geiste hörte er noch einmal die besorgten Worte seines Bruders. »Bist du auch sicher, dass du das packst?«, hatte Todd mit Blick auf die Einladung mit silberner Randprägung gefragt, die Alex erhalten hatte.

»Früher oder später muss ich ja mal wieder eine Kirche betreten«, hatte Alex geantwortet.

»Ich meinte, ob du es packst, mit dabei zu sein, wenn Molly einen anderen heiratet? Du hast sie doch … geliebt.«

Alex schüttelte den Kopf. »Nein, das war nur Einbildung. Das ist mir jetzt klar. Ich war eine Weile lang durcheinander, aber Mollys Herz hat seine eigene Wahl getroffen. Sie und Mac sind ein tolles Paar.«

Man sah Todd an, dass er dachte: *Hab ich dir doch gleich gesagt.* »Gott sei Dank bist du endlich zur Vernunft gekommen und hast dieses ganze unheimliche Zeug hinter dir gelassen.«

Er nickte, weil er wusste, dass es Todd beruhigen würde. Aber er fühlte sich wahrlich noch nicht so, seit dem Vorfall am Tag des Sturmes.

Inzwischen träumte er nicht mehr oft davon. Aber es war immer noch in einer dunklen, unheimlichen Ecke seiner Erinnerung vergraben. In den Nächten kam es hoch, er wachte keuchend auf, die Beine im verdrehten Laken gefangen. In diesen Albträumen rannte er immer, schaffte es aber nie rechtzeitig zum Ende des Stegs und zu Connor. Um zu verstehen, was diese Träume bedeuteten, brauchte man keine Psychoanalyse.

»Guck mal, da vorn ist Barbara!«, rief Connor und holte Alex damit in die Gegenwart zurück. Sein Sohn stellte sich auf ein Gebetskissen und winkte eifrig ihrer Freundin zu. Es war sicher kein angemessenes Verhalten in einer Kirche, aber herrlich normal für ein siebenjähriges Kind. Alex nutzte die Gelegenheit, um ein stilles Dankesgebet zu sprechen.

Barbara hatte sich eine Bank in Altarnähe ausgesucht und fiel selbst aus der Entfernung in ihrem magentafarbenen Kostüm auf. Sie hatte sich in Schale geworfen und trug einen mit Federn und Blumen geschmückten Hut, mit dem sie auf ein Pferderennen in Ascot gepasst hätte und der ihren Banknachbarn womöglich behindern würde. Alex fragte sich gerade, wer das sein mochte, da tippte Barbara ihren Begleiter an und zeigte in Alex' und Connors Richtung.

Als Alex sah, dass es sein Nachbar war, war er sprachlos. Gordon Grafton legte wie beim Militär die Hand zum Gruß an die Schläfe, und lustigerweise grüßte Alex zurück – obwohl sein Gruß mehr zu den Pfadfindern passte. *Sieh mal einer an*, dachte er bei sich und musste sich ein Grinsen verkneifen.

Die Kirche hatte sich allmählich gefüllt, und unter den vielen Leuten entdeckte Alex ein weiteres bekanntes Gesicht, obwohl Jamie heute, im schicken Anzug und mit Krawatte, kaum wiederzuerkennen war. Er winkte Connor und Alex zu und hantierte weiter mit einem Stativ und einer offenbar professionellen Digitalkamera. Hatte Jamie also auch mal als Hochzeitsfotograf gearbeitet? Nach den Ereignissen auf dem Pier würde Alex nie wieder an ihm zweifeln.

Er ließ den Blick weiter über die Sitzreihen wandern und erschrak heftig, als Connor aufgeregt rief: »Guck, da ist Mummy!«

Fassungslos schaute Alex zunächst Richtung Kirchentür, bis er begriff, dass Connor gerade die Rückseite der Gottesdienstordnung betrachtete. Sanft nahm er ihm das Heft aus der Hand und kam sich ziemlich dumm vor. Auf der Rückseite waren zwei Schwarz-Weiß-Fotografien zu sehen. Die erste zeigte einen älteren Herrn, den Alex nicht kannte, die zweite war ein Bild, das Dee bei ihrem letzten Weihnachtsfest mit Lisa gemacht hatte. Oben auf der Seite stand in großer, verschnörkelter Schrift: *Unsere Lieben, die heute nicht hier sein können.* Unter dem ersten Bild war zu lesen: *Henry – Brautvater,* und unter dem zweiten: *Lisa – die Freundin, die uns alle zusammengebracht hat.*

Es war eine bewegende Geste, und Alex betrachtete das Foto sehr lange. Diese Hochzeit war wirklich ungewöhnlich. Macs Trauzeugin war seine alte Studienfreundin Andi, die einen Junggesellenabschied auf die Beine gestellt hatte, von dem alle Beteiligten wahrscheinlich dauerhaft Leberschäden davontragen würden. Anstatt traditioneller Kirchenlieder hatten sich Mac und Lisa zur Trauung Jazzklassiker ausgesucht. Das war eine rührende Hommage an Mollys Vater, und auch wenn Alex die Sitzfläche der vordersten Bankreihe nicht sehen konnte, wusste er doch, dass Molly eine Gottesdienstordnung auf den Platz hatte legen lassen, auf dem ihr Vater gesessen hätte, und auch seine alte Lesebrille, weil er »ohne die ja nichts erkennen würde«.

Vielleicht war das so vorherbestimmt, dachte Alex. *Wir sollten auch die Menschen, die wir verloren haben, weiter in unser Leben einbeziehen*. Das hatte er die letzten fünf Monate lang versucht. Er und Connor trugen inzwischen abwechselnd Lisas alte Schürze, wenn sie Abendessen kochten. Sie hörten Lisas Lieblingslieder rauf und runter, und Alex erwähnte Lisa in seinen Gesprächen so oft wie möglich. Inzwischen war nicht nur Connor, sondern auch Alex von der Astronomie begeistert, und oft saßen sie gemeinsam im Garten und guckten sich durch Lisas teures Teleskop die Sterne an. »Da oben ist Mummy jetzt«, hatte Connor mehr als einmal in solchen Momenten gesagt. »Sie schaut vom Sternenhimmel zu uns herunter.« Alex dachte das ebenfalls. Der Gedanke erleichterte ihm den Tag, als er Connor schließlich zu Lisas Ruhestätte führte.

»Hi, Mummy. Ich bin's«, hatte Connor geflüstert und war mit dem Zeigefinger über die Gravur im Grabstein aus Marmor gefahren. *Ehefrau und Mummy*.

»Tut mir leid, dass ich dich so lange nicht mit hierhergenommen habe«, hatte sich Alex bei Connor entschuldigt, der in der Nähe aufgeregt nach Gänseblümchen für die Grabstelle suchte. Lächelnd sah er zu, wie sein Sohn mit einer Handvoll Wildblumen zurückkam. »Aber es geht mir jetzt besser – uns beiden geht es besser. Du kannst dich jetzt ausruhen. Ich glaub, ich pack das.«

Er hatte eine beträchtliche Entwicklung hinter sich, seit er mit zitternder Hand das Organspendeformular ausgefüllt hatte. Er hatte lange dort nach Antworten gesucht, wo man sie nie finden würde. Doch sosehr er sich auch anstrengte, hatte er nie den eigentlichen Grund begriffen, weshalb genau diese vier Menschen diejenigen waren, deren Leben Lisa gerettet hatte. Das Ganze war wie ein abstraktes Kunstwerk. Er hatte zu nahe davor gestanden, um zu erfassen, was es darstellen sollte. Erst als er zurücktrat, als er es aus der Distanz betrachtete, war ihm endlich ein Licht aufgegangen. Alles hatte mit dem Sturm zu tun, an dem Tag, als er Connor beinahe verloren hätte.

Hätte Barbara keine Nierentransplantation erhalten, hätten sich ihre Wege niemals gekreuzt. Sie hätte Connor das Kätzchen nicht geschenkt, ein Kätzchen, das ihren Nachbarn so auf die Palme gebracht hatte, dass er eine Überwachungskamera installierte. Ein Gerät, das bei der Suche nach Connor eine entscheidende Rolle gespielt hatte.

Hätte Mac nicht Lisas Hornhäute erhalten, wäre er an jenem Tag nicht im Wagen gewesen und hätte Geräusche entschlüsselt, die sonst niemand hatte deuten können. Und er hätte Connor nicht am Ende des Piers entdeckt.

Und würde Lisas Lunge jetzt jemand anders gehören, dann hätte ein junger Mann mit einem Hang zu Übertreibungen, der aber trotzdem manchmal die Wahrheit sagte, nicht den Steg entlangstürmen und ins Meer springen können, um Connor vor dem Ertrinken zu retten.

»Wenn man so will, haben sie ihn alle gerettet«, hatte Dee gesagt, noch ganz aufgewühlt, weil plötzlich die Gefahr bestanden hatte, ein weiteres Mitglied ihrer kleinen Familie zu verlieren.

»Nette Theorie«, hatte Todd eingewandt, »aber sie hat eine Schwachstelle. Welche Rolle spielt Molly bei dem Ganzen? Wen hat sie gerettet?«

Alex schwieg, denn in seinem Herzen war er überzeugt, dass Dee nur teilweise recht hatte. Nicht die Gruppe hatte seinen Sohn gerettet, sondern die Frau, deren Tod ihnen das erst ermöglicht hatte. Wer Connor wirklich gerettet hatte, war Lisa, seine Mutter.

Die letzten Töne von »Feeling Good« waren verklungen, und in der Kirche wurde es still. Alle schauten zur geschlossenen Tür und warteten darauf, dass Molly von ihrer Mutter zum Altar geführt werden würde.

»Verdammt, war das knapp«, hörte Alex jemanden am Ende seiner Kirchenbank keuchen.

Er wandte sich um und war für einen Augenblick von dem Licht geblendet, das durch das Buntglasfenster fiel. Doch dann sah er in dem vielfarbigen Schein eine große, blonde junge Frau. Sie war so wunderschön, dass sie im Gegenlicht beinahe wie eine himmlische Erscheinung wirkte.

Er spürte, wie sich in seinem Inneren etwas regte, das er nicht benennen konnte.

»Ich hatte schon Angst, ich schaffe es nicht mehr. Den ganzen Weg vom Parkplatz hierher musste ich rennen. Molly hätte mir den Hals umgedreht, wenn ich zu ihrer Hochzeit zu spät gekommen wäre!«

»Sie kommen gerade richtig«, flüsterte Alex, und merkwürdigerweise kam es ihm so vor, als würden seine Worte sich nicht nur auf die Trauung beziehen.

»Stört es Sie, wenn ich mich hier neben Sie quetsche?«, fragte sie und tat es, ohne seine Antwort abzuwarten.

Doch Alex störte es nicht. Ganz im Gegenteil. Er machte sich etwas schmaler, und sie setzte sich dicht neben ihn.

Plötzlich lag Spannung in der Luft, und aus der Betriebsamkeit hinter der Tür zum Kirchenvorraum schloss Alex, dass

Mollys großer Moment unmittelbar bevorstand. Alle hatten die Köpfe Richtung Eingang gedreht, bis auf Alex, der den Blick nicht von der Frau neben ihm abwenden konnte. Ihr Lächeln war umwerfend, und irgendwo tief in ihm entzündete sich ein kleiner Funke.

»Ich sollte mich Ihnen wohl vorstellen«, sagte sie, während die ersten Töne des Liedes erklangen, das Molly sich für den Weg zum Altar ausgesucht hatte.

Sie reichte ihm die Hand. Alex bemerkte ihre leicht gebräunte Haut und die schmalen Finger.

Und dann schwangen die Türflügel auf, gerade als Etta James' unverkennbare Stimme erklang und man die tief bewegenden ersten Verse ihres größten Hits hörte. »At last …«

»Ich bin Kyra«, flüsterte die Frau.

»Alex.«

Danksagung

Danksagungen zu verfassen ist nicht einfach. Zunächst einmal, weil man Angst hat, jemanden zu vergessen. Aber noch schlimmer ist es, festzustellen, dass es an der Zeit ist, sich von den Personen zu verabschieden, die sehr lange den eigenen Kopf bevölkert haben.

Und daher werde ich, auch wenn es etwas ungewöhnlich ist, zuallererst Alex, Lisa, Connor, Molly, Mac, Barbara und Jamie danken: für die gemeinsam verbrachten Stunden; dafür, dass ihr mich um den Schlaf gebracht habt, und für die Tränen und das Lachen. Ich war vielleicht nicht zu jedem Zeitpunkt sicher, wohin uns unsere Reise führen würde, aber ich bin sehr zufrieden damit, wo wir gelandet sind. Ihr werdet mir fehlen.

In diesem letzten Jahr erschien es mir besonders wichtig, ein Buch zu schreiben, in dem Organspenden eine Rolle spielen. Im Mai 2020 wurden in England die gesetzlichen Regelungen für Organspenden zu einem Opt-out-System geändert, um mehr Leben retten und Lebensqualität verbessern zu können. Alle Details dazu sind auf der Blood-and-Transplant-Website des NHS (National Health Service) zu finden. Das war meine Hauptquelle bei der Recherche, und dort habe ich viele inspirierende Erfahrungsberichte sowohl von Empfänger- als auch von Spenderfamilien gelesen. Ich möchte an dieser Stelle allen Angehörigen danken, die eingewilligt haben, dass die Organe ihrer Lieben gespendet werden. Die Spenderinnen, die Spender und ihre Familien sind wahre Helden.

2020 war für uns alle ein sehr seltsames Jahr. Als alles trostlos und unbegreiflich erschien, gab es Gott sei Dank Bücher, die uns geholfen haben, dem ganzen Irrsinn zu entfliehen. Sicherlich bin ich nicht die Einzige, die 2020 mehr gelesen hat als je zuvor innerhalb eines Jahres. Und den Menschen in der Verlagswelt gebührt höchste Anerkennung dafür, dass sie weitergemacht haben. Daher möchte ich jedem einzelnen Verlag – nicht nur meinem – dafür danken, dass weiterhin Bücher erscheinen, die für uns zu einem virtuellen Reisepass werden können, um zu entfliehen.

Die Menschen bei Head of Zeus, meiner Verlagsheimat, haben mir enormen Rückhalt gegeben, und ohne die unschätzbar wertvolle Arbeit meiner Lektorin Laura Palmer und ihres grandiosen Teams wäre dieses Buch nicht das, was es ist. Vielen Dank ebenso an alle von der Öffentlichkeitsarbeit, vom Marketing, vom Vertrieb, und ein besonderer Dank geht an Leah Jacobs-Gordon für die Gestaltung eines, wie ich finde, wirklich großartigen Covers.

Seit den ersten Tagen meiner Laufbahn als Schriftstellerin war Kate Burke von der Agentur Blake Friedmann meine Agentin, und ich kann mir meine Arbeit ohne sie an meiner Seite einfach nicht vorstellen. Du wirst mich noch sehr lange am Hals haben, Kate.

In der Verlagswelt habe ich viele wundervolle Freunde gefunden – beinahe zu viele, um sie hier alle aufzuführen –, aber es gibt einen kleinen Kreis, der in keiner Danksagung fehlen darf. Danke an Kate Thompson, Fiona Ford, Sasha Wagstaff und Faith Bleasdale. Unsere »Betriebsausflüge« haben mir wirklich gefehlt, und auch wenn Zoom toll ist, kann ich es kaum erwarten, bis die Arbeit wieder normal läuft.

Auch die Treffen mit vielen Autoren habe ich dieses Jahr vermisst, und ich glaube, wenn das alles endlich vorüber ist, wird niemand von uns noch Zeit zum Bücherschreiben haben – wir werden viel zu sehr damit beschäftigt sein, uns gegenseitig auf den neuesten Stand zu bringen. Paige Toon, Kate Riordan, Holly Hepburn, Catherine Isaac, Heidi Swain, Milly Johnson, Alice Peterson, Kate Furnivall, Juliet Ashton, Penny Parkes, Anstey Harris, Iona Grey, Isabelle Broom, Gill Paul, euch alle hoffe ich bald schon wiederzusehen.

Unbedingt danken muss ich auch zwei meiner besten Freundinnen, Hazel Davies und Debbie Keyworth – dafür, dass sie die ersten Leserinnen dieses Buches waren (und, schon mal als Vorwarnung, auch der anderen Bücher sein werden, die ich in Zukunft schreibe).

Danke an alle meine Freunde, die mich auf diesem Weg begleitet haben, danke für eure Liebe und eure Unterstützung, und einen besonderen Gruß an Sheila, Kim, Christine und Barb.

Danke auch an die Mutter meiner guten Freundin Bev. Bev hat alle meine Bücher gelesen und mir einmal gesteckt, dass es ihrer Mum gefallen würde, wenn ich in meinem nächsten Roman eine Figur nach ihr benennen würde. Also bitte schön, Barbara, danke dafür, dass ich Ihren Namen ausborgen durfte. Ich hoffe, Sie mögen Ihre Namensvetterin in diesem Buch genauso sehr wie ich.

Danke an alle, die eines meiner Bücher gelesen und sich die Zeit genommen haben, eine Rezension zu verfassen oder mir zu schreiben, dass es ihnen gefallen hat. Ihr seid der Grund, weshalb ich weiterschreibe.

Zudem ist es mir ein ganz persönliches Anliegen, an dieser Stelle dem NHS für seine unglaubliche Arbeit meine Dankbarkeit auszusprechen. Nur ein paar Wochen nach Beendigung dieses Buches musste ich wegen eines medizinischen Notfalls ins Krankenhaus. Als ich mit Blaulicht in die Klinik gefahren und in die Kardiologie gebracht wurde, kam es mir vor, als würde das Leben die Kunst nachahmen. Dank der hervorragenden Behandlung dort konnte ich schon bald wieder entlassen werden. Und selbst wenn ich diesen Vorfall nie in eines meiner Bücher einfließen lassen sollte, werde ich mich doch sehr lange daran erinnern. Danke an den NHS.

Und schließlich danke an die drei Menschen, die für mich die Sonne, die Sterne und das ganze Universum sind: Ralph, Kimberley und Luke … ohne euch wäre mir all das nicht möglich.

Dani Atkins
Oktober 2020

Entdecken Sie auch die anderen dramatischen und hochemotionalen Romane von Dani Atkins

Die Achse meiner Welt

Stell dir vor, du erwachst in einer perfekten Version deines Lebens. Greifst du zu und lebst diesen Traum bedingungslos weiter? Oder fragst du dich, wann deine Welt aus dem Gleichgewicht geriet und was mit deinem alten Leben geschehen ist?
Eine mitreißende Geschichte über Liebe, Familie und Identität – mit einem packenden Ende.

Die Nacht schreibt uns neu

Emma hatte ihr Leben deutlich vor Augen: Sie wollte ihre Jugendliebe Richard heiraten und mit ihm eine Familie gründen. Doch nach der Nacht, in der ihre beste Freundin Amy bei einem Unfall starb, ist für Emma nichts mehr wie zuvor. Auch Richard trauert um Amy, und Emma fühlt sich seltsam einsam. Zum Glück ist da Jack, ihr Lebensretter. Wäre er in jener Nacht nicht aufgetaucht, hätte Emma nicht überlebt. Und nun ist er es erneut, der ihr durch die dunkelste aller Zeiten hilft.

Der Klang deines Lächelns

Ally und Charlotte haben sich seit Jahren nicht gesehen. Ausgerechnet in einem Krankenhaus treffen die beiden wieder aufeinander. Während sie um das Leben ihrer Männer bangen und auf ein Wunder hoffen, erinnern sie sich – an eine schöne gemeinsame Studentenzeit, aber auch an Verrat und Untreue.
In der dunkelsten Stunde der Nacht müssen Ally und Charlotte eine folgenschwere Entscheidung treffen. Werden sie mit der Vergangenheit Frieden schließen können?

Sieben Tage voller Wunder

Beim Check-in hat Hannah ihn zum ersten Mal gesehen: Logan mit den unglaublich grünen Augen. Ist es Schicksal, dass er sich im Flugzeug neben sie setzt, kurz bevor die Maschine wie ein Stein vom Himmel fällt? Wie durch ein Wunder kommen Hannah und Logan bei dem Flugzeugabsturz mit dem Leben davon, doch die nächsten Tage verlangen ihnen das Äußerste ab, vor allem, als mit jeder Stunde, die vergeht, die Hoffnung auf Rettung schwindet. In der verschneiten kanadischen Wildnis kämpfen sie ums Überleben. Wird ihnen gemeinsam gelingen, woran ein Einzelner scheitern muss?

Das Leuchten unserer Träume

Sophie ist 15 Jahre alt, als ihr geliebter großer Bruder bei einem Motorradunfall ums Leben kommt. Alles hat sich seither geändert: Aus dem fröhlichen Mädchen ist eine einsame junge Frau geworden, die ihr Herz fest verschlossen hält. Als eines Nachts in ihrer Wohnung ein Feuer ausbricht, wird Sophie in letzter Sekunde von einem Passanten gerettet. Danach weicht Ben ihr praktisch nicht mehr von der Seite. Sophie ist dankbar, gerührt – und macht mit Bens Hilfe erste, langsame Schritte zurück ins Leben. Sie kann nicht ahnen, dass ihr Retter mehr als eine erschütternde Wahrheit vor ihr verbirgt.

Sag ihr, ich war bei den Sternen

Stell dir vor, an deiner Seite steht der Mann, den du liebst. Seine Hand passt perfekt in deine. Sein Lächeln weckt dich am Morgen. Die Zukunft gehört euch beiden, ihr werdet heiraten. Und in deinem Bauch wächst euer Kind heran. Allein der Gedanke daran lässt dein Herz überlaufen vor Glück. Doch dann: ein unachtsamer Schritt. Ein abgelenkter Autofahrer. Ein schrecklicher Unfall. Du fällst in einen tiefen Schlaf. Und das Leben geht einfach weiter. Wenn du erwachst, wird nichts mehr so sein wie zuvor. Denn dein Happy End gehört einer anderen …

Wohin der Himmel uns führt

In einem anderen Leben hätten Izzy und Beth Freundinnen sein können – doch ein furchtbarer Fehler in einer Klinik für künstliche Befruchtung macht sie zu Gegnerinnen: Während bei Beth alle Versuche, schwanger zu werden, fehlschlagen, bringt Izzy einen gesunden Jungen zur Welt. Noah wird ihr Ein und Alles. Bis die Klinik Izzy und Beth acht Jahre später mitteilt, dass es zu einer Verwechslung gekommen sei: Noah ist genetisch gesehen Beths Kind. Zwischen beiden Frauen entbrennt ein erbitterter Rechtsstreit um die Frage, wer Noahs Mutter ist. Doch dann hängt das Leben des Jungen plötzlich am seidenen Faden …

KNAUR